LE CLAN SUSPENDU

Étienne Guéreau grandit à Paris à la fin des années 1970. Très tôt, il se passionne pour la musique, étudie le piano classique ainsi que le jazz et l'improvisation. Diplômes en poche, il devient musicien professionnel et, parallèlement à des études de philosophie, il joue dans des clubs, compose, enregistre des disques et accompagne différents artistes. Actuellement, il partage son temps entre la scène, l'enseignement de l'harmonie et l'écriture.

ÉTIENNE GUÉREAU

Le Clan suspendu

ROMAN

DENOËL

© Éditions Denoël, 2014.
ISBN : 978-2-253-18354-9 – 1ʳᵉ publication LGF

*Pour Angélique et Oscar,
mon clan.*

« L'homme a une inclination à s'associer, parce que dans un tel état il se sent plus qu'homme [...] poussé par l'appétit des honneurs, de la domination et de la possession, il se taille une place parmi ses compagnons qu'il ne peut souffrir mais dont il ne peut se passer. »

Emmanuel KANT, *Idée d'une histoire universelle au point de vue cosmopolitique.*

« L'homme est un loup pour l'homme. »

PLAUTE, *La Comédie des ânes.*

1

Rituel

La lumière du matin s'insinuait entre les lattes disjointes de la cabane, de toutes petites particules dansaient dans les rais mielleux. Ismène approcha son visage et sentit une onde lui caresser la peau. La nouvelle saison murmurait son retour, offrait ses prémices ; il y avait le soleil qui ne se levait plus au même endroit ; il y avait aussi le jour qui s'étirait davantage, et qui semblait écraser la nuit, la comprimer, l'enchâsser entre deux points toujours plus proches.

Bientôt, on entendrait les abeilles à l'ouvrage, on les verrait s'approcher des feuilles duveteuses, fouiller les chatons épanouis. Bientôt, on pourrait se dévêtir, retrouver l'agréable nudité. Bientôt, le couchant et le levant entameraient leur cycle frénétique, l'un poussant l'autre avec toujours plus de force et d'impatience. La forêt chanterait des bruits nouveaux, des appels langoureux. Bientôt, la nuit et ses démons ne seraient plus qu'une ombre, une tache de frayeur qu'emporte l'aube. Bientôt, ce serait le printemps.

Dans le Suspend aussi les choses allaient changer. En provenance de plusieurs cabanes, il y aurait des gémissements étranges, des plaintes étouffées. Des râles... « Ça s'appelle le "rut", lui avait expliqué Créon. C'est comme les animaux : il y en a un qui grimpe sur le dos de l'autre. Après ils restent comme ça, un peu emboîtés. Parfois, le mâle pousse un grognement, ça veut dire qu'il est content! C'est ça que tu entends dans les cabanes. »

Mais Ismène ne parvenait toujours pas à se figurer l'acte sauvage. Pour former des images nouvelles, son esprit, vierge des scènes de chasse, mêlait jeux d'enfants et explications hasardeuses. Elle imaginait Louise, la Première, grimper à califourchon sur le dos de Romuald. Et ce dernier, content, poussait des cris de plaisir et d'extase, des cris joyeux... Ils s'amusaient.

Elle avait, une fois, tenté de surprendre ses parents en plein ébat, mais les corps allongés étaient recouverts d'une large peau de cerf, une dépouille ondulante au milieu de laquelle une bosse se formait l'espace d'un instant, puis disparaissait l'instant d'après. Tout juste avait-elle réussi à entrevoir le visage d'Octave. Il ne semblait pas très content... Ils s'amusaient?

— Ismène, dit Pauline, il est temps. Va chercher Claude.

La fillette se décolla de la paroi ligneuse, et pendant un instant les rayons tièdes zébrèrent sa poitrine naissante constellée de menues taches de rousseur. Près de la porte, elle décrocha une fourrure pelée dont elle s'entoura les hanches, il y avait là d'autres tuniques, plus généreuses, mais elle choisit de ne pas se couvrir le haut du corps.

Il faut aider la nature, pensa-t-elle.

Sur le lit, Octave s'était redressé. Encore assis sur le tapis de mousse et de végétation moelleuse, il s'étira, bâilla, puis regarda sa fille.

— Va! bougonna-t-il.

Ismène ouvrit le panneau qui protégeait la cabane et sortit. Autour de la plate-forme, les odeurs montaient. La chênaie exhalait son parfum d'aurore.

Sur une passerelle, elle aperçut Gaspard qui se soulageait. Le liquide filait vers le sol, arrosant les frondaisons disposées en camouflage, quelques mètres plus bas. Elle voulut l'appeler, mais elle eut peur que le chasseur impudique se retourne.

Elle s'engagea sur la passerelle. Un cliquetis ajoutait à chacun de ses pas. Parvenue au tronc dans lequel plongeaient les attaches du couloir, elle bifurqua à droite, vers la cabane de Claude, l'ancien. Elle enjamba plusieurs lattes fendues et posa instinctivement ses mains sur les deux câbles faisant office de garde-corps. Car au contraire du reste du Suspend où l'on pouvait courir sans craindre de voir sa jambe s'enfoncer dans une planche pourrie, cette zone n'était pas entretenue. C'est que l'ancien sortait peu, et que le bois sain devenait bien trop précieux. D'ailleurs, il suffisait de marcher en prenant soin d'éviter les sections malades, piquées de parasites invisibles, et tout allait pour le mieux.

Ismène effectua un dernier saut et se réceptionna sur la plate-forme. Le rectangle encadrant la cahute était ferme, unique parcelle épargnée, pour l'instant, par les organismes dévastateurs.

Claude n'avait pas fermé sa porte. La fillette s'approcha du seuil et risqua un coup d'œil à l'intérieur.

Paisible, il dormait encore, étranger à la pointe du jour et à la rumeur croissante.

Elle se coula dans l'abri de fortune. L'état de délabrement était ici prononcé. Les panneaux ajourés filtraient à peine la lumière fureteuse. Au sol, les interstices dans lesquels on pouvait glisser le petit doigt laissaient deviner les taillis persistants. L'endroit, lavé par les courants d'air, était chargé d'odeurs légères, presque indécelables en comparaison d'autres foyers.

L'enveloppe tannée d'un daim lui couvrait partiellement le torse. Son visage anguleux disparaissait derrière une broussaille de cheveux et de poils blancs.

On disait qu'il portait une marque, un signe spécial que lui avait tracé Anne, l'ogresse, alors qu'il était en bas. On disait aussi que la scarification l'avait tellement fait hurler qu'il en avait perdu la voix... et un peu la raison.

Ismène s'approcha de la couche et posa sa main sur la couverture. À force d'entendre raconter des histoires, elle rêvait de contempler le dessin, de détailler la cicatrice dont les autres parlaient tant.

— C'est sur son dos, avait affirmé Créon. C'est arrivé au cours d'une traque. L'ancien courait, quand Anne l'a rattrapé. Elle l'a plaqué au sol et avec une de ses griffes, elle a fait pénétrer un peu de son sang, du sang noir! Elle ne l'a pas mangé parce qu'il est trop vieux. Elle veut de la viande tendre, tu comprends?

— Et les autres n'ont rien eu? s'était étonnée la fillette.

— Non, parce qu'ils couraient assez vite pour lui échapper!

Au moment où elle s'apprêtait à faire glisser la couverture, le vieil homme s'éveilla en sursaut. Il se redressa en prenant appui sur ses avant-bras, et agita la tête à la façon des passereaux égarés.

— Du calme, Claude. C'est moi, c'est Ismène.

L'ancien scrutait la fillette avec effarement.

— Il est l'heure, dit-elle doucement. Le jour est levé.

Il cligna des yeux et eut un grommellement contenu. Il enfila une tunique usée, et pendant un court instant, Ismène crut apercevoir un trait sombre au niveau de son omoplate, un sillon qui lui parcourait l'échine.

— Il fait beau aujourd'hui ! s'exclama-t-elle.

L'ancien hocha la tête et fit un signe de la main qui signifiait : « Allons-y ! » Ils sortirent de la cabane, et Ismène s'engagea sur la passerelle. Claude avançait doucement. Dès qu'une planche suspecte se présentait, il agrippait l'épaule de la jeune fille. Ismène caressait alors la main ridée et l'aidait à progresser d'un ton très calme :

— Tout va bien... Je suis là...

— *Hu ! Hu !* répondait l'ancien, en une espèce de glapissement ; le seul son qu'Ismène eût jamais entendu franchir ses lèvres.

Parvenue à la première intersection, Ismène constata que le village s'animait. Accroché à plus de dix mètres au-dessus du sol, le clan reprenait vie. En surplomb, hissés sur des branches encore glabres, les enfants jouaient. Au-delà de la plate-forme centrale, elle aperçut Louise qui s'étirait, imitée par Laïos et Polynice. La petite Louisa, elle, avait plus de mal à émerger de sa nuit. Antigone sortait des latrines ; Hémon urinait dans le vide. (La plupart revêtaient encore les oripeaux de la saison froide.) Campé devant la cabane maîtresse, Romuald, le Premier, attendait que le reste du clan l'eût rejoint.

L'ancien se laissa guider jusqu'au centre du village, où Ismène fut gagnée par un agréable sentiment de stabilité lorsque ses pieds, nus, touchèrent la plate-forme épaisse. Et ce sentiment, en un sens, anticipait le rituel matinal. Car cette partie du Suspend avait été conçue pour soutenir une vingtaine de personnes ; le sol dur, immobile, contrastait avec les couloirs tremblants qui oscillaient au gré des vents et des démarches saccadées.

Venus des branches qui dominaient le Suspend, les enfants descendaient un à un. On tança Borée qui s'était laissé tomber lourdement sur les bardeaux de la cabane. L'ancien s'était accolé à une rambarde. Il attendait, voûté. La fraîcheur du matin semblait peser sur ses épaules saillantes.

Au centre de la plate-forme, Romuald détaillait les visages. Cette façon de scruter les membres du clan donnait à penser que le Premier pouvait pénétrer les âmes, sonder les pensées les plus intimes, partant, y débusquer les linéaments de la sédition... Il avait un regard dur, fermé par une barre de sourcils épais. Il se dégageait de lui une autorité naturelle que tout le monde craignait. On le savait propre à mater les plus belliqueux, étouffer dans l'œuf les promesses d'une algarade, d'un simple coup d'œil. Il organisait au mieux la vie du Suspend, distribuant avec justesse récompenses et punitions. Et on le respectait pour cela.

Plus haut, le cri répété d'un pinson semblait annoncer la cérémonie. Romuald tourna la tête dans plusieurs directions, et demanda :

— Tout le monde est là ?

— Il manque Lise, répondit une voix. La petite est toujours malade... elle ne viendra pas.

Le Premier acquiesça. Il se redressa et parla d'une voix forte :

— Vous. Les beaux jours arrivent, vous pouvez le sentir comme moi. J'organiserai bientôt les travaux en conséquence... En attendant, les oiseaux vont s'en donner à cœur joie ! Alors ne laissez pas la fiente sécher sur les passerelles ! On sait tous ce que cette saleté peut transmettre...

— Sans parler de l'odeur..., se gaussa un enfant.

On rit. Romuald leva les mains. On se tut.

— D'autre part, reprit-il, Gaspard descendra tout à l'heure pour suivre les traces d'une nouvelle harde de chevreuils.

Tous les regards se tournèrent vers le chasseur impassible qui s'était isolé dans un angle.

— Ce sont eux qui aboyaient cette nuit..., marmonna Gaspard comme pour lui-même.

— Ah bah ! quel raffut ! se plaignit quelqu'un. J'espère bien que tu vas en saigner deux ou trois !

— Vous, fit Séraphine. Moi, je ne crache pas sur un cuissot ! Pour sûr ! Mais nous avons un autre problème : s'il ne pleut pas bientôt, il faudra retourner à la rivière !

— Je sais, Séraphine, dit Romuald. J'ai vu les réserves d'eau. Mais je pense qu'on peut encore patienter quelques jours. Et puis... le temps peut changer, non ?

Profitant d'un bref silence, Claude se redressa et désigna des enfants qui se trouvaient près de lui en poussant des *Hu ! Hu !*

— Oui..., dit Romuald, ne t'inquiète pas. Les enfants répéteront la pièce. Louise fera l'instruction.

Soudain, une silhouette se détacha du groupe. C'était Hémon. Du haut de ses seize ans, il dominait les autres enfants, et certains prétendaient qu'il pourrait bientôt dépasser les adultes d'une bonne tête. Il avait la peau brune. Les muscles de son corps, que l'escalade répétée des arbres de la forêt avait développés, lui conféraient une stature imposante. Il y avait une sorte de constante provocation dans son regard, des éclairs qui laissaient les enfants plus dociles complètement fascinés.

— Moi, j'irai pas ! lança-t-il.

En deux enjambées, Gaspard vint se placer au côté de l'adolescent et lui expédia une claque qui le projeta au sol. Il se releva presque aussitôt. Le coup ne lui avait même pas arraché un soupir.

— Tu peux me frapper, j'irai pas ! L'instruction, ça sert à rien !

Déjà Gaspard tendait son bras en arrière. On savait sa force colossale et Ismène se crispa à la vue du membre noueux qui allait s'abattre.

— Suffit ! intervint Romuald.

Le chasseur baissa la main, sans manquer de lancer à l'adolescent un œil chargé de menaces.

— C'est vrai..., reprit Hémon.

— *Hu ! Hu !* gémit l'ancien.

— *Vous*, se corrigea Hémon. Nous avons besoin de chasseurs jeunes, vous le savez... Je sais manier la sagaie, maintenant. Et puis, qu'est-ce qu'on fera s'il arrive un malheur à Gaspard, hein ? Qui ira après lui ? Nous savons tous qui rôde en bas...

Tout le monde baissa la tête. L'évocation de l'ogresse provoquait sans faillir cet effet-là.

— Ce n'est pas à toi de décider! gronda Romuald. Et puis d'abord tu n'y connais rien. Tu crois vraiment que c'est la meilleure période pour apprendre à débucher le gibier? Les mâles vont devenir agressifs, ils risquent de charger...

— J'ai pas peur! fit Hémon en haussant les épaules.

Gaspard réfléchit un instant puis se tourna vers le Premier.

— Vous, dit-il. C'est une discussion que nous avons déjà eue, Romuald... Ça ne m'amuse pas de le rappeler, mais je ne suis pas éternel... La période n'est pas idéale, tu as raison, en même temps, j'avoue qu'une paire de bras supplémentaire me serait bien utile...

On guettait la réaction de Romuald qui fixait à présent le groupe d'enfants se tenant près de Claude. Le Premier pouvait accepter, ou refuser bien sûr; sans avoir à se justifier! Mais dans tous les cas, la rapidité avec laquelle il trancherait alourdirait considérablement le poids de sa décision. Ainsi allait le pouvoir dans le Suspend: en maintes circonstances, célérité valait discernement. Il délibéra encore un peu puis dit d'un ton ferme:

— C'est vrai, Gaspard, c'est une discussion que nous avons déjà eue... et de toute façon, j'ai peur que nous n'ayons pas vraiment le choix.

Fixant de nouveau le groupe d'enfants, il annonça:

— C'est d'accord, Hémon. J'accepte. Mais tant qu'à faire, je veux que Gaspard forme non pas un, mais deux chasseurs. (Il désigna son fils.) Polynice ira avec vous!

Ce dernier réagit à peine. Cueilli, il regardait l'assemblée comme s'il avait mal compris, mal entendu... Il semblait l'objet accablé d'une méprise.

Alors qu'on le félicitait déjà, Ismène sentit qu'Hémon posait sur elle un regard insistant. Elle crut tout d'abord qu'il fixait son visage, mais son regard semblait plonger plus bas, vers sa poitrine, son ventre... Assez vite, la fillette sentit une idée confuse grandir en elle, un sentiment fait de pudeur et d'embarras ; pour la première fois, elle ressentait le besoin de se couvrir, de se cacher. Elle se plaça derrière Claude pour se soustraire aux yeux scrutateurs qui lui cuisaient à présent les seins.

Romuald parut interroger l'ancien du regard. Celui-ci eut un imperceptible mouvement de tête. Le Premier enchaîna :

— Bien, nous allons commencer.

Alors, levant les bras au-dessus de son front, aussitôt imité par les autres, selon un rythme connu de tous, selon des gestes tant répétés qu'ils en étaient devenus automatiques, chaque membre du Suspend frappa deux fois dans ses mains, de sorte qu'un claquement sonore et écrasé monta loin par-delà la cime nue. Puis les voix s'entremêlèrent, et les timbres tantôt fluets tantôt graves se perdirent entre les branches : « Libres ! Nous sommes libres ! »

Tout le clan avait crié à l'unisson.

2

Mythes

Sitôt la cérémonie achevée, chacun vaqua à ses occupations. Ismène raccompagna Claude jusqu'à son abri. Sur le chemin du retour, elle rencontra Hémon. Le garçon dardait sur elle un œil brillant et se positionna au beau milieu de la passerelle. La fillette ne pouvait plus passer.

— Ismène, dit-il. Tu as entendu ? L'instruction, c'est fini pour moi. Désormais, je ne ferai plus que chasser !

— J'étais là, Hémon, je suis au courant.

Un léger vent s'était levé, faisant ondoyer les mèches du garçon. Il gonfla la poitrine.

— Je trouve que tu as changé, balbutia-t-il, tu es plus... grande, plus...

Ismène, qui devinait le tour de la discussion, croisa les bras sur sa poitrine.

— Qu'est-ce que tu veux, Hémon ? J'ai à faire.

— Je m'étais dit qu'après la chasse on pourrait aller se promener dans les houppiers, toi et moi. Polynice m'a dit qu'il avait vu des merises près du hêtre en chandelle. Elles sont encore un peu acides, mais ce serait chouette... Qu'est-ce que tu en penses ?

La fillette haussa les épaules.

— Pourquoi pas ? On verra. Pour l'instant je dois aller voir Eurydice. Elle est toujours malade, tu sais.

— Pfft ! s'agaça-t-il. De toute façon, elle va y passer. Comme son frère. Romuald dit qu'on peut rien y faire… C'est dans son sang. C'est comme ça.

Ismène posa sur le garçon un regard courroucé.

— Il faut bien l'aider, quand même !

— Oh ! tu peux l'aider si ça t'amuse. Mais ça ne fera rien à l'affaire. Si les dieux l'ont décidé…

La fillette secoua la tête.

— Encore tes dieux… Tu mélanges tout ! Tu n'as pas encore compris : tout ça c'est des histoires, de la tragédie ! Les dieux, c'est… une image !

— Et *Anne Dersbrevik* ! C'est une image peut-être !

Ismène se tint silencieuse. Le nom effrayant venait d'embrumer son esprit.

— Réfléchis, reprit Hémon, si les démons existent, alors les dieux existent aussi ! Sinon, c'est pas possible. C'est l'un ou l'autre !

La fillette soupira. Elle feignait l'agacement, mais au vrai, elle se sentait troublée par les spéculations tortueuses du garçon. Depuis quelque temps, Hémon était obnubilé par un panthéon imaginaire, fantasme auquel il cherchait à donner une consistance par tous les moyens. Ses constructions mentales, cependant, semblaient traversées par une logique qui se ramifiait au fil de ses élucubrations. Ismène avait constaté que les paroles de l'adolescent commençaient à obtenir audience et crédit, auprès des plus jeunes, notamment. Sa mystique exerçait un pouvoir déstabilisant qui pouvait, à terme, devenir inquiétant.

— Je ne sais pas, dit-elle, Louise dit que...
— *Ô cœur lâche et esclave d'une femme !* récita-t-il.
— Je ne vois pas le rapport...
— Il ne faut pas écouter tout ce que raconte Louise, c'est tout.

Non loin, le pépiement d'un rouge-gorge attira leur attention. De sa vue qu'on disait perçante, Hémon fouilla les branchages.

— C'est vrai que les beaux jours arrivent, s'amusa-t-il.

Puis, alors qu'Ismène s'était un peu relâchée, il empoigna ses épaules et l'attira violemment contre lui. Elle se cabra.

— Qu'est-ce que tu fais, hurla-t-elle. Aaah ! Lâche-moi !

— Embrasse-moi ! ordonna-t-il.

Attirée par les cris, Pauline était sortie de son abri. Hémon recula, perturbé, et Ismène en profita pour se frayer un passage, provoquant le cliquettement de la rampe qui se répercuta le long du couloir suspendu. Elle atteignait la prochaine bifurcation quand la voix d'Hémon tonna derrière elle.

— Tu joueras moins les biches effarouchées quand je jetterai du gibier dans ton assiette !

Elle s'empressa de filer.

Lorsqu'elle atteignit la plate-forme d'Arsène et Lise, elle signala sa présence avant de pénétrer à l'intérieur du foyer. Eurydice était alitée, ses bras chétifs passaient par-dessus la couverture. Sa mère lui caressait tendrement la tête.

— Comment va-t-elle, ce matin ? s'enquit Ismène.

Lise fixait un point vague. Elle répondit sans tourner la tête.

— Elle a un peu dormi... mais elle souffre toujours.

Comme les voix résonnaient dans l'abri, Eurydice s'ébroua dans sa couche. Une mauvaise suée lui avait plaqué des boucles sur le front. Sa peau diaphane révélait le réseau de veines minuscules qui traversait ses joues émaciées. Elle esquissa un sourire qui s'étira en grimace.

— Ismène, marmonna-t-elle.

La fillette s'agenouilla près du lit.

— Bonjour Eurydice. Je suis venue te dire que c'est bientôt le printemps... Il va falloir que tu sois en forme !

La malade gémit, tandis que sa petite main glissait sur la couche, cherchant le contact. Quand les doigts se rencontrèrent, Ismène trouva que l'enfant avait la peau très chaude.

— Il lui faudrait du chasse-diable, dit Lise. J'en ai parlé à Gaspard. Il m'a promis d'en cueillir.

À l'évocation de la plante amère, les papilles d'Ismène se crispèrent. On lui avait fait mâcher les mêmes feuilles médicinales, quelques années auparavant, comme elle s'était fait une plaie à la lèvre. Sa bouche en avait longtemps conservé l'étrange goût de résine. En plus du millepertuis, la tribu utilisait ainsi divers remèdes naturels qu'elle consommait à l'état brut ou sous forme de décoction. Ismène adorait par-dessus tout la tisane de menthe qu'on buvait pour calmer les spasmes et les maux de ventre.

— Est-ce que tu as besoin de quelque chose ? demanda Ismène.

Lise se força à sourire.

— Non, tu es gentille. C'est déjà très bien que tu viennes nous voir.

Ismène se pencha et déposa un baiser sur le front humide de l'enfant.

— Je repasserai tout à l'heure, dit-elle.

En se relevant, elle aperçut la figurine de bois avec laquelle Eurydice s'amusait de temps à autre. C'était une poupée grossière dont on avait taillé les membres dans une souche tendre. Les yeux consistaient en deux trous creusés avec la pointe d'un couteau. Ismène prit le jouet et le déposa au creux de la main fiévreuse. La petite fille réagit à peine.

Quand Ismène, sur le seuil, se retourna une dernière fois, elle eut la désagréable sensation qu'il y avait davantage de vie dans les orbites vides de la figurine que dans le regard d'Eurydice.

C'est dans son sang... C'est comme ça! firent les paroles d'Hémon à la manière d'un écho. Est-ce qu'elle allait vraiment mourir? Passer? Avait-elle le même mal que son frère?

Elle se dépêcha de sortir comme les suppositions l'étouffaient.

L'air lui fit le plus grand bien. Les senteurs vertes et terreuses que charriait une brise par vagues légères contrastaient avec l'atmosphère confinée de l'abri.

Elle traversa le couloir latéral et gagna la cabane maîtresse par une large passerelle. Là, assis côte à côte, les fils et les filles du clan prenaient leur repas du matin. Séraphine avait distribué des galettes préparées à partir de farine de gland, accompagnées de morceaux de gibier bouilli que les enfants mastiquaient patiemment.

La préparation de ce pain plat était fastidieuse et rudimentaire. Il fallait débarrasser les fruits de leur tanin naturel en les immergeant dans une succession de bains. La méthode, très gourmande en eau, ne connaissait qu'une seule autre possibilité : entasser les amandes pelées dans une toile de jute qu'on plongeait ensuite dans la rivière pendant plusieurs jours, l'action du courant faisant le reste. Évidemment, l'activité se révélait aussi dangereuse que la chasse ; car pour accéder au point d'eau, il fallait descendre du Suspend, traverser la forêt. Et traverser la forêt, c'était courir le risque de se retrouver nez à nez avec Anne, avec l'ogresse impitoyable...

Ismène se souvenait d'un événement qui avait plongé le village dans l'effroi. Alors que le clan semblait connaître une période d'accalmie, une poignée d'adultes avaient multiplié les incursions dans la forêt, dans le monde d'en bas. D'abord timides et espacées, les descentes s'étaient faites de plus en plus rapprochées, jusqu'à suggérer l'idée que les lieux se trouvaient vidés de toute menace.

— Certains parlaient déjà de partir, lui avait raconté Arsène. On en était venu à croire qu'Anne avait disparu... qu'elle était morte ou qu'elle avait été terrassée par un ennemi plus puissant. Sans elle, nous n'avions plus de raison de nous cacher, nous n'avions plus rien à craindre. C'est alors que c'est arrivé... que nous avons été rappelés brutalement à la réalité... Un après-midi, entre deux averses, Sybille est partie vers la rivière, accompagnée de Gaspard et moi. Nous marchions tranquillement quand soudain la Bête nous est tombée dessus. C'était elle, c'était Anne Dersbrevik ;

elle était immense, couverte de poils et de sang, ses yeux enfoncés jetaient des éclairs. De ses bras tordus, elle fouettait l'air en poussant un cri à vous pétrifier. On s'est tous mis à courir, sans vraiment comprendre ce qui se passait. C'était horrible... on était complètement paniqués. Ce n'est qu'une fois arrivés au pied du Suspend que nous avons réalisé que Sybille n'était plus là.

— Vous l'avez revue?

— « Revue »... non. Nous l'avons *retrouvée*, plus exactement. Quand nous sommes retournés, une semaine plus tard, sur les lieux de l'attaque, son corps démembré gisait sur le sol boueux. L'ogresse l'avait déchiquetée... Il y avait des membres éparpillés, des lambeaux de peau; et du sang aussi, beaucoup de sang. Quand j'ai vu une limace sortir du trou où aurait dû se trouver son œil, j'ai cru me trouver mal. On a voulu la brûler, mais les rugissements se répercutaient à nouveau dans le couvert. Elle revenait... pour nous! Elle nous avait sentis. Il a fallu l'abandonner aux charognes. C'était triste, mais on ne pouvait rien faire de plus...

Les enfants qui avaient achevé d'engloutir leurs rations s'étaient approchés du tonneau contenant une partie des réserves d'eau. Le liquide, qu'un dispositif à base de sable filtrait et débarrassait de ses premières impuretés, était distribué au moyen d'une louche. Lorsqu'il était renversé, le récipient semblait un masque augmenté d'un manche derrière lequel disparaissaient les visages miniatures. En venant s'hydrater à son tour, Ismène réalisa que Séraphine n'avait pas exagéré : le niveau dans la barrique était bas. Il faudrait très vite pallier une éventuelle pénurie.

La fillette aida Séraphine à débarbouiller les enfants et à leur nettoyer les mains. Pour cela, elles frottaient les parties les plus sales avec une cendre blanchâtre dont on avait extrait le charbon à l'aide d'un tamis grossier. La potasse présente dans les résidus de combustion agissait comme dégraissant et comme antiseptique naturel. Ismène s'activait avec entrain, reproduisant les gestes qu'elle avait vu faire, se remémorant les vertus étonnantes des éléments contenus dans la nature environnante, et qui permettaient au clan de s'épanouir ici. De demeurer.

Une fois la « toilette » terminée, Louise, qui était arrivée, commanda aux enfants de former un quart de cercle ; tous s'exécutèrent dans un joyeux chahut — à l'exception de Louisa qui boudait systématiquement les premiers instants de l'instruction, en particulier si elle était dispensée par sa mère...

— Les enfants, annonça-t-elle, à partir d'aujourd'hui, c'est moi qui jouerai le rôle d'Hémon pour le remplacer.

— Tu connais ce rôle-là *aussi* ! s'étonna Borée.

— Bien sûr, rétorqua Louise. Je connais tous les rôles. D'ailleurs, toi aussi dans quelques années tu les connaîtras tous.

Estomaqué, le garçon gardait la bouche grande ouverte.

— J'ai déjà du mal à retenir mes lignes, bougonna-t-il.

— C'est parce que t'es pas concentré, siffla Antigone.

— C'est pas vrai !

Antigone expédia un clin d'œil à Ismène. À douze ans, elle prenait encore un malin plaisir à taquiner les plus petits.

— Du calme ! intervint Louise. Avant de commencer, je veux que l'on reparle de ce qui s'est passé ce matin...

Les enfants ne pipaient mot. Au souvenir du regard avide qu'Hémon avait posé sur elle, Ismène se sentit traversée par un frisson qu'elle eut le plus grand mal à réprimer.

— Il y aura bientôt de nouveaux chasseurs, continua Louise. Ils profiteront de l'expérience de Gaspard. Qui peut me dire pourquoi nous avons besoin de chasser ?

— Parce que nous avons besoin de viande, s'empressa de répondre Laïos.

— Très bien, Laïos ! Et pourquoi avons-nous besoin de viande ?

Borée fronça les sourcils.

— Parce que dedans il y a des *protines*...

— Des protéines, corrigea Louise. C'est exact. Nous avons besoin des nutriments contenus dans la viande. Et où trouve-t-on la viande ? Chez les...

— ...animaux ! complétèrent en chœur les enfants.

— Bravo ! Et où se trouvent les animaux ?

— Dans la forêt !

— Dans les sentiers de la forêt, oui ! Et où se trouvent les sentiers ? En...

— ...en bas !

Louise marqua une pause, comme pour augmenter la portée de ce qui allait suivre.

— Mais qu'est-ce qu'il y a en bas ?... Il y a aussi un danger, n'est-ce pas ?

Les petits visages se fermaient, à présent.

— ...un grand danger, n'est-ce pas ? Qui veut m'en parler ?

Phinée, le menton rentré, se leva. Ismène regarda son petit frère avec tendresse.

— Oui, Phinée, nous t'écoutons, l'encouragea Louise.

Le garçon se racla la gorge et parla tout en conservant les bras le long du corps.

— En bas, il y a... Anne... Anne est une ogresse très méchante qui dévore les personnes. Elle vit sous la terre. C'est là qu'elle entraîne ses victimes.

Anne Dersbrevik, songea Ismène. *La Bête...*

— C'est très bien, Phinée. Alors... Qu'est-ce qu'on ne doit jamais faire, les enfants ? Sous aucun prétexte ?

— Descendre ! hurlèrent-ils à l'unisson.

— Je n'ai rien entendu ! Qu'est-ce qu'on ne doit jamais faire ? martela Louise.

— DESCENDRE !

Ismène fut la seule à entendre Séraphine qui bougonnait dans son coin, occupée à raviver un brasero.

— Oh ! ils finiront par me rendre sourde à brailler comme ça...

Mais les cris agissaient à la façon d'un exorcisme, d'un impératif libérateur qu'il convenait de scander, chaque jour. En s'époumonant de cette manière, la deuxième génération éloignait la menace, la repoussait le plus loin possible. De plus, le hurlement collectif avait pour objectif de détendre les ventres et les esprits ; car après ça, on se sentait mieux, beaucoup mieux ! Louise avait expliqué à Ismène que ça avait un rapport avec le diaphragme, une membrane qu'on a près des côtes. La fillette n'avait pas bien compris.

— À présent, dit Louise, qui veut commencer ? Nous en étions à l'entrée du chœur, je crois.

— Moi, je veux bien, proposa Étéocle.

Louise lui indiqua de se placer au centre de la cabane d'un geste de la main. L'enfant s'avança, et le texte coula entre ses lèvres. Il avait un timbre très agréable que tout le monde appréciait. Il annonça :

— Première strophe :

> *Œil du jour, flamboyante aurore,*
> *Ô le plus éclatant soleil*
> *Que Thèbes ait vu rire encore,*
> *Splendeur d'un matin sans pareil !*
> *Tu parais, dorant l'eau limpide,*
> *Et tu fais s'enfuir plus rapide*
> *L'Argien au bouclier blanc*
> *Qui, moins superbe que naguère*
> *Quand il vint nous criant la guerre,*
> *Presse en vain son cheval tremblant !*
> *Hautain, hier ; aujourd'hui misérable,*
> *Enfin il part, et nous ne verrons plus*
> *Devant nos murs une armée innombrable*
> *Se hérisser de... de...*

Il avait oublié la suite.

— *De casques chevelus*, souffla Ismène, tandis que devant elle, poussées par des bourrasques imaginaires, les mèches d'Hémon se soulevaient.

Hautain, hier ; aujourd'hui misérable, se répéta-t-elle.

3

Adieu

Alors que Borée, interprétant le garde, allait entamer le second épisode de la pièce, le groupe de chasseurs qui se préparait à descendre traversa la plate-forme. Gaspard en tête, ils marchaient vers la cabane par laquelle on accédait aux chemins qui serpentaient en contrebas. Ils firent une courte halte, et allèrent chacun leur tour boire une grande rasade d'eau devant le regard admiratif des enfants.

Hémon crânait. Par la façon dont il faisait jouer les muscles de ses bras en portant la cuiller à ses lèvres, on le devinait désireux de susciter l'admiration chez les plus jeunes, mais surtout chez Ismène qu'il guettait du coin de l'œil. La fillette quant à elle se désintéressait ostensiblement des rodomontades du chasseur novice et reportait son attention sur Polynice. Le garçon, enrôlé de force le matin même pour accompagner Hémon, était excessivement pâle. Au rebours de son compagnon d'armes qui n'en finissait plus de parader, il semblait terrorisé. En observant sa sagaie, Ismène remarqua que la haute lame était agitée par un tressaillement que lui communiquait sa main. Il était ailleurs... le regard tendu bien au-delà des bourgeons naissants.

D'ordinaire, Ismène lui trouvait les traits agréables, et ses cheveux très courts, grossièrement coupés, ne parvenaient jamais à déranger l'agencement harmonieux de son visage ; il y avait ses lèvres, surtout... tout à la fois gourmandes et généreuses, deux traits gorgés de rose, gorgés de vie, sur lesquels le jus des baies écrasées entre ses dents, ses belles dents qui se chevauchaient à peine, coulait en traînées pourpres. Mais en ce moment, Polynice était blême ; le sang avait déserté sa figure.

Le calme de Gaspard, en comparaison, était sidérant. Le traqueur aguerri patientait sans prêter la moindre attention au numéro que jouait Hémon, l'un des deux apprentis dont il était désormais le garant. L'homme, massif, paraissait taillé dans le même bois que le reste du Suspend, il en était devenu l'excroissance robuste et mobile ; ses bras musculeux jaillissaient de son torse telles les branches du vieux chêne central qui traversait le village aérien de part en part. Il s'était redressé, sur le point d'annoncer calmement le départ, quand Polynice lança d'une voix blanche :

— J'ai oublié quelque chose... Je reviens.

Gaspard ne protesta pas, il se contenta de hocher la tête :

— On t'attend à l'échelle... Viens, Hémon !

Ils s'en allèrent tous deux, tandis que Polynice remontait le couloir en sens inverse. Ismène le suivit discrètement des yeux. Le garçon se retourna pour s'assurer qu'on ne l'observait pas, puis obliqua vers les latrines.

Mue par la curiosité, la fillette remonta à son tour le couloir, et vint se placer à une enjambée de la petite baraque où l'on venait se soulager.

— Polynice, appela-t-elle, c'est Ismène. Tu es malade ? Ça ne va pas ?

Pour toute réponse, des bruits d'intestins tourmentés traversèrent la porte fragile. Un peu gênée, la fillette esquissa un pas vers la passerelle, avant de se camper en une pose maladroite, le dos tourné de trois quarts.

— Polynice ? lança-t-elle en se tordant le cou.
— Laisse-moi ! gronda le garçon.
— Qu'est-ce qui t'arrive ?
— Laisse-moi, je te dis ! répéta la voix filtrée.

Le vent apporta un atroce effluve qui s'échappait de la cabane percée.

— J'ai bien vu que tu étais tracassé..., continua-t-elle. À moi, tu peux en parler, tu le sais bien...

À l'intérieur, Polynice hésitait à se livrer.

— Allons, Polynice, tu sais bien que...
— Tu ne comprends pas ! aboya-t-il. J'ai peur ! J'ai la trouille... J'ai...

Le timbre devenait ténu. Ismène sentit qu'une grosse boule atrophiait les mots dans la gorge du garçon.

— J'veux pas mourir..., gémit-il. Je sais que je devrais être brave, et tout... mais j'ai peur... j'ai tellement peur... J'veux pas être mangé par l'ogresse !...

Il pleurait.

— Tu n'as qu'à dire à Gaspard que tu ne te sens pas bien, proposa la fillette. Il peut comprendre. Ça te laissera un peu de temps pour te faire à l'idée, pour t'habituer...

— Et après ! Si j'me fais pas à l'idée, hein ? Si je m'habitue pas ? Qu'est-ce qu'on va penser de moi ?

Ismène se composa une voix très douce.

— Polynice, tout le monde peut comprendre...

— Tu rêves ou quoi ! Les gens comprendront... et ensuite ? Tu accepterais de manger de la viande d'oiseau pour le restant de ta vie ? Nous avons besoin de chasseurs, c'est tout !... Il faut...

Le garçon poussa la porte. Ismène se plaqua la main sur le nez.

— ... Il faut que j'y aille, c'est tout... Je dois descendre.

Ses joues semblaient recouvertes d'une brume d'automne. Prise de pitié, Ismène se rapprocha, et lui caressa l'épaule de sa main libre. Il frémit, puis la regarda avec intensité.

— Laisse-moi ! Je ne mérite pas ça. Je ne suis qu'un trouillard ! (Puis, plus bas.) Ne le répète pas aux autres, s'il te plaît... C'est assez dur comme ça.

Ismène secoua la tête.

— Ne t'inquiète pas, je sais tenir ma langue.

Ils demeurèrent ainsi, pendant qu'un souffle brimbalait les hautes branches, si frêles, si crochues que les derniers rameaux figuraient des doigts tendus vers le ciel, prêts à capturer les oiseaux imprudents.

Des sentiments contraires envahissaient Ismène : elle voulait aider Polynice, le protéger ; elle voulait courir pour supplier Gaspard de lui accorder une journée de répit. Mais elle n'ignorait pas les lois du Suspend, elle savait la vie du clan régie par des règles simples, mais strictes. Polynice avait raison : on lui pardonnerait quelques jours son manque de courage, mais le regard des autres risquait de changer. Il y aurait les chuchotements, d'abord, puis très vite viendraient les quolibets des enfants... avant qu'on ne se moque franchement de lui ! Et nul ne pourrait empêcher le processus, pas même Romuald. Non, il devait descendre.

Le garçon fut secoué par un spasme qui le plia en deux.

— Ça me tord ! hoqueta-t-il.

Ismène l'aida à se relever. Sous ses pommettes saillantes, un duvet clair commençait à recouvrir ses joues.

— *Ils pensent comme moi, mais ils te craignent et se taisent*, dit-elle.

— *Et toi, tu ne rougis pas de prendre un parti différent ?* interrogea le garçon, récitant à son tour.

Pour toute réponse, Ismène posa maladroitement ses lèvres sur celles de Polynice. C'était la première fois qu'elle offrait un baiser à un garçon. Un baiser sur la bouche. Il ne se déroba pas.

— Pourquoi tu as fait ça ? demanda-t-il.

— Parce que j'en avais envie ! C'est pour te donner du courage... Ça t'a plu ?

Polynice braqua sur elle des yeux tristes.

— C'est pour me dire adieu, c'est ça ? C'est parce que tu sais que je ne reviendrai pas ?

— Mais non..., protesta-t-elle, pas du tout... je... Tiens ! quand tu seras de retour, si tu veux, on recommencera !

Le garçon hocha les épaules, puis sans mot dire, s'engagea sur la passerelle. Ismène regarda la silhouette s'éloigner, tout en passant sa langue sur sa lèvre inférieure afin de retenir le goût du baiser qu'ils venaient d'échanger.

Elle s'était imaginé la bouche du garçon sucrée, onctueuse ; elle s'étonnait à présent de ce contact dur, quasiment froid.

C'est la peur qui fait ça, songea-t-elle. *Ou alors, c'est le goût du sel...*

Le sel. Depuis longtemps, Ismène entendait parler de ce condiment mystérieux, sans en connaître la saveur exacte. Elle avait entendu le mot dans certaines expressions employées par les adultes, comme « le sel de la vie », ou quand Séraphine affirmait que la nourriture « manquait de sel »... Mais personne n'avait pu lui fournir d'explication satisfaisante, détailler la sensation que la substance provoquait. La fillette en était venue à penser que les grands employaient ces formules sans en comprendre réellement la signification.

— Ça a le goût de quoi ? s'était-elle agacée auprès de sa mère.

— Eh bien... c'est un peu comme de la cendre, mais en plus amer. C'est comme quand on lèche des rochers ou certains cailloux. Enfin, *je crois*...

— Mais toi, tu en as déjà pris, du sel ?

— Mais, enfin... bien sûr que non ! lui avait rétorqué sa mère, amusée par la question saugrenue.

Par la suite, l'énigme s'était épaissie auprès des garçons de la tribu.

— Ça a le goût du pipi, lui avait affirmé Créon. C'est Louise qui me l'a dit.

— Ah, oui ! Et qu'est-ce qu'elle en sait, Louise ? Je suis sûre qu'elle en a jamais mangé !

Le garçon n'avait pas relevé la pique.

— Tout ce que je peux te dire, c'est que si tu veux manger du sel, tu dois boire du pipi. C'est comme ça !

Tenaillée par le doute, Ismène avait cédé au conseil de Créon. Dans l'intimité des latrines, elle avait porté à la bouche son doigt imprégné de gouttelettes jaunes, immédiatement convaincue que le garçonnet s'était payé sa tête.

Ainsi le sel avait-il rejoint la longue liste des mots et expressions qu'on employait dans le clan sans en percevoir la réalité. Les concepts, vides de sens, désignaient des objets ou des attitudes du quotidien qu'on associait à une vérité floue, extérieure. Peu à peu, Ismène avait découvert le langage et ses artifices, les liens arbitraires unissant les choses et leurs noms. Gestes, actions et conseils se traduisaient selon des termes intangibles qu'il fallait décoder et retenir.

Elle en était là de ses réflexions quand un craquement venu du ciel attira son attention. Perché sur une branche qui ployait sous son faible poids, Laïos la regardait d'un air étrange. Ismène se demanda depuis combien de temps il était là et s'il avait assisté à la scène...

— Qu'est-ce que tu fais ici ? Tu devrais être avec les autres !

— Ça sert à rien, l'instruction !

Il répétait les paroles d'Hémon. La fronde du garçon allait-elle faire des émules ? Allait-il forger un modèle que les enfants chercheraient à imiter ? La fillette pressentait une contestation que Louise devrait très vite enrayer.

— Mais enfin, qu'est-ce que tu racontes ? C'est très bien d'apprendre des choses. Retourne à la cabane, je te prie !... Allons ! Dépêche-toi, sans ça je viens te chercher !

— Ha ! ha ! ricana Laïos. Toi ? Tu serais incapable de me rattraper ! T'es devenue trop grosse. T'es presque une adulte, maintenant.

Il disait vrai. Ismène doutait de réussir à le pourchasser dans les branchages.

— Il faudra bien que tu descendes ! Et alors je serai là pour te botter le postérieur ! Et d'abord, qu'est-ce que tu es venu faire ici ? Tu m'espionnais ?

— Je voulais voir ce que vous faisiez, c'est tout.

— Et alors... Qu'est-ce que tu as vu ? s'enquit-elle d'un air faussement détaché.

— J'en ai vu bien assez ! siffla le garçon avant de disparaître.

J'aurais dû être plus prudente ! pensa-t-elle. *La prochaine fois, j'inviterai Polynice dans ma cabane... et je fermerai la porte. De la sorte, personne ne nous surprendra...*

La prochaine fois. Y aurait-il seulement une prochaine fois ? Elle n'avait pas voulu attiser les craintes du garçon, mais elle n'ignorait pas les périls encourus par les pourvoyeurs de gibier. La forêt regorgeait de menaces, tels les sangliers farouches qui chargeaient sans prévenir ou les vipères dont la morsure provoquait fièvres et gangrènes. Mais surtout, il y avait Anne... Elle était là, tapie dans l'ombre d'un fourré, prête à bondir toutes griffes dehors !

Coincés au milieu d'une étrange chaîne alimentaire, les hommes chargés de capturer des animaux étaient eux-mêmes l'objet d'une traque impitoyable. Ils étaient à la fois chasseurs et chassés ; prédateurs et proies.

Fallait-il s'attacher à Polynice, dans ces conditions ? Elle venait d'agir sans réfléchir, sans planifier son acte. Elle s'était sentie attirée par les lèvres du garçon.

C'était tout. Mais s'ils renouvelaient l'expérience? Si à nouveau leurs bouches se touchaient? Allaient-ils commencer une sorte de parade? de rut? Allaient-ils « tomber amoureux », selon l'expression consacrée?

Et d'abord, tomber amoureux, est-ce que ça faisait mal? Est-ce qu'on ne risquait pas de se casser une jambe?

4

Jeux

Dans la futaie où les arbres étaient faiblement espacés, les enfants avaient appris à se déplacer au gré des hautes tiges qui se télescopaient tels des mâts végétaux. Légers et agiles, fils et filles du clan avaient développé tout un art de l'escalade sylvestre. Au prix de lentes reptations, de glissades calculées et de sauts acrobatiques, on pouvait — à condition de n'être pas trop lourd — explorer une bonne partie de la zone jouxtant le Suspend.

Les enfants n'avaient pas le droit d'arpenter les sentes forestières? Les planches du Suspend constituaient une limite infrangible? Qu'à cela ne tienne, ils grimpaient. Toujours plus haut! Confinés dans leur microcosme, perpétuellement menacés par les dangers en provenance du monde inférieur, ils avaient reporté leur énergie vers un domaine encore plus haut qu'eux. Privés de « descentes », ils s'étaient inventé des jeux et des défis adaptés à leur situation. Et ils s'amusaient follement!

Il y avait la course, en premier. Au signal donné, on s'élançait à toute vitesse vers la plus haute branche d'un arbre où l'on avait accroché un trophée — en général, les restes d'une peau mal tannée — dont il fallait s'emparer le premier pour être désigné vainqueur.

Dans les cris d'hystérie, on jouait aussi à l'ogresse : un enfant, désigné par une brindille qu'on faisait tournoyer au sol, représentait le monstre qu'il convenait d'éviter coûte que coûte. Et si d'aventure l'ogresse vous touchait, vous étiez mort, et vous deviez feindre de vous écrouler sur le premier bras d'arbre venu. La partie s'achevait lorsque le monstre avait « griffé » tout le monde.

Mais il y avait plus drôle. Et plus dangereux...

Au seuil de l'enfance, alors que de vilains boutons s'apprêtaient à envahir leurs minois, les plus téméraires éprouvaient le besoin de mesurer leurs forces. Ici, l'amusement cessait. La candeur se transfigurait en épreuve initiatique. À cet effet, on avait imaginé une sorte de rite de passage qui présentait un risque démesuré, en faisant par là même tout l'attrait. Tout d'abord, les duellistes se hissaient sur une branche de moyenne section, mais qui devait présenter la particularité de s'étirer à *l'extérieur* du Suspend ! Ensuite, accrochés à la tige, suspendus par les mains au-dessus du vide, les pieds oscillant au caprice des bourrasques, ils devaient tenir le plus longtemps possible. Dès l'instant où les membres tétanisés commençaient de trembler, une voix s'élevait toujours pour donner l'alerte :

— Attention, je crois que j'ai vu bouger en bas ! Oh ! non... C'est elle ! C'est l'ogresse Anne ! Surtout, ne lâchez pas ! Ne lâchez pas !

Si la vision était fantasque, la menace n'en demeurait pas moins concrète. Tous savaient le monstre quelque part à l'aplomb de ces petits corps cherchant à braver leurs peurs, se tordant de douleur et de l'envie de grandir.

Oui, les fiérots accrochés le savaient parfaitement : tomber, c'était mourir. À coup sûr. Car à l'issue de cette éventuelle chute — sans armes et les jambes probablement brisées —, il y avait la Bête et... la mort ; il y avait l'impossibilité de s'arracher à l'appétit vorace de l'ogresse qui aurait tourné autour de ce festin tombé du ciel pour mieux le flairer, se serait pourléché les babines avant de s'élancer, afin de dépecer sa victime dans des hurlements déchirants.

Finalement, au point le plus critique, l'un des jouteurs se rattachait par les jambes d'un simple coup de reins, immédiatement imité par son rival. Gagnant et perdant de ce défi vertigineux demeuraient alors collés à leur support, fruits haletants, incapables de se déplacer avant cinq vocalises de merle.

À l'issue de cette épreuve, on les déclarait tous deux, et sans distinction, initiés. Ils étaient devenus membres du Clan suspendu.

Au sein de ces passe-temps simiesques, heureusement, les accidents restaient rarissimes. Les activités « hautes » n'étaient ponctuées que de petits décrochages sans gravité, et l'on redoutait beaucoup plus les infections provoquées par les échardes que vous fichaient certaines planches râpeuses que ces loisirs innocents.

Vers la fin du jour, alors que la lumière encore fragile s'enlisait au couchant, une série de coups frappés selon un code précis monta des fourrés. Les chasseurs étaient de retour, et ils réclamaient l'échelle.

Gagnées par une activité subite, les passerelles vibrèrent, et après que la nouvelle se fut propagée à travers les corridors courbés, Gaspard et les deux adolescents pénétrèrent dans la cabane maîtresse.

Hémon avait un sourire narquois accroché aux lèvres. Il tenait dans sa main le corps inanimé d'un renard dont le museau étroit pointait au-delà des babines retroussées. Le garçon s'approcha de Séraphine et lui offrit l'animal avec emphase.

— On a eu de la chance! claironna-t-il. Il passait devant nous. Je l'ai tué du premier jet! Gaspard m'a expliqué que normalement il fallait le déloger de son terrier.

— C'est la chance du débutant, rétorqua Séraphine en saisissant les pattes noirâtres. Mais faudra quand même faire mieux que ça. Un renard c'est bien pour tailler un bonnet, mais pas question de nourrir le Suspend avec ça... Enfin, bravo quand même. M'est d'avis que tu vas devenir un sacré chasseur!

Il jubilait. Séraphine, à qui on laissait le soin de vider les bêtes et d'en détacher les téguments afin de procéder au tannage, avait pris le chemin de la cabane où elle préparait les repas.

— Gaspard m'a appris à reconnaître leurs empreintes, reprit Hémon à la cantonade. Les traces forment un ovale contenant cinq coussinets. En plus, ils ont des crottes très effilées. J'en capturerai d'autres, c'est sûr!

Certains enfants s'étaient massés autour de lui. Ils écarquillaient les yeux, subjugués.

— C'est comment en bas ? demanda une petite voix. C'est dangereux ? Tu as vu des choses ? Et... l'ogresse, elle était là ?

— Oui, c'est très dangereux ! Il faut être courageux. Pourtant, je n'étais pas vraiment inquiet. Et vous savez pourquoi ?

La jeune assemblée secoua la tête.

— Parce que les dieux me protégeaient, bien sûr !
— Les dieux..., répétèrent-ils.

Gaspard ne put contenir un sourire. Les fanfaronnades du garçon l'amusaient. À n'en pas douter, il voyait là une façon pour Hémon d'extérioriser ses craintes. La hâblerie n'était à ses yeux qu'un procédé candide visant à combattre les fantasmes. Le chasseur à peine défloré tentait de s'approprier la dangerosité du monde. Par n'importe quel moyen, n'importe quelle fable !

Ismène se rapprocha de Gaspard.

— Ça s'est bien passé ?
— Oui, bougonna-t-il.
— Hémon est en veine...
— La veine, oui... Mais il faut reconnaître qu'il est adroit. Je n'aurais pas fait mieux. S'il continue comme ça, il va devenir redoutable !

Ismène observait Hémon qui avait entrepris de mimer la scène de capture devant un parterre de mioches conquis.

— Mais toutes ces histoires de dieux... Toi, tu en penses quoi ?

— Bah ! ce sont des fables... Il veut se donner du courage. Il fait l'intéressant, mais je peux te garantir que lorsque nous étions en bas et que des craquements montaient des sous-bois, il n'en menait pas large !

— Elle était là ? s'inquiéta la fillette. Vous l'avez aperçue ?

Gaspard la fixa avec gravité.

— Ismène, Anne Dersbrevik est *toujours* là ! N'oublie pas. Elle nous tolère, elle accepte que l'on traverse son territoire de chasse, mais c'est uniquement parce qu'elle est repue, parce qu'elle a déjà dévoré d'autres proies. Lorsque la faim la prendra, elle nous tombera dessus sans crier gare ! Alors, il faudra courir. Courir très vite !

Il avait haussé le ton, s'attirant quelques regards.

— Et Polynice, demanda Ismène pour changer de sujet. Comment...

— Il a encore très peur, coupa Gaspard. Mais qui peut lui en vouloir ? J'étais comme lui, au début. Personne ne se fourre dans un piège mortel de gaieté de cœur ! Affronter les bois reste très éprouvant, on n'en sort jamais vraiment indemne, je m'en rends compte aujourd'hui. Toutes ces journées passées dans l'attente, dans la certitude que le monstre va vous prendre, qu'une main crochue va vous agripper ! C'est usant, tu sais... Il m'est arrivé d'espérer qu'Anne se montre une bonne fois pour toutes ! Qu'elle m'attaque franchement. Ce serait la fin, je le sais bien, je serais condamné... Mais ce serait aussi la fin de l'attente... La fin d'une vie passée à guetter le moindre chuchotement, le moindre murmure broussailleux.

— Et la fin du Suspend, compléta Ismène.

Gaspard fit la moue.

— Pas si d'autres prennent la relève ! Quand Hémon et Polynice auront achevé leur apprentissage, je pourrai me reposer. Et ce serait normal. Une juste récompense ! Oui... oui... une récompense...

Son débit se tarissait. Gaspard murmura encore quelques mots incompréhensibles puis il finit par se recroqueviller, signifiant de la sorte qu'il ne désirait plus parler.

À l'angle de la plate-forme, Polynice gardait la tête baissée. Sa première descente l'avait visiblement épuisé. Il avait les yeux cernés et sa silhouette suivait une courbe inverse à celle d'Hémon : l'un se dressait, l'autre se voûtait.

Ismène se rapprocha de lui. Lorsqu'elle lui parla, il eut un infime mouvement de recul, comme si elle le tirait sans prévenance d'une légère prostration.

— Comment te sens-tu ?

— Pas trop mal, grommela-t-il. Une fois en bas, ça allait un peu mieux... Je crois que le plus effrayant, c'est l'échelle, juste avant que le pied touche le sol. On se sent tellement vulnérable.

Elle tentait d'imaginer le déroulement de l'action. Elle voyait le garçon franchir les derniers barreaux, se rapprochant du point le plus bas, par degrés.

— C'est comment, en bas ? C'est vrai que les racines du vieux chêne sont aussi grosses qu'un bras ? Et marcher dans la terre, ça fait quoi ? Tu as eu mal ?

— Les racines ? Je ne sais pas, j'ai pas pris le temps de regarder... Pour ce qui est de marcher, c'est... bizarre. C'est un peu comme de fouler une peau tannée, mais en plus dure quand même. Gaspard dit que dans quelques jours on ne sentira plus rien à cause de la corne.

Les yeux d'Ismène embrassaient le visage du garçon. Un étrange picotement naissait au creux de son ventre.

— Tu n'as pas lancé ? interrogea-t-elle.

— Non, Hémon a été plus rapide que moi. Mais on a appris tout un tas de trucs. Gaspard m'a montré comment utiliser le propulseur. C'est une espèce de baguette avec un crochet. Grâce à ça, ton projectile reçoit une force amplifiée, et puis le tir est vraiment précis ! Je me suis entraîné à lancer ma sagaie contre le tronc d'un frêne pas plus gros qu'une cheville. Et je l'ai plantée chaque fois !

La fillette remarqua une trace violacée sur le cou de Polynice.

— C'est quoi cette marque ?

— Oh ! ça... c'est ma faute. La première fois que j'ai fiché ma lance dans le tronc, j'ai crié de joie, comme un idiot. Gaspard m'a expédié une de ces claques ! Il était furieux. Quand je me suis relevé, il m'a simplement dit : « Si tu veux survivre, faut que tu apprennes à te taire ! » Tu sais, c'est comme ça que ça marche, en bas. C'est pas de l'instruction ordinaire. On apprend que des trucs vraiment utiles... essentiels ! Et je peux te garantir que j'ai retenu la leçon ! Dorénavant, je serai plus silencieux qu'une chenille.

Romuald avait rejoint le groupe. Gaspard et lui échangeaient des propos à mi-voix.

— À propos de ce qui s'est produit ce matin..., reprit Ismène, plus bas.

Le garçon se racla la gorge et se tordit les mains. Ismène ne pouvait dire si son embarras était provoqué par l'épisode des latrines... ou du baiser. Dans le doute, elle choisit de ne pas s'étendre sur le sujet.

— Peu importe, lança-t-elle d'une voix qu'elle espérait détachée. J'ai pensé à toi. Je souhaitais qu'il ne t'arrive rien. (Puis, se corrigeant :) Qu'il ne *vous* arrive rien.

Lise, qui venait de prendre pied sur la plate-forme, se glissa vers Gaspard. Dans la lumière déclinante, son visage paraissait plus blanc qu'à l'ordinaire. De larges cernes encadraient ses yeux. Ismène se demanda si le mal qui rongeait Eurydice n'était pas en train de se communiquer à sa mère.

— Gaspard, as-tu trouvé les herbes ? fit-elle.

— Non, Lise. Le chasse-diable n'est pas encore sorti. Je suis désolé.

— Comment va la petite ? interrogea Romuald.

— Très mal... J'ai peur que ça finisse comme... Tu sais...

— Tu dois rester confiante, dit Romuald. Il n'est pas dit qu'elle connaîtra le même sort. Tant qu'elle vit, elle est liée au clan. Nous sommes unis.

— *C'est Hadès qui brisera cette union*, ajouta-t-elle froidement.

Le Premier ne dit rien. La sentence prophétique l'avait plongé dans un abîme de réflexions... ou de craintes.

La main d'Hadès allait-elle vraiment ravir Eurydice ? Allait-il entraîner la fillette au royaume des morts ? Pour Ismène, la littérature antique et son cortège de monstres chtoniens occupaient une place de plus en plus grande dans l'esprit des membres de la tribu. Ce qui n'était, en première instance, qu'un exercice de mémorisation, un jeu théâtral qu'accompagnaient un vocabulaire riche et toute une tradition perdue, se muait au fil des années en une réalité confuse. La frontière entre divinités imaginaires et dangers réels était devenue poreuse. Si l'on poursuivait ainsi, les créatures infernales et Anne Dersbrevik ne formeraient bientôt plus qu'une seule et même entité. Un même Être.

Quand avait-on cessé d'opérer une distinction claire entre monde fictif et rationnel ? Depuis quand l'art dramatique avait-il cessé ? Jouait-on encore la comédie, ou se préparait-on à autre chose ?

Plus petite, Ismène avait bu les paroles de Louise. La Première, toujours logique et rassurante, faisait alors patiemment répéter les enfants. En toutes circonstances, les spéculations les plus improbables et les plus folles recevaient une explication cohérente. Le rôle du rituel et de l'instruction semblait moins flou qu'aujourd'hui ; la signification de chaque mot, de chaque geste, de chaque symbole demeurait évidente.

Pourquoi tout cela était-il en train de changer ? Quel mécanisme s'était enclenché ?

Dans son souvenir, à partir d'un point temporel qu'elle ne pouvait ancrer nulle part, Louise était devenue moins présente, ses paroles s'étaient raréfiées. D'autres avaient pris la suite et avaient continué de transmettre les valeurs du clan. Après tout, la Première n'avait pas le monopole de l'instruction, et il était parfaitement envisageable qu'elle pût disparaître du Suspend. Il était impératif en ce sens que les enfants poursuivent leur apprentissage et qu'ils ne dépendent pas d'elle. Oui, ils étaient *libres*... et ne devaient dépendre de personne !

Mais les successeurs de Louise s'étaient révélés moins éloquents, moins calmes. La logique et la pertinence s'étaient graduellement émiettées. Une barrière était tombée, ouvrant le passage à la fantasmagorie, aux innombrables constructions infantiles qu'on n'avait pas su endiguer. Les divagations d'Hémon étaient probablement nées à cette période, elles avaient éclos dans son cerveau bouillonnant sans qu'aucune voix rationnelle y mît bon ordre.

Aujourd'hui, les valeurs nouvelles menaçaient de se propager au cœur du Suspend, n'épargnant même plus la première génération, à l'exception notable de Gaspard. De banales répliques se chargeaient à présent d'une valeur sibylline. Hadès ? Zeus ? Hier encore, il semblait qu'on prononçait ces noms le plus naturellement du monde. À présent, les dieux se montraient sous un nouveau jour. La face sombre de Romuald en témoignait.

Si les démons existent, alors les dieux existent aussi! répéta Ismène entre ses dents. *L'ogresse Anne ne serait alors qu'un suppôt d'Hadès... Une auxiliaire...*

Pourquoi pas? L'ogresse tuait, mutilait, influençait une large part de la vie du Suspend, mais Ismène ne l'avait jamais vue! — pas plus qu'Hadès ou que Pallas... — et si tout allait bien, leurs chemins ne se croiseraient jamais.

Si tout allait bien.

La fillette en était là de ses pensées quand le mot « butte » attira son attention. Elle tendit l'oreille.

— Elle a grandi, dit Gaspard à voix basse. Je crois même avoir vu de la terre fraîche, bien noire... Le monticule a atteint la taille de neuf ou dix cabanes empilées.

— Dix cabanes ! s'étrangla Romuald. Mais c'est énorme ! Ça... ça bougeait ?

— C'est que... avec les deux garçons, je ne me suis pas éternisé... D'ailleurs, je crois qu'ils n'ont pas bien compris ce qu'ils voyaient. Ils ne m'ont pas posé de questions.

Romuald fronça les sourcils et ses yeux disparurent derrière une ligne broussailleuse.

— Ça viendra..., marmonna-t-il.

5

Letwyn Taouher

Le crépuscule avait enveloppé le village. Ici et là, les feux bavaient d'une lumière jaunâtre sur la surface des planchers. Dans chaque foyer, on avait allumé des braseros ; les lattes imparfaitement accolées traçaient des lignes verticales aux contours hésitants. Le maillage se mordorait, et le croissant modeste qui dominait la forêt retenait ses nuances argentées.

Les soirées restaient fraîches. Comme les autres, Ismène — avec le soulagement nouveau de pouvoir masquer les courbes de sa poitrine — avait enfilé une ample tunique qui lui couvrait les épaules, sans toutefois entraver le mouvement naturel des bras.

La fillette s'était accoudée à une rambarde attenante à son abri. Elle fouillait la nuit, sondait les bruissements intimes.

Octave, son père, vint se placer à côté d'elle. Il avait de grands yeux clairs qui semblaient s'arracher à une jungle de poils lui envahissant tout le haut du corps.

— Qu'est-ce que tu observes, comme ça ?
— Rien de spécial. Je repense à des événements récents... Octave, je peux te poser une question ? (Il

s'accouda à son tour.) Est-ce que ça fait mal de tomber amoureux ?

— Eh bien... oui, un peu. Surtout pour les filles. Parfois, il y a un peu de sang, mais ça ne dure pas. C'est juste la première fois.

— Comment ça arrive ?

— Je crois que c'est quand le garçon tombe sur la fille. Il lui rentre dedans. C'est à ce moment qu'elle a très mal. Et puis ça passe. C'est tout.

— Alors, toi, tu es tombé sur Pauline ? Tu lui as fait mal, aussi ?

— Oui... Il y a longtemps.

— Comment vous avez... Je veux dire, comment vous vous êtes choisis ?

Octave se concentra.

— À l'époque, Pauline et moi nous étions plus jeunes que toi. On jouait ensemble, on s'aimait bien. Un soir, après le repas, on s'est retrouvés, et... on s'est embrassés. On a recommencé plusieurs fois, puis on s'est mis à passer de plus en plus de temps tous les deux. Voilà.

— Voilà, répéta la fillette amusée. Mais quand est-ce que vous êtes « tombés » ?

— Oh ! ça n'est pas arrivé tout de suite. Pour tout te dire, Claude ne voyait pas nos « jeux » d'un très bon œil. Je me souviens même qu'il nous a fait un sermon, une fois.

La fillette se retourna subitement vers son père.

— L'ancien ? Il parlait encore ?

— Oui, c'était juste avant son accident... C'est lui qui faisait l'instruction, alors. Il nous a demandé de venir dans sa cabane et nous a un peu disputés. Il disait qu'on devait faire attention, qu'on ne pouvait pas se permettre de faire n'importe quoi, que les conséquences pouvaient être dramatiques... Avec Pauline, on ne comprenait pas très bien où il voulait en venir, on s'aimait bien, on voulait jouer... rien de plus !

— De quoi avait-il peur ? s'enquit Ismène.

— Je pense qu'il avait peur de toi...

— De moi ?

— Je veux dire qu'il craignait la venue d'un bébé. Il ne cessait de bougonner : « Une grossesse, ici... Est-ce que vous réalisez ? Nous ne pouvons pas ! Nous ne pouvons pas ! Et après, hein ? Vous y avez pensé ? Que fera-t-on si les choses se passent mal ? »

Ismène tentait d'entendre les paroles de l'ancien dans sa tête. Elle modelait un timbre imaginaire, aux inflexions mordantes, imaginant les effets que cette voix aujourd'hui disparue pouvait avoir produits sur deux enfants naïfs ; deux enfants qui étaient devenus ses parents.

— Il utilisait des tas de mots qu'on ne comprenait pas, reprit Octave. Et on n'osait pas l'interrompre. Claude était comme ça : certaines fois il se mettait à soliloquer et on ne pouvait plus l'arrêter.

— Pourtant, il y avait déjà eu des naissances, non ? s'étonna Ismène.

— Justement, c'est bien ce qui semblait le contrarier ! « D'abord Romuald et Louise, grondait-il, ensuite Théophile, puis maintenant, vous ! Et où va-t-on les mettre ? Hein ? Où ? » Il semblait obsédé par le manque de place.

— Sa voix était comment ? interrogea Ismène. Grave ? Aiguë ? Vous aviez peur de lui ?

Le regard perdu, Octave contemplait de vieux souvenirs.

— En fait, je ne me rappelle plus... J'ai gardé en mémoire les gestes qu'il nous montrait, chaque jour, mais pas les sons. C'était il y a longtemps, tu sais... Très longtemps.

La nuit était tout à fait venue. Près des flammes, les ombres s'étiraient sur les visages. Chaque soir, Ismène aimait à faire le tour du Suspend. C'était pour elle une manière de prendre le pouls nocturne du village, de sentir les palpitations de chaque passerelle, chaque recoin. Car l'absence de lumière avait pour effet de décupler les bruits, d'en affiner la perception. Le plus petit crépitement, le plus infime chuchotement, se répercutaient le long des axes traversant le village.

Dans les ténèbres, Ismène avait parfois la sensation que le réseau formé par la succession des couloirs se transformait en toile d'araignée gigantesque, un filet sur lequel se propageaient les ondes, les vibrations. Le tissage se formait selon un enchevêtrement de lignes géométriques, fourmillant d'insectes bruyants, qui laissait courir les murmures et les conduisait, au terme de diverses bifurcations, jusqu'aux oreilles de ceux qui savent ausculter la nuit.

Il y avait des éclats de voix, des bruits d'outils, des rires, des récits. Puis, venant de la cabane d'Étéocle, il y avait des enfants qu'Ismène reconnut, au plus faible de leur bavardage enjoué. Tel un serpent, elle s'étira sur la passerelle, se glissa tout en contrôlant son pas; elle voulait empêcher le ballant du couloir dont le grincement n'aurait pas manqué de trahir sa présence.

Suffisamment proche, elle s'accroupit. Elle discernait trois ombres et deux voix.

— Où ça ?

(C'était Hémon.)

— Aux latrines, chuchotait Laïos qu'Ismène reconnut sans peine. Ils étaient aux latrines.

— Et tu dis qu'il l'a embrassée ?

— Non, non ! C'est *elle* qui l'a embrassé !

— Tu racontes n'importe quoi ! éclata Hémon.

— Je t'assure que c'est vrai ! J'ai tout vu.

Sale petit putois ! pensa Ismène. *Attends que je te tienne...*

— Je te préviens, reprit Hémon, si tu as inventé cette histoire, je te jetterai en dehors du Suspend, et tu sais ce qui t'attend en bas...

— J'mens pas ! J'ai tout vu ! Promis !

Ismène en avait assez entendu. Elle rebroussa chemin.

Si ça les amuse de m'espionner..., siffla-t-elle en silence, *qu'ils continuent ! Qu'ils perdent leur temps !*

Elle ne s'était pas trompée : pour être tranquille, il convenait de s'isoler dans une cabane. Elle n'avait pas envie que Laïos raconte à tout le village ce qu'il se passerait quand on lui « tomberait » dessus... *Surtout, si c'est Polynice qui tombe... Et surtout si ça me fait mal !* conclut-elle.

Quoique indifférente à l'attitude de la petite assemblée qu'elle laissait derrière elle, Ismène ne pouvait se défaire d'une intuition qu'elle sentait caresser sa conscience, un sentiment qui prenait forme à mesure qu'elle s'éloignait du trio et qu'elle se rejouait le conciliabule. Se répétant les mots qu'elle venait de surprendre, elle éprouva un vif malaise. Il y avait eu quelque chose de dérangeant dans cet échange enfantin, quelque chose de... déplacé. C'était dans la voix d'Hémon, comprit-elle au bout d'un moment. Oui, le garçon avait eu une étrange réaction quand Laïos lui avait rapporté le baiser volé. Ismène avait perçu du trouble, de l'étonnement, mais aussi... de la colère. À y bien repenser, le timbre du chasseur avait eu une sonorité menaçante, une sonorité qui soudain l'inquiétait.

Alors qu'elle se tenait à quelques pas du foyer central, une agréable odeur de viande grillée lui indiqua qu'on faisait rôtir le produit de la chasse, si maigre fût-il.

Le Suspend connaissait deux modes de cuisson : le bouilli et le rôti. On alternait entre les deux préparations en fonction des saisons, des réserves d'eau et de la taille du gibier. La tribu avait toutefois une nette préférence pour le rôti, car les mets cuits au-dessus des flammes présentaient la particularité de répandre des senteurs sans égales ! Les jours de « cuisson », il semblait qu'une irrésistible fumée envahissait les couloirs, qu'un appel formidable vous faisait saliver, vous faisait bondir l'estomac ! Le contraste avec les périodes plus frugales, au cours desquelles le clan essuyait une diète indésirable, était saisissant ; pendant ces semaines interminables où les galettes de farine étouffantes devenaient l'aliment de base, les bouches rêvaient aux délices de la mastication, aux charmes des fibres du plus petit rongeur. On en venait à fantasmer les rations carnées, les muscles... le sang bouilli qui vous maculait les commissures des lèvres.

Plus préoccupantes encore que la faim, il y avait les conséquences qu'un tel régime entraînait. Après une dizaine de ces « repas » plâtreux, en effet, le Suspend, hormis quelques chanceux, vivait les désagréments d'une constipation géante. Les intestins devenaient atrocement douloureux. Les boyaux ne semblaient plus charrier que des agrégats pierreux ; et le produit de cette digestion éprouvante finissait par obstruer les orifices de sortie de la matière. Or, l'occlusion n'était, ici, pas sans danger. Elle pouvait dans certains cas s'avérer mortelle ! Car outre les spasmes qui vous déchiraient les entrailles, demeuraient à terme les risques d'infection...

Pour remédier aux dangers liés à la disette, on avait pris des mesures simples, de nature à apaiser les maux. Ainsi, pour encourager la circulation des déchets dans les circonvolutions ventrales, on mâchait toutes sortes d'herbes et de fougères comestibles. Au cœur de l'hiver, on cherchait la végétation avare, on dénichait le moindre brin d'herbe susceptible d'apporter un peu de fibre à l'organisme. C'était mauvais, écœurant par moments, mais on mastiquait. Sans envie. Pour s'aider à ingérer cette fade pitance, les membres du clan les plus jeunes gardaient à l'esprit les noms de ceux qui avaient succombé à leurs congestions dans des souffrances peu enviables.

Il arrivait quelquefois que l'on se trompât, que l'on sélectionnât les mauvaises espèces. C'était arrivé déjà, et tout le clan avait alors souffert d'une étrange intoxication : une fatigue irrépressible s'était abattue sur le village, tel un sommeil de plomb. La léthargie avait été engendrée, pensait-on, par des racines qu'on n'avait su détecter, des mauvaises racines. Et l'on parlait, depuis, mais sans avoir jamais formellement identifié ni leur aspect ni leur habitat, des plantes qui font dormir... *des plantes à rêves.*

Ismène posa le pied sur la plate-forme. Assis en tailleur, Claude mangeait. Il était adossé à un panneau, et fixait un point vague devant lui. Sa masse de cheveux lui conférait un air farouche.

Le soir, c'était Borée qui avait la charge de l'ancien. Ismène aperçut le garçon qui quémandait un surcroît de viande. Ses oreilles se décollaient un peu plus chaque année, et sous certains angles, les lobes rosâtres perçaient ses cheveux châtains. La fillette avait pris l'habitude de se palper régulièrement la tête, s'apprêtant à découvrir, à l'instar de son frère, deux excroissances disgracieuses au seuil de *ses* tempes. Mais contre toute attente, le côté de son crâne demeurait pratiquement plat, à peine ponctué d'un délicat renflement qui disparaissait dans ses mèches rousses.

En plus de ses yeux gris-vert qu'elle se plaisait à détailler dans le fond d'un gobelet rempli d'eau claire, Ismène avait parfois le sentiment de ne partager rien d'autre qu'une cabane avec son frère. En tout point dissemblable, elle se sentait rattachée au garçonnet par un lien artificiel, ne parvenant jamais à se persuader que leurs veines transportaient un même sang. Elle le choyait, cependant, avec toutes les prévenances que la légère différence d'âge les séparant avait engendrées.

De ses bras rondelets, Séraphine lui tendit une galette agrémentée de minces filets de gibier. La viande était dure, et il fallait mâcher longuement.

Les contentements d'une chair tendre, agréablement faisandée demeuraient rares ; la plupart du temps, on ingérait les produits de la chasse sans délai, sans se permettre le luxe de laisser la subtile putréfaction faire son œuvre.

Dès la première bouchée, Ismène trouva que la nourriture avait un goût très fort, plus qu'à l'ordinaire, et elle hésita à interroger Séraphine sur la façon dont on avait vidé la bête, sur l'origine suspecte de cette senteur... d'urine. Elle n'ignorait pas que l'opération destinée à libérer l'animal de ses organes était délicate, et que le moindre coup de lame devait être donné avec précision. Une main pressée ou maladroite risquait de trancher des poches de fiel ou de sucs nauséabonds qui avaient la propriété de corrompre presque instantanément les tissus.

Ce n'est pas le moment de se plaindre, pensa-t-elle en mâchouillant les lanières de viande foncées.

La voix de Louisa confirma ses soupçons :

— Elle a un goût bizarre la viande...

— Si ça ne te plaît pas, répondit Antigone, j'en connais qui se feront un plaisir de finir ta part !

Antigone avait un sens inégalé de la repartie, une verve que venait appuyer un sourire moqueur, sarcastique en certains cas ; ses répliques faisaient rire mais ne faisaient jamais outrage. Pour cela, on l'appréciait.

À l'idée qu'on la prive de son dîner, Louisa se mit à engloutir sa portion au rythme d'une mastication frénétique, laissant à peine échapper quelques protestations de forme.

Autour d'eux, le repas se déroulait dans une coutumière désinvolture. Le dîner échappait à un protocole strict, chacun consommant la nourriture au moment où il le souhaitait. Certains choisissaient de s'installer dans la cabane maîtresse, d'autres préféraient regagner leurs foyers. On surveillait les enfants pour s'assurer que les aliments finissent bien dans les gosiers plutôt qu'écrasés entre deux lattes, guère plus.

Au reste, si le foyer central était plus spacieux que les autres, il ne permettait pas que l'intégralité du clan s'y retrouvât, à moins d'accepter de s'y entasser et de manger en gardant les coudes le long des flancs.

D'ailleurs, cette douce anarchie était admise par tous ; l'apparent manque d'organisation ne se développait qu'en contrepoint aux autres épisodes tribaux que régissait le rituel rigoureux. C'était parce qu'on sentait les journées bornées de cérémonies grégaires qu'on avait développé un comportement léger, négligent parfois, genre d'indifférence factice qu'on laissait s'épanouir, car on la savait poursuivie par des coutumes inflexibles. Dans l'existence des membres du Suspend, ces deux aspects se côtoyaient. L'un permettait l'autre, en somme.

Alors que les bruits de la nuit s'enhardissaient, Romuald se planta au milieu de la cabane maîtresse, et tout le monde comprit qu'on allait procéder au rituel du soir. Comme au lever du jour, l'acte était codifié, et il fallait attendre que tous les membres en état d'assister à la cérémonie soient présents, qui sur les plates-formes, qui sur les passerelles contiguës.

Quand il estima la tribu au complet, le chef du clan débuta, en silence, effectuant une série de gestes que les autres reproduisirent à sa suite. Il leva les mains au-dessus de sa tête, puis les abaissa lentement ; ses bras et ses avant-bras formèrent un angle droit. Ainsi bloqués, ses membres étaient pareils à deux bâtons parallèles.

Romuald attendit que les plus petits s'immobilisent dans la posture requise, puis, rapprochant les mains jusqu'à ce que ses doigts se rencontrent et s'entrecroisent, il murmura :

— *Letwyn Taouher !*

Bientôt repris en écho, comme une plainte mourante :

— *Letwyn Taouher ! Letwyn Taouher !... Taouher... her... her...*

Ismène avait prononcé les paroles de paix sans lever la tête. Elle mit un certain temps avant de réaliser, puis d'admettre, qu'elle craignait de voir Hémon. L'appel rituel, la sérénité que contenait le geste accompli chaque soir semblaient en opposition directe avec la grogne du garçon. Le chasseur se tenait là, parmi les autres. Il s'était joint à l'acte, elle n'en doutait pas, mais elle ne pouvait se résoudre à laisser courir son regard sur les visages en clair-obscur. Elle ne voulait pas prendre le risque de rencontrer son œil torve.

Elle reporta son attention sur Claude. L'ancien se tenait tranquille, un peu hébété. Il s'était levé pour la cérémonie et on le devinait fatigué, désireux de se rasseoir. Louise, qui s'était placée devant lui, laissa sa main glisser sur sa barbe hirsute en un geste très doux.

— *Letwyn Taouher*, Claude, susurra-t-elle.

L'ancien demeurait mutique.

— Nous allons à la cabane aux lettres cette nuit, reprit-elle, tu veux nous accompagner ?... Claude, tu m'entends ? Tu veux venir ?

Pour toute réponse, l'homme leva doucement sa main ridée et caressa la joue de la Première. Elle avait un nez minuscule et tout son corps semblait s'allonger à l'infini. On disait d'elle qu'elle avait des « jambes de gazelle », mais les enfants préféraient la comparer à une sauterelle, à un insecte dont on pouvait aisément retrouver l'image. Ses bras étaient fins et elle effectuait le *Letwyn Taouher* avec grâce. Sa poitrine, qui n'avait jamais dépassé le stade de l'enfance, n'imprimait aucun relief à la peau dans laquelle elle s'était drapée.

— Claude? essaya-t-elle derechef.

Puis renonçant, elle dit à Ismène :

— Ramène-le.

— Louise, interrogea Ismène, est-ce que je peux venir à la cabane aux lettres, moi?

La Première eut une moue d'hésitation.

— Tu es encore jeune, j'ai peur que tu t'ennuies...

— Non, non, ça m'intéresse!

— C'est que... tu devras rester jusqu'à la fin. Tu devras te taire!

— Je sais tout ça! insista la fillette.

Louise regarda autour d'elle. Ismène comprit qu'elle cherchait Romuald, qu'elle espérait son approbation. Ce dernier, cependant, avait disparu dès le rituel achevé.

— Bon, fit la Première, c'est d'accord. Rejoins-nous tout à l'heure.

Claude avait « assisté » au dialogue sans ciller. Lorsque Ismène l'invita à regagner son foyer d'une douce pression sur le bras, il se laissa conduire.

6

Réminiscences

Autour du brasero, Ismène comptait une dizaine d'adultes. Assise près de Louise, elle observait les faces concentrées que les flammes ondoyantes arrachaient péniblement à l'obscurité. Avec Antigone, qui s'était installée à l'angle de l'abri, elles étaient les deux seules enfants qu'on avait acceptées à condition qu'elles ne soufflent mot pendant toute la durée de la séance.

Les panneaux fibreux qui protégeaient le lieu étaient recouverts d'inscriptions. Sur la paroi faisant face à l'entrée étaient inscrites les vingt-six lettres de l'alphabet; sur les parois adjacentes, on pouvait s'entraîner à déchiffrer diverses associations (OU, NI, OIN, SUR...) et même certains mots, comme BALLON ou GARAGE, dont le sens restait abstrait et la prononciation hasardeuse.

C'était Claude qui avait gravé ces signes — c'était en tout cas ce qu'on prétendait — et il fallait faire un effort d'imagination phénoménal pour réussir à se représenter l'ancien, alerte, debout dans la cabane, traçant ces lettres d'une main sûre, maculant les parois de cursives anguleuses à l'aide d'un stylet de fortune. Les mots étaient là, pourtant. Ils témoignaient d'un passé révolu, d'une science qu'on avait peu à peu délaissée.

Pour Ismène, le souvenir des rares après-midi passés dans la cabane aux lettres s'effritait de plus en plus, ne lui laissant plus que des bribes confuses.

Elle revoit Louise, pointant son doigt vers des marques étranges et demandant aux enfants de répéter après elle : *a, b, c*... puis elle entend le pas lourd de Gaspard sur la passerelle, la voix de Romuald dont la tête s'est dessinée dans l'embrasure du foyer : « Nous n'avons plus de bois », dit-il. Et tout le monde est de corvée. Tous les enfants s'en vont pour rapporter du combustible, pour alimenter le four, pour permettre la survie ; car les ordres du Premier supplantent tout : les jeux, les repas et bien sûr cette étrange instruction faite de mots dont on ne se servira jamais.

Ismène se souvient aussi d'un autre jour où Louise, rapprochant les lettres *o* et *u*, prononce le son *ou*, « comme dans hibou », ajoute-t-elle ; puis Gaspard se précipite dans la cabane, il est essoufflé, il a peur, il dit en haletant : « Anne est là ! Elle arrive ! Les enfants, montez vous cacher dans les arbres aussi vite que vous pouvez ! Montez en silence ! En silence ! » Elle se souvient de l'escalade furieuse qui lui meurtrit les mollets, elle sent encore son cœur qui cogne fort contre sa poitrine, ses mains baignées de sueur qui glissent contre le tronc, elle glisse, elle glisse... et Anne est là, elle a trouvé le moyen de pénétrer dans le Suspend, il faut tenir... tenir à tout prix !

Puis c'est fini. Ils redescendent. Il s'agissait d'une fausse alerte, d'un entraînement ; car Anne n'a encore jamais trouvé le moyen de monter jusqu'à eux. Elle est en bas.

La vie reprend.

Il apparaissait que depuis ce jour, depuis cette « attaque », la motivation de Louise s'était émoussée. Elle avait dans une certaine mesure renoncé à partager ses connaissances. Au début, la fillette avait cru que la Première appréhendait la venue de la Bête, mais avec le temps, elle avait compris que Louise s'était tout bonnement mise à douter de son savoir, à le juger inutile... Ce n'était pas la perspective d'un nouvel assaut maquillé en exercice pratique qui l'empêchait de professer, non, c'était le manque d'intérêt. Elle avait acquis la triste certitude que les journées passées à retenir des groupes de lettres et de sons étaient des journées perdues, des instants précieux que l'on pouvait consacrer à la défense des abords du clan, à l'élaboration de nouvelles techniques de traque, à la cueillette... à tout ce qui avait de l'importance.

— Vous, commença Romuald. Nadine, tu nous parlais de ton rêve, la dernière fois. Tu veux continuer ? Tu as de nouveaux souvenirs ?

— Vous, répondit Nadine. Pas vraiment... Je n'ai pas beaucoup progressé. Je vois toujours cette chose, cette espèce de souris géante, elle a des oreilles démesurées et elle agite la main comme si elle voulait me saluer ou me prévenir. Je crois qu'elle sourit... oui, elle sourit, et... Non, c'est idiot...

Elle avait eu le nez cassé, pour ainsi dire tordu, par une vieille chute, ce qui jurait avec le reste de son visage, assez harmonieux. Au milieu de ses cheveux coupés à la diable, ses grands yeux noirs étaient pareils à des carapaces de scarabées.

— Continue, l'encouragea Romuald.

— Eh bien, à présent, j'ai l'impression que... qu'elle parle !

D'un geste, le Premier interrompit le murmure naissant.

— Cette souris, tu dis qu'elle parlait ? Tu en es sûre ? C'était peut-être quelqu'un qui se trouvait à côté d'elle !

— C'est ce que je croyais aussi, mais plus j'y pense, plus j'ai la conviction que c'était la souris qui parlait !

Il y eut un moment de réflexion.

— Raconte-nous la suite, fit le Premier.

— Je vous ai déjà tout dit, j'ai l'impression de me répéter...

— C'est comme ça que les détails remontent !

Nadine prit une grande inspiration.

— Je suis avec des grands, je me trouve sur un sol bizarre, un tapis qui roule et qui m'entraîne sans que je fasse le moindre mouvement. Puis nous arrivons devant une arche géante. Il y a beaucoup de monde, il fait gris, j'ai froid, j'entends de la musique... oui, de la musique. Au loin, j'aperçois la construction, j'aperçois le château d'Abel, le château de bois...

— Tu es sûre qu'il est en bois ? l'interrompit Romuald. En bois de chêne ?

— Non, il est en bois « dormant », c'est comme ça qu'on dit.

— Vous, intervint Arsène. J'ai déjà entendu ça ! Moi aussi, le « bois dormant » ça me semble familier. Je crois même qu'on l'appelait le château de... de l'Abel... au Bois dormant.

— L'Abel au Bois dormant, répéta doucement Romuald.

Ismène écoutait, fascinée par les visions du groupe. Comme tous les rejetons formant la seconde génération, elle avait épié les réunions nocturnes presque chaque fois qu'elles avaient eu lieu, collant son œil ou son oreille sur les lattes qui bâillaient au gré de l'humidité ; mais c'était la première fois qu'on la tolérait au sein de cette curieuse assemblée où les grands tentaient de faire ressurgir des souvenirs enfouis très loin, la première fois qu'elle suivait les réminiscences dans leur totalité, qu'elle appréciait chaque détail rapporté.

— Vous, dit Louise. Je crois que j'ai rêvé de la Fondation.

Romuald l'invita à poursuivre d'un signe de la tête.

— Nous sommes en bas, reprit-elle, il y a beaucoup de monde, des adultes et des enfants. L'ambiance est joyeuse, on rit, on chantonne. Je me trouve dans un abri souple, en toile. Dehors, les hommes portent des planches, ils tiennent des outils. Au loin, on entend le bruit des coups portés contre les arbres, je crois qu'on est en train de construire une cabane. J'entends quelqu'un dire : « Regroupe les enfants ! », puis tout devient très confus. J'ai très peur. Ensuite, c'est l'orage... Le tonnerre s'abat sur nous, tous les enfants ont peur. Il y a des éclairs, le bruit est très impressionnant. J'entends des cris, beaucoup de cris, et soudain, quelqu'un entre dans l'abri, c'est un adulte que je connais... Il est haletant, il a de la terre sur lui, il crie : « Venez, les enfants ! Venez ! » Mon rêve se termine ici, dans la cabane aux lettres. Nous sommes assis en cercle autour du feu...

L'épisode onirique de Louise plongea l'assemblée dans un profond silence. Tous méditaient sa vision. Ismène se demanda s'ils avaient fait des rêves semblables, s'ils tentaient de rapprocher l'événement passé d'un souvenir identique. Leurs mines perplexes étaient indéchiffrables.

Ismène commençait à sentir une armée de fourmis lui remonter l'intérieur des chevilles. Elle changea de position en prenant soin de ne pas faire grincer les lattes du plancher. Adossée à l'angle de la cabane, Antigone, elle, était tétanisée, son air narquois avait complètement disparu.

— Vous, compléta Arsène. Mon souvenir n'est pas aussi précis, mais je me souviens du tonnerre. J'avais très peur, moi aussi.

— Moi aussi..., murmura Gaspard d'une voix caverneuse.

Puis, selon le rituel :

— Vous. Je pense que cette nuit-là nous avons subi la première attaque. Je ne vois pas d'autre explication. C'était la première fois qu'Anne s'en prenait à nous.

— Mais toi, tu l'as vue ? s'enquit Romuald.

Gaspard secoua la tête.

— Non, répondit-il. En tout cas, je n'en conserve aucun souvenir. C'est... c'est très flou.

— Et toi ? demanda Romuald en se tournant vers Louise.

— Pareil..., fit-elle d'une voix presque contrite. Les images sont brouillées, tout est très confus.

Une bûche émit un chuintement qui fit converger les regards vers le centre de l'abri, puis les récits reprirent jusque tard dans la nuit, chacun narrant ses visions récentes ou anciennes par le menu.

Quand la cérémonie fut terminée, Ismène et Antigone se retrouvèrent sur la passerelle qui menait au couloir principal.

— Qu'est-ce que tu en as pensé ? demanda Antigone.

— Ça m'a drôlement plu ! répondit Ismène. Et puis, pour une fois, on avait tous les détails !

— Ouais ! C'est juste dommage qu'on ne puisse pas s'exprimer...

— Pourquoi ? s'étonna Ismène. Tu avais un rêve à raconter ?

— Bien sûr ! fit Antigone en haussant les épaules. D'ailleurs, toi aussi, j'imagine, tu aurais des choses à raconter. En fait, on fait tous des rêves ! Mais ceux de Louise sont vraiment...

— Forts ? suggéra Ismène.

— Oui, forts ! C'est ça. En fait, elle me fait penser à Tirésias. Tu sais, l'aveugle de la pièce qui connaît l'avenir...

Ismène dodelina de la tête.

— Avec une différence de taille, nuança-t-elle. Les histoires de Louise et des autres sont le plus souvent authentiques.

— Eh ! protesta Antigone. Qu'est-ce qui te prouve que les histoires d'Antigone ne sont pas vraies, hein ? Je veux dire la *vraie* Antigone, celle de la pièce !

— Justement, fit remarquer Ismène, c'est parce que c'est une pièce que ce n'est pas vrai. C'est... comment on dit déjà ? Du théâtre !

Antigone croisa les bras.

— Je ne suis pas d'accord ! Je ne vois pas du tout pourquoi ça ne serait pas vrai. En plus... ça expliquerait un tas de choses !

— Comme quoi ? s'agaça Ismène.

— La Fondation... Les éclairs...

— Les éclairs ? Mais enfin, qu'est-ce que tu racontes... Il y a eu de l'orage, cette nuit-là. C'est tout.

Antigone se rapprocha et parla à voix basse :

— Et si c'était les dieux ? Si c'était... Zeus qui nous avait envoyé sa foudre ?

Ismène recula, interloquée.

— Zeus, répéta-t-elle d'une voix détimbrée. Mais enfin... (Les mots ne venaient pas, elle avait soudain l'image du père céleste zébrant le ciel de ses traits lumineux.) Pourquoi ? Pourquoi aurait-il fait ça ?

— Pourquoi ? s'enflamma Antigone. Ah ! qu'est-ce que j'en sais, moi ? Peut-être les grands ont-ils fait une chose défendue, une mauvaise action. Peut-être ont-ils même offensé les divinités... Va savoir ! Mais dans ce cas, tout s'explique : le tonnerre, la foudre... nous sommes les victimes d'une punition ! Souviens-toi, Ismène : *Zeus n'aime pas les têtes trop altières et son tonnerre a frappé sur le seuil...* Je n'invente rien, c'est écrit !

Oui, c'était écrit ; et pour Ismène, la sentence avait claqué comme un argument définitif en faveur d'Antigone, mais aussi d'Hémon et de tous les partisans d'une cause surnaturelle. Elle se sentait battue. Surtout, elle se sentait à peu de chose près... convaincue.

Baissant les épaules, elle ajouta :

— Tu m'ennuies, Antigone... Toutes ces légendes m'ennuient ! D'ailleurs, je te préfère moins sérieuse.

— Mais...

Subitement, elle écarta les jambes, leva les coudes et se mit à déambuler autour d'Ismène en bougonnant :

— Ah ! les jeunes ! Les jeunes ! Ils me cassent les oreilles ! Ouh ! là ! là !...

Un temps déconcertée, Ismène comprit qu'Antigone s'était lancée dans une imitation dont elle avait le secret. La fillette reconnut immédiatement les manières lourdaudes de Séraphine et se fendit d'un large sourire.

— Et mon feu, hein ? continua-t-elle. Qui c'est qui va s'occuper de mon feu ? Ça va pas cuire tout seul, non ! Ouh ! là ! là !...

— Séraphine ! s'écria Ismène.

— Ah ! fit Antigone avec un air de triomphe. Tu vois que je peux encore être drôle ! Tiens et celui-là... (Elle avança la tête, et se mit à marcher d'un pas saccadé, l'air complètement ahuri, avant de pousser des petits cris.) *Hu ! Hu ! Hu !*...

— Claude ! lança Ismène en éclatant de rire.

Soudain, Antigone se retourna et commença de faire onduler son corps. Elle étreignait un personnage imaginaire et Ismène ne devina pas immédiatement le membre du clan qu'elle voulait singer.

— Oh ! Polynice ! fit Antigone d'une voix lascive. Oh ! embrasse-moi ! (Elle émettait des bruits de succion.) Oh ! viens dans les houppiers avec moi ! Oh ! Polynice !...

Lorsqu'elle s'aperçut que c'était elle qui était visée, Ismène cessa de rire. Elle venait de comprendre que tout le monde avait eu vent de l'épisode des latrines.

— Arrête..., dit-elle.

Mais la « comédienne » ne semblait pas décidée à s'interrompre. Bien dans son rôle, et sentant qu'elle avait touché un point sensible, elle continuait ; le jeu n'en était que plus drôle...

— Oh ! Ismène ! joua Antigone en prenant une voix grave. Mon Ismène ! Je te rapporterai des fruits, et nous connaîtrons les joies de *l'hyménée*.

— Antigone ! Arrête ça tout de suite !

Mais Antigone ne semblait aucunement disposée à s'interrompre. Comme les bruits de bouche redoublaient, Ismène choisit de partir.

Tandis qu'elle rejoignait la passerelle qui la conduisait à sa cabane, la voix rieuse d'Antigone résonna dans la nuit :

— Allez ! Ismène... C'est pour rire ! N'en fais pas tout un drame ! Ismène !

Mais Ismène ne se retourna pas. Elle se sentait vexée et surtout furieuse contre elle-même de s'être laissé emporter, d'avoir agi sans réfléchir. Elle mesurait à quel point elle offrait, dès maintenant, une cible de choix aux railleurs de tout poil.

7

Premier sang

Cette nuit-là, Ismène eut un sommeil agité. Un sommeil cauchemardesque...

Elle marche dans la forêt, inventant un sentier qu'elle ne connaît pas, une bande faite de passerelles en mousse et bordée de fourrés généreux, quand tout à coup un bruit se fait entendre derrière elle, tel le pas d'un animal étouffé par le tapis végétal. Elle croit tout d'abord que son imagination lui joue des tours, qu'il n'y a rien d'autre que le silence, mais le bruit progresse... et se rapproche ! Elle perçoit distinctement un martèlement saccadé. On la poursuit, elle en est certaine à présent ! Cependant, elle ne veut pas courir, pas tout de suite ; car de la sorte, elle se mettrait dans le rôle de la proie, elle indiquerait à la chose qui la pourchasse qu'elle a peur, qu'elle désire s'enfuir. Il ne faut pas... Mais le bruit se rapproche toujours, et à présent, Ismène entend un râle, un souffle rauque, un halètement de monstre. Puis elle comprend : c'est l'ogresse... C'est Anne qui l'a prise en chasse ! Et la Bête prend son temps... elle n'attaque pas immédiatement. C'est inutile, d'ailleurs, puisque Ismène est condamnée ! Elle veut s'amuser un peu... S'amuser à effrayer encore plus sa future victime ! Oui, c'est ça : elle veut savourer sa traque. Ismène résiste encore un peu, puis elle n'y tient plus : elle agite les jambes avec frénésie ! Elle court ! De plus en plus vite, mais... Elle n'avance pas ! Non, elle reste sur place, ne progressant que de quelques pouces ! Elle redouble d'effort, mais son corps refuse de bouger ! Alors se répand l'odeur immonde de la Bête, les senteurs tout droit issues du royaume d'Hadès, les émanations mêlées de toutes ses victimes putréfiées. Soudain, une main osseuse se pose sur son épaule ; Ismène sait que tout est fini. Elle sait qu'elle va mourir. La main l'oblige à se retourner. Elle fait face. Elle voit une forme noire affublée d'une peau. Elle distingue à peine un visage, elle sent le souffle pestilentiel, puis la tête s'approche, et enfin elle le reconnaît : c'est Hémon ! Ses orbites sont creuses, tels deux trous ouverts sur un monde vide, privé de lumière ; et les deux cercles vont l'aspirer, ils l'attirent, déjà. Hémon... l'ogresse... la chose se rapproche, elle tend la main vers le ventre d'Ismène pour lui déchirer les entrailles, la fillette voit déjà son abdomen ouvert, et Séraphine se tient là, prête à la vider comme du vulgaire gibier ! Ismène veut hurler, mais la bouche d'Anne... la bouche d'Hémon se plaque contre la sienne, et... oui, ça y est, elle comprend ; ils vont *tomber* ! La Bête va la faire tomber, il y aura du sang. Elle aura mal. Très mal ! Ça y est... Elle entend son nom *Ismène... Ismène...* Elle succombe... *Ismène !*

— Ismène ! Réveille-toi !

La fillette mit quelques instants à distinguer la voix de sa mère. Encore à demi plongée dans les limbes, elle regagnait progressivement la réalité.

— Ismène, répéta Pauline, tu as fait un cauchemar, essaye de te calmer.

Ismène voulut parler, mais elle se sentait la bouche pâteuse, elle avait chaud, elle avait sué d'abondance, sa couche était trempée.

— Oh! c'était horrible, gémit-elle.

— C'est fini maintenant, fit Pauline d'une voix douce.

La lumière ambiante lui indiqua que le soleil était sur le point de se lever. Elle avait fait le dernier rêve de la nuit, celui qui précède l'aube, celui qu'on emporte quelques instants après le réveil, mais qu'on ne peut jamais vraiment retenir. Déjà les images lui échappaient...

Dès qu'elle se redressa, elle sentit quelque chose de poisseux entre ses jambes... Elle souleva la couverture avant de pousser un cri d'effroi : son entrejambe était maculé de sang! Ses poils pubiens encore duveteux étaient gorgés d'un liquide qui avait coagulé en une traînée brunâtre. Elle se redressa, paniquée, et constata que le haut de ses cuisses et le pourtour de sa vulve étaient pareillement souillés.

— Aaah! hurla-t-elle. C'est elle! C'est la Bête... Elle m'a griffée! Anne est venue, ça n'était pas un rêve! C'était réel!

Pauline s'agenouilla et, sans hésitation, approcha sa tête du sexe de sa fille.

— Mais... mais non! dit-elle en se redressant. Tu viens d'avoir tes premières règles, voilà tout!

— Mes règles ? balbutia la fillette.

— Oui, c'est comme ça. C'est ce qu'on appelle la puberté. À présent, tu auras un peu de sang qui coulera de temps en temps.

Les cris avaient réveillé toute la cabane, et Phinée battait des paupières afin de scruter le ventre de sa sœur.

— Ah! qu'est-ce que t'as ? s'écria-t-il. C'est dégoûtant!

— Mais non! intervint sa mère. Ce n'est pas sale. Ça veut simplement dire qu'Ismène est une femme. Ça veut dire qu'elle peut avoir des enfants.

Prenant tout à coup conscience de sa nudité et de la gêne nouvelle qu'elle provoquait en elle, la fillette s'enroula à la hâte dans une tunique. Dans le même temps Phinée, passablement écœuré par ce qu'il avait vu, s'était éclipsé, et Ismène perçut le cliquettement du couloir le plus proche.

Borée, toujours allongé, la dévisageait avec curiosité ; cependant que son père dardait sur elle des yeux chargés d'une lueur qu'elle ne réussissait pas à traduire.

— Qu'est-ce qui m'arrive exactement ? questionna Ismène d'une voix hésitante.

— Eh bien, ton corps est en train de changer, lui expliqua Pauline. Sous peu, du poil poussera sur tes aisselles, sur tes jambes. Et ton odeur va changer aussi.

— Mon odeur ? s'alarma Ismène. Qu'est-ce que tu veux dire ? Je vais sentir comme les grands, comme... vous ?

Sa mère hocha la tête.

— Oui, c'est ainsi, dit-elle calmement.

— Ça revient souvent ?

Pauline réfléchit un instant.

— Le temps qu'une lune disparaisse et grossisse à nouveau... plus ou moins.

— Et j'aurai des cauchemars ? s'inquiéta la fillette. Chaque fois ?

— Des cauchemars, non. Pas nécessairement. Mais tu auras sans doute un peu mal au ventre.

Ismène contemplait sa mère avec un œil neuf, essayant de distinguer les particularités physiques dont elle serait bientôt porteuse. Pauline possédait une poitrine opulente et de fortes hanches. Elle avait la mâchoire plus large que les autres femmes du Suspend, et sous son nez, Ismène remarqua une ombre, un trait disgracieux qui ne l'avait jamais choquée auparavant. En accentuant son regard, elle dut se rendre à l'évidence : Pauline avait de la moustache ! Non pas une horrible bande hérissée qui la défigurait, mais plutôt le stigmate d'un monde révolu, la marque de l'enfance perdue. À y regarder de plus près, la fillette nota que ses jambes et ses avant-bras étaient velus, eux aussi ; et elle comprit que ces poils avaient toujours été sur elle, qu'elle ne faisait que leur conférer une réalité qui lui avait échappé jusqu'alors... Pauline n'était plus qu'une enveloppe brune et clairsemée d'où ruisselait régulièrement un flot rougeâtre.

Elle se lava avec le peu d'eau qu'on gardait dans la cabane, d'une main maladroite et pudique, sans ôter sa tunique – ce qui ne rendait pas la chose facile. Elle pouvait sentir le regard de son père et de son frère lui cuire les omoplates, et cette insistance suscitait, en ce matin et en ce lieu, une irritation qu'elle trouva vite insupportable.

S'empressant de quitter la cahute dont l'air devenait irrespirable, elle se cramponna à la rambarde et avala de grandes bouffées d'air encore frais, par paquets, comme si l'oxygène pouvait nettoyer son organisme des impuretés qu'elle sentait pulluler dans les recoins de son intimité.

Elle accueillit la pluie qui se mit à tomber avec soulagement, comme si les gouttes épaisses et claires qui s'écrasaient sur son front pouvaient participer à une quelconque œuvre d'assainissement.

Dans le petit jour humide, Ismène parcourait le Suspend du regard. Rien n'avait changé ; elle voyait les mêmes cubes de bois recouverts de toits à double pente — certains conservaient encore leurs fines couches de goudron ; elle voyait les mêmes passerelles tantôt fixes tantôt courbées, ployant sous le poids des marcheurs. Elle devinait la même mousse, les mêmes branchages destinés à dissimuler les foyers aux yeux de la Bête. Non, rien n'avait changé. Et pourtant tout semblait différent.

C'est moi qui change, conclut-elle.

Comme elle fixait le village qui s'animait, l'idée s'insinuait dans son cerveau. L'information prit corps alors que l'averse tombait de plus en plus dru. Puis ce fut une évidence, et le mot lui échappa des lèvres : « Petit... » Oui, tout ici semblait petit...

Sans crier gare, le sentiment d'étouffement s'était tracé un chemin dans son esprit. Et cela devenait une certitude, à présent : ils vivaient à l'étroit ! Tous. La tribu, bien sûr, mais surtout sa famille. Elle acquit la conviction qu'à partir de ce jour la cabane deviendrait de plus en plus petite, que l'impression de claustration, d'enserrement continuerait de grandir indéfiniment et que, dans cet espace clos, elle allait devenir le point de mire de tous les regards.

Que m'arrive-t-il ? se demanda-t-elle. *Le village n'a pas rapetissé, c'est évident. Et pourquoi les regards des autres me dérangeraient-ils ?*

Mais les regards étaient-ils vraiment différents ? Ceux des garçons, surtout ? N'était-ce pas le bouleversement que subissait son corps qui agissait à la façon d'un prisme, déformant toutes les sensations en provenance du monde extérieur ? Comme un bâton que l'on trempe dans une barrique et qui paraît cassé... Les changements, le rêve, tout cela perturbait sa perception des choses... *Ou alors, c'est l'inverse, c'est la modification que je subis qui change les regards ! Je deviens différente et ils le sentent...*

La voix de Nadine l'arracha à ses spéculations :

— Paula ! Paula ! appelait-elle dans plusieurs directions. Ismène, tu as vu Paula ?

— Non, elle n'est pas ici, répondit Ismène suffisamment fort pour se faire comprendre.

Nadine paraissait contrariée et Ismène la vit s'engager sur la passerelle qui conduisait aux latrines.

Elle se retourna pour contempler son abri, cherchant pour la première fois à en estimer le volume, à en apprécier la taille. Finalement, elle se dirigea vers la cabane de Claude. Le rituel du matin aurait bientôt lieu.

Près de la cabane maîtresse, les discussions allaient bon train, et l'on se réjouissait en particulier de cette pluie généreuse qui allait remplir pour un temps les réserves d'eau. Les gouttes frappaient les feuilles, les troncs ; elles martelaient le Suspend. L'ondée copieuse produisait un bruit très large, des graves aux aigus délicats. Seuls les cheveux, les barbes et les pelisses tannées absorbaient cette musique liquide sans la reproduire ou l'amplifier.

Tout le monde était en place, attendant le début de la cérémonie — que la pluie n'allait pas manquer d'accélérer —, lorsque Ismène repéra la silhouette de Nadine qui arpentait les abords de la plate-forme avec une brusquerie anormale.

— C'est bon pour nous, cette eau, murmura Séraphine qui se trouvait à quelques pas de la fillette. Avec des orties, j'aurais même de quoi préparer une bonne soupe...

— Oh, oui ! De la soupe ! s'écria une petite voix.

Romuald se campa au milieu de la plate-forme. Il cherchait le regard de Claude, mais l'ancien, ce matin-là, semblait indifférent à son environnement. Espérer lui parler ou lui faire marmonner quoi que ce soit semblait inutile : c'était un jour sans... un jour où son mal mystérieux le coupait des autres, le plongeait dans un mutisme indécrottable.

Le Premier allait débuter, quand il prit conscience du manège de Nadine. S'interrompant, il lança :

— Un problème, Nadine ?

Tous les regards se tournèrent vers elle.

— Je ne trouve pas Paula ! fit-elle. Je la cherche depuis ce matin !

— Tu es allée voir aux latrines ?

— Oui, s'irrita Nadine, j'y suis allée ! En fait, je crois que j'ai cherché partout... Elle n'est nulle part, je... je commence à m'inquiéter !

Toutes les têtes se lancèrent mécaniquement dans une série de contorsions, afin de repérer la petite.

— Les enfants, demanda Romuald, vous avez joué ensemble ? Elle était avec vous, ce matin ?

— Non, répondirent plusieurs voix, on l'a pas vue...

— Moi, je ne l'ai pas vue depuis hier, affirma Étéocle.

Il y eut un moment de flottement pendant lequel Ismène crut surprendre un regard inquiet entre le Premier et Gaspard. Et dans le bourdonnement naissant, la fillette distingua une voix étouffée, un murmure d'où pointait une peur lasse :

— Oh, non... pas encore...

Ismène comprit que quelque chose de grave était en train de se produire, mais surtout que le clan avait *déjà* connu un événement similaire.

Romuald hésitait à lancer des recherches. Fallait-il poursuivre le rituel ? N'allait-il pas aggraver la situation en sacrifiant la coutume fédératrice à l'angoisse palpable ?

Il trancha : la cohésion du clan supplantait tout le reste. Bâclant la cérémonie, le Premier prononça les paroles rituelles et effectua les gestes avec un empressement de mise, puis il ordonna que l'on fouillât chaque recoin du Suspend, y compris les frondaisons en contrebas destinées à camoufler les abris.

Très vite, la voix tonitruante de Théophile se fit entendre :

— L'échelle ! s'époumonait-il. L'échelle est descendue !

Tous se précipitèrent vers la cabane par laquelle on accédait aux sous-bois. Romuald dut se frayer un chemin dans la presse.

— Poussez-vous ! grognait-il. Laissez-moi passer !

Gaspard et Théophile se trouvaient agenouillés près du rectangle ouvert d'où l'on jetait les barreaux.

— Mais qu'est-ce qui se passe ici ? tonna le Premier. Qui a lancé l'échelle ?

Puis s'adressant à Gaspard dont l'abri était le plus proche :

— Tu as vu quelque chose ?

— Rien du tout, rétorqua Gaspard.

— Les enfants, lança Romuald, si l'un de vous a fait quoi que ce soit, c'est le moment de venir m'en parler. Même si c'est une bêtise... Je ne vous disputerai pas.

Mais personne ne répondit.

— Enfin, elle n'est pas tombée toute seule ! cria-t-il en se plaçant à l'aplomb du trou.

— Et si c'était la petite ? proposa Théophile. Une fugue...

— Elle ne serait jamais descendue sans m'en parler ! s'indigna Nadine qui venait d'entrer. Jamais ! Elle connaît très bien les règles !

Romuald posa une main sur son épaule.

— Calme-toi, Nadine, nous cherchons simplement à comprendre ce qui s'est passé, c'est tout.

— D'accord, dit-elle, mais je peux vous dire que ce n'est pas ma petite qui a lancé l'échelle. Je ne sais même pas si elle a déjà mis les pieds ici !

— Pourtant, répéta Gaspard, elle n'est pas tombée toute seule, et Paula manque à l'appel. En toute logique, on peut supposer que...

— Non, protesta Nadine, il y a une autre solution. (Puis sa voix se cassa.) C'est qu'on l'a prise ! On l'a capturée! Et vous savez très bien de qui je veux parler... C'est elle, c'est Anne!...

— Nadine, intervint Théophile, tu sais comme moi que l'ogresse ne peut pas monter!

— Par les arbres, non..., s'emporta-t-elle. Mais par là? (Elle désignait l'ouverture.) Tu en es si sûr?

Gaspard se frottait le menton.

— Ça ne change rien au problème : qui a lancé l'échelle?

— C'est peut-être un oubli, suggéra Romuald, tout en mesurant l'inanité de ses paroles. Une erreur...

— Un oubli, répéta Théophile, consterné, mais enfin tu te rends compte? Ça paraît...

— ... impossible, compléta Gaspard. Et ça l'est. Ce n'est pas un oubli.

Les trois hommes se regardèrent, puis le Premier dit :

— Alors quoi? Vous pensez à la même chose que moi?

Gaspard acquiesça.

— Je ne vois pas d'autre explication... On l'a jetée délibérément.

— Mais c'est insensé! gronda Romuald. Qui ferait une chose pareille? Qui pourrait vouloir mettre le clan en danger?

— Je ne sais pas, rétorqua froidement Gaspard. Quelqu'un qui n'a pas considéré la portée de son acte.

— Bon, on ne peut pas la laisser pendre comme ça. Théophile, remonte-la, commanda-t-il.

Tandis que les barreaux et les filins s'étalaient dans la cahute à mesure que l'assemblage d'acier remontait, le chasseur proposa :

— On devrait organiser une battue, essayer de la retrouver, si...

S'il y a quelqu'un à retrouver, compléta mentalement Ismène.

— Je ne sais pas, fit Romuald, ça ne me semble pas très prudent. Dans l'hypothèse où Anne se serait introduite dans le camp... On peut supposer qu'elle est encore tout près.

— ... Ou qu'elle est repartie avec sa victime, fit valoir Gaspard.

La voix déchirante de Nadine les interrompit :

— Oh! non... ma petite... ma Paula...

Cependant que la plainte de Nadine emplissait la baraque, Ismène, n'y tenant plus, sortit. Sur la plate-forme, la rumeur progressait déjà : Anne s'était introduite dans le camp, quelqu'un avait jeté l'échelle, quelqu'un avait permis qu'elle montât! Très vite, la fillette entendit le mot « complicité »; car les esprits échaudés convergeaient à toute allure vers la seule conclusion plausible : on avait aidé l'ogresse à pénétrer dans le Suspend! La Bête avait bénéficié du concours d'un membre du clan, une main traîtresse avait déroulé l'échelle.

— Mais qui? demanda une voix. Et pourquoi? Celui ou celle qui a fait ça risquait autant que nous!

La voix de Créon domina toutes les autres. Il s'était assis sur le toit de la cabane, les jambes pendant dans le vide.

— Pas si cette personne se sait protégée..., fit-il remarquer avec théâtralité. Pas si elle a conclu... une *alliance* avec l'ogresse!

Devant un public médusé qui se tordait le cou pour l'observer, Créon poursuivit de son timbre qui avait récemment mué :

— Oui, il s'agit sûrement d'un pacte...

Il avait une face rondelette, encadrée par des cheveux blonds et frisés. On distinguait nettement la dépression que provoquait sa pomme d'Adam.

— Un pacte ? marmonna Ismène, incrédule.

— Bien sûr ! pérora l'enfant perché sur la cahute. C'est une chose courante pour les dieux bons ou méchants de s'allier avec des hommes. Nous le savons tous !... (Il avait prononcé cette remarque en prenant l'assistance à témoin.)

L'averse avait faibli, mais Ismène jugea que le Suspend était traversé par un liquide beaucoup plus froid et insidieux qu'une pluie printanière. Elle eut l'image d'un venin glacé qui se propageait.

Elle prit conscience de la présence d'Hémon. Le garçon se trouvait là, dos au garde-corps, appuyé sur les coudes avec nonchalance, un sourire victorieux accroché aux lèvres. Il émanait de toute sa personne une morgue épaisse. Il semblait enchanté du « prêche » de Créon...

Ismène fut prise d'un doute : est-ce que Créon ne se contentait pas de répéter des paroles qu'il avait entendues récemment ? Des paroles qu'avait prononcées Hémon ? L'attitude altière du chasseur témoignait d'une large satisfaction. D'ailleurs, il était douteux que Créon fût l'auteur d'une telle « analyse » ; chaque inflexion, chaque mot semblait provenir de la bouche d'un autre que lui, d'un plus obsédé que lui...

— On lui aura promis des pouvoirs formidables, reprit Créon, en échange de menus services !

— Mais pourquoi ? demanda Laïos. Si un dieu désire quelque chose, il le prend ! Il n'a pas besoin d'aide !

— Pas pour les viles besognes..., répliqua Créon. Réfléchis : pourquoi s'abaisser à des tâches élémentaires ! Zeus ou Bacchus ne vont tout de même pas s'ennuyer avec des détails indignes de leur rang ! Non, ils font faire... Ils font exécuter les ordres. N'oubliez pas : *Hadès et les dieux infernaux connaissent les auteurs de cette action !*

La citation fut aussitôt commentée ; un certain remous gagnait l'attroupement. Hémon, lui, demeurait stoïque.

La voix de Louise se fit entendre :

— Ce n'est pas le moment de semer la zizanie, Créon ! Et puis, tu as tendance à tout mélanger ! Nous avons un ennemi désigné : Anne ! Le reste est sans fondement.

La Première avait ramené un semblant de calme. On sentait les esprits satisfaits de s'apaiser, d'entendre la voix de la raison. Cependant, Créon avait été piqué au vif. Il lança un regard interrogateur à Hémon, avant de reprendre d'un ton provocant :

— Ça, c'est toi qui le dis !... Mais qu'est-ce que tu en sais, hein ?

C'était la première fois que l'on contestait Louise aussi ouvertement. La première fois qu'on remettait en cause son autorité, son savoir ; et tous lui jetaient à présent des regards consternés, se demandant comment elle allait répliquer.

Gaspard, qui avait suivi l'échange depuis l'intérieur, sortit à ce moment. Sans un mot, il saisit la jambe pendante de Créon et le tira violemment vers le sol. Le garçon tomba en poussant un cri et son corps provoqua une secousse qui se répercuta le long du plancher. Alors qu'il gémissait au sol, Gaspard le releva. De sa main gauche il lui bloqua le cou, et de sa main droite il lui expédia une gifle qui fit se détourner les regards. Le garçon se serait écroulé s'il n'avait été maintenu fermement en place. Il allait renouveler son geste quand Louise intervint :

— C'est bon, Gaspard, je crois qu'il a compris.

Mais la seconde gifle retentit de plus belle. Il lâcha le garçon qui s'effondra à terre. Un peu de sang perlait sur le côté de sa bouche.

Gaspard parcourut la tribu d'un œil mauvais. À mesure qu'il pivotait, les têtes se courbaient. Seul Hémon peinait à dissimuler son rictus impudent ; Gaspard le foudroya du regard.

— Hémon, va te préparer ! ordonna-t-il. Nous allons descendre.

La voix implacable avait suffi, et les témoins de la fronde écrasée contemplèrent Hémon, la mine contrite, se redresser et quitter la plate-forme sans broncher.

Le profil de Romuald se découpa dans l'embrasure de l'abri. Il était resté invisible pendant l'altercation.

— Bon, ça suffit, s'exclama-t-il. Retournez à vos occupations, nous n'apprendrons rien de plus, agglutinés de la sorte. Allez !

Un commentaire hésitant s'échappa de la foule qui refluait :

— Ouais... Il se passe quand même des choses bizarres, ici !

— Qui a dit ça ? s'étrangla Gaspard.

Mais tous se dispersaient en vociférant des protestations inaudibles, sans qu'aucun dénonçât la bouche qui avait parlé en leur nom.

Lorsqu'elle quitta la plate-forme, Ismène croisa Hémon qui cheminait en sens inverse. Parvenue à sa hauteur, elle courba légèrement le dos.

— Alors, Ismène..., se moqua Hémon. On ne s'embrasse pas aujourd'hui ?

Il ne bloquait pas véritablement le passage, mais son attitude cynique retenait la fillette.

— Hémon... Ce n'est pas ce que tu crois...

— Ce que je « crois » ? Ce qu'on voit, plutôt !

Ismène s'était redressée.

— Est-ce que j'ai des comptes à te rendre ?

Il éclata d'un rire sardonique.

— Ha ! ha ! mais bien sûr que tu as des comptes à me rendre ! Vous tous, d'ailleurs ! Qui nourrit le Suspend, d'après toi ?

— Et qui *s'occupe* du Suspend, d'après toi ? Heureusement que Séraphine est là pour préparer ton gibier ! Je ne parle même pas de l'instruction...

Il eut un geste de la main.

— Oh, l'instruction...

— C'est sûr que tu préfères tes dieux... tes mystères... C'est toi qui as raconté toutes ces histoires à Créon, n'est-ce pas ?

— Ce ne sont pas des « histoires », Ismène ! Créon est réceptif à une certaine vision, voilà tout.

— Hum... à *ta* vision, sans doute !

Il croisa les bras.

— Méfie-toi, Ismène, il se pourrait que tu fasses la mauvaise association... le mauvais choix.

— Que me chantes-tu là ?

— Personne n'est immortel, à part les dieux bien sûr, et les choses pourraient changer dans les semaines à venir... Gaspard n'est pas infaillible, mais... le Premier non plus ! Pourquoi n'y aurait-il pas, un jour, un nouveau couple à la tête du clan ? Tu suis mon raisonnement...

Ismène le dévisagea avec intérêt. Oui, elle comprenait très bien où il voulait en venir. Elle saisissait que l'ambition du garçon n'avait d'égale que son imagination et sa crédulité. Mais était-ce de la crédulité ? Hémon ne jouait-il pas simplement la comédie dans le but de jeter le trouble au sein de la tribu ? N'était-il pas en train de créer une menace artificielle à laquelle il serait, à terme, le seul rempart ? L'unique personne vers qui l'on se tournerait, à bout de nerfs ? Il semblait à Ismène que le garçon venait de se trahir.

Jusqu'où serait-il prêt à aller pour corroborer ses fables ? se demanda la fillette. *Jusqu'à... jeter l'échelle ?*

— Ensemble, reprit-il, on pourrait faire évoluer le clan. Je pense que la deuxième génération doit gagner en puissance. De toute façon, tu as vu Romuald ? Il a de plus en plus de mal à se faire respecter. Sans Gaspard, il n'en imposerait plus à personne.

— Il a quand même le regard bien dur... et il sait se faire obéir !

— Peuh ! parce que Gaspard est derrière lui, c'est tout. Sinon...

Ismène soupira.

— Tu m'embrouilles la tête, Hémon ! s'agaça-t-elle. Les choses me vont comme elles sont.

Elle s'était collée au garde-corps pour lui permettre de passer, signifiant par là qu'elle ne désirait plus discuter.

— Quand les « choses » changeront, siffla le garçon en se remettant en marche, il te faudra bien changer avec elles...

Leurs pas résonnèrent dans des directions opposées, comme Ismène se dirigeait vers la plate-forme centrale. Là-bas, elle aperçut Polynice qui achevait de se préparer. Sa hanche retenait un petit sac de jute par une lanière tressée, et Laïos, à ses côtés, vérifiait le tranchant de sa sagaie. Ismène constata que le second chasseur avait l'air calme. Tout à ses préparatifs, il paraissait moins terrorisé que la première fois, presque résigné.

Lorsqu'il passa devant elle, il ne lui adressa pas un regard. Ismène voulut l'encourager ou lui dire un simple mot, mais elle eut l'impression que des dizaines d'yeux guettaient le moindre de ses gestes. Voulant faire taire les bavardages, elle prononça d'une voix qu'elle espérait autoritaire et dénuée de tout sentiment :

— Tâchez de rapporter des herbes pour Eurydice !

Polynice se retourna lentement pour mieux la fixer. Son visage ne trahissait aucune émotion. On avait l'impression qu'il agissait à la façon d'un animal tranquille, commandé par un tropisme nouveau. Il se contenta de hocher la tête sans desserrer les lèvres avant de se remettre en marche.

Ismène le regarda s'éloigner d'un pas égal dans la bruine.

Ce matin-là, ils récitèrent le troisième *stasimon* et ce fut Ismène qui entonna la strophe :

> *Redoutable Éros, ta puissance*
> *est fatale à tout l'univers :*
> *Aux bergers, aux rois, à l'enfance,*
> *À tous tu prépares des fers.*
> *L'homme est trompé par ton sourire ;*
> *D'un de tes traits couverts de fleurs,*
> *Tu frappes soudain... ton délire*
> *Le voue aux chagrins, aux malheurs !*

On commenta le message du chœur, et il fallut expliquer à Phinée qui était le dieu Éros et ce que *fatale* signifiait. Il accueillit ces éclaircissements avec une moue dubitative qui n'échappa à personne. On devinait chez l'enfant un léger trouble, et on pensait en connaître l'origine. Ismène choisit de crever l'abcès en s'adressant directement à son frère :

— Qu'est-ce que tu ne comprends pas, Phinée ?

— Ben... ce qui est bizarre c'est qu'Éros, en fait il est méchant !

— Méchant ? s'étonna Louise. Mais pourquoi dis-tu ça ?

— Parce qu'il est fatal... Il est comme Anne, il peut frapper...

Louise observait les réactions des autres enfants.

— Tu sais, reprit-elle, c'est une image, c'est une autre façon de dire que l'amour peut faire souffrir...

— Mais Éros, *c'est* l'amour, non ?

— Eh bien... oui, balbutia la Première.

— Et l'amour, ça existe ?

— Bien sûr.

— Alors Éros, c'est... c'est pour de vrai. Il est méchant... comme Anne!

Louise eut le plus grand mal à lui fournir des explications claires. Ismène constatait que l'amalgame sournois avait commencé son œuvre, se nichant dans les cerveaux encore malléables avec une aisance déconcertante. La confusion pénétrait les esprits telle une écharde.

On questionnait Louise. Plus que d'habitude. Ismène se faisait sans doute des idées, mais elle eut le sentiment que les enfants la testaient en lui parlant plus mal que d'ordinaire. Était-ce de l'insolence que l'on sentait poindre? Il était tentant de rapprocher l'attitude irrespectueuse des enfants du récent affrontement avec Créon.

Dans un sursaut autoritaire, Louise s'écria :

— Ça suffit comme ça! Souciez-vous de l'ogresse et tout ira bien... Vous êtes encore jeunes, vous ne pouvez pas tout comprendre!

On entendit à peine la voix geignarde de Louisa :

— Pourtant, Hémon il dit que...

— Bon, les enfants! coupa Séraphine alors que Louise fulminait. Je vais avoir besoin d'écorce pour tanner les peaux. Je veux que tout le monde me rapporte au moins trois belles poignées! Allez, au trot!

L'ordre provoqua un éparpillement instantané. Tous grimpaient dans diverses directions pour débarrasser les troncs fuselés d'une partie de leur couche protectrice. Les enfants, accoutumés à pratiquer l'escalade au gré des saisons et des conditions climatiques, montaient, aucunement gênés par la surface glissante.

Ismène rejoignit Antigone qui s'amusait, en équilibre sur une branche, à reproduire des bruits de pet en coinçant sa main sous son aisselle. Évoquant une flatulence sèche, l'appel d'air provoquait l'hilarité générale. Après que les enfants eurent repris leurs travaux d'écorçage, Ismène fit comprendre à Antigone qu'elle désirait lui parler :

— Tu ne devrais pas faire de blagues en ce moment, commença-t-elle. Je veux dire... avec Paula...

— Oh ! s'irrita Antigone. On ne va pas s'arrêter de vivre, non ?

Elle allait partir, mais Ismène la retint par le bras.

— Attends, Antigone, je voulais te parler...

— Qu'est-ce que tu as ?

— Eh bien... tu sais, ce matin je me suis réveillée, et...

— Oui ?

Elle désirait parler de ses règles, de ce qui lui était arrivé, mais au dernier moment, elle changea de sujet :

— J'ai fait un cauchemar ! Un rêve horrible, avec plein de sang, et j'étais poursuivie par Anne. Mais le plus effrayant c'est que je ne pouvais pas avancer... C'était comme si...

— Comme si tu courais sur place ! compléta Antigone. Je sais, j'ai fait le même rêve.

— Ah bon ? fit Ismène en écarquillant les yeux.

— Mais oui ! J'ai souvent rêvé que l'ogresse tentait de m'enlever. Parfois elle y arrive, parfois elle échoue. Mais j'ai trouvé un truc...

— Un truc ? Qu'est-ce que tu veux dire ?

— Eh bien, je fais le *Letwyn Taouher*... Et ça marche !

— Tu arrives à faire le geste de paix ? Dans ton rêve ?

Antigone remua la tête.

— Oui, euh... Je ne le contrôle pas vraiment, c'est venu malgré moi. Mais c'est efficace ! Quand je lève les bras, l'ogresse s'en va ; en général, c'est à ce moment que je me réveille. Essaye, tu verras ! Bon, c'est pas le tout, mais faut pas trop chômer non plus !

D'une poussée, Antigone s'était engouffrée dans la ramure haute, laissant Ismène à ses réflexions.

Le Letwyn Taouher..., songea-t-elle. *J'aurais dû y penser !*

Elle doutait, cependant, de pouvoir lever l'image du signe de paix par le simple jeu de l'esprit. Sa vision onirique lui avait laissé un sentiment de totale soumission. Dans la nuit, elle se souvenait n'avoir pu exercer aucun contrôle sur sa volonté. Au cours de sa fuite imaginaire, elle avait perdu tout empire. Pourrait-elle, dans ces conditions, faire le *Letwyn* ? Surtout : le geste aurait-il une quelconque efficacité ? Elle le souhaitait. Elle s'y appliquerait avec la dernière énergie.

Les chasseurs revinrent peu après que le soleil eut entamé la seconde partie de sa course. Ils rapportaient un chevreuil que Gaspard ne remonta qu'à grand-peine. Entassés aux abords de la cabane, tous félicitaient le trio et salivaient d'envie à la vue du copieux butin.

Séraphine s'était précipitée. Elle tenait un couteau en acier dont le manche aboutissait à une garde de forme ovale. Apanage du chasseur, seul Gaspard possédait une arme similaire — les seuls objets d'une telle facture dans tout le Suspend !

Sans hésiter, Séraphine ordonna qu'on soulève le cadavre par les antérieurs. La bête ainsi maintenue, elle l'éventra d'une main précise afin de la débarrasser de ses viscères. Elle interrogeait Gaspard tandis que ses mains se maculaient de sang et qu'une odeur nauséabonde s'échappait des entrailles de l'animal.

— Bravo ! Où était-il ?

— Il se frottait contre un arbre, dans un taillis touchant le sentier qui mène à la rivière. Mais je n'y suis pour rien. Ce n'est pas moi qui l'ai tué.

— Ho ! ho ! lança Séraphine en dévisageant Hémon.

Mais contre toute attente, le garçon ne paradait pas. Il semblait au contraire bouder.

— Non, ce n'est pas Hémon qu'il faut féliciter, dit Gaspard. C'est Polynice !

Quand elle entendit cela, Ismène sentit une étrange satisfaction l'envahir. Une fierté absurde venait de la caresser.

Bizarrement, le garçon restait calme. Tout au contraire d'Hémon qui n'aurait pas manqué de se paonner avec éclat s'il avait été à sa place, les félicitations qui fusaient autour de lui ne semblaient provoquer aucune réaction orgueilleuse particulière.

Ismène chercha son regard, voulant lui offrir son plus large sourire, mais Polynice n'avait d'attention que pour Séraphine et son travail de découpe peu ragoûtant. La carcasse évidée allumait dans ses yeux de troubles lueurs. Il demeurait concentré, détaillant les stries de la lame, suivant la chute des organes englués. Très vite, diverses formes sanguinolentes maculèrent les planches de bois et le garçon parut sombrer dans une indéchiffrable contemplation.

De sa besace, Gaspard tira une tige d'où s'élançaient plusieurs fleurs en épi qu'il exhiba derrière Séraphine :

— J'ai trouvé ça aussi...

— Les premières aigremoines ? dit-elle en jetant un rapide coup d'œil par-dessus son épaule. Si tôt ? Ma foi ! C'est toujours bon pour la diarrhée.

Alors qu'on en venait pour partie à oublier l'objectif initial de l'expédition, la mère de la petite disparue s'approcha de l'assemblée d'un pas hésitant.

— Nadine..., dit Séraphine comme prise sur le fait.

Son nez tordu accentuait la résignation qui se peignait sur sa figure. Elle se contenta d'interroger Gaspard de ses grands yeux tristes.

— Je suis désolé, Nadine..., fit Gaspard en baissant la tête. On a cherché partout... on n'a rien trouvé. Aucune trace.

Le récit du chasseur fit renaître un certain émoi ; Ismène sentit l'ombre de l'ogresse s'étendre au-dessus des têtes regroupées. En cet instant, pourtant, le visage insondable de Nadine constituait une image plus effrayante encore que la Bête nantie de pouvoirs dévastateurs. L'expression mêlée de fatalisme et de tristesse qu'elle affichait témoignait d'un plus grand fardeau que le simple malheur ; car c'était bien *l'acharnement du malheur* qu'on pouvait lire dans ses pupilles de jais.

8

Tabous

La pluie continua de tomber par intermittence au cours des jours qui suivirent, rappelant au souvenir les giboulées qui avaient accompagné la fin de l'hiver. Entre deux averses, le soleil, lorsqu'il perçait le manteau d'un ciel encore cendré, semblait de plus en plus généreux.

Pour s'occuper l'esprit, Ismène assistait aux réparations que son père et Arsène effectuaient à divers endroits du Suspend ; grâce aux rares outils dont on disposait, les deux hommes traquaient le bois malade, les planches vermoulues, pour les remplacer par des portions saines qu'ils prélevaient dans les zones de moindre importance comme les latrines, la cabane à l'échelle, voire l'abri de Claude...

Ce dernier demeurait plongé dans un état de semi-veille. Tel un somnambule, il « assistait » à la désagrégation de son foyer sans protester, sans jamais objecter le moindre inconfort à l'œuvre de démantèlement.

Une fois, il s'était rebellé... très brièvement, mais avec une fureur qui avait dissuadé les deux hommes de poursuivre leur action. Ils avaient entrepris de déplacer la couche de l'ancien pour ponctionner à son emplacement des planches sèches. Dès qu'il les vit s'approcher de son lit pour tenter de le soulever, Claude se jeta sur ses couvertures. À grand renfort de ruades, il fit reculer les deux hommes tout en déversant un torrent d'invectives incompréhensibles. On supposa, au milieu de ses *Hu! Hu!* que son matelas de mousse et de feuilles représentait un sanctuaire auquel son cerveau confus s'attachait farouchement.

Il fut décidé de ne pas y toucher : d'autres parties du village fourniraient, pour l'heure, le matériau nécessaire à la réhabilitation.

Malgré toutes ces précautions, une planche vétuste blessa un enfant au cours d'un jeu : alors qu'ils couraient en tous sens pour éviter Louisa, que la brindille avait désignée comme l'ogresse, Étéocle se réfugia aux abords de la cuisine ; Louisa, qui tentait de fondre sur sa proie en escaladant les arbres voisinant la cabane, se laissa tomber sur le toit de l'abri, provoquant chez le garçon une réaction exagérée de terreur. Pour lui échapper, il s'élança tête baissée dans le couloir branlant. Là, son pied traversa une planche, et un clou piqué de rouille lui entailla le haut du mollet.

Théophile nettoya sa plaie avec soin, en expliquant les risques qu'encourait à présent le garçon. On attendit avec anxiété qu'une boursouflure ou une décoloration anormale du derme indique les signes d'une infection... Heureusement, la lésion était propre ; la peau se cicatrisa.

Pour finir, le Premier déclara que cette partie du Suspend était dangereuse et qu'il était dorénavant interdit d'y jouer.

De temps à autre, la fillette profitait de la complicité muette qui s'installait quelquefois entre les deux hommes chargés de l'entretien du Suspend pour prendre des nouvelles d'Eurydice, la fille d'Arsène.

— Comment va-t-elle, aujourd'hui ? interrogea-t-elle un matin, tandis qu'ils calfeutraient les interstices d'une cahute avec de la mousse gorgée de boue.

— Mal..., répondit Arsène. On ne peut pas dire que ça s'arrange. Séraphine a beau lui faire absorber toutes les boissons qu'elle connaît, rien n'y fait. J'ai l'impression qu'elle a encore maigri.

— La pauvre...

Arsène haussa les épaules. Il avait des paumes énormes d'où jaillissaient des doigts aux jointures difformes. De ses mains, il se cacha le visage, et Ismène crut, un instant, qu'il cherchait à dissimuler sa peine. D'un geste affectueux, il lui ébouriffa les cheveux.

— Bah ! qu'est-ce qu'on peut faire, hein ? C'est comme ça !

— Oui..., mais c'est triste, soupira Ismène. Tu n'es pas triste ?

Son père s'en mêla.

— C'est triste, mais nous n'y pouvons rien. Inutile de se lamenter... Tu verras quand tu seras plus grande et que tu auras des enfants. Si tu t'attaches trop, si tu es trop sentimentale, tu souffriras beaucoup ! Ici, il faut toujours se préparer au pire.

— Mais c'est affreux ce que tu dis ! Alors, si demain je disparaissais, ça ne te ferait rien ? Rien du tout ?

— Ça n'est pas ce que j'ai dit, bougonna-t-il. Ismène, il faudra que tu acceptes la chose suivante : au sein du clan, la vie est en *suspens*... tu saisis ? Si demain tu disparaissais, je serais contrarié, évidemment... mais le cours des choses devrait reprendre. Et c'est valable pour moi... pour tout le monde ! Pour tout supporter, il ne faut pas trop s'attacher. On doit se soutenir, s'entraider, mais il faut garder une certaine distance.

— On a quand même le droit d'aimer les autres, d'avoir envie de jouer avec eux ! (Elle n'osait dire de les « embrasser ».)

— Oh ! tu peux bien jouer avec eux, répondit Arsène, mais tu dois être prête à les perdre, à les abandonner, même, si la survie du clan en dépendait.

Les deux hommes parlaient tout en colmatant les brèches. Ils détaillaient les mœurs affectives du Suspend avec un détachement qui troublait la fillette.

— Alors, tu es prêt à perdre Eurydice ? lança-t-elle en guise de provocation.

— Ismène ! fit son père.

— Laisse..., dit calmement Arsène en levant la main vers Octave. (Il la fixa avec intensité.) Oui, Ismène. Je suis prêt.

Elle baissa les yeux, décontenancée par tant de froideur.

— C'est quand même triste, répéta-t-elle. Avec Paula qui a disparu.

Elle marqua une légère pause, avant d'ajouter timidement :

— Et ça n'était pas la première fois... Il y en a eu d'autres, avant elle...

Les deux hommes se lancèrent un regard appuyé.

— Qui t'a parlé de ça ? l'interrogea son père.

— Personne. J'ai entendu quelqu'un y faire allusion alors qu'on recherchait Paula. J'ai des oreilles, voilà tout. Et... comment s'appelait-il ?

— *Elle*, corrigea Octave après une hésitation. Elle s'appelait Victoire.

— Victoire, répéta Ismène. Que s'est-il passé?

À nouveau, les deux hommes échangèrent un regard; mais Ismène, au centre de cette communication silencieuse, sentit que la connivence avait supplanté l'étonnement. L'œillade palpitait d'un accord tacite, d'une posture qu'ils s'apprêtaient à adopter. Elle acquit la certitude qu'on allait lui mentir.

— Elle a connu le même sort que Paula, lui répondit Octave en regardant vers le bas. Un matin, on ne l'a pas trouvée... Anne l'avait prise.

— L'échelle était descendue? demanda Ismène.

La question imprévue avait surpris son père.

— L'échelle? À vrai dire, je...

— Non, non..., intervint Arsène, l'échelle était en place.

— Ah! oui... Je m'en souviens maintenant... L'échelle était en place!

Ismène fronça les sourcils. Tout cela sonnait faux. On la prenait pour un faon.

— Comment est-elle montée?

— Victoire? balbutia son père.

— Mais non! s'agaça la fillette. *Anne!* Comment l'ogresse est-elle montée puisque l'échelle n'avait pas été jetée?

Son père s'obligea à soupirer bruyamment.

— Eh bien... elle...

— On pense qu'elle est tombée..., coupa Arsène avec force mouvements de la tête. Ou encore qu'elle est descendue par un tronc.

— Eh oui! siffla son père, profitant de l'occasion qui lui était donnée. Forcément! À force de jouer à

103

se suspendre dans le vide... un accident peut finir par arriver !

— Tu veux parler du jeu ? Du Clan suspendu ? demanda Ismène, décourbant l'échine. Je croyais que la première génération ne pratiquait pas ce jeu... C'est ce que tu m'as toujours dit !

— Oui, c'est vrai..., s'embrouilla Octave. Enfin... Oh ! et puis tu m'énerves avec tes questions ! Que veux-tu à la fin ? Hein ? Victoire a disparu, c'est tout !... Comment ? Pourquoi ? Qu'est-ce que ça change ? Ça ne la fera pas revenir !

Penaude, la fillette avait baissé la tête.

— Maintenant, laisse-nous travailler, fit Arsène. Il nous reste beaucoup à faire.

Ismène obéit. On ne l'avait encore jamais congédiée de la sorte.

Le soir venu, elle réussit à s'isoler avec Polynice. Elle l'avait trouvé, plus tôt dans l'après-midi, qui surveillait avec le plus grand soin les différentes étapes du tannage. L'opération, rudimentaire, consistait à faire tremper la peau de l'animal, après qu'on l'eut soigneusement écorché, dans un bain d'écorce de chêne jusqu'à ce que la substance naturellement présente dans la couche protectrice de l'arbre nourrisse l'enveloppe du chevreuil. Le phénomène de putréfaction survenant très vite après la mort du gibier, le processus de fixation devait être initié avec diligence ; la durée du bain, en revanche, était assez longue et dépendait en grande partie de la qualité des résidus employés.

Tout en feignant un intérêt subit pour les téguments immergés, Ismène s'était approchée de Polynice. Elle lui avait proposé, loin des oreilles indiscrètes, de se retrouver à la cabane à l'échelle, un des rares endroits du Suspend où l'on n'irait pas d'office les chercher. En tout cas, pas immédiatement... Le jeune chasseur avait accepté d'un simple haussement d'épaules.

Elle l'attendait dans la pénombre, alors qu'au ciel, pour un temps dégagé, une lune de plus en plus ronde projetait son éclat pâle et argenté à travers les hautes planches de l'abri.

Il pénétra dans la cahute d'un pas décidé et lança avec impatience :

— Que me veux-tu, Ismène ?

Au son pressé de sa voix, la fillette se sentit quelque peu déconcertée.

— Eh bien... je pensais qu'on pourrait papoter, toi et moi... Après tout, ce n'est pas le temps qui manque...

Elle s'était exprimée d'un ton très doux, en faisant traîner les mots. Polynice hésita, puis finit par s'asseoir près de l'entrée de la cabane. Ismène eût souhaité davantage de proximité, mais elle choisit de ne pas le brusquer.

Est-ce qu'il a peur de moi ? s'interrogea-t-elle. *Lui, le tueur de chevreuils !*

— Je préférais te voir ici pour éviter que la rumeur enfle comme une vessie, commença-t-elle.

— Quelle rumeur ?

— Tu sais bien... toi et moi...

— Toi et moi ? s'étonna-t-il. Mais il n'y a pas de *toi et moi* !

Elle accusa le coup.

— On s'est tout de même embrassés..., reprit-elle en se rapprochant du garçon.

— Non, *tu* m'as embrassé ! Nuance.

Le ronronnement d'un engoulevent s'éleva à faible distance de l'abri. Ismène attendit que l'oiseau finisse avant de reprendre :

— Et... que je t'embrasse, ça ne t'a pas plu ?

Polynice ne répondit pas tout de suite ; le chant reprit.

— Si..., murmura-t-il finalement.

— Si ? C'est vrai ?

— Eh bien... c'était pas désagréable...

Elle se rapprocha encore.

— On pourrait recommencer, tu sais...

— Je sais ! s'agaça-t-il.

— Pourquoi tu t'emportes ?

— Je ne m'emporte pas !

Il est nerveux, lui souffla une voix.

Elle chercha sa main, la trouva. Il ne se déroba pas.

— Ton frère m'a dit que tu avais du sang, lança-t-il avec maladresse.

— Mon frère ? se raidit-elle. Qu'est-ce qu'il t'a raconté ?

— Il m'a dit que l'autre matin tu t'étais réveillée pleine de sang, que tu avais rêvé de la Bête... ou que la Bête était venue te rendre visite dans ton sommeil... C'est vrai ?

Elle retira sa main.

— Oui et non... J'ai fait un rêve, c'est vrai. Il y avait du sang, c'est vrai aussi. Mais c'est tout simplement parce que je venais d'avoir mes règles... Rien à voir avec Anne Dersbrevik !

— Ah... tes règles...

— Oui, je peux avoir des petits, maintenant !

Elle avait parlé avec une certaine suffisance. Dans le lointain, l'oiseau crépusculaire poussait toujours son crissement entêtant.

— C'était comment ? demanda le garçon d'une voix curieuse.

— Quoi donc ?

— Tes règles...

— J'ai eu un peu mal, et puis Pauline m'a expliqué que...

— Non, je veux parler de ton *sang* ! Il était comment ?

Quelque chose dans la voix du chasseur perturbait Ismène.

— Mon sang ? répéta-t-elle. Que veux-tu savoir ?

— Il avait quelle couleur ?

— Je ne sais plus, moi ! Je crois qu'il était très foncé, très épais. Tu sais, ce n'est pas très intéressant !

— Je pourrai le voir la prochaine fois ?

La requête prit Ismène au dépourvu. Il voulait voir son sang ? C'était incompréhensible.

Peut-être veut-il voir ton sexe ? se rassura-t-elle. *Oui, c'est ça : il est gauche ! Tout ce qu'il désire, en fait, c'est contempler ton intimité !*

Son timbre, cependant, trahissait la détermination... pas la timidité.

— Tu sais, fit-elle valoir, ça n'est pas très ragoûtant... C'est un peu...

— Tu oublies que je suis un chasseur, à présent ! Ces choses-là ne me font plus rien !

— Oui, je comprends... mais ça n'est pas ce qu'il y a de plus joli en moi... j'ai...

— Bon ! s'impatienta-t-il. Si ça te pose un problème, oublions cela !

— Non ! Non ! s'excusa presque Ismène qui craignait de perdre ses bonnes grâces auprès du garçon. Pas du tout ! Écoute, nous en reparlerons le mois prochain, tu es d'accord ?

Elle l'entendit soupirer.

— D'accord, bougonna-t-il. Dis, tu as vu la façon dont Séraphine a débité le chevreuil ? C'était fortiche !

— J'ai surtout vu sa tête quand Gaspard lui a annoncé que ça n'était pas Hémon qui l'avait tué ! s'amusa Ismène. Elle pense que son fils est tellement plus adroit que toi...

— Elle n'a pas tort. Hémon a un sacré coup de sagaie ! Et ça n'est pas moi qui le dis, c'est Gaspard.

— Il n'empêche que c'est ton arme qui a atteint l'animal ! (Elle se blottit contre lui.) Tu es mon héros !

Le garçon l'accueillit sans tressaillir, acceptant le corps de la fillette contre lui sans esquisser le moindre geste tendre. Mais Ismène n'en avait cure. Elle pouvait sentir les émanations poivrées du chasseur, et cette odeur, en plus du contact de sa peau, valait toutes les caresses de la forêt.

— J'ai l'impression que tu as moins peur de descendre, dit-elle.

— Tu ne te trompes pas. Je crois que j'ai dépassé mes premières appréhensions. Je crois aussi que j'ai réussi à trouver un intérêt qui dépasse la peur et le danger.

— Quel intérêt ?

— C'est difficile à expliquer... Être en bas, exposé à l'ogresse, c'est effrayant, mais ça provoque aussi des sensations très fortes ! Quand je suis redescendu, la seconde fois, je me suis aperçu que je prenais du... plaisir... Je sais, ça paraît incroyable, mais c'est la vérité ! Je pouvais sentir mon cœur battre. Je me sentais *vivant*; et ça a produit une espèce de bien-être en moi.

— Tu en as de la chance..., soupira Ismène. Moi je commence à m'ennuyer ici. Je trouve le Suspend de plus en plus étroit. J'ai l'impression que je vais étouffer !

Il ne prêtait pas la moindre attention aux lamentations d'Ismène.

— Pour tout te dire, je bous d'impatience ! reprit-il. J'ai envie d'y retourner ! C'est comme... (Sa voix se dirigea vers elle.) Comment s'appelle ce truc dont nous a parlé Louise ? Tu sais, cette chose qui rend fou et qu'on veut toujours reprendre ?

— La drogue ?

— Oui ! C'est ça ! La drogue... C'est comme si mon corps me réclamait de descendre !

— J'espère que tu ne vas pas devenir zinzin ! railla la fillette.

— Peuh ! pas de danger... Hémon sera zinzin avant moi... avec ses dieux !

La fillette éclata d'un rire outrancier. L'instant d'après, néanmoins, elle ne put s'empêcher de vérifier qu'Hémon n'avait pas dépêché un de ses sbires aux abords de la cahute pour épier leurs faits et gestes.

— Tu savais que Paula n'était pas la première personne à disparaître ? demanda Ismène pour changer de sujet.

Elle lui rapporta les propos de son père et d'Arsène, ainsi que leurs réactions lorsqu'elle avait désiré en savoir plus au sujet de Victoire.

— Bah..., fit Polynice. Ils ont voulu te protéger.

— Tu ne trouves pas étrange qu'on ne nous en ait jamais parlé ?

— Je ne sais pas. Il y a déjà eu tellement de morts ! Un de plus ou de moins...

— Ce n'est pas le propos ! s'énerva-t-elle. Pourquoi nous cache-t-on ces choses-là ?

— Quelles *choses* ? Ils ont répondu à tes questions, non ?

— Hum... si on veut...

Elle s'était redressée pour lui passer la main dans la nuque. Il se laissait faire.

— En même temps..., murmura Polynice.

— Quoi ?

— Ce n'est probablement rien, mais... j'ai l'impression que Gaspard aussi me cache des choses.

— Qu'est-ce qui te fait penser ça ?

— C'est en rapport avec ce qui s'est passé quand nous cherchions Paula, ce que j'ai vu...

— Raconte ! dit-elle, cessant ses cajoleries pour mieux se concentrer.

Il se racla la gorge.

— J'étais le deuxième à poser le pied sur le sentier. Dès qu'Hémon nous a rejoints, Gaspard a donné le signal et le guet a remonté l'échelle. Il a tout d'abord cherché des traces de lutte, mais aux abords de la zone, les branches étaient intactes. À sa suite, on a cherché des indices, un peu partout, mais on s'est vite rendu à l'évidence : la Bête n'avait pas foulé cette partie de la futaie, il n'y avait là que des empreintes de pieds... les nôtres ! Paula s'était évaporée.

» Après ça, nous avons exploré les taillis qui bordent le chemin, mais là encore, nous n'avons pas trouvé le moindre bout de tissu indiquant un récent passage ou... la moindre *éclaboussure*...

» Ensuite, il nous a indiqué par une série de gestes que nous devions explorer le domaine qui s'étend au couchant. La pluie avait rendu le sentier boueux. La marche devenait pénible. De temps à autre, Gaspard nous faisait un signe, et l'on devait se jeter derrière un fourré. En fait, je pense qu'il perçoit plus de choses que nous... Il peut flairer le danger.

» Alors que nous frôlions une bande de résineux, j'ai vu une forme bouger dans le lointain... Tandis que je me dirigeais vers la source du mouvement, Gaspard m'a rejoint avec empressement... pour m'empêcher de continuer ! J'avais beau lui expliquer avoir repéré du gibier, il ne voulait rien savoir ! Il m'interdisait d'aller dans cette direction. J'ai tout de même réussi à comprendre ce que je distinguais à travers les buissons : si j'avais aussi bien aperçu l'animal, c'est parce qu'il avait gravi une butte. À deux jets de pierre se trouvait un amas de terre incroyable !

— Une butte ? Pourquoi Gaspard aurait-il peur d'un peu de terre ?

— Figure-toi que c'est ce que nous avons voulu savoir, Hémon et moi. On l'a encore beaucoup interrogé, et devant notre insistance, il s'est finalement écrié : « Vous ne comprenez pas ? C'est son repaire ! C'est là qu'elle garde ses victimes... »

— Il voulait parler de...

— Oui... il voulait parler d'Anne.

— Mais ça veut dire qu'on sait où se trouve Paula ! Il faudrait y aller, non ?

Le garçon laissa passer un hululement.

— Ismène..., soupira-t-il. Paula est morte. Ça ne fait plus aucun doute. Inutile de risquer d'autres vies. Nous sommes plus utiles vivants que morts. De quoi te nourriras-tu si nous disparaissons à notre tour ?

— Pauvre Nadine, murmura-t-elle. D'abord Paul, maintenant Paula... C'est à croire que le destin s'acharne sur elle.

— *Hadès désire que les lois soient égales...*

Ismène méditait la citation, laissant son regard sonder l'obscurité de la cabane, quand soudain, à la faveur d'un rayon de lune, elle poussa un cri qui fit tressaillir le garçon.

— Qu'est-ce qui t'arrive ?

— Là ! J'ai vu des yeux briller ! Il y a quelqu'un !

Polynice se précipita au-dehors, alors que les vibrations d'une cavalcade échevelée se répercutaient dans le sol.

Elle attendit, anxieuse. Lorsqu'il revint, il lui annonça calmement :

— C'était un mioche. Je pense qu'il nous observait. C'est pas méchant...

— Pas méchant, bougonna-t-elle. Je suis presque sûre qu'il court à l'instant trouver Hémon et lui raconter par le menu tout ce qu'il a vu et entendu !

— Qu'est-ce que ça change ?

— Ce que ça change ? Rien... si ce n'est que j'aimerais être tranquille et que l'on puisse se retrouver sans que tout le Suspend en fasse des gorges chaudes !

Il la fixa avec étonnement.

— Mais enfin, Ismène... le Suspend est sans doute *déjà* au courant !

Puis, lui posant une main sur l'épaule, il ajouta :

— Qu'espérais-tu ?

9

Proposition

Ismène patientait devant sa cabane. Elle attendait que les gémissements en provenance de l'abri prennent fin, que cesse l'étreinte unissant Pauline et Octave. Dans la couche commune, ses frères dormaient, eux, assommés par un faix d'inconscience, un cocon de fatigue qui les protégeait, pour lors, des effusions nocturnes.

Elle s'était levée dès qu'elle avait perçu les premiers signes annonciateurs du « rut », au moment même où Octave avait entrepris d'écraser Pauline de toute sa masse. Elle avait à peine jeté un coup d'œil au couple emboîté qui commençait d'onduler à ses côtés, à peine surpris le regard que lui avait lancé son père, un regard qu'elle n'avait pas compris, pas voulu identifier... porteur d'un éclat incongru qui l'avait très vite poussée au seuil du foyer.

Sur la plate-forme, la brise atténuait les râles bestiaux. Le vent complice altérerait l'intégrité des ébats ; il en masquait les pointes rauques, emportant les cris étouffés dans des bourrasques pudiques et souples.

La nouvelle lune, toute drapée, avait englouti la forêt. Au faîte des houppiers, le scintillement las indiquait une ligne d'horizon sous laquelle s'était affalé le jour. Dans cette boue ne surnageaient que de rares volatiles, résolus, comme pour se convaincre de leur invisible réalité, à piquer le silence de leurs appels stridulants.

Dans le Suspend, les derniers braseros jalonnaient les couloirs d'une lueur falote. Le clan dormait. Tout était calme.

Elle entendit un craquement en provenance de la cabane de Nadine, le foyer le plus proche du sien dans le village. La femme peinait-elle à trouver le sommeil, taraudée par la tristesse et l'angoisse, par toute sorte de spéculations quant au sort tragique qu'avait connu sa petite ?

Peut-être avait-elle besoin de parler ? De se livrer à la faveur de la nuit ? Ismène décida d'aller lui tenir compagnie. Pour ne pas effrayer la jeune femme, comme elle approchait, elle murmura :

— Nadine, c'est Ismène... *Nadine ?*

Elle s'approcha encore, et ses yeux accoutumés à l'obscurité lui apprirent que la plate-forme était déserte. Elle allait rebrousser chemin quand le bruit se fit de nouveau entendre. Il provenait de plus loin, de l'abri de Claude ou... de la *cabane à l'échelle.*

L'évidence la frappa au ventre ; elle se figea dans la nuit, percevant sa propre respiration ainsi que ses aisselles qui tentaient d'évacuer une peur moite. Quelle idiote elle faisait ! Ce bruit dans la nuit, ce craquement qu'elle avait cru reconnaître n'avait pas été provoqué par un membre du clan. (Personne, la nuit venue, ne traînait sans raison au long des coursives...) Non, l'idée germait maintenant dans sa conscience, à toute vitesse :

cette déambulation feutrée, cette façon d'effleurer les lattes de bois, tout cela n'était pas humain... C'était l'œuvre d'une autre... l'œuvre de la Bête!

Ismène sentit une décharge d'adrénaline glacée lui gonfler les veines. Anne Dersbrevik était là, tout près, elle en avait la certitude! Pensant réconforter Nadine, elle s'était en réalité jetée dans la gueule de l'ogresse. Et cette fois, le monstre n'aurait même pas à chercher, à fureter parmi les abris, non! car elle s'était offerte comme une imbécile! Elle s'était condamnée, seule, forgeant son destin à grand renfort d'altruisme. Elle avait échappé aux soupirs concupiscents, mais elle n'échapperait pas aux griffes de la Bête...

Je suis la prochaine victime... et je suis seule responsable! hurlait une voix. *En plus, elle m'a entendue appeler... Je me suis signalée, je me suis désignée!*

Il y eut de nouveaux craquements. Ismène attendit un moment, un moment qui lui sembla ne jamais finir. Elle voulait hurler, appeler à l'aide. Un secret espoir, cependant, lui dictait de fermer la bouche. Ne rien dire, ne rien faire. Se faire oublier. Avec de la chance, Anne ne la verrait pas... Et si elle décidait de ravir quelqu'un d'autre?

Il y a bien l'odeur, mais... L'odeur! Elle eut l'impression de recevoir un nouveau choc au niveau de l'abdomen.

Mes règles... le sang... elle va me sentir, c'est sûr! Je vais l'attirer!

Anne tardait à venir, pourtant. Le temps se faisait adroit tourmenteur, s'écoulant avec une lenteur sadique. Un tapement irrégulier retentissait bien de temps à autre, mais l'ogresse ne semblait pas résolue à capturer la fillette.

Il y eut un nouveau bruit sec, très proche cette fois. À bout de nerfs, Ismène attendait qu'un membre tors et velu s'abatte sur elle... que le monstre attaque enfin ! Mais rien ne se passait.

Seule une silhouette accrochait les derniers rougeoiements d'un feu. La fillette se contraignit à regarder, à détailler la forme : elle distingua un visage aux arêtes saillantes qu'abritait tant bien que mal une chevelure claire et hirsute. L'ogresse s'était également enveloppée dans une peau... *L'ogresse ?* Quand l'ombre parvint à l'intersection formée par les deux couloirs, Ismène se crut victime d'une hallucination ; car à cette distance, elle réussit à identifier la chose, ou plutôt la *personne* qui passait devant elle. Le nom se forma dans son esprit : *Claude... l'ancien...*

Mais que faisait-il, seul, à déambuler sur les passerelles, au beau milieu de la nuit ?

Il n'avait pas vu la fillette. Il ne la regardait pas — d'ailleurs, il ne regardait nulle part. Ses jambes semblaient un organisme indépendant, mis en branle de façon autonome, échappant à tout contrôle. On pouvait croire l'ancien victime d'un sortilège qui le poussait à arpenter les couloirs malgré lui, l'air complètement ahuri ! Elle manqua l'interpeller, mais à l'ultime moment, une force secrète lui cloua les lèvres. Quelque chose lui dictait encore de se taire, de ne pas se faire remarquer.

À sa suite, elle se glissa telle une couleuvre sur l'artère principale. Elle l'observait, courbée. D'abord, il prit la direction de la cabane aux lettres. Il pénétra dans l'abri pour en ressortir quelques instants plus tard. Ensuite, marchant en sens inverse, il passa devant l'abri de Nadine et retourna à la bifurcation qui menait à l'échelle. Enfin, il regagna son foyer, évitant les planches pourries avec une agilité qui laissa la fillette pantoise.

Ismène ne se souvenait pas l'avoir vu trotter avec autant d'aisance depuis longtemps. Il paraissait maîtriser à la perfection chacun de ses mouvements, connaître chaque recoin du réseau aérien. Était-il sujet à des crises nocturnes ? Sous l'empire d'une force lucide qui l'arrachait, pour un instant, à son hébétude chronique ?

La fillette espérait qu'il en était ainsi, car le cas échéant ne pouvait signifier qu'une chose : Claude leur donnait le change... Il dissimulait sa véritable condition. Mais pourquoi agir de la sorte ? Quel intérêt y avait-il à feindre la débilité ? Cependant qu'une avalanche de questions se bousculait dans son esprit, un détail se fit plus saillant que les autres : quel que fut l'état de santé de l'ancien, Ismène l'avait clairement entendu marcher du côté de la cabane à l'échelle...

Qu'est-ce qu'il fabriquait là-bas ? s'interrogea-t-elle. *Était-ce la première fois qu'il rôdait près du point d'accès au sentier ?*

Au demeurant, on ignorait toujours l'identité de celui ou celle qui avait jeté les barreaux. Ismène avait suspecté Hémon. S'était-elle méprise ? Et si le responsable de cet acte insensé se trouvait être la dernière personne que l'on irait soupçonner ? Et si l'auteur de ce forfait monstrueux était... Claude ?

Non, non... tu délires, se raisonnait-elle, comme elle marchait vers son abri. *Claude est le plus ancien... C'est lui qui a créé le rituel... lui qui a transmis tout son savoir... Pourquoi irait-il mettre en danger la vie du clan ?*

Ça n'avait pas de sens.

Se glissant sous la couverture, elle identifia une odeur âcre qui flottait dans la cahute, une odeur de fleur de châtaignier, une fragrance acide qu'émettent certains chatons jaunes lorsqu'ils se dressent virilement, soudain stimulés par la venue des beaux jours. Le sommeil la terrassa alors qu'en un point de sa conscience un maquis de réflexions commençait d'éclore.

Après tout, qu'est-ce que tu sais de Claude ? Rien... strictement rien ! Tu ne t'es jamais posé certaines questions. Que lui est-il arrivé, par exemple ? Il parlait... Il ne parle plus... Et pourquoi est-il si vieux, d'abord ?

C'était décidé : elle irait trouver Louise à la première occasion. Elle lui raconterait ce qu'elle avait vu, puis elle exigerait des éclaircissements.

Le lendemain, dans la matinée, Étéocle se présenta à l'entrée de sa cabane.

— Ismène, tu es là ?

— Bonjour, Étéocle, que me veux-tu ? dit-elle en sortant.

Il avait en guise de lèvres un simple trait rehaussé d'une moustache encore souple. Il s'appliquait à parler avec solennité.

— Le roi veut te voir, dit-il.

La fillette, sceptique, le contemplait.

— Le roi ? Tu veux dire... le Premier ? corrigea-t-elle avec douceur.

— Non, non ! Je sais ce que j'ai dit ! s'irrita le garçon. C'est Hémon qui veut te voir... pas Romuald.

— Hémon ? Pourquoi l'appelles-tu comme ça ?

— Dorénavant, Hémon doit être appelé : « le roi » ! pérora-t-il.

Ismène éclata de rire, s'attirant sur-le-champ un regard furibond.

— Je ne vois pas ce qu'il y a de si drôle ! s'agaça-t-il.

— Mais enfin ! Étéocle, qu'est-ce que c'est que cette histoire de roi ? interrogea-t-elle en s'efforçant de se contrôler. Il n'y a pas de roi dans le Suspend. Il n'y en a jamais eu !

— Eh bien maintenant, si !

— Oooh ! fit-elle avec sarcasme. Laisse-moi deviner : je parie que c'est lui qui s'est proclamé roi !

Le silence du garçon valait toute réponse.

— Il veut te voir, insista-t-il. C'est tout.

— Bon, la plaisanterie a assez duré ! Tu diras à Hémon, puisque c'est son nom, que j'ai mieux à faire ! Compris ?

Étéocle déglutit. Sa voix se fit moins assurée.

— C'est que... si je lui dis ça, je vais passer un sale moment, tu sais... Il m'a dit que tu risquais de réagir de la sorte, et il a aussi dit que si je ne parvenais pas à te faire venir dans la cabane aux lettres... il me frapperait...

Ismène le scruta intensément. Une crainte bien sincère se dégageait de lui. Elle voulait l'envoyer promener, mais une intuition lui souffla qu'Hémon n'hésiterait pas à mettre ses menaces à exécution... S'il corrigeait Étéocle, simple messager, elle ne pourrait qu'éprouver une part de responsabilité dans l'injuste châtiment. Et à n'en pas douter, Hémon avait escompté son consentement grâce à cette mécanique psychologique retorse !

Il est rusé..., songea Ismène. *Rusé et manipulateur... quel mélange !*

Toutefois, elle ne tint pas à donner l'impression d'accepter trop vite.

— La cabane aux lettres ? C'est là qu'il est ? s'enquit-elle avec détachement.

— Il t'attend ! opina le garçon soulagé.

— Très bien. Tu peux lui dire que j'arrive. Mais, de toi à moi, Étéocle, ce n'est pas pour Hémon que j'accepte... c'est pour toi !

Il tourna la tête dans plusieurs directions, puis murmura d'une voix redevenue enfantine :

— Merci, Ismène. Tu es gentille. Il l'aurait fait, tu sais...

— Je n'en doute pas..., soupira Ismène comme Étéocle quittait la plate-forme.

Pas un seul instant !

Ismène traversa les couloirs et gagna la plate-forme bordant la cabane aux lettres d'un pas qu'elle espérait résolu et impressionnant. Alors qu'elle allait pénétrer dans l'abri sans autre forme de civilité, Laïos et Louisa qui se tenaient devant l'entrée lui barrèrent le chemin ; ils tenaient chacun une branche glabre de petite section dont l'extrémité était appuyée sur le plancher.

— Stop ! On ne passe pas ! fit Laïos en levant sa « lance ».

Ismène le regarda ; il sortait de l'enfance et de rares poils s'élançaient de son menton prognathe.

— Si tu veux jouer au garde, se moqua la fillette, tu ferais mieux de retourner t'instruire, il y a un très bon rôle dans la pièce, tu y apprendrais des tas de choses ! C'est valable pour toi aussi, Louisa.

Laïos lui tira la langue, provoquant le rire de la petite fille qui de toute évidence ne prenait pas vraiment cette mascarade au sérieux.

— Que veux-tu, Ismène ? s'enquit Laïos.

— Voir Hémon. C'est lui qui m'a demandé de venir.

— Un instant, je vais voir si le roi peut te recevoir...

— Le « roi »..., marmonna Ismène en levant les yeux.

Louisa demeurait seule comme le garçon était entré dans la cabane.

— Ta mère sait que tu es ici ? demanda Ismène.

— Oui..., répondit Louisa en tordant une mèche de ses cheveux.

— Et elle ne dit rien ?

— Louise a dit qu'on répéterait plus tard.

— Vraiment ?

— Vraiment ! rétorqua Louisa en frappant le sol de l'extrémité de son bâton.

Ismène réfléchit.

— Depuis quand Hémon se fait-il appeler « le roi » ? Tu as conscience que c'est juste un jeu, n'est-ce pas ?

Louisa cligna des yeux.

— Bien sûr que c'est un jeu... Je suis pas idiote !

— Parfait ! Alors, apprends que tous les jeux doivent avoir une fin !

Sur ce, elle pénétra dans l'abri.

— Entre, Ismène, lança Hémon. Je t'attendais.

Il veut faire croire que c'est lui qui m'a invitée à entrer, pensa-t-elle. *Il ne veut pas perdre la face devant les autres...*

Ismène balaya la pièce d'un regard circulaire. Hémon se trouvait assis à l'angle de la cabane, en une pose hiératique ; il avait le dos tendu, les jambes croisées, ses mains reposaient sur ses genoux. Debout à ses côtés se trouvaient Laïos, Créon et Phinée. Tous trois avaient adopté une posture raide, et chacun tenait un bâton dénudé.

Ismène remarqua qu'Hémon avait gardé une badine à portée de main. Elle s'adressa à lui sans dissimuler une certaine raillerie quand elle prononça son prénom :

— *Hémon...* tu voulais me parler ? Je t'écoute.

Ismène entendit le bruit d'un sifflement, puis elle ressentit une vive douleur au niveau des fesses... Elle venait de recevoir un coup de bâton ! Son vêtement avait amorti le choc, mais la morsure du bout de bois lui cuisait le bas du dos. Elle se tourna vers la source de l'agression : c'était Créon qui l'avait frappée ! Son bras tendu et sa mine sévère marquaient l'aboutissement de ce geste absurde.

— Tu dois dire : « roi », quand tu t'adresses à mon frère ! siffla-t-il.

Ismène sentit une bouffée de colère monter en elle. Dominée par une pulsion qu'elle ne soupçonnait pas, elle s'approcha du garçon et lui expédia une gifle retentissante.

— Non mais pour qui te prends-tu ? hurla-t-elle. (Elle toisa ensuite son frère.) Et toi, Phinée, à quoi vous jouez, ici ?

Le garçon était très pâle. Il semblait dépassé par la situation.

Créon avait porté sa main libre à sa joue meurtrie. Il darda un regard interrogateur sur Hémon, et l'espace d'un instant Ismène se demanda s'il oserait la battre à nouveau. Elle avait réagi avec vigueur, mais cela suffisait-il à lui conférer un ascendant sur les garçons ? Sur... les « gardes » ? Le cas échéant, rien ne les empêchait de la frapper de plus belle.

D'une voix très calme, Hémon dit :

— Laissez-nous. Nous avons à parler, Ismène et moi.

— Mais..., commença Créon, elle m'a donné une claque !

— Et alors ! explosa Hémon, portant subitement la main à sa badine. Tu en verras d'autres ! Si tu veux faire partie de ma garde personnelle, tu devras apprendre à réagir plus vite ! (Il soupira avec mépris.) Se faire taper par une fille... Estime-toi heureux que je ne te punisse pas davantage ! Allez, dehors ! Tous ! Avant que je vous fouette !

Les trois garçons bondirent à l'extérieur de l'abri.

Ils sont terrorisés, constata Ismène. *La plaisanterie va beaucoup trop loin.*

Hémon se racla ensuite la gorge et parla d'un ton pédant :

— Ismène, j'ai une proposition à te faire.

— Qu'est-ce que tout ça signifie ? gronda-t-elle. Un « roi », des « gardes », et qui me frappent en plus ! Quelle pantalonnade joues-tu, Hémon ? Romuald est au courant de ton petit théâtre ?... Et Gaspard ?

Le visage d'Hémon laissa paraître un léger trouble. *Voilà au moins quelqu'un qu'il redoute encore...*, se dit-elle avec soulagement.

— Calme-toi, Ismène, dit-il. Tu ne dois pas en vouloir à Créon... il prend son rôle très au sérieux, c'est tout. D'ailleurs, si tu t'étais adressée à moi de la façon qui convient, rien ne serait arrivé.

— De la façon qui *convient*? s'étrangla Ismène. Tu te rends compte de ce que tu dis?

— Parfaitement! Tu dois m'appeler par mon titre!

— Hémon, personne ne t'appellera autrement que par ton nom... celui qu'on t'a donné!

— Eh bien je n'en veux plus de ce nom-là! Il ne me plaît pas... Il n'est pas à ma mesure! De toute façon, on prend toujours les mêmes prénoms, on les choisit toujours dans la tragédie, dans *Antigone*...

— Mais on a toujours fait comme ça, fit valoir Ismène. C'est ça ou prendre le nom d'un des parents en le modifiant un peu...

— Ah oui? Et pourquoi ne pas choisir un titre? Une fonction? Il y en a plein dans la pièce! Et même, pourquoi ne pas s'attribuer le nom... d'un dieu? Oui, on aurait dû m'appeler Arès, le dieu de la Guerre, ou... Zeus!

Ismène secoua la tête de droite et de gauche. Face aux propositions aberrantes du garçon, elle se sentait démunie.

— Quoi qu'il en soit, reprit-il en levant la main, ce n'est pas de ça que je désirais t'entretenir. Les choses vont bientôt changer dans le Suspend... je le sens. Je t'en ai déjà parlé. Il faudra bientôt un nouveau couple à la tête du clan.

— Qu'as-tu contre Louise et Romuald?

— Soyons sérieux, Ismène, ils ont au moins trente ans! Non, il faut du sang neuf, de nouvelles têtes... de nouveaux guides!

— Évidemment, ce nouveau guide, c'est toi ? s'amusa Ismène.

— Oui, rétorqua-t-il sans ambages. Plus le temps passe et plus je me sens... spécial ! Je pense que ma naissance ne s'est pas déroulée d'une façon normale, qu'on ne me dit pas tout... Mais j'ai fini par comprendre : en réalité, je suis d'essence divine. Tu sais, comme cette histoire avec Danaé...

Ismène crut que sa mâchoire allait se décrocher. Hémon faisait allusion à la légende de Persée, une histoire que leur avait racontée Louise, qui la tenait elle-même de Claude.

Selon ce récit, un oracle avait un jour prédit à Acrisios, roi d'Argos, qu'il serait tué par son petit-fils. Pour éviter que la prophétie se réalisât, il choisit d'enfermer sa fille Danaé dans une tour d'airain. Zeus, cependant, se transformant en pluie d'or, parvint à s'introduire dans la geôle de Danaé pour lui faire un enfant. Ainsi était né Persée, le héros qui avait tué la Gorgone Méduse aux cheveux de serpent et au regard pétrifiant...

Il se prend pour un héros mythologique, songea Ismène.

— Tu crois réellement que Zeus s'est introduit dans le Suspend pour féconder ta mère...

— Tout à fait ! Oh ! Séraphine n'a rien remarqué, bien sûr... mais elle a été engrossée par un être divin. D'ailleurs, ça fait de moi un demi-dieu.

Brusquement, Ismène eut l'image de Séraphine, pataude, bougonnant, râlant contre ceux qui se trouvaient autour d'elle, une Séraphine, simple cuisinière, subitement engrossée par le roi des dieux, par Zeus lui-même ; et le tableau lui parut si loufoque, si grotesque, qu'elle ne put contenir un rire que la tension nerveuse porta aux frontières de l'hystérie en hoquets stridents.

— Pourquoi te moques-tu? hurla Hémon. Arrête ça!

— Pardon, Hémon, dit Ismène entre deux bouffées hilarantes. Je veux dire... pardon *mon roi*... ou devrais-je dire... pardon *mon dieu*?

Elle s'esclaffait de plus belle.

— Écoute-moi, Ismène, gronda Hémon par-dessus les rires. Je te renouvelle mon offre une dernière fois : si tu le désires, tu peux me rejoindre sur le futur trône. Tu peux devenir la prochaine reine. Tout ce que tu dois faire, c'est accepter de t'unir avec moi. (Détaillant la fillette, son œil plongea vers la région de son sexe.) Je sais que tu es prête... À nous deux, nous pourrions engendrer une nouvelle race.

Elle se calma.

— Mon pauvre Hémon... mais tu divagues complètement!

— Réfléchis bien, Ismène! Mon offre ne durera pas indéfiniment... Tôt ou tard, il me faudra commencer à repeupler le Suspend. Et si ça n'est pas avec toi, ce sera avec quelqu'un d'autre! Mais alors, il sera trop tard, je ne voudrai plus de toi! As-tu conscience de la chance que tu as? De l'honneur que je te fais?

— La chance? glapit Ismène.

— Mais oui! Vois-tu, je pourrais choisir un autre réceptacle que toi. Mais tu me plais. J'aime tes manières, ta détermination! N'oublie pas que je suis un chasseur : j'ai développé un sens pour ces choses... j'ai l'intuition que nos sangs sont destinés à être mêlés, à produire la troisième génération.

Ismène secoua la tête. L'entrevue prenait un tour par trop malsain.

— Je n'ai pas l'intention de « tomber » avec toi, Hémon. Si tu veux tout savoir, je suis attirée par quelqu'un d'autre.

— Qui ? Polynice ? pouffa-t-il.

— Parfaitement, dit-elle en croisant les bras.

— C'est un mauvais choix, Ismène, crois-moi. Je t'apporterai beaucoup plus que lui, c'est certain ! En plus... je ne veux pas t'inquiéter, mais il y a quelque chose chez Polynice de bizarre, de... pervers. Même Gaspard l'a remarqué !

Et c'est lui qui dit ça ! pensa-t-elle. *Je croirais rêver ! Il cherche à me faire peur, c'est évident.*

— Inutile de me raconter des histoires, Hémon, ma décision est prise. De plus, n'oublie pas le rituel : *nous sommes libres !* Et c'est exactement ce que je veux être : libre.

— Très bien. Mais tu ne pourras pas dire que je ne t'ai pas prévenue ! Sache que si tu n'es pas avec moi, tu es contre moi... Je ne pourrai plus te protéger !

Ismène se sentait désorientée. Comme elle tournait la tête, l'image lui sauta aux yeux : on avait gravé dans le bois le symbole du *Letwyn Taouher*, deux traits verticaux et parallèles inscrits dans un cercle. Le dessin se trouvait là, tel un pied de nez du hasard, un rappel innocent qui contrastait avec le ton de cette discussion délirante.

Sans réfléchir, elle leva les bras, et, regardant Hémon avec calme, effectua le signe de paix.

— Tes simagrées ne te sauveront pas de la Bête ! cria Hémon. Le *Letwyn* ne peut rien contre l'ogresse ! Tu auras besoin de moi !

— Tu n'as toujours pas compris, répondit calmement Ismène, le *Letwyn* n'est pas destiné à nous protéger des menaces du monde d'en bas... Il est censé nous protéger de la discorde, de notre propre nature... C'est aux membres du clan que nous devons adresser le signe pacifique, à personne d'autre... Je te laisse maintenant.

D'un bond, il se redressa. Autour de la baguette qu'il serrait furieusement, les jointures de sa main blanchissaient à vue d'œil. Les mots sifflèrent entre ses dents comme autant de flèches acérées :

— Je t'aurai prévenue, Ismène !

10

Châtiments

— Et tu dis qu'il t'a tapée ? s'écria Antigone.
— Mais oui ! répondit Ismène. Et tout ça, c'est la faute de ton frère ! C'est la faute d'Hémon ! Il est en train de faire tourner la tête à tous les enfants du Suspend. En plus de ses histoires de dieux et de déesses, il veut créer une sorte de cour, un cercle intime dans lequel il pourra cultiver son délire.

Les deux fillettes s'étaient hissées sur le toit de la cabane d'Antigone. C'était le milieu de l'après-midi.

— Sais-tu comment il veut se faire appeler ? interrogea Ismène.
— Oui, le « roi » ! s'amusa Antigone. Je suis souvent la première à l'entendre formuler ses idées, tu sais. Si tu veux mon avis, il ne faut pas prendre tout ça très au sérieux... Depuis qu'il est devenu chasseur, mon frère s'est un peu... enflammé. Mais je pense que ça lui passera. Et puis, c'est pas méchant... c'est même plutôt drôle quand on y pense, non ?
— Drôle ? s'indigna Ismène. Ce n'est pas toi qu'on a frappée avec un bâton.
— Oh... ça a mal tourné, voilà tout.

Ismène tourna la tête, agacée.

— Tu vois l'amusement partout, Antigone. Moi je te dis qu'Hémon est très sérieux. En fait, il commence à m'inquiéter.

— Allez..., fit Antigone en lui expédiant une bourrade. Ne te tracasse pas tant. Je connais mon frère, je suis persuadée que ça lui passera.

— J'espère..., soupira Ismène.

De leur point d'observation, les deux filles aperçurent Lise qui sortait de son abri pour se rendre aux latrines. Ismène eut une pensée pour Eurydice dont l'état de santé semblait de plus en plus préoccupant.

— Je voulais te parler d'autre chose, dit Ismène.

Toujours souriante, Antigone tourna la tête dans sa direction.

— La nuit dernière, reprit-elle, j'ai vu Claude déambuler dans le Suspend.

— Et alors, qu'est-ce que ça fait?

— Tu ne comprends pas : il était seul, et surtout, il se déplaçait avec beaucoup d'agilité.

— Bah! il a bien le droit de sortir de sa cahute, tout de même!

— Bien sûr, mais je l'ai trouvé... étrange. En plus, il rôdait du côté de la cabane à l'échelle...

— Et alors? Tu ne penses quand même pas que c'est lui qui...

— Non, non, coupa Ismène. Enfin, je ne sais pas... Je dis juste que c'était bizarre de le voir arpenter les couloirs en pleine nuit. Tu crois que je devrais le dire à Louise ou à Romuald?

— Nt! nt!... je ne ferais pas ça, si j'étais à ta place.

— Pourquoi donc?

— Réfléchis, tête de linotte : on ne connaît toujours pas l'identité de celui qui a jeté l'échelle...

— Moi, plus j'y pense et plus je me dis que c'est Paula la responsable. On n'arrive pas à croire qu'elle ait pu faire une fugue, pourtant ça reste la seule explication valable !

— Ouais... tu as peut-être raison. Ce qui est sûr, en revanche, c'est que les esprits sont échauffés. Le Suspend aimerait bien désigner un responsable pour oublier toute cette histoire. Et d'après toi, que se passera-t-il quand tu raconteras à Louise ce que tu as vu ?

— Je ne sais pas... On ira trouver l'ancien pour lui poser des questions ?

— Peuh ! lui poser des questions ? Tu rêves ! Et puis, il répondrait comment, hein ? Avec ses mains ? Non, moi je vais te dire ce qu'il va se passer : on te demandera ce que tu faisais, *toi*, à te promener sur les plates-formes. On se demandera pourquoi tu traînais dans le Suspend, sans raison, et en un clin d'œil... on te suspectera ! On dira que ce n'était pas la première fois que tu sortais la nuit... et on en viendra à la seule conclusion possible : c'est toi qui as jeté l'échelle !

— Mais tu délires ! s'écria Ismène. Je n'ai rien fait du tout ! Je désirais simplement apporter un peu de réconfort à Nadine !

— Tout doux, Ismène ! Inutile de me convaincre, je te fais confiance, moi. Ce que je veux t'expliquer, c'est que ce n'est certainement pas le meilleur moment pour aller raconter ce que tu as vu... Attends que toute cette histoire se tasse, laisse-les oublier... Ensuite, tu auras tout le loisir de t'adresser à la Première. Ce n'est pas le temps qui manque...

Est-ce qu'on pourrait sérieusement m'accuser d'avoir lancé l'échelle ? se demanda Ismène en fixant Antigone. L'attitude de la fillette était pour le moins déstabilisante : elle énonçait des faits d'une extrême gravité, sans jamais se départir de sa bonne humeur. Sa jovialité paraissait ne rencontrer aucune entrave.

— *Me permettras-tu d'ajouter un mot ?* récita Ismène.

— *N'as-tu pas compris encore combien tes paroles m'irritent ?* déclama Antigone, trop contente de pouvoir lui donner la réplique.

— Tu te poses des questions, parfois ? interrogea-t-elle.

— À quel sujet ?

— Eh bien... à propos de tout. Toi, moi, le clan... la vie ici... l'ancien...

— Je ne comprends pas ce que tu veux me dire, bougonna la fillette.

— Tu ne t'es jamais demandé ce qu'on faisait là ?

Antigone affichait un air consterné. Ses lèvres s'affaissaient insensiblement.

— Sur le toit de la cabane ?

— Mais non ! Je veux dire ici, dans le Suspend... dans les arbres...

— Ismène, c'est là qu'on vit... Que vas-tu chercher ? Et surtout, où voudrais-tu aller ?

— Oh ! nulle part, s'agaça la fillette. Avoue quand même que... tiens, c'est comme *Antigone*, la pièce de Sophocle qu'on finit tous par connaître par cœur...

— Quel est le problème avec *Antigone*, c'est une superbe tragédie, non ?

— C'est très beau, concéda Ismène, mais pourquoi doit-on l'apprendre par cœur ? Hein ?

— Mais... C'est comme ça! répondit Antigone en levant les bras. Que vas-tu chercher? Ça a *toujours* été comme ça!

Ismène fit la moue.

— Hum... c'est justement ce que je me demande... Tu te souviens de la soirée qu'on a passée dans la cabane avec les grands, quand ils racontaient leurs rêves. Moi, j'ai eu l'impression qu'ils parlaient de choses qui se sont produites *avant*...

— Avant quoi?

— Je n'en sais rien. Mais j'ai eu l'impression que c'était plus que des rêves, que c'était comme des... souvenirs, des souvenirs enfouis très profond dans leurs mémoires.

Antigone émit un bruit sec de la bouche.

— Oh! tu te tourmentes pour rien! lança-t-elle.

— Possible... Mais il y a beaucoup de questions sans réponses, quand on y pense... La Fondation, par exemple... Ils en ont parlé. Tu ne te demandes pas qui était là avant nous? Qui a construit le Suspend?

— Ismène, tempéra Antigone, ce ne sont que des rêves! Tu as bien rêvé de l'ogresse, toi!

Puis, avec emphase, elle déclama :

— *Ah! quelle terrible bavarde tu fais!*

Ismène ne répondit pas. Elle observait un panache de fumée qui s'échappait négligemment du toit de la cabane où Séraphine préparait les repas.

Dommage que Claude ne puisse plus parler, pensa-t-elle. *Je pense qu'il aurait beaucoup à nous apprendre...*

Quelques jours plus tard, Louisa alla trouver sa mère pour se plaindre des mauvais traitements dont elle était victime. Le jeu dégénérait et Hémon, tel un monarque cruel en manque d'ennemis, commençait à s'en prendre aux membres de sa cour. Reportant sa brutalité sur la fille de la Première, le petit « roi » lui avait infligé des coups en diverses parties du corps, au motif qu'elle refusait de se prosterner toutes les fois qu'il paraissait.

Devant Louise et Romuald, il fut sommé de s'expliquer. Le garçon tenta d'amoindrir la portée et la violence de ses gestes, arguant du fait que Louisa était jeune et qu'elle se méprenait sur la nature réelle du « spectacle » auquel elle avait participé.

— Nous avons bien le droit de nous amuser ! plaida-t-il. Il ne s'agit que d'une mise en scène inspirée d'*Antigone*.

— Et les bleus sur le corps de Louisa, c'est une mise en scène aussi ? tonna Romuald.

Hémon retourna les mains en signe d'innocence.

— Elle s'est peut-être cognée..., proposa-t-il.

— Ce n'est pas ce qu'elle prétend ! siffla Louise qui contenait sa colère.

La dispute avait aimanté les enfants qui suivaient l'échange avec intérêt. Ismène sentit que beaucoup d'entre eux espéraient la chute du « souverain », y compris son plus proche entourage dont les visages attestaient l'embarras ; tous paraissaient regretter de s'être laissé embarquer dans la mascarade.

— Je ne veux plus entendre parler de cette histoire de roi, ordonna le Premier. C'est compris ?

Hémon ne répondait pas. Louise se rapprocha du chasseur, de telle sorte qu'Ismène entendit à peine ce qu'elle lui dit tant ses mâchoires étaient crispées :

— Je sais ce que tu essayes de faire... Louisa m'a tout raconté. Tu te crois très malin, n'est-ce pas ? Tu t'estimes déjà capable de diriger le clan... Car c'est ça que tu veux, hein ? Prendre notre place ?

Hémon se contenta de lui adresser un odieux sourire. Puis de son air le plus faux, il joignit les mains et dit d'une voix très douce :

— *Letwyn Taouher*, Louise...

Conservant les mains serrées, il la regardait avec ingénuité, feignant l'affliction. Néanmoins, en venant à résipiscence de la sorte, il contraignait la Première à lui rendre son signe de paix : agir autrement eût été très mal perçu !

Louise jeta un rapide coup d'œil autour d'elle et constata que tous les enfants étaient à l'affût de sa réaction, de la façon dont la rencontre allait prendre fin. Hémon l'avait acculée à effectuer le geste en retour. Elle marmonna un rapide :

— *Letwyn Taouher*, Hémon.

À ce moment, la voix tonitruante de Séraphine retentit :

— Très bien ! Et maintenant, pour t'apprendre à vivre, tu vas venir m'aider !

Romuald réfléchit un instant, puis ajouta :

— C'est une très bonne idée, Séraphine. D'ailleurs, je pense qu'Hémon devrait t'assister pendant quelques jours... Ça lui remettrait les idées en place !

— Ah, ça ! Je crache pas sur une paire de bras supplémentaire pour m'aider à préparer les repas !

Hémon darda un œil sombre sur sa mère.

— Je suis puni, c'est ça ? aboya-t-il.

— Parce que m'aider en cuisine, c'est une punition ? s'indigna Séraphine en le regardant avec curiosité. Ça alors !

— Mais Gaspard a dit qu'il voulait nous apprendre une nouvelle technique de chasse, protesta Hémon. On doit apprendre à creuser un trou pour y placer des pieux !

Romuald s'interposa :

— Vous, commença-t-il pour donner plus de poids à ses mots. Tu participeras à la chasse d'aujourd'hui, mais à partir de demain tu aideras Séraphine pendant... une semaine !

On s'attendait à des protestations véhémentes de la part d'Hémon, mais étonnamment, ce dernier conserva son calme et ne fit montre d'aucune frustration ; il se contentait de fixer le bout de ses pieds. Après un moment, il releva la tête et, comme s'il cherchait quelqu'un, fit courir son regard sur la petite assemblée qui l'entourait. Ses yeux se posèrent finalement sur Ismène. La fillette crut voir la bouche d'Hémon se tordre en un rictus presque indécelable, tandis qu'il annonçait d'un ton conciliant :

— D'accord, Romuald. J'obéirai.

Depuis l'incident de la cabane aux lettres, Phinée tâchait d'éviter sa sœur le plus possible. Il prenait grand soin de ne la côtoyer que dans l'abri familial, au moment du coucher, espérant que la présence de Pauline et d'Octave contrarierait une véritable confrontation.

Ismène le coinça tout de même, un matin, alors qu'il sortait des latrines.

— J'espère que tu as retenu la leçon, Phinée ! dit-elle en lui tirant les cheveux.

— Aïe ! arrête, Ismène, tu me fais mal ! gémit-il.

— Et moi, tu t'imagines que je n'ai pas eu mal quand j'ai reçu un coup de bâton ? Je ne t'ai pas beaucoup entendu protester, pourtant.

— C'est pas ma faute ! dit Phinée. Je me suis laissé embobiner par Hémon... Je ne pensais pas qu'il était sérieux...

Elle relâcha son étreinte.

— En tout cas, tu sais ce qui t'attend si tu recommences : tu seras puni ! Comme Hémon !

Le garçon s'échappa en faisant vibrer le couloir. Quand il fut suffisamment loin, il se retourna et cria :

— Tu parles d'une punition ! Je ne m'inquiète pas pour le roi !

— Phinée ! hurla Ismène.

Mais il avait déguerpi.

*

Assez curieusement, Hémon semblait vivre sa punition avec philosophie. Aidant sa mère à la préparation ou à la distribution des rations, il s'acquittait de toutes sortes de tâches sans jamais rechigner. On eût cru qu'il passait au travers de la sanction avec une sincère indifférence, n'était cet étrange rictus qu'il arborait de temps à autre.

Il participait à la préparation des peaux, écrasait les glands, surveillait le filtrage de l'eau ; il équarrissait même les animaux que Gaspard et Polynice remontaient à intervalles réguliers, sans jamais faire montre d'aucune jalousie. En dépit de ses talents de chasseur, on en venait à penser que sa place véritable, pour ainsi dire, aurait pu être auprès de sa mère.

Ismène qui, dans un premier temps, avait redouté une manigance du garçon commença de se détendre. Son comportement calme et sa voix pondérée semblaient le contre-pied du satrape capricieux qu'il avait prétendu incarner peu auparavant. Au rebours du comportement despotique et vindicatif qu'on lui avait connu, il ne cessait de déployer des trésors de gentillesse, de douceur ; il avait une parole réconfortante pour chacun.

Ismène fut particulièrement touchée, lorsqu'il se proposa d'apporter lui-même un repas à la petite Eurydice qui endurait d'insupportables peines, sans doute les dernières...

— C'est gentil..., murmura-t-elle gauchement à Hémon lorsqu'il passa près d'elle.

Il tourna la tête, un peu gêné, avant de répondre :

— La pauvre... c'est le moins que je puisse faire... J'ai l'impression qu'elle... enfin qu'elle va bientôt...

— Je sais, l'aida Ismène en lui posant une main sur l'épaule. Et c'est vraiment bien ce que tu fais, Hémon. Je te félicite.

Il lui sourit. Il tenait dans ses mains deux jattes ; l'une était remplie à ras bord d'un liquide violacé.

— Séraphine lui a préparé ça, dit-il en regardant le récipient vide. C'est une tisane délicieuse à base de sauge. (Il tendit le bol plein.) Tu en veux ? C'est très bon ! Ne le répète pas à Séraphine, mais j'en ai bu un peu...

Pour la première fois depuis longtemps, Ismène se sentit complice du garçon, elle se surprit à rire.

L'obligation d'aider Séraphine ne lui avait d'abord paru qu'un juste et très doux châtiment, une peine méritée ; mais force était de constater que la sentence avait agi tel un remède miraculeux. Hémon semblait différent... guéri de ses fantasmes. Il était métamorphosé.

Ismène hésita un peu, puis finit par accepter la petite jatte que lui tendait le garçon. Elle but à petites gorgées pour mieux apprécier le liquide parfumé qui coulait dans sa bouche. La boisson avait un goût de camphre très agréable ; il y avait également une odeur plus amère, une fragrance acide et secondaire qu'on devinait à peine, mais qui ne gâchait en rien la dégustation.

— Merci Hémon, fit-elle en lui rendant le récipient avant de s'essuyer les lèvres d'un revers de main.

— De rien, Ismène. Ça me fait plaisir... Bon, j'y retourne avant de me faire disputer par Romuald !

On dirait quelqu'un d'autre, songea-t-elle en l'observant s'éloigner. *Il a l'air tellement aimable, disponible... Souhaitons que la chasse ne lui rende pas ses mauvais démons !*

Elle demeura seule un instant. Détaillant son environnement, elle constata les transformations qui s'étaient déjà amorcées. Au-dessus d'elle, les branches se chargeaient de bourgeons et de jeunes feuilles. Bientôt, le dôme végétal couvrirait une partie du Suspend ; on ne verrait plus le ciel qu'en certains endroits. Dans quelques mois, la chênaie, toute en fleur, écraserait les habitants du village de son exubérance vert dégradé.

Contrairement aux années précédentes, cependant, Ismène accueillit cette idée avec un certain dépit. Il apparaissait à la fillette que le houppier allait se refermer sur elle à la manière d'une trappe. Elle se voyait pareille à un animal progressivement enfermé dans une geôle végétale ; et à cette idée, elle eut une bouffée d'angoisse.

Ce printemps était différent, elle le sentait. Cette saison-ci n'était pas une simple transition vers les chaudes soirées d'été, non, c'était plus que cela... Les branches, en s'entremêlant, allaient priver Ismène d'air et de lumière... de liberté ! Elle étoufferait dans sa cabane. Toujours plus. Les prochains mois ne feraient qu'accentuer cette intolérable séquestration.

Elle avait posé une main sur le garde-corps ; toutes ces images lui donnaient le vertige. Elle sentait des bouffées de chaleur lui comprimer le ventre et la poitrine.

Elle arpenta les passerelles d'un pas décidé en direction de la cabane maîtresse. Elle y trouva le Premier assis en tailleur ; Louise était occupée à lui tailler la barbe et les cheveux à l'aide d'une paire de ciseaux. Encore au seuil de l'abri, Ismène ne se manifesta pas immédiatement : elle détailla l'objet tranchant dont le principe de fonctionnement ne cessait de l'intriguer. Chaque lame était maintenue par deux pièces rondes, couleur orange, fabriquées dans une matière très dure et très lisse qu'on appelait le *plastique*. Cet ustensile étonnant, unique, faisait partie des rares artefacts que le clan ne savait pas reproduire. Ils étaient autant d'outils singuliers, conçus dans des matériaux mystérieux, ayant appartenu de tout temps à la tribu qui les utilisait, au quotidien, sans en connaître la véritable provenance.

La Première avait passé son pouce dans le plus petit cercle, tandis que son index et son médius étaient passés dans le trou plus large surmontant la seconde lame. Sa main en s'ouvrant et en se refermant produisait un son aigu et sec, une espèce de *tchac tchac* régulier.

— Ismène, dit Louise quand elle nota la présence de la fillette. Tu veux que je te coupe les cheveux ?

— Non, merci, répondit-elle.

Romuald regarda dans sa direction et eut un geste de la main. Louise s'interrompit.

— Tout va bien, Ismène ? interrogea le Premier. Tu es pâlotte...

— Ça va..., répondit-elle sans conviction. Romuald, je voudrais te parler.

— Je t'écoute, fit-il en se redressant.

Ismène déglutit. Elle sentait une onde de chaleur lui brûler l'estomac.

— Si je voyais un fait étrange, est-ce que tu voudrais que je vienne t'en parler ?

— Étrange ? Comment ça ?

— Imaginons que je surprenne un comportement... anormal, tu penses que je devrais m'en inquiéter ?

— Tout dépend de ce que tu as vu, fit Romuald d'un œil perçant. Tu veux me confier quelque chose, Ismène ?

Elle voulait lui parler de Claude, mais subitement les paroles d'Antigone résonnèrent dans sa tête :

Si tu parles, on te suspectera ! On dira que ce n'était pas la première fois que tu sortais la nuit...

— Non, non... pas du tout ! protesta Ismène, soudain apeurée par la perspective d'être accusée à tort. En fait, je crois que... que je fais des rêves étranges, en ce moment. Voilà tout !

Elle sentit une boule douloureuse lui irriter le ventre, tandis que d'épaisses gouttes de sueur se formaient sur l'arête de son nez.

— Tu es sûre que ça va, Ismène ? demanda Louise. Tu es vraiment très pâle. Tu devrais aller demander à Séraphine de te préparer une tisane.

— Je t'assure que je vais bien ! J'ai juste un peu chaud...

Romuald agita sa main avec détachement. Le *tchac tchac* reprit comme Ismène quittait la plate-forme.

Je n'en peux plus ! pensa-t-elle. *J'étouffe !*

Elle titubait au hasard des couloirs, ignorant la douleur toujours plus forte qui lui déchirait à présent l'estomac. Du poing, elle comprima une région de son ventre, mais elle ne réussit pas à amoindrir la souffrance. Elle commençait à se sentir prise de spasmes. D'abord légères et espacées, les crampes devinrent très vite insupportables. De plus en plus chancelante, elle s'agrippa au câble qui bordait le couloir menant aux latrines.

Qu'est-ce qui m'arrive ? songea-t-elle. *J'ai tellement chaud, j'ai tellement mal... mal au ventre...*

Soudain prise de hoquets, elle vomit un long jet fluide qui partit inonder les branchages et les lattes de la passerelle. Les yeux remplis de larmes, la gorge en feu, elle serrait le garde-corps de toutes ses forces. Un second spasme lui brûla l'œsophage, puis un reflux incontrôlable et encore plus violent s'échappa de sa bouche. Elle avait l'impression que son organisme tentait de se purger, de se débarrasser d'une substance acide et intolérable. Elle eut à peine le temps de reprendre son souffle : elle régurgita de nouveau un flot de liquide amer et constata avec horreur que cette fois la substance avait pris une teinte pourpre... Elle rendait du sang. Une dernière contraction la plia en deux. Elle s'effondra sur le couloir, une jambe pendant dans le vide.

Elle sentit la vibration provoquée par les pas comme on se précipitait autour d'elle, mais elle ne reconnut pas les voix qui criaient pourtant très près de son oreille.

Ensuite, elle s'envola comme un merle ; elle flottait au-dessus du camp, échappant aux lois de l'impesanteur. Puis son dos entra en contact avec une substance familière, un lit... une couche...

Elle sombra dans l'inconscience, tandis que des murmures indistincts emplissaient un lieu sombre et inconnu.

À partir de cet instant, le rêve et la réalité se confondirent. Ismène fut submergée par un flot d'images et de sensations dont elle ne pouvait garantir l'authenticité. Plongée dans une nuit de braise, elle ne pouvait que deviner les visages, les gestes et les paroles. On lui faisait avaler du liquide, une substance très amère... Puis elle vit de nouveau le sentier, l'ogresse... On lui tamponnait les tempes avec un linge humide ; puis des sons ; puis des voix, lointaines... tellement faibles... *C'est une intoxication... Si la fièvre ne passe pas, elle est perdue...*

Il y avait Polynice ; il se tenait là, souriant, puis Hémon se plaça derrière elle pour lui donner de grands coups de bâton sans que personne esquissât le moindre geste. Elle hurlait... Elle se débattait...

Soudain, l'ancien apparut. Il se déplaçait avec grâce, sautillant avec allégresse au long des coursives. Il se rapprocha de la fillette, et Ismène put entendre ses *Hu! Hu!* caractéristiques.

Elle eut une ultime image : celle d'Hémon lui offrant à boire. Et dans son esprit, l'enchaînement des gestes ainsi que la chronologie des actions se mélangeaient... Elle l'écoutait pérorer... Elle voyait sa bouche... *Je t'aurai prévenue, Ismène! Je t'aurai prévenue!...Tu en veux?... C'est une tisane délicieuse à base de sauge...*

Puis il n'y eut plus rien que la nuit.

11

Isolement

Ismène se réveilla un matin, émergeant des limbes à l'issue d'une période de temps qu'elle fut incapable de définir. Elle se sentait extrêmement faible ; chaque mouvement, chaque effort qu'elle devait fournir lui coûtait une somme d'énergie et de volonté considérable.

La tête lourde, elle se redressa pour jeter un coup d'œil prudent autour d'elle, et cette seule action suffit à lui provoquer un haut-le-cœur. Elle réalisa avec étonnement qu'elle se trouvait dans la cabane de Claude, et qu'on l'avait allongée dans son lit. L'ancien était juste à côté d'elle, ronflant paisiblement. La faible lumière extérieure annonçait la frange du jour... ou était-ce le crépuscule ?

Peu à peu, son organisme lui envoyait divers signaux. Elle éprouva tout d'abord une soif intense et se leva pour aller boire à grandes gorgées. Le liquide qui lui inondait la bouche semblait le plus délicieux des nectars. Elle reposa le gobelet, à peine rassasiée.

Elle entendit ensuite ses intestins émettre une série de borborygmes correspondant à autant d'avertissements. Quand son ventre se tordit, elle comprit qu'elle devait sortir. Elle voulut courir aux latrines, mais elle n'eut que le temps de se précipiter sur la plate-forme et de se soulager à la hâte.

Épuisée, elle regagna l'abri et constata, lorsqu'elle voulut se rallonger, que la partie de la couche correspondant à son bassin avait été protégée par une épaisseur généreuse de mousse et de vieilles peaux.

J'ai fait sous moi ! songea-t-elle avec embarras. *Qu'est-ce qui m'est arrivé ? Et pourquoi m'a-t-on installée ici, avec Claude ?*

Debout, l'esprit engourdi, elle tentait de reconstituer la trame des événements qui l'avaient conduite dans cet antre où la lumière entrait à flots. Voyons... Elle avait croisé Hémon, il lui avait fait boire une tisane, et, après avoir parlé avec Louise et Romuald, elle avait basculé dans l'inconscience, sur une passerelle.

Un mot résonnait dans sa tête : *intoxication*... Elle avait ingéré une substance viciée, un mets ou un breuvage qui l'avait plongée dans ce coma dont elle venait à peine de sortir.

Pourtant, elle se souvenait seulement avoir ingurgité la tisane à base de sauge que lui avait offerte Hémon... Alors ? Se pouvait-il que la préparation de Séraphine l'eût rendue malade ? La cuisinière s'était-elle trompée en préparant le remède, les herbes entrant dans la composition du breuvage étaient-elles nocives ? En tout cas, si c'était bien cette boisson qui était responsable de ses vertiges, tous ceux qui en avaient bu devaient être pareillement affectés, à commencer par Eurydice et Hémon.

Comme la faim commençait à la tenailler, elle sortit en silence. Claude dormait encore.

Au moment où elle posa le pied sur la passerelle, une voix retentit :

— Arrête, Ismène !

C'était Borée ; il se tenait au seuil de leur abri et avait aperçu sa sœur depuis la plate-forme.

— Tu ne dois pas sortir ! fit-il.

— Qu'est-ce que tu racontes, Borée ? J'ai faim !

Comme elle faisait un pas de plus sur le couloir, Borée se mit à crier.

— Mais arrête, Ismène ! Tu n'as pas le droit de sortir !

Elle le regarda, complètement effarée.

— Le droit ? Mais enfin, qu'est-ce qui se passe ici ?

— Retourne sur la plate-forme ! intima Borée.

— Mais...

— Retourne sur la plate-forme, Ismène ! Je ne te le répéterai pas !

Comprenant que le garçon refuserait de parler tant qu'elle n'aurait pas obéi, elle recula sagement.

— Bon, voilà, tu es content ?

— Désolé, Ismène, s'excusa Borée. Comment te sens-tu ?

— Très mal ! répondit la fillette. Je suis fatiguée et j'ai faim.

— Je vais t'apporter à manger, surtout ne bouge pas de là !

Il partit en grande hâte, et Ismène eut la sensation qu'il brûlait d'annoncer au clan le réveil de sa sœur.

Les cris du garçon avaient attiré Nadine hors de son foyer.

— Ismène, dit-elle en souriant, comment te sens-tu ?

— Pas très bien... Ça fait combien de temps que je suis là ?

— Deux jours, répondit Nadine. Tu as eu un malaise, tu étais inconsciente. On a tous eu très peur!

— Deux jours... Mais qu'est-ce que je fais dans la cabane de Claude? Et d'abord, pourquoi Borée dit-il que je n'ai pas le droit de sortir?

— Parce que c'est vrai..., expliqua Nadine visiblement embarrassée. Tu n'as pas le droit de quitter la cabane... pour l'instant, seulement! C'est un ordre du Premier.

— Romuald? Pourquoi m'interdirait-il de sortir? Je n'ai rien fait de mal!

— Bien sûr! Il ne s'agit pas de ça. En fait, il redoute une contagion. Il a peur que tu transmettes au clan le mal qui t'a clouée au lit pendant tout ce temps. C'est pour ça qu'on t'a installée avec Claude : pour qu'il s'occupe de toi.

— Pour qu'il s'occupe de moi? C'est une plaisanterie?

— Mais non, pas du tout! Lorsqu'il est lucide, Claude est tout à fait capable, tu sais. Après tout, il s'est bien occupé de nous quand nous étions enfants...

— C'était il y a longtemps, Nadine... très longtemps! En plus, Claude encourait les mêmes risques que vous, non? Pourquoi l'avoir exposé de la sorte?

Nadine se tordit les mains.

— Eh bien, tu sais... c'est un peu logique... si quelqu'un doit être sacrifié... c'est le plus vieux, le...

Le moins utile! compléta mentalement la fillette. *On a laissé à mes côtés la seule personne dont on se moque, le seul être dont on ne déplorera pas la perte! Au vrai, on se soucie de Claude comme d'une guigne!*

— J'ai compris! siffla Ismène.

— Ne le prends pas mal, Ismène. C'est la règle... la vie du clan est plus importante.

Ismène hocha la tête.

— Ça va..., soupira-t-elle. Je t'assure...

Pauline sortit de sa cabane.

— Ismène, Claude et toi vous ne devez pas sortir! lança-t-elle.

— Je sais! Je sais! s'énerva la fillette. N'aie pas peur, je serai raisonnable.

Ignorant Pauline, Ismène continua de s'adresser à Nadine.

— Combien de temps vais-je devoir rester enfermée?

— Je crois que Romuald a parlé d'une semaine... Ça fait déjà deux jours! ajouta-t-elle en levant les mains. Tu vas voir, ça passera très vite!

Le Suspend prenait vie. Les couloirs résonnaient de leurs cliquetis routiniers, et déjà on tendait le doigt dans sa direction, prenant conscience de son réveil, le réveil de la malade contagieuse!

— Pourquoi a-t-on si peur de moi? s'enquit Ismène. Ça n'est tout de même pas la première fois que quelqu'un est souffrant!

— C'est à cause de ce qui s'est passé... Tu ne te souviens pas?

— Si... enfin, je crois. J'étais près de la cabane d'Eurydice quand j'ai croisé Hémon et qu'il m'a fait boire...

— Ismène, l'interrompit Nadine. Eurydice est morte.

La fillette blêmit.

— Morte? Mais que s'est-il passé?

— Elle a été prise de spasmes, tout comme toi. Vous avez été victimes de la même fièvre. Seulement la pauvre était trop faible : elle n'a pas survécu. On l'a descendue, hier, pour l'enterrer.

— C'est affreux... Est-ce qu'on sait ce qui a causé la fièvre ? Est-ce qu'il s'agit d'une intoxication ?

— Ah! c'est ce qu'on a tout de suite suspecté, mais Hémon nous a tout raconté...

Nadine dardait à présent sur Ismène un œil gêné. Elle hésitait à poursuivre.

— Alors ? s'impatienta Ismène. Il vous a parlé de la tisane ? Des herbes ?

— De la tisane ? Euh... non. Par contre, il nous a raconté le baiser...

Ismène déglutit. Elle n'avait été absente que depuis deux jours, mais elle soupçonnait une mauvaise bouche de l'avoir vilipendée. Elle pensait à Hémon, bien sûr, mais elle rechignait à accuser le garçon, lui qui s'était montré si doux, si attentionné.

— Oui, reprit Nadine, il nous a expliqué qu'au moment de se rendre au chevet d'Eurydice il vous a surprises, toi et elle, en train de... de vous embrasser.

— Comment..., balbutia-t-elle.

— Nous, on pensait que tu avais ingéré une toxine, mais après les révélations d'Hémon, il était évident que tu avais été contaminée par le mal d'Eurydice. Claude nous a expliqué un jour qu'il y a des virus qui ne s'attrapent que par la bouche ou... par le sexe...

— Mais c'est un tissu de mensonges ! s'indigna Ismène. Je n'ai jamais embrassé Eurydice ! Jamais !

— Tu auras oublié... Les fortes fièvres ont le pouvoir d'altérer la réalité, tu sais. On croit voir des choses qui n'existent pas... on en oublie d'autres.

— Je sais parfaitement ce que j'ai vu ! hurla la fillette, avant de se taire, soudain prise d'un reflux gastrique qui lui porta le cœur au bord des lèvres.

— Garde ton calme, Ismène. Finalement, le plus important, c'est que tu ailles bien ! La vie continue.

— La vie continue..., se gaussa Ismène. Ha ! et à présent tout le monde me regardera de travers ! Enfin pourquoi accorder du crédit aux dires d'Hémon ? Pourquoi le croire aveuglément ?

— Et pourquoi pas, Ismène ? Nous savons bien qu'Hémon n'est pas un enfant modèle, mais ses allégations étaient plausibles. Personne n'ignore que tu as les lèvres un peu trop « chaudes » en ce moment... On sait tous que tu as embrassé Polynice, et avant lui, Hémon ! Mets-toi à notre place : il ne semble pas farfelu que tu aies pratiqué des jeux de bouches avec la petite Eurydice... (Puis d'un ton très doux.) Je peux comprendre ce que tu ressens : je suis passée par là. Toutes les femmes ont vécu les mêmes bouleversements.

— Non ! Non ! C'est faux ! s'obstina la fillette.

Ignorant ses récriminations, Nadine continua :

— Dans le doute, on ne pouvait pas te laisser au contact du Suspend. Le Premier a bien agi, si tu veux mon opinion !

Un mouvement près du chêne central indiqua à Ismène que Borée était de retour. Tenant une écuelle emplie de nourriture, le garçon devançait Romuald et plusieurs enfants attirés par l'événement le plus passionnant de la matinée.

— Je vais déposer l'assiette au milieu du couloir, expliqua-t-il. Ensuite, et *seulement* ensuite, tu viendras la prendre ! D'accord ?

Ismène acquiesça. Elle ne récupéra sa pitance qu'au terme de cet étrange protocole, telle une pestiférée que des dizaines d'yeux scrutaient sans vergogne.

Tandis qu'elle mangeait les lambeaux d'une viande sombre et dure agrémentée de baies encore acides, Romuald lui apprit ce qu'elle savait déjà, répétant au passage les calomnies forgées de toutes pièces par Hémon quant à son prétendu baiser avec Eurydice. Ismène était outrée, mais la mastication frénétique dans laquelle elle s'était lancée l'empêchait, pour lors, de faire entendre sa version des faits. Elle se contentait de secouer la tête, lançant ponctuellement : « Non... non... il ment... », mots que ses joues gonflées rendaient incompréhensibles.

— Quoi qu'il en soit, conclut le Premier, toi et Claude resterez ici pendant encore quelques jours ! Quand tout danger sera écarté, vous pourrez réintégrer le Suspend.

Quand elle en eut assez d'être détaillée telle une bête curieuse, elle regagna l'intérieur de l'abri, seul endroit où les œillades mauvaises ne pouvaient pas l'atteindre. De plus, elle savait que Romuald ne la laisserait sortir qu'à l'issue de cette durée incompressible qu'il avait décrétée. Elle aurait beau crier sa vérité, hurler à la face du clan qu'Hémon était un fabulateur, on ne la laisserait pas se joindre aux autres. Le mal était fait. Elle ne pourrait se défendre efficacement, expliquer son état de santé de façon rationnelle, qu'au terme de sa captivité ; ainsi tenue en quarantaine, il lui était impossible de se justifier.

Je ne suis pas contagieuse, pensa-t-elle. *J'ai été victime d'une indigestion, d'une toxine, c'est aussi simple que ça !*

Elle ne comprenait pas, cependant, pourquoi Hémon avait inventé cette histoire farfelue de baiser. Elle admettait s'être trompée sur son compte : le chasseur avait joué la comédie, il restait l'intrigant roué qu'elle connaissait. Mais quel besoin avait-il eu de narrer cet abouchement coupable ? Il existait d'autres manières de lui nuire... Avait-il voulu se venger ?

Elle en était là de ses réflexions quand une voix, d'abord timide, puis rapidement insupportable, se fit entendre :

Et si j'avais été intoxiquée de manière... volontaire ? Et si nous avions été, Eurydice et moi... empoisonnées !

La possibilité semblait si énorme, si effroyable, que la fillette répugnait à en détailler les éventuels motifs et ramifications. Tous les éléments, pourtant, s'emboîtaient à la perfection. Les détails s'accolaient comme une volée de planches contiguës formant passerelle. D'abord, il y avait eu la colère du petit « roi », puis les menaces. Ensuite, Hémon avait feint la docilité, feint de s'acquitter de bonne grâce des tâches qu'on lui avait confiées ; car depuis le début, il avait prémédité son geste ! Prétendant aider sa mère, il avait en réalité préparé une décoction mortelle, une boisson dans laquelle il avait plongé des herbes toxiques glanées au cours d'une journée de traque ! (Qu'y a-t-il de plus naturel qu'un chasseur ramassant quelques plantes au hasard des chemins ?) Pour finir, il avait offert la tisane vénéneuse aux deux fillettes — tout en affirmant l'avoir goûtée avant elles... — puis il avait camouflé son crime en inventant cette fable du baiser contagieux...

Son *crime*... Ismène se répéta ce mot plusieurs fois ; car il s'agissait bien d'un crime, d'un attentat ! Elle en avait acquis la conviction ; et sa conscience, pareille à un tribunal de fortune, formula la seule sentence qui lui parut appropriée : *Hémon a tué... il est coupable. Hémon est un assassin !*

Un grognement en provenance du lit interrompit ses réflexions. Claude rêvait. Plongé dans un épisode onirique, l'ancien marmonnait des paroles inintelligibles. Ses lèvres gourmandes, perdues dans une broussaille incolore, vibraient au rythme d'un monologue mystérieux.

Il doit rêver qu'il parle ! imagina Ismène.

Elle contemplait l'enveloppe décharnée ; sa respiration était saccadée, presque haletante. Les vibrations de sa poitrine témoignaient d'une algarade chimérique.

Elle sentait une tendresse nouvelle grandir en elle, une large compassion ; car enfin, Claude, à partir de ce jour, n'était plus le simple vieillard dont elle avait la charge ou plutôt la responsabilité de guider au travers des couloirs branlants. Non, il était l'homme qui l'avait soignée, nourrie, lavée selon toute apparence ; l'homme qui l'avait aidée à émerger de son sommeil artificiel, qui lui avait sauvé la vie.

Elle s'allongea près de lui.

— Claude, mon Claude..., murmura-t-elle tout haut. Il y a tant de choses qui m'échappent, tant de comportements que je ne saisis pas. (Elle poursuivit comme la respiration de l'ancien se calmait.) Je t'ai vu, tu sais, l'autre nuit... je t'ai vu marcher dans le Suspend. Oh ! tu as probablement de bonnes raisons pour agir de la sorte. Je ne sais pas quelle farce tu donnes... En fait, je ne sais rien ! Rien ! Ou plutôt, si : je sais que tu es un homme bon. Oui, ça, j'en suis certaine ! Car il faut avoir le cœur gros pour s'occuper des autres... d'une enfant malade et contagieuse. Tu n'avais pas le choix, évidemment... mais qui t'aurait blâmé si tu m'avais jetée par-dessus la rambarde ? Qui ? Certainement pas Hémon !...

Puis elle ajouta en se tordant une mèche de cheveux :

— Et Polynice... est-ce qu'il t'en aurait voulu ?

Elle posa sa main sur l'épaule saillante de l'ancien, ce qui eut pour effet de provoquer son réveil. Il ouvrit d'abord les yeux, puis se redressa lentement. Dès qu'il s'aperçut qu'Ismène était enfin sortie de son coma, il lança de grands gémissements de satisfaction. Il saisit la fillette aux épaules en poussant des *Hu ! Hu !* de joie intense. Ils s'étreignirent ainsi, pendant un moment, étrange couple composé d'un vieil infirme muet et d'une jeune rescapée, encore faible, qu'un antidote avait soustraite aux frontières du monde souterrain, aux rivages du Styx et de la mort.

Dès le deuxième jour, Claude entreprit de reproduire les rituels au sein de l'abri. À grand renfort de gestes et de grognements, saisissant les poignets d'Ismène pour lui expliquer ce qu'il attendait d'elle, la cabane devint le théâtre d'une cérémonie en miniature. Alors que l'exclamation collective résonnait chaque jour dans le lointain, Ismène et Claude reproduisaient à leur façon les actions codifiées : ils battaient des mains, produisant un son modeste et mal synchronisé, puis comme l'ancien ne pouvait parler, Ismène avait la charge de prononcer les formules rituelles.

Au commencement, son timbre hésitant provoqua la colère de Claude qui lui intima, par des mouvements anarchiques des bras, de s'exprimer avec force et vigueur ! Très vite, la fillette apprit à articuler. Plus elle prenait d'assurance, plus elle criait, clamant les mots avec conviction, et plus l'ancien semblait heureux...

Ce qui de prime abord lui était apparu gênant devint au fil des jours la source d'un sentiment nouveau ; Ismène, en dirigeant le rituel tant bien que mal, eut la sensation croissante de prêter vie à un chef de clan nouvellement promu. À la tête d'une tribu pathétique, composée d'êtres faibles et convalescents, elle acquit la conviction que son rôle était néanmoins d'une importance capitale. Son « clan » était devenu la matrice de toutes actions symboliques, le noyau qui devait préserver et entretenir une tradition perdue.

Un matin, alertée par les cris toujours plus retentissants en provenance de la cabane de l'ancien — *Libres ! Nous sommes libres !* —, Ismène reçut la visite d'Antigone.

— C'est toi qui cries comme ça ? lui demanda-t-elle étonnée depuis l'autre côté de la passerelle.

— Oui, expliqua Ismène, Claude tient à ce qu'on participe à la vie du Suspend à notre manière...

— C'est drôle... Comment vas-tu ?

— Bien. Il me tarde de sortir d'ici, mais je ne me plains pas trop... Après tout, j'aurais très bien pu ne jamais me réveiller. Je peux m'estimer chanceuse !

— C'est vrai que tu as eu de la chance... Après ce qu'il s'est passé...

Ismène s'empourpra.

— Antigone, il ne faut pas croire ce qu'on raconte, tu sais ! Je n'ai jamais embrassé Eurydice ! C'est une invention !

— Ça m'a étonnée, aussi...

— C'est faux ! insista Ismène. C'est Hémon qui a inventé toute cette histoire !

— Mais pourquoi aurait-il fait ça ?

Ismène hésitait à poursuivre. Pour lors, elle n'avait confié le produit de ses déductions à personne. Fallait-il que ses accusations franchissent le seuil de l'abri ? Et surtout : risquait-elle de subir d'éventuelles représailles ? Elle choisit de ne dévoiler qu'une partie de la vérité.

— Antigone, j'ai été empoisonnée.

— Empoisonnée ? Tu veux dire que tu as ingéré une mauvaise viande ou un liquide frelaté ?

— Non, protesta Ismène, tu ne comprends pas : j'ai été empoisonnée *volontairement* ! On a attenté à mes jours !

— Tu es en train de me dire qu'on a essayé de te tuer ?

Ismène hocha la tête.

— Mais qui ? s'enquit Antigone.

— Je ne peux encore rien dire... Mais j'ai ma petite idée.

— Ne me dis pas que tu soupçonnes Hémon, quand même ! Il est extravagant, mais... de là à tuer...

— Nous verrons, répondit Ismène en levant les bras. L'accusation est trop grave pour être portée sans fondement, sans élément de preuve...

Antigone secouait la tête.

— Non ! Non ! Ismène... Ça va trop loin... Pas Hémon...

— Si tu tiens tant que ça à l'innocenter, va donc fouiller dans sa besace ! Je suis sûre que tu y trouveras des plantes non comestibles...

Sans ajouter un mot, Antigone prit le chemin de la cabane maîtresse ; Ismène l'observa bifurquer à l'angle d'une coursive, sa tête agitée par de légers tremblements semblait dire *Non! Non!* L'idée d'être la sœur d'un assassin était insupportable.

Au cours de leur réclusion forcée, l'état mental de Claude oscillait entre lucidité et abattement. Ismène avait quelquefois l'impression de commencer une discussion — ou plutôt un soliloque — avec un être sain d'esprit, et de la terminer avec un enfant dissipé, un idiot tranquille qui ne semblait pas pouvoir mobiliser la part d'attention nécessaire à la bonne compréhension du monde qui l'entoure. Elle lui livra malgré tout ses craintes, ses doutes ; elle lui confia également les forts soupçons qu'elle nourrissait à l'encontre d'Hémon, ou encore sa tristesse de n'avoir pu dire adieu à la petite Eurydice. Elle s'ouvrit de tout cela sans jamais savoir si le vieil homme la comprenait tout à fait, si ses propos lui parvenaient avec tout le sens et la gravité qu'elle y mettait.

Le matin de leur « libération », Claude se trouvait plongé dans une hébétude tenace. Elle dut lui saisir les mains pour le forcer à produire le claquement rituel ; l'ancien semblait égaré dans un univers cotonneux, évanescent. Inversant les rôles et les positions sociales qu'elle avait toujours connus, Ismène à présent non seulement officiait en tant que guide habituée à exercer une autorité, mais devait de surcroît contraindre l'instigateur de la tradition, le propre inventeur des gestes fédérateurs, à une stricte pratique !

C'était le monde à l'envers.

Attendant qu'on leur annonçât la fin de leur enfermement, la fillette patientait, le front collé à la paroi de sa geôle, indifférente aux nœuds rugueux qui lui griffaient la peau. Les planches écartées permettaient au regard de s'évader. Ismène scrutait la forêt, rêvait ; elle se demandait, aussi, à quel endroit de la futaie les chasseurs avaient enterré Eurydice.

Derrière elle, Claude était allongé, il se tenait sur le flanc en position fœtale, les jambes ramenées près de son bassin. Elle se mit à lui parler, sans le regarder, sans plus attendre de réaction.

— Voilà, Claude, c'est fini... D'ici peu, on viendra nous chercher... Mais les choses ne seront plus jamais comme avant, non ! Dorénavant, on me lancera des regards obliques, on me jugera... Ils ne savent pas, les pauvres... ils ne savent pas... Quand je pense à Polynice qui n'est même pas venu me rendre visite une seule fois...

Se retournant, elle contempla la pelisse du vieil homme qui formait une boule difforme, sorte d'animal lové à la hâte. Alors que son œil courait le long de son échine, elle aperçut l'extrémité de la *marque*... le sillon noirâtre que lui avait infligé l'ogresse, et qui marquait à cet endroit de son corps une arabesque raffinée... La trace était tellement nette qu'elle semblait à peu de chose près dessinée...

Comment Anne a-t-elle bien pu lui faire ça ? songea-t-elle. *Les marques sont si fines, si détaillées !*

Elle s'approcha et, d'une main tremblante, fit glisser avec le plus grand soin la fourrure qui recouvrait la cicatrice. Le vieux tressaillit mais resta à demi inconscient, laissant à Ismène tout le loisir de détailler la zébrure. Les traits, de diverses épaisseurs, étaient plus pâles que noirs – la couleur toutefois n'égalait pas en profondeur le plumage d'un merle. Étonnamment, le réseau de lignes s'enchevêtrait selon une logique évidente ; du côté droit, depuis l'omoplate jusqu'à l'épaule, les traits fusaient en une harmonie savante, formant des figures, formant... Ismène se recula pour comprendre la signification du dessin qu'elle avait sous les yeux. Penchant sa tête sur le côté pour mieux apprécier la perspective et découvrir le sens des lignes et des figures, elle comprit tout à coup que la marque, loin d'être une vieille plaie grossière et mal cicatrisée, figurait en réalité un tracé des plus adroits ! Il y avait des plumes... des pattes... un bec... oui, il y avait tout cela représenté sur le dos de Claude ; car avec le bon angle, on déchiffrait enfin l'improbable image : un aigle... Oui, un aigle ! Voilà ce qui se trouvait sur la peau de l'ancien. L'image du rapace, quoique folle, était là, bien là ! bien réelle !

Comment Anne a-t-elle pu graver un aussi bel oiseau sur son dos ? Un coup de griffe n'aurait jamais pu provoquer une strie aussi artistique !

Elle suivait du bout de l'index les courbes sinueuses de l'animal. Lorsqu'elle effleura la peau ridée, elle constata que l'étrange substance se trouvait sous la couche supérieure du derme. On devinait que de multiples gouttelettes étaient enfermées là. S'agissait-il vraiment du sang de l'ogresse ?

Ismène regarda son doigt : il était sec. Elle le porta à sa bouche, timidement, espérant y découvrir une indication, mais ses papilles n'identifièrent qu'une odeur de peau fade.

Alerté par les bruits de succion de la fillette, l'ancien finit par se retourner. Il darda sur Ismène ses grands yeux, clignant des paupières à intervalles réguliers. Sa figure trahissait l'incompréhension.

— Pardon, Claude, s'excusa-t-elle, je voulais savoir... je voulais voir. On raconte tellement de choses...

Puis sans raison apparente, elle éclata en sanglots, réalisant en cet instant à quel point la captivité prolongée l'avait fragilisée. Au fil des jours, ses nerfs étaient devenus plus sensibles, plus irritables : un chagrin contenu et disproportionné se tenait là depuis un moment, n'attendant qu'une occasion futile pour jaillir. Comme des larmes chaudes et épaisses dévalaient ses joues, elle continua de s'amender, de se justifier.

— Pardon, dit-elle alors qu'une boule lui comprimait la gorge. Je pensais qu'Anne t'avait meurtri, je pensais que tu avais du sang. Mais je ne comprends pas. (Elle s'était mise à hoqueter.) Ça n'est pas du sang que tu as... non... Ça n'en a pas le goût... Pas le goût...

Ismène s'attendait que l'ancien l'admonestât, mais au contraire, il fixait sur elle des yeux très tendres. Pour la calmer, il lui passa la main dans les cheveux.

— Regarde-moi ! reprit-elle en s'étranglant, sans chercher à empêcher le flot de rouler sur ses pommettes. Je ne sais rien, je ne *sens* rien ! Je ne suis même pas fichue de détecter une odeur suspecte dans une tisane... Je suis sûre que je serais incapable de reconnaître le goût du sel si on me le faisait sentir !

L'ancien eut alors un geste étrange : du bout de son petit doigt, il récupéra une larme d'Ismène qu'il porta à la bouche de la fillette. Il avait ouvert ses yeux très grand et poussait des cris étouffés d'encouragement. Désignant son doigt mouillé avec son autre main, il gémissait des *Hu! Hu!* tonitruants. Ismène le laissa faire, et plusieurs fois, il porta le liquide lacrymal à ses lèvres.

La substance produisit un effet étrange. Les larmes avaient un goût unique, très particulier ; elles contenaient quelque chose qui les rendait plus épaisses, plus amères aussi. Elle découvrait dans ses propres gouttes de chagrin une fragrance piquante qu'elle n'avait jamais sentie auparavant.

— Que veux-tu me montrer ? s'enquit-elle. Tu veux que je goûte mes propres larmes ? C'est ça ?

L'ancien répondit d'un mouvement énergique de la tête.

— Eh bien... C'est bizarre, si tu veux mon avis... C'est... *piquant.*

— *Hu!* s'enthousiasma-t-il.

Elle réfléchit un instant, puis ajouta :

— C'est un nouveau rituel, c'est ça ?

Le visage de Claude s'affaissa. Il secoua la tête et effectua de nouveau une série de gestes désordonnés.

— Je ne comprends pas, Claude... Je ne sais pas ce que tu veux me dire...

Dépité, l'ancien se laissa alors retomber sans grâce sur sa couche ; les mains le long du corps, il entrait en sa léthargie coutumière.

Peu après, alors qu'une légère bise fendait les parois, la voix de Romuald se fit entendre :

— Ismène, Claude, appela-t-il.

La fillette se présenta au seuil de l'abri. De l'autre côté de la passerelle se tenaient Romuald et plusieurs adultes. Il y avait aussi Antigone, mais pas le groupe de chasseurs.

— Claude n'est pas avec toi ? demanda le Premier.
— Il se repose à l'intérieur, répondit Ismène. Il est...

Romuald eut un mouvement de tête entendu.

— C'est bon, reprit-il. À partir d'aujourd'hui, je considère qu'il n'y a plus de danger. Vous êtes... enfin vous pouvez sortir.
— Oui, nous sommes *libres*, n'est-ce pas...
— C'est ça.

Juste après cet échange, il y eut un moment de flottement. Le Premier venait de signifier clairement que la retraite forcée avait atteint son terme, et pourtant, de part et d'autre des passerelles, nul mouvement ne s'esquissait... Reclus et gardiens se jaugeaient.

Ils ont encore peur de moi, constata Ismène avec embarras.

Romuald dut sentir le malaise grandissant, car il crut bon d'ajouter :

— Vous. Je vous demande d'accueillir Claude et Ismène comme il se doit !

La sentence avait claqué comme un ordre. Personne ne réagit.

Demeurée jusqu'alors silencieuse, Louise se détacha du groupe. Elle se présenta devant le couloir, et d'un pas vigilant, évitant les lattes vermoulues, se dirigea vers la cabane de l'ancien. Elle s'approcha d'Ismène, puis, avec emphase, posa une main sur sa tête, avant de la serrer dans ses bras.

L'étreinte semblait à Ismène la plus douce et la plus généreuse qu'elle eût jamais reçue. Depuis une semaine, les contacts physiques s'étaient résumés à des gestes économes ; une main passée dans les cheveux, une épaule effleurée au hasard de la promiscuité : voilà tout ce que cette semaine d'exil lui avait offert. Elle aurait voulu garder Louise contre elle une éternité. La Première, cependant, se détacha progressivement. Se collant à l'épaule de la fillette, elle lui parla, mais elle s'adressait en réalité au reste du Suspend qui assistait en silence à ces embrassades.

— Ismène, articula-t-elle, tu as l'air en forme.

— Merci, dit Ismène en réprimant un serrement de la gorge. Merci, Louise...

Ce fut tout. Louise pénétra à l'intérieur du foyer pour prendre des nouvelles de Claude, et Romuald, qui jugea la réintégration d'Ismène acquise, s'en retourna, très vite imité par le reste du village.

Dès qu'Ismène foula les premières lattes du fragile couloir, les quelques enfants qui étaient restés là s'éparpillèrent telle une volée de sansonnets. À peine délivrée de sa prison de bois, il sembla à la fillette qu'on l'évitait, que les chemins qu'elle choisissait d'emprunter se dégageaient de manière instantanée. Il suffisait qu'elle fît mine de bifurquer à une intersection pour que dans l'instant les personnes se trouvant là s'ingéniaient à l'éviter, qui en rebroussant chemin, qui en entrant dans l'abri le plus proche, qui en se hissant sur une branche... Partout, on s'arrangeait pour ne pas l'approcher.

Seule Antigone vint délibérément à sa rencontre près de la cabane aux lettres.

— Alors ? lui demanda-t-elle. Comment te sens-tu ?

— J'ai l'impression d'être une pestiférée ! répondit Ismène.

— Oh ! ça leur passera... Quand plusieurs personnes t'auront approchée, le Suspend comprendra vite que tu ne représentes plus aucune menace... Aussi, il ne faut pas trop leur en vouloir... surtout aux plus jeunes.

— Qu'est-ce que tu veux dire ?

— Eh bien, pendant ton absence, Hémon a continué de raconter des choses sur toi ! Il a même, tiens-toi bien, décidé de faire sa propre classe, de dispenser son « savoir » en parallèle ! Les enfants qui l'écoutent boivent ses paroles... C'est là qu'il leur a parlé de toi ! Moi, je ne suis pas admise parce qu'on nous juge trop proches, mais j'ai tout de même capté des bribes de conversation. Et crois-moi, ça vaut son pesant de merises !

— Et Louise ne dit rien ?

— Ah ! c'est qu'il est malin, mon frère ! Tout est fait sous le manteau du jeu, de la distraction... Mais je peux te garantir qu'il les abreuve d'histoires saugrenues... et qu'il a beaucoup de succès !

— Alors, tu ne le défends plus ? fit Ismène.

— C'est que... j'ai réfléchi, balbutia Antigone. Je pense que tu as vu juste à son sujet. Seulement... je ne sais pas trop quoi faire. Il me fait un peu peur.

— As-tu pu fouiller ses affaires comme je te l'ai demandé ?

Antigone présenta alors un petit morceau d'étoffe qu'elle déplia prudemment. À l'intérieur se trouvaient quelques fleurs fanées en forme de fer de flèche. Les végétaux verdâtres étaient constellés de petites taches brunes. Il y avait aussi une poignée de baies globuleuses dont la rougeur timide indiquait une cueillette prématurée.

— Qu'est-ce que c'est? s'enquit Ismène en faisant mine de saisir la plante.

— Du gouet, répondit Antigone en écartant le morceau d'étoffe. Pas touche!

— Où l'as-tu trouvé?

— Dans la besace d'Hémon.

Ismène détailla les lobes rabougris.

— Du *gouet*... Je crois que je n'en ai jamais vu.

— Oh! mais moi non plus. Et il y a une bonne raison à cela!

Ismène darda un regard interrogateur.

— Le gouet, tête de linotte, ça s'appelle aussi de l'arum tacheté, expliqua Antigone. C'est Séraphine qui me l'a dit. Et tu sais ce qu'elle m'a dit d'autre?

Ismène secoua la tête.

— Elle m'a dit de faire très attention, parce que le gouet est une plante très dangereuse, et qu'il ne faut surtout pas porter ses mains à sa bouche après en avoir touché! Il a fallu que j'improvise une histoire pour lui expliquer comment je me l'étais procuré.

— Et elle t'a crue? s'inquiéta Ismène qui redoutait toujours d'éveiller la méfiance d'Hémon.

— Oui, je pense, dit Antigone en faisant la moue. Je lui ai aussi demandé ce qu'il y avait de si dangereux avec cette plante. Tu sais ce qu'elle m'a répondu?

— Non...

— « Ne t'avise surtout pas d'avaler cette cochonnerie! Ta gorge pourrait tellement gonfler qu'elle empêcherait l'air de parvenir jusqu'à tes poumons ! Et puis tu te mettrais à vomir partout ! Pour sûr, ce serait l'empoisonnement garanti ! Crois-moi, en comparaison, *les plantes à rêves* sont presque inoffensives... » Ce sont ses propres mots, Ismène. Ses propres mots !

12

Hiérarchie

La première nuit qu'Ismène passa au sein de sa cabane fut particulièrement pénible. Confinée à l'extrémité de la couche commune, il lui sembla que ses frères évitaient tout contact physique avec elle.

En temps normal, il n'était pas rare que les jambes ou les épaules se touchent au hasard de la nuit ; c'était le lot de toute famille entassée dans un lit de fortune. Pourtant, longtemps après que le soleil fut couché, Ismène disposa de toute la place qu'elle voulait. Elle pouvait étendre chacun de ses membres sans jamais rencontrer de barrière corporelle.

De prime abord, elle trouva plaisante cette liberté de mouvement, mais très vite, la cause réelle de ce gain d'espace lui apparut dans toute sa cruauté : sa propre famille redoutait encore une éventuelle infection. Ici même, au sein de son foyer, on l'avait acceptée de mauvaise grâce, et on l'avait, d'un commun accord, reléguée au fond de la cahute. Son retour avait dessiné une frontière invisible quoique insupportable.

Elle faillit leur crier : « Bande d'idiots ! Vous ne comprenez pas ? Je ne suis pas contagieuse ! Tout ce que vous risquez, c'est de très mal dormir à vous entasser de la sorte ! » Mais ses protestations n'auraient eu aucun effet.

Comme l'ambiance nocturne lui devenait odieuse, elle préféra sortir et, à la faveur d'un ciel d'étoiles, passa le reste de la nuit à ruminer le fil des événements qui l'avaient placée dans cette situation.

Je me demande si je ne préférais pas encore être enfermée avec Claude ! finit-elle par admettre. *Au moins, là-bas, j'avais de l'espace, et lui ne me traitait pas comme une lépreuse !*

Retourner vivre avec l'ancien ne semblait cependant pas une bonne idée. On jugerait, à coup sûr, son comportement insolite, et elle aurait le plus grand mal à endormir la défiance qu'on nourrissait à son égard. Pour autant, Ismène avait les plus grandes peines à se projeter au milieu des siens. Une intuition lui soufflait qu'elle pouvait espérer mieux, qu'elle pourrait, en cherchant bien, dormir et vivre en un lieu plus hospitalier.

Le Suspend n'est pas gigantesque, c'est vrai, mais je dois bien pouvoir trouver un coin où l'on voudra de moi...

Son regard fouillait l'obscurité. De timides grattements s'élevaient des frondaisons inférieures. La nuit bruissait. Quand ses yeux distinguèrent les contours estompés du foyer de Nadine, l'idée se traça dans son esprit aussi vite qu'une étoile filante :

Nadine, mais oui ! Elle est seule et triste depuis que Paula a disparu. Elle doit s'ennuyer, aussi ! Si quelqu'un accepte de m'accueillir, c'est bien elle !

Dès le lendemain matin, Ismène alla trouver Nadine pour lui exposer son projet d'emménagement. Elle lui parla du manque de place, du comportement de ses frères, et lui démontra avec force persuasion qu'elle ne constituait aucun danger.

Nadine l'écoutait patiemment, sans toutefois masquer un étonnement évident. Au-dessus de son nez tors, en signe d'hésitation, ses billes charbonneuses ponctuaient chaque argument asséné par la fillette d'un petit mouvement circulaire.

— Quelque chose te chiffonne ? s'inquiéta Ismène au terme de son plaidoyer. Tu as compris que je ne suis plus contagieuse, hein ? Tu sais que tu ne crains rien ?

— Oui, oui, bien sûr..., rétorqua Nadine. Ce n'est pas ça qui m'ennuie...

— Quoi, alors ?

— Il faudrait tout de même en parler au Premier. De mémoire, je crois que ça ne s'est jamais fait.

— Aucun problème ! J'irai trouver Louise ou Romuald.

Nadine fit la moue.

— Quoi d'autre ? s'enquit Ismène.

— Que vont penser Pauline et Octave ?

— Oh ! ça... Je ne suis pas très inquiète ! Ils ne sont pas beaucoup venus me voir quand j'étais avec Claude. À mon avis, ils seront même soulagés de me savoir partie. Mes frères, en particulier !

Nadine réfléchit un instant puis ajouta :

— Alors, c'est d'accord. Tu peux dormir ici, si tu veux. En fait, j'ai grand besoin de quelqu'un pour me tenir compagnie. Je me sens si seule depuis que Paula...

Ismène lui sauta au cou.

— Merci, Nadine ! s'exclama-t-elle. Merci !

Dans la foulée, Ismène se rendit à la cabane du Premier pour lui faire part de ses intentions. Sur le seuil, elle aperçut Louise qui triait des fruits selon leurs couleurs et leurs tailles. La Première s'adressa à elle sans même lever le nez de son panier :

— Oui ?

— C'est Ismène...

Louise regarda la fillette un bref instant, puis reprit son opération de classement méthodique.

— Qu'est-ce que tu veux, Ismène ?

— Je voulais demander une... permission à Romuald. Mais tu peux aussi bien me renseigner !

— Je t'écoute.

La fillette s'éclaircit la gorge et lui fit part des raisons qui motivaient sa requête. Elle eut pour Louise les mêmes mots qu'avec Nadine, mais il lui sembla qu'elle mettait plus volontiers l'accent sur la sensation d'étouffement qui l'accablait. Sa voix était plus vibrante, aussi... Au terme de son exposé, elle constata qu'elle était terrorisée à l'idée qu'on lui interdît de transporter ses pénates. À tel point qu'elle déballait devant Louise ses sentiments les plus intimes, sans fard, d'un timbre grêle où perçait l'émotion.

— Et Nadine est d'accord ? soupira finalement Louise.

— Oui ! s'enthousiasma la fillette.

— Et... Pauline ? s'enquit-elle en levant les yeux une nouvelle fois.

Ismène se contenta de hocher la tête. Son corps pouvait mentir mais pas sa bouche.

La Première haussa les épaules.

— Pour ce qui me concerne, c'est d'accord... (Elle eut un sourire narquois.) Après tout, *nous sommes libres*, n'est-ce pas ?

— Mais oui ! s'exclama Ismène. Nous sommes libres... et moi aussi je suis libre !

La voix de Séraphine se fit entendre à quelques cabanes de là. On ne pouvait distinguer ses paroles, mais elle semblait se disputer avec quelqu'un.

Ismène fit un pas dans la cabane, s'attirant en retour une œillade interrogatrice de Louise. Elle avait délaissé son ouvrage en signe d'incompréhension.

— Autre chose, Ismène ? interrogea-t-elle en levant les sourcils.

La fillette déglutit.

— Louise, reprit-elle d'une voix timide. Tu sais... à propos de mon accident... à propos de ce qui m'est arrivé...

— C'est du passé ! fit Louise en levant une main pleine de fruits accrochant des reflets bleutés. Et bientôt, tout le monde aura oublié cette histoire. Crois-moi ! Ils oublient... toujours...

— Tu ne comprends pas, Louise, il ne s'agit pas de cela. Rien ne s'est passé comme Hémon le prétend ! Je vais te raconter ma version des faits. Libre à toi de me croire... ou pas.

Ismène fit le récit détaillé des événements qui avaient précédé sa syncope, et qui avaient entraîné la mort d'Eurydice.

— Est-ce que tu réalises la gravité de ce que tu viens de me dire ? s'alarma Louise à l'issue de son monologue. Qui me dit que tu n'as pas inventé toute cette histoire ? Peut-être malgré toi, d'ailleurs ! Tu y as pensé ?

Tu as été traumatisée, victime de la fièvre, d'hallucinations...

— Louise, articula Ismène, j'ai retourné cent fois cet épisode dans ma tête pendant mon isolement. J'ai tout revu, tout entendu ! C'est limpide dans mon esprit : Hémon nous a empoisonnées !

Au-dehors, les mots de Séraphine se faisaient plus durs. L'altercation gagnait en force.

— Mais enfin... Te rends-tu compte ? pérorait Louise. Te rends-tu compte ?

— Parfaitement ! s'agaça la fillette. Je me rends bien compte que j'ai été victime d'une erreur de jugement, et aussi qu'il y a un assassin qui arpente les coursives en toute impunité...

Louise ne disait plus rien. Elle fixait le fond de son récipient sans parvenir à se remettre au travail.

— Enfin Louise ! insista Ismène. Ne me dis pas que ça t'étonne ! Tu as bien vu que son comportement est étrange. Hémon est frondeur ! Il ne cesse de te provoquer, d'éprouver ton autorité !

— Oui, mais de là à tuer un individu, il y a un fossé ! Et d'abord, pourquoi s'en serait-il pris à Eurydice ? Il t'en voulait, à toi, c'est en tout cas ce que tu prétends... Mais il n'avait rien contre la petite.

— C'est parce qu'il la jugeait trop faible, trop malade ! Il ne la considérait pas digne de faire partie de sa « cour » ! De plus, s'il voulait me supprimer et faire accroire cette histoire de relation coupable, il devait se débarrasser d'elle afin qu'elle ne puisse jamais témoigner contre lui !

— Mais c'est horrible, gémit Louise, horrible ! Arrête ça !

La vérité lui est insupportable, constata Ismène. *Elle voudrait me croire, mais c'est plus fort qu'elle...*

— J'ai une preuve ! fit triomphalement la fillette.

Elle lui narra alors ce qu'Antigone avait trouvé dans le sac d'Hémon et la façon dont Séraphine avait réagi lorsqu'elle avait constaté la nature toxique des végétaux.

— Qu'est-ce que ça prouve ? fit Louise. Nous sommes entourés d'une nature tout à la fois généreuse et dangereuse...

— Bien sûr, mais dis-moi : qui peut entrer en possession de ce type de plantes ? Il faut descendre pour se les procurer, non ?

— Oui..., soupira Louise qui refusait de tirer des conclusions trop hâtives.

— Mais enfin, ouvre les yeux, Louise ! Pourquoi aller cueillir du gouet ? Et... pour qui ? Je suis certaine que si on le demandait à Gaspard ou à Polynice, ils nieraient avoir glané ces plantes... Il ne resterait plus qu'un seul individu...

— Encore une fois : ce n'est pas pour autant que cet « individu » aura préparé une boisson empoisonnée. Où irait le clan si l'on commençait à se suspecter les uns les autres, Ismène ? Tu as des doutes, des soupçons... Je comprends. Seulement, nous avons la charge de maintenir la cohésion du Suspend. Tu saisis ?

— La cohésion ! cracha Ismène. À quel prix ? Tu penses vraiment qu'entre Hémon et moi la cohésion est bonne ?

— Oh ! vois le tableau dans son ensemble ! Je ne suis pas idiote, tu sais, je me doute bien qu'Hémon n'est pas tout blanc dans cette affaire...

Ismène s'étonna de ce revirement subit. Louise admettait avoir conscience de la nature trouble du garçon.

— ...mais chercher à élucider une telle affaire dans ses moindres détails risquerait de faire du mal... beaucoup de mal! On se regarderait de travers, la vie deviendrait infernale!

— Pfft! Le mal est déjà fait! fit valoir Ismène. Après Eurydice, qui sera la prochaine victime? Tu y as songé?

La Première tressaillit. Elle paraissait réaliser que le risque d'un futur « accident » était bien réel. S'il y avait un tueur dans le clan, la menace devenait latente.

— Je te promets d'être vigilante, dit Louise. Fais-moi confiance.

À l'extérieur, mêlé aux voix déjà puissantes, un cri attira leur attention.

— Qu'est-ce qui se passe? grogna Louise en sortant de l'abri.

Elles se laissèrent guider par les intonations agressives, cheminant jusqu'à la source de ce qui semblait un esclandre nourri. L'échange cacophonique se répandait depuis la cabane maîtresse... Derrière la Première, Ismène, une fois parvenue au seuil de la plate-forme centrale, comprit l'origine de la rixe : Hémon se disputait violemment avec Séraphine qui tenait contre sa poitrine une large peau fraîchement tannée.

Plus étonnant, Romuald assistait à la scène sans faire mine de s'interposer ; son regard dur se portait de façon alternative sur les jouteurs. Rien de plus. D'ordinaire implacables, les traits dardés par ses pupilles ne pouvaient obtenir le silence.

— Elle est à moi! À moi! hurlait Hémon.

— Certainement pas ! hurla à son tour Séraphine.

— Mais enfin qu'est-ce qui se passe ? s'enquit Louise.

L'intervention de la Première fit converger les regards.

— Hémon réclame la peau du chevreuil qu'il a tué ! expliqua Séraphine.

— Elle est à moi ! s'exclama le garçon en regardant Louise. C'est moi qui l'ai chassé, moi qui l'ai tué ! C'est moi qui ai affronté les dangers, en bas ! Il n'y a pas de raisons que quelqu'un d'autre en profite ! Elle me revient de droit !

— Pour qui te prends-tu ? gronda la Première. Tu n'as pas de « droits » particuliers ! Que serais-tu sans nous ? Dans le Suspend, nous devons mettre les biens en commun, c'est ainsi ! Tu as chassé l'animal grâce auquel on a pu fabriquer ce manteau, c'est vrai. Mais qui t'a nourri jusqu'à présent ? Qui t'a élevé ? Tu n'aurais pas survécu sans nous, Hémon ! Tu n'as pas plus de droits qu'un autre.

— Non, c'est pas vrai ! Manger c'est le plus important ! C'est toi qui l'as dit !

— Je l'ai dit, tu as raison, concéda Louise, mais ce n'est pas moins important que... l'instruction, par exemple !

— Peuh ! C'est pas avec du théâtre que tu vas nourrir le clan ! cracha-t-il avec dédain.

Il y eut un moment de silence. Un silence trop long. En réalité, Hémon venait de faire mouche, son argumentaire sonnait juste. L'altercation avait aimanté une partie de la tribu, et de nombreuses têtes se balançaient en un mouvement vertical, comme pour mieux approuver la réplique du chasseur.

— Et pourquoi ne pas l'offrir à Polynice ? contra adroitement Louise. Après tout, il prend autant de risques que toi, non ?

— Polynice aura son manteau, pas de doute là-dessus ! Et la peau viendra de l'animal qu'il aura tué lui-même !

Sentant qu'elle perdait pied, Louise interrogea Romuald du regard.

— On ne peut pas vivre comme ça ! éclata enfin ce dernier. Tu dois partager, Hémon. C'est la règle.

— Ah ! mais je suis d'accord pour partager ! Simplement, je dis qu'il doit y avoir un ordre... une préséance... une sorte de hiérarchie !

— Et de toute évidence, les chasseurs sont au sommet de cette hiérarchie..., se moqua Romuald.

— Évidemment ! répondit Hémon en haussant les épaules. Bon, je crois qu'on a assez palabré... Donne-moi la peau !

— Pas question ! répliqua Séraphine. C'est le Premier qui décide !

Hémon fit alors un pas qui le positionna en face de la cuisinière. Elle tenait fermement la peau, quand soudain il la lui arracha des mains. Séraphine interloquée s'agrippa à l'objet pour le lui reprendre ; ils se mirent ensuite à tirer tous deux dans des directions opposées, distendant l'enveloppe rase du cadavre qui semblait ainsi reprendre vie.

— Donne-moi ça ! s'époumonait Hémon.
— Ça suffit ! cria Romuald.

Le Premier s'approcha d'Hémon et le saisit par les épaules pour lui faire lâcher prise. Le garçon cependant ne semblait pas du tout disposé à laisser filer ce qu'il estimait être son dû.

— Lâche ! grogna Romuald, l'empoignant de plus belle.

Le chasseur finit par desserrer son étreinte, ce qui eut pour conséquence de projeter Séraphine en arrière, entraînée par son propre poids que plus rien ne retenait. La respiration d'Hémon était saccadée, sa cage thoracique se soulevait et s'abaissait avec frénésie. Ses poumons semblaient se charger de fiel.

Tout à coup, en un geste imprévisible, il saisit Romuald à la gorge. Les deux mains puissantes du chasseur s'étaient enroulées avec précision autour du cou du Premier, et au niveau de ses épaules et de ses avant-bras, les muscles sollicités par l'effort roulaient en boules noueuses. L'attaque provoqua l'émoi des membres du clan qui se tenaient là, et de grands « Oooh !... » d'indignation accompagnaient la lutte. Le Suspend unanime générait le seul son à même de traduire son effarement. Romuald roulait des yeux rendus fous par la surprise et l'incompréhension. Il avait posé ses mains par-dessus celles d'Hémon pour tenter de desserrer l'étau qui l'étouffait peu à peu. Sa langue commençait à sortir de sa bouche ; son visage devenait cireux.

Louise fut la seule à réagir. Elle se précipita au côté d'Hémon pour tenter de le maîtriser, tandis que les bras de Romuald s'agitaient en des mouvements convulsifs, fouettant l'air tel un pantin hystérique. Ses mains atteignaient régulièrement Hémon au visage

— heurtant Louise au passage —, sans jamais toutefois parvenir à lui faire lâcher prise. Plus Romuald se débattait, et plus Hémon semblait resserrer les mâchoires de sa pince digitale.

— Mais arrêtez! Arrêtez! hurlèrent plusieurs voix.

Comme Louise avait commencé de frapper Hémon derrière la tête, celui-ci, en dernière instance, projeta Romuald au sol avec une incroyable force. Son corps parut rebondir sur le plancher, et il s'immobilisa pendant un long moment, happant l'air, la bouche grande ouverte, tel un oisillon réclamant pitance.

— Allez chercher Gaspard! ordonna Louise.

Le temps semblait figé. Même la forêt, par le truchement de plusieurs stridulations, paraissait s'élever contre ce déferlement inhabituel de violence.

Se tournant vers la foule pétrifiée, Hémon s'écria :

— Regardez-le! Regardez-le bien! C'est lui, le Premier! C'est lui, notre chef, censé nous guider, nous protéger, nous défendre... Et il est par terre!

Un bruit métallique courut le long de la coursive principale. Gaspard arrivait.

— Et qui appelle-t-on? se moqua Hémon. Gaspard, bien sûr! (Puis s'adressant directement à Romuald qui tentait de se relever.) Parce qu'il n'est pas capable d'assurer sa propre défense! Il a besoin d'un autre! Il a besoin d'un chasseur, bien sûr! Estime-toi heureux que Gaspard soit là pour te protéger! Car contre moi... tu ne fais pas le poids!

Puis grimpant sur le toit de la cabane toute proche, les pieds inclinés pour épouser l'angle des bardeaux, il déclama :

— *Jamais un ennemi, pas même après sa mort, ne devient un ami.* (Puis parlant en son nom, il conclut.) Tu ne peux rien contre moi, Romuald ! Non, rien ! Car je suis le Premier, moi aussi ! Le Premier du *Clan suspendu* !

Au moment où Gaspard fit irruption sur la plate-forme, Hémon se hissait déjà sur les premières branches. Suivi par des dizaines d'yeux, il escalada le tronc en direction du levant puis disparut dans les frondaisons au refleurissement inhomogène.

13

Anniversaire

Au cours des jours suivants, l'empoignade qui avait opposé Hémon et Romuald eut d'importantes répercussions.

Craignant probablement de se retrouver nez à nez avec Gaspard, le jeune chasseur prenait soin de ne faire que des apparitions fugaces et calculées. Il se présentait sans crier gare à n'importe quel moment du jour, arrivant de nulle part, pour exiger de l'eau ou de la nourriture. Séraphine se pliait à ses demandes, sans manquer de critiquer son attitude et la pagaille qu'il avait provoquée. Elle avait beau enjoindre au garçon d'aller présenter ses excuses, de faire la paix avec le Premier, rien n'y faisait : sitôt sa ration engloutie, il déguerpissait.

Romuald lui aussi se faisait avare de sa personne. Et le clan fut assez vite fondé à croire qu'il avait calqué ses sorties sur celles d'Hémon ; on l'apercevait de moins en moins et ses pas semblaient toujours se couler dans ceux de Gaspard.

Il se présentait, chaque matin, pour effectuer le rituel, ou plus exactement... pour le bâcler ! Devenue inconsistante, la cérémonie se résumait à un enchaînement mécanique de gestes et de paroles que tous pratiquaient sans grande conviction. Les derniers mots à peine prononcés, Romuald rejoignait son abri en toute hâte, galopant comme s'il avait l'ogresse aux trousses !

Le Suspend, en conséquence, connut une ère de flottement, de laisser-aller. Car les repères ordinaires avaient été bouleversés et l'on peinait à retrouver le rythme habituel en chaque action. Les choses n'étaient plus à leurs places ; l'autorité avait été bafouée. L'équilibre précaire qui avait établi depuis des temps immémoriaux les rapports entre les membres semblait rompu.

Un soir, juste avant que les derniers feux ne s'éteignent, Ismène surprit Louise au chevet de Claude. Glanant des mots étouffés qui s'échappaient de la cabane, la fillette s'approcha par étapes... Elle comprit vite que la Première, n'y tenant plus, était venue chercher du réconfort auprès de la seule figure du village encore propre à représenter l'ordre « passé », l'autorité...

En pénétrant à pas de loup à l'intérieur de l'abri, la fillette la découvrit agenouillée au côté du vieil homme ; il dormait, paisible, indifférent au remugle qui infectait le clan depuis plusieurs journées.

Absorbée dans un dialogue artificiel et monocorde, Louise se confessait. Elle racontait les événements, les choix et leurs répercussions. Plus étonnant, elle interrogeait l'ancien, le questionnait sur la conduite à adopter, sur les mesures justes et appropriées qu'il convenait de prendre. Les demandes s'accumulaient dans cet espace étroit, ne recevant pour réponse qu'un hululement timide produit par le vent qui s'insinuait entre les planches dévoyées. Les conjectures montaient en colonne, balayées par un souffle indifférent.

Une femme déboussolée qui s'adresse à un vieillard muet..., songea Ismène.

C'est que la scène était touchante : la Première se parlait en réalité à elle-même, cherchait dans les tréfonds de son expérience les ressources et les techniques qui lui permettraient de résoudre cette crise ; la plus grave jamais connue.

— Ah... tu étais là..., soupira-t-elle après que la fillette eut toussé.

— Oui, pardonne-moi, je ne voulais pas te déranger. Comment va-t-il ?

— Oh ! lui, il va bien ! maugréa la Première. C'est nous qui sommes malades... C'est tout le clan qui souffre ! D'ailleurs, je crois que je te dois des excuses. Tu avais vu juste en ce qui concerne Hémon. Je me suis voilé la face. J'ai minimisé l'importance de ce que tu m'as rapporté. Te croire m'était trop pénible, trop douloureux, je suppose ; j'ai préféré m'imaginer que la bonne tenue du clan suffirait à dépasser tous les obstacles... Ah ! j'aurais dû voir ! J'aurais dû sentir !

— Tu ne pouvais pas savoir que ça prendrait ces proportions, fit valoir Ismène. Et puis, je ne sais pas si ça t'aidera beaucoup, mais... sache que je ne t'en veux pas. Pas du tout. Je pense qu'Hémon a un don, un vrai talent pour berner les gens !

— Tu es mignonne, dit-elle en souriant.

Les doigts de Claude s'agitaient. Au plus généreux d'un corymbe imaginaire, l'ancien semblait égrener les boules noires et rondelettes de quelque sureau.

— Quand nous sommes restés enfermés ici, déclara Ismène, il a été très bon avec moi. Je crois que je lui dois la vie.

— Nous la lui devons *tous*..., corrigea Louise.

— Comment était-il, avant?

— Avant quoi?

— Avant d'avoir son accident. Quand il pouvait parler.

— Eh bien, il était... il était déjà vieux! Mais il n'avait pas autant de cheveux blancs.

— Comment était sa voix?

Elle réfléchit un instant, puis répondit :

— Il avait un timbre très doux. En général, il articulait les mots comme pour mieux se faire comprendre. Je me souviens qu'il était colérique et qu'il nous disputait souvent. Mais c'était pour notre bien, quand nous nous mettions en danger... ou quand nous n'écoutions pas pendant la classe.

— Que vous apprenait-il?

— Mais... tout! L'ancien nous a appris tout ce que nous savons. Il nous réunissait dans la cabane aux lettres pour nous apprendre à lire et à compter. Mais ça n'était pas cette sorte d'instruction la plus importante. En fait, il passait beaucoup plus de temps à nous apprendre le nom des plantes, à distinguer les champignons et les baies qu'on pouvait manger sans risque. Il nous a montré comment allumer un feu, l'entretenir, la façon de couper du bois... C'est également lui qui a appris l'art de la chasse à Romuald et à Gaspard. Après les *disparitions* du moins...

— Les disparitions? Que veux-tu dire?

— Claude n'était pas seul, au début. Il était accompagné d'un couple. Un homme et une femme. J'ignore leurs noms.

— Sa femme... à lui?

— Non, je ne crois pas. En tout cas, je ne me souviens pas les avoir vus s'étreindre. Quoi qu'il en soit, juste après la Fondation, c'est cet homme qui faisait la chasse. La femme préparait les repas et Claude s'occupait de nous. Un jour, la femme est partie... et elle n'est jamais revenue. Claude et l'autre homme étaient très tristes. Quelque temps plus tard, l'homme est descendu à son tour... Il n'est jamais remonté.

— Ils ont été tués par l'ogresse?

— Oui. Mais ce n'est qu'à partir de ce moment que Claude a commencé à nous parler d'Anne et des dangers du monde d'en bas. Surtout, je crois qu'à partir du jour où il est devenu le dernier adulte du clan, pas mal de choses ont évolué : il a concentré son apprentissage sur des notions essentielles comme la chasse, l'entretien du Suspend... la survie! Il est resté inflexible sur deux domaines, pourtant : le rituel et *Antigone*. Il nous faisait répéter la pièce chaque fois qu'on en avait l'occasion, il disait qu'on devait impérativement exercer notre mémoire et que cette tragédie recelait des trésors.

— Et le rituel?

— C'est venu petit à petit. Les usages se sont développés au gré des saisons et des besoins. D'abord, il a décidé qu'en certaines occasions, on devait commencer nos phrases selon une formule précise. Au début, la phrase était très compliquée, personne ne réussissait à la dire sans erreur. Du coup, Claude a décrété qu'on dirait seulement « Vous », avant toute prise de parole importante. Puis il y a eu le rituel du lever, la désignation d'un couple de Premiers à la tête du village et... l'*Anniversaire*.

À ce mot, Ismène songea à la cérémonie qui aurait bientôt lieu... Comme on ignorait les dates correspondant aux différentes naissances des enfants du Suspend, il avait été décidé d'un jour unique au cours duquel tout le monde ajoutait une année à son âge. La tribu, de cette manière, vieillissait à l'unisson. L'opération était assez facile pour la deuxième génération, qui avait grandi avec ce système de comptage, mais pour les autres, les plus « vieux », l'incertitude demeurait, car beaucoup ignoraient l'âge précis qu'ils avaient au moment de la Fondation.

On fêtait l'Anniversaire en un point fluctuant du calendrier des saisons, quelque part entre la fin du printemps et le début de l'été. C'était toujours Romuald qui décidait du moment propice à l'organisation de l'événement.

J'aurai alors treize ans! pensa Ismène.

— Claude n'est pas né ici, n'est-ce pas? demanda la fillette. Il est trop vieux!

— Non, il n'a pas vu le jour ici, et... moi non plus, je crois.

Ismène fronça les sourcils.

— Mais tu serais née où, dans ce cas?

— Je ne sais pas, mais j'ai presque acquis la certitude que la première génération n'est pas d'ici. Je pense que nous venons d'ailleurs.

— De quel endroit? s'enquit Ismène dont l'imagination s'enflammait.

— Hé! qu'est-ce que j'en sais, moi? Sans doute d'une autre zone de la forêt. Peut-être que nous nous trouvions dans un endroit qui s'est progressivement délabré... Va savoir!

— Pourquoi n'as-tu pas posé la question à Claude?

— Ah! c'est que toutes ces suppositions sont venues au fil des années, au fil de nos soirées passées à tenter de nous souvenir, tu comprends? Il était muet depuis belle lurette!

— Que lui est-il arrivé, au juste?

Louise se gratta la tête, comme pour mieux se concentrer.

— Voilà ce dont je me souviens : un matin, j'étais plus jeune que toi, il nous a réunis dans la cabane maîtresse. Il voulait parfaire notre connaissance des oiseaux. On devait devenir des « ornithologues compétents », c'est ce qu'il répétait... Il nous parlait des nids, des parades, la migration...

— Il vous parlait des avions? l'interrompit Ismène.

— Aussi. Tout le monde voulait savoir ce que c'était que ces drôles d'oiseaux qui volent très haut dans le ciel en laissant une grande traînée blanchâtre dans leur sillage! Seulement, ses réponses étaient à certains moments incompréhensibles...

— Comment cela?

— Pour les avions, par exemple, il nous expliquait la chose suivante : « Un avion, les enfants, ça sert à transporter des gens... *dans le ciel!* »

— Des gens? s'étrangla Ismène. Dans le ciel? Comme... des dieux?

— Oui, je suppose... Quand on le pressait de questions, il demeurait évasif... éludant les confrontations trop directes. Toujours est-il que ce matin-là il y a eu une série de claquements terribles! Comme de la foudre! Le bruit était en fait provoqué par une large branche qui était en train de se détacher de son tronc. Avant qu'on n'ait eu le temps d'évacuer la plate-forme, la branche est tombée sur Claude, lui assenant un coup violent sur le côté gauche de la tête. Il est resté inconscient pendant un long moment. Il a perdu beaucoup de sang et je me rappelle que tous les enfants pleuraient. Nous étions complètement paniqués à l'idée qu'il meure!

» Quand il est revenu à lui, il ne parlait plus. Et c'est depuis cet accident que son comportement a changé. Car en plus de son mutisme, il connaissait de fréquentes "absences"... Plus les mois et les années passaient, plus il paraissait perdre la raison. Nous n'avons rien pu faire. Nous l'avons regardé vieillir, guettant les instants où il était traversé par un accès de lucidité! Tu as pu le constater par toi-même : durant ces périodes, il devient un autre homme, clairvoyant et rationnel. Il ne lui manque que la parole... Mais quand cette parenthèse de réalité se referme, il redevient le vieillard distrait que l'on connaît.

Clairvoyant et rationnel? se répéta mentalement Ismène. *Tu devrais ajouter : souple et agile comme un écureuil... C'est en tout cas l'effet qu'il m'a fait lorsque je l'ai vu arpenter les coursives!*

Claude soupira. Ismène eut l'impression que le vieil homme, bien trop las, commentait les propos de Louise d'un murmure léger, donnait son assentiment.

— As-tu déjà vu sa marque? demanda Ismène d'un air faussement détaché.

La Première darda sur la fillette un regard intense.

— Oui... Toi aussi, je suppose. Durant ta réclusion, tu en as eu tout le loisir.

— C'est vrai. J'ai regardé, et...

— Et tu ne comprends pas?

Ismène secoua la tête.

— Que penses-tu avoir vu? s'enquit la Première.

— J'ai vu un bec crochu... des pattes... un plumage noir...

— C'est un corbeau, expliqua Louise. C'est un volatile qui symbolise la mort et qu'on associe à certains rites funèbres.

— Comment Anne s'y est-elle prise pour faire un tel dessin sur son dos? Ça paraît...

— Impossible? Hum... Il est vrai qu'à première vue, le tracé est déroutant. Je me suis, moi aussi, longtemps posé la question. Claude a peut-être été capturé pendant une longue période, ce qui aurait laissé tout le temps nécessaire à l'ogresse pour lui apposer sa marque.

— Ton hypothèse laisse une zone d'ombre : la lacération est si fine, si précise... Comment Anne serait-elle parvenue à réaliser un tel travail? Comment un monstre pourrait-il montrer autant d'aptitude... artistique?

— Elle aura forcé quelqu'un d'autre à le faire! Réfléchis : sous la contrainte et la douleur, n'importe qui accepte de faire n'importe quoi! Anne Dersbrevik a pu capturer un individu aux talents de graveur, individu qu'elle aura drogué ou torturé pour qu'il appose les stries sur le dos de Claude. On peut aussi imaginer qu'elle n'a pas eu besoin d'obliger cette personne à agir : elle lui aura proposé un pacte !

Ismène fut agitée de légers tremblements. Les propos de Louise lui provoquaient un irrépressible frisson.

— Je... Je ne voyais pas les choses de la sorte, dit-elle. Si ce que tu dis est vrai, c'est pire que tout ce que j'imaginais...

— Pourquoi ça ?

— Parce que le monstre que tu dépeins est un être intelligent, s'anima la fillette, capable de négocier, de nouer des alliances ! C'est une créature retorse, qui peut tout !

Louise haussa les épaules.

— Bien sûr qu'elle est capable de tout...

— Et qu'arriverait-il si elle s'alliait avec un membre du clan ? Avec... Hémon par exemple ?

Louise déglutit et laissa son regard détailler un angle de la cabane.

— Si cela devait se produire, murmura-t-elle, je crois que nous serions tous perdus.

14

L'attaque

— Tu penses qu'il va vous rejoindre ? demanda Ismène.

— Je ne sais pas, répondit Polynice. Ça fait deux jours que Gaspard ne l'a pas vu. J'ai l'impression qu'il se désintéresse de la chasse.

— C'est parce qu'il préfère son « école », se gaussa Antigone. Je l'ai aperçu, pas plus tard que ce matin... Il a trouvé un hêtre vénérable d'où s'élancent des branches suffisamment robustes pour que ses « élèves » puissent y prendre place ! Pour rejoindre la classe, il faut escalader une partie du houppier. Il est impossible de deviner l'attroupement depuis le Suspend : il faut savoir crapahuter entre les tiges... et ne pas avoir peur du vide ! Ça s'adresse uniquement au Clan suspendu...

— Mais qu'est-ce qu'il raconte, là-bas ? s'enquit Ismène.

— Hé ! toujours les mêmes choses, répondit Antigone. Seulement, je pense que son récent affrontement avec Romuald lui a donné un sérieux avantage. Je n'ai pas été invitée à participer à leurs petites réunions, cependant j'ai les oreilles qui traînent... et j'ai cru comprendre que le prestige d'Hémon s'est grandement accru!

Les trois adolescents se tenaient dans la cabane à l'échelle, les deux filles ayant profité de l'annonce d'une chasse pour y retrouver Polynice. Ce dernier, insondable, attendait que Gaspard donnât le signal de la descente.

— Et toi, Polynice, qu'en penses-tu? Après tout, c'est à ton père qu'il s'en est pris, non?

— Que je sois le fils du Premier ne fait rien à l'affaire! s'emporta-t-il. Et si tu veux mon avis, le voici: je trouve que l'attitude d'Hémon est déplacée... mais il est anormal que Romuald ne soit pas capable de garantir sa propre sécurité! Comment escompte-t-il se faire respecter s'il utilise en permanence Gaspard tel un bouclier? Un chef de meute doit inspirer la crainte, le respect! Il ne devrait avoir besoin de personne!

— C'était le cas, avant, fit valoir Antigone.

— Oui, *avant*, insista Polynice. Aujourd'hui on a l'impression qu'il a du jus de lombric dans les veines!

Le vent s'était mis à souffler en rafales. Au seuil du rectangle qui donnait accès aux sentiers, l'échelle ondulait, ballottée par les bourrasques.

Ismène regardait Polynice, et de nouveau, elle sentit que les lèvres du garçon éveillaient en elle le trouble et le désir...

Quelle idiote! songea-t-elle. Je n'aurais pas dû proposer à Antigone de m'accompagner! Maintenant je ne peux plus l'embrasser...

La distance et le peu d'intérêt dont avait témoigné le chasseur à son endroit ne parvenaient pas à éteindre le feu qui la consumait chaque fois qu'elle croisait son regard. Ismène, pourtant, commençait à douter sérieusement de leur relation — si toutefois un tel terme convenait! Et elle en venait de plus en plus à regretter d'avoir arrêté son choix sur un garçon qui paraissait autant se préoccuper de son sort que de la fonte des neiges...

Était-il seulement venu lui rendre visite pendant sa convalescence? Pas à sa connaissance. Si elle avait rêvé, un temps, qu'il fût venu pendant son sommeil pour lui poser un baiser sur le front, tel Zeus que rien n'arrête, bravant les risques et les interdits, elle doutait à présent qu'une telle idée eût seulement pu lui effleurer l'esprit. Elle était déçue, et comptait bien en tirer les leçons.

À maintes reprises, donc, elle avait décidé de mettre un terme à leurs entrevues, décidé que son cœur devait cesser d'éprouver ce pincement insupportable, si désagréable et si bon à la fois... Pourtant, il lui suffisait de poser son regard sur l'odieux élu pour que toutes ses belles promesses s'envolent; dès que le garçon paraissait, ses résolutions se délitaient immanquablement.

Cependant qu'elle détaillait, malgré elle, les traits harmonieux de Polynice, elle avisa près de sa tempe droite une boule minuscule et très pâle qui semblait accrochée à son crâne; l'étrange perle émergeait à peine de ses cheveux.

— Qu'est-ce que tu as là? interrogea Ismène en pointant du doigt un ensemble de mèches qui lui recouvrait l'oreille.

— Une tique, répondit-il.

— Tu devrais pas la laisser là! le prévint Antigone. Ça donne des maladies ces bêtes-là!

— Je sais, répondit Polynice. Je veux juste la laisser grossir... qu'elle se remplisse un peu plus...

— Qu'elle se remplisse de quoi ? demanda Ismène.

— Que t'es cruche ! se moqua Antigone. De *sang*, bien sûr !

Le chasseur appuya l'explication d'un ample mouvement de la tête, puis ajouta :

— Cette bestiole et moi, on est pareils : on chasse tous les deux. Moi, je pose des pièges, je débuche du gibier. La tique, elle, ressemble à une araignée miniature. Elle se laisse tomber sur sa proie, et, après l'avoir piquée, elle commence à boire son sang. C'est très naturel quand on y pense. En tout cas, moi, je la respecte... Et puis le sang, c'est la vie ; le sang, c'est... *beau* !

Tandis qu'il fournissait ces explications, les yeux du garçon se chargeaient d'une étrange flamme. Du reste, chaque fois qu'il évoquait le sang, qu'il en détaillait les qualités et les vertus, auréolant la substance d'un symbolisme improvisé, sa bouche se mettait à frémir. Au juste, c'était tout son corps qui se trouvait parcouru d'un insaisissable frisson. La mort, le danger et les effusions rubescentes allumaient en lui les feux d'une étrange passion...

Il s'agissait bien pourtant de Polynice, de cet enfant du village haut perché qui, peu auparavant, geignait lamentablement sous l'action de l'angoisse.

Comme il a changé..., constata Ismène.

— Vous pensez encore à Eurydice ? dit-elle en changeant de sujet. Moi, je regrette de n'avoir pu lui dire adieu. J'aurais aimé être là quand vous l'avez descendue. D'ailleurs, où est-ce que vous avez enfoui son corps ?

— Nulle part, répondit Polynice.

Ismène le regarda avec incompréhension.

— Comment ça ? Vous l'avez bien enterrée quelque part ?

— Pas vraiment. On s'est contentés de la recouvrir de végétation fraîche, à deux jets de pierre du Suspend.

— Mais c'est horrible ! s'indigna Antigone. Pourquoi vous avez fait ça ?

— C'est vrai ! renchérit Ismène. Elle méritait autant que les autres d'être mise en terre ! Son corps avait droit à une sépulture ! C'est parce que vous la pensiez contagieuse, c'est ça ? Vous aviez peur, en restant trop longtemps près d'elle, d'être contaminés ?

— Pas du tout, soupira-t-il, tu n'y es pas.

— Alors donne-moi la raison pour laquelle vous ne l'avez pas inhumée comme n'importe quel membre du clan, exigea Ismène.

— Ismène, Eurydice a été traitée comme n'importe quel autre membre du Suspend... Ni plus ni moins.

Ismène eut un infime mouvement de recul, tant l'explication du garçon paraissait déroutante.

— Attends..., dit-elle d'une voix blanche, est-ce que tu es en train de me dire que tout le monde subit le même sort ? Tu prétends qu'une fois morts, les corps sont systématiquement traités de cette manière ? Grossièrement disposés sous un tapis de feuilles ?

— Je ne prétends rien, j'affirme. C'est Gaspard qui m'a tout expliqué.

— C'est insensé ! s'emporta Antigone. Et ça dure depuis quand ?

Polynice releva légèrement le menton.

— Depuis toujours. En fait, c'est un genre d'échange assez simple à comprendre : les cadavres que l'on abandonne au hasard de la futaie sont autant d'offrandes destinées à Anne Dersbrevik. Il s'agit de dons expiatoires, si tu préfères. De cette façon, l'appétit de l'ogresse est calmé pour un temps et on peut giboyer aux chevreuils l'esprit un peu plus tranquille. Ça semble cruel, c'est sûr, cependant la survie du clan prime tout attachement inutile.

— Et tu penses qu'Anne a accepté de se repaître du corps d'Eurydice ? fit Ismène. Elle était si petite, si chétive... J'ai peine à croire que la Bête ait été rassasiée.

— Mais c'est qu'elle ne l'est jamais complètement ! enchaîna Polynice. D'ailleurs, le risque demeure. Toutes ces offrandes ne représentent qu'un dérivatif destiné à affaiblir sa hargne contre nous. Évidemment, plus le mort est frais, plus l'illusion fonctionne. Voilà pourquoi il faut descendre la personne décédée le plus vite possible : pour que l'ogresse puisse la croquer pendant qu'elle est encore tiède !

Antigone se tenait coite ; l'horreur le disputait au dégoût.

— Un animal de la forêt pourrait très bien avoir mutilé la dépouille avant qu'Anne l'ait repérée, suggéra Ismène.

— Oh ! pour ça, pas d'inquiétude : elle ne leur en laisse pas le temps !

— Et que deviennent les restes ? Les os ?

— Il n'y en a pas. Dans presque tous les cas, l'ogresse emporte le cadavre loin de l'endroit où on l'a disposé. Gaspard pense qu'elle ne commence à savourer son « cadeau » qu'une fois sa tanière regagnée.

Un bruit de pas lourd courut le long des planches disposées en enfilade, puis Gaspard pénétra dans la cabane. Il tenait dans sa main un étrange appareil : un fil de métal enroulé sur lui-même formant un nœud coulant et ouvert ; constituée d'une petite boucle tressée sur sa base, l'une des extrémités laissait passer l'autre. Le dispositif figurait un lasso primitif.

— C'est un collet, expliqua-t-il à la cantonade, alors que tous détaillaient l'engin qui formait un cercle lâche.

— Voyons ! dit Polynice en tendant la main vers le piège.

Gaspard tira l'appareil en arrière.

— Pas touche ! Je viens d'exposer le câble à la fumée pour en faire disparaître mon odeur. Si tu le prenais à mains nues, il deviendrait inefficace : n'importe quel animal pourrait te flairer. N'oublie pas que la main humaine ne fait pas partie de leur catalogue olfactif !

— Comment ça fonctionne ? demanda Polynice.

Le chasseur sortit de sa besace un pieu aussi long que la main dépliée, et autour duquel s'enroulait une corde fabriquée à partir de tiges d'orties. Près de la pointe, on avait creusé une entaille aux angles nets.

— Ça s'appelle une gâchette. On l'enclenche dans un second épieu enfoncé dans le sol, qui contient lui aussi une encoche, mais de forme inversée pour pouvoir bloquer le dispositif. La corde que tu vois est reliée à l'épieu mobile. Tout à l'heure, on en attachera l'extrémité à une branche assez souple pour être repliée. Une fois recourbée, la branche n'est plus retenue que par le système d'encoches : on dit que le piège est sous tension. De là, il n'y a plus qu'à rattacher le collet à l'épieu mobile, et attendre qu'un animal se fasse prendre et actionne le tout! La difficulté, c'est de régler la sensibilité du déclenchement... La boucle du collet doit être placée perpendiculairement au sentier; il faut trouver un bon emplacement, contraindre le gibier à passer au travers... les empreintes que je t'ai appris à reconnaître nous fourniront de précieuses indications. Bon, tu es prêt à partir?

Polynice, qui avait suivi avec intérêt le développement de Gaspard, hocha la tête en signe d'assentiment. Ils allaient s'engager dans la trappe quand Ismène s'exclama :

— Hémon ne vient pas avec vous?

— Je ne sais pas où il se trouve, bougonna Gaspard. Et puis je n'ai pas envie de faire le héron, planté là en attendant qu'il daigne se joindre à nous!

— Il a peur de toi, dit Antigone. Après la bagarre avec Romuald... tout ça...

— Que comptes-tu faire? demanda Ismène. As-tu l'intention de le corriger quand tu le verras? Tu penses qu'il a mal agi?

Gaspard répondit d'un ton agacé :

— C'est sûr qu'il mérite une bonne trempe! Il est un peu trop rebelle à mon avis. En même temps... (Il poursuivit en dépit d'une hésitation perceptible.) Romuald aurait dû s'imposer... et lui flanquer sur-le-champ une bonne correction!

Encore faut-il qu'il en soit capable..., ajouta mentalement Ismène.

— Ce qui m'ennuie le plus dans cette histoire, reprit-il, c'est qu'Hémon est doué, c'est un tueur-né... Et j'ai bien l'intention qu'ils prennent la relève, lui et Polynice ! Je me sens fatigué... j'en ai assez... il est temps que des jeunes me succèdent. Vraiment, il faut que Romuald se ressaisisse !

Comme les deux chasseurs s'engouffraient dans l'ouverture, Ismène commença de remâcher les récriminations que venait de formuler Gaspard. Dans un laps de temps très court, c'était la deuxième personne, après Polynice, qui lui parlait du manque de fermeté du Premier. Elle doutait, néanmoins, que le jeune chasseur se fût contenté de répéter bêtement les propos de son guide ; la mollesse de Romuald paraissait alimenter des critiques toujours plus vives.

Allait-on voir, sous peu, les deux générations se ranger à l'avis du traqueur ? Le chef du clan était-il sur le point de perdre tout crédit ? Allait-il bientôt incarner la tête molle d'un régime fantoche ?

La fillette devait bien admettre que la veulerie de Romuald n'était pas pour lui plaire. Cela semblait élémentaire : toute autorité naturelle devait s'accompagner d'une inébranlable volonté, inspirer la crainte, sous peine de se transformer en coquille vide, en noix pourrie délaissée des rongeurs.

Elle se perdait en conjectures... Que se passerait-il si Romuald devait être déchu de sa fonction ? Une telle éventualité aurait des répercussions, elle impliquait des conséquences dont on devinait l'enchaînement inéluctable... Louise serait démise solidairement de toute gouvernance. Et sans tarder, poussé par le besoin de redresser la pyramide hiérarchique, on chercherait quelqu'un pour remplacer l'ancien chef. On ferait appel à Gaspard en toute logique. Est-ce qu'il accepterait ? Or, quand bien même il assumerait la charge, était-il de taille à gérer le Suspend ? Chasser le sanglier et châtier les enfants rebelles était une chose, prendre des décisions relatives à la survie de la tribu en était une autre... Alors, si ce n'était pas lui, qui prendrait la relève ? Et s'il y avait plusieurs prétendants, est-ce qu'il y aurait une lutte pour s'emparer du pouvoir ? Au vrai, on n'avait jamais connu d'autre chef que Romuald. Était-il souhaitable que cela change ?

*

Lorsque les garçons partaient giboyer aux gros ou aux petits, on désignait à tour de rôle un membre du clan chargé de faire le guet. La personne demeurait près de la trappe, se faisant éventuellement remplacer si le besoin de se rendre aux latrines devenait intenable.

La tâche était fastidieuse, mais de la plus haute importance, car le guet constituait le seul lien entre le Suspend et les traqueurs. Chacun s'acquittait de cette tâche sans renâcler : se plaindre eût été déplacé et irrespectueux au regard des dangers encourus par les pourvoyeurs de gibier.

Dans cet exercice de patience, le temps durait, s'étirait et se dévidait comme un filet de miel s'écoulant d'une insondable jarre. Quelquefois, la course du soleil accompagnait l'attente, et l'astre montait, demeurait, s'affalait... le jour trottait, interminable, accablant, et il fallait lutter contre la somnolence, bâiller contre la torpeur, combattre l'ennui en attendant que l'appel vous délivrât enfin, que le signal sonore retentît.

Le signal. Il s'agissait d'un code précis. À l'aide d'une lourde pierre, un des traqueurs frappait un rectangle en bois d'if. Le rythme sec et distinctif montait jusqu'aux oreilles du guetteur qui n'avait plus qu'à lancer les barreaux depuis l'ouverture.

Le subterfuge percussif offrait un double avantage : d'en bas, on pouvait réclamer l'échelle en toute discrétion, sans jamais avoir besoin de donner de la voix ; et pour le guet que le camouflage rendait aveugle, la spécificité du battement garantissait l'identité des individus réclamant les précieux montants.

Ce jour-là, c'était à Antigone qu'incombait la responsabilité de jeter l'échelle. Ismène lui avait tenu compagnie une bonne partie de la journée, et dans le cube fruste, après qu'elles eurent épuisé toutes distractions efficaces, les deux fillettes s'étaient assoupies à tour de rôle, n'auscultant plus la forêt que par intermittence.

Alors que la luminosité décroissait, le signal sonore retentit. Ismène lança les premiers barreaux qui filèrent en droite ligne vers le sol dans un bruit de froissement. Les fillettes se penchèrent ensuite au-dessus du rectangle et scrutèrent la ligne végétale qui masquait la cabane ; car seule une mince ouverture permettait au dispositif de se dérouler jusqu'au niveau du sentier. Un tressaillement dans les câbles leur apprit que le premier chasseur avait commencé son ascension.

Elles l'entendirent, cependant, bien avant de le voir.

Elles crurent tout d'abord que les garçons rapportaient une proie vivante, blessée, suffisamment petite pour être transportée, pattes ficelées, sous le bras ou sur les épaules. En se rapprochant, cependant, le bruit perdait sa tonalité animale, il se faisait de plus en plus... humain ! Lorsque Gaspard émergea le premier des branchages enchevêtrés, les deux fillettes comprirent leur méprise : les gémissements ne provenaient pas d'une proie meurtrie... c'était Gaspard qui étouffait des cris de douleur, ahanant et gémissant toutes les fois qu'il franchissait un nouveau degré. Pétrifiées, elles assistaient au calvaire qu'endurait le chasseur.

La remontée parut n'en jamais finir. Par deux fois, Gaspard manqua lâcher prise. Tenant son bras gauche contre son flanc, tel un membre inerte, il ne se hissait qu'à la force du bras droit et des jambes. Il réussit au prix d'un effort colossal à se placer sous l'ouverture, et les deux fillettes, le saisissant sous les aisselles, purent l'aider à escalader l'ultime palier.

Son visage était gonflé par la douleur. Tous les pores de sa peau semblaient exsuder un liquide épais ; cette avalanche de gouttes poisseuses dégringolait jusque dans son cou aux jugulaires dilatées et saillantes. Une odeur insupportable les prit très vite à la gorge ; le chasseur dégageait une senteur épouvantable, un mélange de mauvaise sueur, de métal et d'urine.

Il réussit à se mettre sur les genoux, puis s'écroula de tout son long, laissant échapper un râlement, une plainte trop longtemps retenue. Au niveau de son flanc gauche, sa pelisse avait pris une teinte foncée. Les poils de sa tunique s'étaient gorgés de liquide brunâtre. Recouvrant une blessure sévère, l'habit ne semblait plus à cet endroit du corps qu'un agrégat de fibres spongieuses.

— Gaspard ! hurla Ismène. Qu'est-ce qui s'est passé ?

Il gardait son bras plaqué contre lui, éprouvant le plus grand mal à reprendre haleine.

— Nous avons été attaqués..., gémit-il.

— Attaqués ? s'écria Ismène. Mais par qui ?

— C'était *elle*, s'étrangla-t-il. C'était... Anne...

— Antigone, cours chercher Romuald, vite !

Antigone sortit en toute hâte. Agenouillée près de Gaspard, Ismène se sentait incapable, inutile... Soulevant avec mille précautions le pan du vêtement qui recouvrait l'abdomen du chasseur, elle découvrit une entaille profonde, une zébrure oblique qui partait de la hanche en direction du nombril. L'entaille laissait filer un sang aussi dense et foncé qu'un coulis de mûres. La coulée ne semblait endiguée que par l'avant-bras de Gaspard, appliqué à la manière d'un tampon.

— Où est Polynice ? demanda-t-elle en lui passant la main sur le front.

Gaspard lui répondit d'une voix caverneuse. Les mots étaient hachés, entrecoupés de spasmes respiratoires.

— Je ne sais pas... Je crois qu'il s'est enfui.

— Il est blessé, lui aussi ?

— Je ne sais pas... Je ne l'ai pas vue... Je ne l'ai pas vue venir !... On était occupés à disposer un piège sur le sentier qui mène à la butte. Nous avions repéré des traces de fouissage le long d'une vieille souche. Tout à coup, elle était là ! Elle a jailli de nulle part ! Elle se tenait devant nous. Polynice a bien réagi, il s'est mis à courir... Moi, j'ai mis plus de temps à me relever... J'étais tétanisé... Tu comprends, Ismène ? J'avais peur... peur... je ne contrôlais plus ma vessie...

— À quoi ressemble-t-elle ?

— On... On dirait un grand cerf se tenant sur ses pattes arrière. Son visage disparaît derrière des replis de peau, ça lui fait une tête de... sanglier... de sanglier puant! J'ai entraperçu ses yeux... des billes de mort. Elle m'a fixé pendant un très bref instant, puis elle a poussé un rugissement terrible... inhumain! Au moment où j'ai voulu décamper, une de ses griffes m'a déchiré le ventre. Si je n'avais pas eu un mouvement d'esquive, je crois qu'elle m'aurait coupé en deux! Après, je me suis mis à courir. J'avais peur que les tripes me sortent du ventre, j'ai fait pression avec mon bras...

— Elle ne t'a pas suivi?

— Je ne crois pas..., maugréa-t-il.

Ismène sentit une décharge acide lui inonder les veines. Si l'accident de Gaspard était grave, l'idée que l'ogresse découvrît l'emplacement du Suspend l'était plus encore.

— Gaspard, insista la fillette. C'est important, essaie de te souvenir : est-ce qu'elle t'a couru après? Est-ce qu'elle t'a vu monter ici?

— Je ne sais pas! Je ne sais plus... J'avais peur... Je ne pensais qu'à sauver ma vie... Je ne pensais plus au clan, je ne pensais qu'à moi!

Alors que les passerelles se chargeaient d'une sourde cavalcade, Gaspard changea de ton. Il s'adressa à Ismène d'une petite voix fragile et plaintive. Une voix qu'elle ne lui connaissait pas.

— Pardonne-moi... J'ai été égoïste... Dis-leur qu'ils me pardonnent! Tu feras ça, hein? Dis, Ismène... tu leur demanderas?

— Ne t'inquiète pas, fit-elle d'une voix douce.

— J'ai été lâche. Je ne suis pas digne... non, pas digne... (Son timbre se faisait de plus en plus ténu.) On se croit très fort... on se croit prêt, mais tant qu'on n'est pas devant le danger, on ne sait pas ce qu'on vaut. Tu comprends ? Le courage, ça se mesure dans l'action, dans le danger...

Il s'évanouit comme Romuald se précipitait à l'intérieur du foyer. Ismène lui répéta le récit du chasseur et lui indiqua l'endroit de la blessure.

Sur les ordres du Premier, Théophile et Octave soulevèrent le corps inanimé.

— Portez-le dans sa cabane ! ordonna-t-il. (Il se tourna vers Ismène.) Remonte l'échelle, je ne veux courir aucun risque. Tu resteras ici en attendant que Polynice revienne.

La fillette hocha la tête, tandis qu'on transportait Gaspard dans son abri.

En un trille de merle, la cabane retrouva son calme habituel, sa monotonie, et Ismène fut prise d'un immense désarroi. En regard de la violente scène à laquelle elle venait d'assister, la rupture était choquante, quasi irréelle. Le murmure à peine perceptible du Suspend, dans le lointain, semblait un contraste insensé. Ses yeux ne parvenaient pas à se défaire de la blessure sanguinolente qu'elle avait contemplée, l'image semblait incrustée dans la rétine.

Mais il y avait plus gênant...

Que le chasseur fût victime d'une attaque n'était pas anormal, c'était dans l'ordre des choses. C'était « naturel »... L'ogresse avait frappé. Elle l'avait déjà fait... et le ferait encore ! Surtout, Gaspard remplissait une fonction définie, un rôle clé dans l'organisation du clan : il traquait... et il était lui-même, traqué ! Il prenait, dans son activité, le risque de subir le courroux d'Anne Dersbrevik... et c'était exactement ce qui venait de se produire.

Les commentaires du traqueur, ainsi, ne pouvaient que susciter la consternation. « J'avais peur... Je ne pensais plus au clan... », ç'avait été ses propres paroles !

Peur, il avait peur ! dut se répéter plusieurs fois la fillette pour se convaincre de la réalité de son souvenir.

Gaspard. Lui. La force et le courage personnifiés. Gaspard s'était effondré. Il semblait à Ismène qu'un pan entier de son univers venait de tomber. Au milieu de tous les événements qui avaient constitué son quotidien depuis plusieurs semaines, le chasseur avait toujours représenté un pilier inébranlable, une borne stable. Gaspard était l'ordre, Gaspard était inflexible, Gaspard était l'ultime gardien... À présent, tout volait en éclats et les derniers mots qu'il avait prononcés s'enfonçaient dans le crâne de la fillette : *J'ai été lâche... Je ne suis pas digne...*

Dans la lumière crépusculaire, après qu'on l'eut remplacée, elle se dirigea vers la cabane maîtresse. Le Suspend était plongé dans un mutisme inquiétant, tacite et digne, tel le respect présidant à une veillée funèbre. Seul un engoulevent déchirait le recueillement sinistre.

En chemin, elle croisa Créon.

— Comment va-t-il ? interrogea-t-elle.

— Très mal, répondit le garçon. Séraphine dit que c'est sérieux et qu'on en saura plus demain... *s'il passe la nuit...*

Elle ne répondit pas. Dans sa tête, la terrible éventualité se dessinait. L'inconcevable était en train de prendre chair : Gaspard pouvait mourir... cette nuit... demain...

— Des nouvelles de ton *champion*? ironisa Créon.

— Tu penses vraiment que c'est le moment de faire de l'esprit? s'emporta-t-elle.

— Ha! ha! Allez, va... Ne te fâche pas. Les choses changent, c'est tout. Les gens naissent, les gens meurent. Ce sont les dieux qui décident!

Hadès... Les dieux. Plus que jamais, bavardages et commentaires risquaient de pulluler comme des champignons. Surtout si Louise ne mettait pas bon ordre aux conjectures douteuses.

Sur le rectangle maître, on allumait les feux du soir. Les flammes chancelantes éclairaient des faces allongées, soucieuses. L'angoisse était perceptible. L'accident avait engendré une affliction générale, et tous se projetaient timidement dans l'éventualité la plus terrible. L'issue fatale s'insinuait dans les esprits...

Heureusement pour eux, se rassura Ismène, *l'image du héros inflexible n'est pas entachée...*

Et c'était mieux ainsi. D'ailleurs, elle avait décidé de ne rien dire, de ne pas répéter la façon dont le chasseur avait regagné le clan. Sa geste trop peu glorieuse serait considérée comme honteuse. Car Gaspard était un modèle, l'étalon d'une virilité qui permettait aux deux générations de vivre dans l'espoir, de garder la force de résister. Le village avait besoin de lui, besoin de s'inspirer de sa détermination! Si sa « couardise » venait à s'ébruiter, tout le monde aurait peur. Ce serait la panique. Quand même le plus valeureux guerrier se met à douter, à ramper, à cesser de lutter fièrement, qui le peut? Oui, qui?

Au gré de ces hypothèses méandreuses, une brise inclina la flamme d'un lumignon tout proche. L'espace de quelques battements de cœur, la lumière diffuse éclaira un visage... une face dure, au regard altier, que le feu jaunâtre semblait corrompre un peu plus. Les pupilles de cet ovale familier se chargeaient d'un fiel corrosif... C'était Hémon. Surgissant du néant, comme de coutume, le garçon se tenait de travers, une main appuyée avec nonchalance sur la rambarde.

Il y eut une autre vague lumineuse, fragile, et cette fois Ismène put contempler sa bouche. Il souriait. Sa face, plus exactement, se coupait d'une étrange grimace, à la fois narquoise et acrimonieuse... Et au-delà de cette béance méchante, ses dents accrochaient la teinte soufrée d'un feu qu'on eût dit moribond.

15

Déraison

Dans sa cabane, Nadine, au contraire du reste du clan, ne semblait pas affectée par l'accident de Gaspard. Elle taillait patiemment un bâton à l'aide d'une grosse pierre aux reflets métalliques. À intervalles réguliers, elle approchait la pointe de ses yeux pour estimer l'efficacité de son travail d'aiguisage. Il y avait aussi là, posée à côté d'elle, une poignée de tiges déjà confectionnées. La terminaison de ces armes de fortune avait été noircie à l'aplomb d'une flamme pour la rendre plus dure.

— Que comptes-tu faire avec ça ? s'enquit Ismène.
— Mais... me défendre, bien sûr ! lui répondit-elle, comme s'il s'agissait de la chose la plus évidente au monde.

Ismène ne se sentait plus la force ou l'envie de parlementer. Elle se contenta d'acquiescer d'un bruit de bouche inarticulé.

Sa question n'avait pourtant rien de saugrenu : de simples pointes acérées ne lui paraissaient pas en mesure d'arrêter un agresseur, encore moins la Bête. En manipulant de tels objets, Nadine risquait beaucoup plus de se couper que d'infliger des blessures sérieuses à un éventuel assaillant.

Laisse-la, pensa-t-elle. *Elle a besoin de se rassurer.*

Oui, la laisser, c'était préférable. La laisser délirer... Car à trop parler avec les fous, on risque de le devenir soi-même.

Cela faisait maintenant une semaine qu'Ismène avait intégré le foyer de Nadine. Depuis lors, elle n'avait éprouvé aucun regret particulier. Sa famille, au demeurant, semblait animée de sentiments identiques ; on se désintéressait d'elle. Sa mère lui avait bien rendu visite, de temps à autre, mais à l'exception de ces brefs échanges, nul ne semblait regretter sa décision, surtout pas ses frères.

Nadine, au contraire, avait retrouvé un entrain qu'on ne lui connaissait plus. Au fil des soirées, la présence de sa nouvelle « pensionnaire » paraissait lui avoir redonné le goût des choses. Certains s'étonnaient même de ne plus l'entendre parler de Paula sans discontinuer, de ne plus se lamenter. C'était comme si la venue d'Ismène avait vidé le lieu de sa mélancolie.

La fillette avait tôt pris conscience que Nadine voyait en elle un substitut, qu'elle avait reporté son affection sur une autre enfant. Mais d'être la cible d'attentions délicates et de cajoleries n'était pas pour lui déplaire. Mieux, elle avait accepté de bonne grâce les requêtes spéciales de son hôtesse, les petits caprices...

Dès la première nuit, par exemple, la femme avait exigé qu'Ismène se prêtât à un cérémonial présidant au coucher ; revêtue de la petite tunique qui avait appartenu à Paula — et qui lui enserrait le torse —, Nadine l'avait ainsi scrupuleusement épouillée... fouillant la chevelure rousse de la fillette, abattant chaque soir avec délicatesse les mèches épaisses, traquant sans faillir le moindre organisme indésirable. Toute poussière suspecte, toute forme granuleuse était méticuleusement écrasée entre le pouce et le petit doigt.

Au reste, le nettoyage présentait l'avantage de masser agréablement le cuir chevelu, et Ismène s'était surprise à basculer dans le sommeil alors que les mains de Nadine s'agitaient encore au-dessus d'elle, provoquant un crissement envoûtant. Bercée de la sorte, les mots lui semblaient venir d'ailleurs. Elle percevait la réalité à travers un filtre engourdissant, et les propos finissaient par perdre leur consistance, leur clarté.

Quelques détails, toutefois, la mirent rapidement sur ses gardes.

Dès la deuxième nuit, des sensations désagréables perturbèrent le repos d'Ismène. Tirée de son rêve, la fillette se rendit compte que Nadine, profondément endormie, pratiquait sur elle des sortes d'attouchements. Les mains de la femme se déplaçaient sur son corps en diverses palpations, comme si elle désirait s'assurer de l'authenticité de la personne qui partageait sa couche. Elle n'avait même pas réagi lorsque Ismène l'avait apostrophée d'une voix douce, mais ferme. Ses bras s'agitaient indépendamment de toute volonté consciente.

Le lendemain, les caresses avaient repris. Mais les gestes, cette fois, s'étaient accompagnés d'un murmure qu'Ismène avait décrypté peu à peu ; Nadine s'était mise à parler dans son sommeil, répétant invariablement les mêmes mots : « Paula... ma chérie..., marmonnait-elle, qu'est-ce que tu fais ? Tu sais très bien que je t'ai défendu de t'approcher de la cabane à l'échelle ! Paula ! Paula ! »

La litanie s'était prolongée de cette manière jusqu'à ce que la fillette, n'y tenant plus, lui eût expédié une bourrade pour l'arracher au songe.

La veille, les doutes qu'Ismène nourrissait au sujet de la santé mentale de Nadine furent étayés par un nouvel épisode... Un épisode délirant.

Alors que le soleil venait de se lever et que des bruits timides grandissaient en divers points du Suspend, Nadine la scrutait avec insistance, la poitrine tournée vers le fond de l'abri, sa tête formant un angle douloureux.

Soudain, elle s'exclama :

— Vraiment, tu me rappelles ton père ! C'est incroyable !

En proie au doute, Ismène hasarda un commentaire, devinant déjà la réaction de Nadine.

— Mon père ? Tu veux dire... Octave ?

— Octave ? Mais non, je veux parler de *Paul*, bien sûr ! Quelle idée !

Paul. Le père de Paula... Le nom avait bel et bien été prononcé, et Nadine était tout à fait réveillée. Il devenait de plus en plus clair que la mère de la petite disparue confondait les individus, travestissait la réalité à sa guise.

Les tentatives d'Ismène pour la raisonner n'eurent pour conséquence que d'accentuer sa confusion, non moins que de déclencher ses foudres.

— Nadine... c'est moi, c'est Ismène. Je suis la fille d'Octave.

— Que me chantes-tu là, Paula ? Arrête ces enfantillages ! Allons, dépêche-toi ! Tu vas manquer l'instruction.

— Mais je ne suis pas Paula, je suis...

— Ça suffit ! Tu me prends pour une idiote, c'est ça ? Je suis encore capable de te donner une bonne correction, tu sais ! Méfie-toi ! Et cesse tes bouffonneries !

À partir de cet échange insane, Ismène avait acquis la certitude que son hôtesse n'aurait pas hésité à la battre comme plâtre si elle s'était entêtée à lui faire entendre raison. Sa voix agressive ainsi que ses prunelles palpitant de rage ne laissaient planer aucun doute.

Finalement, la fillette avait en son for intérieur formulé le seul jugement qui lui semblait approprié ; le seul qui correspondait à cet improbable dialogue ; le seul qui permettait de décrire la personnalité de son interlocutrice : *Folle... Elle est folle à lier !*

Au moment de se lancer dans la fabrication d'un nouveau trait, Nadine darda sur Ismène un regard calme et aimant. Un regard détestable.

— N'aie pas peur, dit-elle, je ne la laisserai pas entrer. Je ne la laisserai pas te prendre.

— Nadine, répondit Ismène d'une voix conciliante, Anne ne peut pas monter. Nous ne craignons rien, ici.

— Ha ! c'est ce qu'on dit, bien sûr ! Mais avec Gaspard blessé, je reste sur mes gardes... Je suis prête à toute éventualité. Et sois sans crainte, je saurai faire ce qui convient si les choses devaient se corser...

Elle avait saisi une flèche qu'elle brandissait devant elle. Ismène eut un mouvement de recul.

— Si je la vois, reprit Nadine, je lui plante cette flèche dans la poitrine ! Comme ça ! (Elle fouettait le vide, frappant un adversaire imaginaire.) Évidemment, si je rate mon coup, il ne restera plus qu'une solution... Je devrais te tuer, toi !

Ismène sentit ses cheveux se dresser sur sa tête.

— Oh ! ne t'inquiète pas ! pondéra Nadine. Tu ne sentiras rien... Je suis adroite. Je te planterai une bonne longueur de flèche dans le cœur, d'un coup bien sec ! De cette façon la mort est pratiquement instantanée. (Elle s'animait.) Ce serait pour ton bien ! J'espère que tu le réalises ! Une mère aimante doit protéger ses petits, elle doit tout faire pour leur éviter des souffrances inutiles. En fait, ce serait mon devoir de te tuer si le danger se précisait. Et tu devrais me remercier... *petite ingrate* !

Sa bouche s'étirait en une lippe mauvaise. Elle aboya de plus belle :

— Ne me regarde pas comme ça ! Va te coucher immédiatement !

Dans le plus grand silence et sans parvenir à détacher son regard de la pointe acérée, Ismène obéit. Avec une extrême lenteur, comme si un mouvement brusque pouvait provoquer une attaque, elle s'allongea sur le côté, de manière à pouvoir surveiller la forcenée. Du coin de l'œil, elle détaillait le va-et-vient. Depuis sa couche, il lui semblait scruter une inconnue aux dérèglements mentaux toujours plus aigus.

Lorsqu'elle s'aperçut qu'Ismène avait les yeux ouverts, Nadine se rua sur le lit, brandissant l'arme à hauteur de l'épaule.

— Tu crois que je ne te vois pas? rugit-elle. Tu dois dormir, Paula! Je ne veux pas que tu me regardes!

Ismène s'était ratatinée autant qu'elle le pouvait, s'attendant que la folle lui assenât un coup de flèche. Dans sa main, entre ses jointures blanchies, la pointe subissait un léger tremblement. Le trait retomba finalement, avec souplesse, puis elle ajouta, d'un timbre doux :

— Que je suis sotte! Tu ne peux pas t'endormir comme ça. Il faut que je te raconte une histoire, n'est-ce pas?

Comme Ismène ne répondait pas, elle répéta d'une voix coléreuse :

— N'est-ce pas?

La fillette hocha la tête.

— Bien... bien... Je vais te réciter le second *stasimon*, ça devrait t'aider à trouver le sommeil :

>*Zeus, toi seul es tout-puissant!*
>*Ô maître de nos destinées;*
>*Ni le sommeil ni les années*
>*Ne t'effleurent même en passant.*
>*Calme, dans l'Olympe splendide,*
>*L'œil sans repos, le front sans ride.*
>*Tu règnes pour l'éternité,*
>*Laissant ta loi juste et féconde*
>*Régir, immuable, le monde*
>*Et la changeante humanité.*
>
>*L'homme, lui, n'a que l'espérance.*
>*Guide infidèle, dont la voix*
>*Le mène au bonheur quelquefois,*
>*Mais plus souvent à la souffrance.*

> *Écoutez-la, cette voix d'or;*
> *Elle vous berce et vous endort*
> *Au bord de l'abîme où l'on tombe;*
> *Ah! prenez garde, elle vous rit*
> *Jusqu'à vous égarer l'esprit.*
> *Alors c'est la chute et la tombe!*

Ismène n'avait pas complètement baissé les paupières. Une minuscule fente, que ses cils dissimulaient aux regards scrutateurs de la démente, lui permettait de suivre ses déplacements.

Le monologue continua un bon moment. La voix de Nadine, endossant tous les rôles — et sautant des passages quand sa mémoire lui faisait défaut —, finit par provoquer un étrange engourdissement. Ismène avait beau lutter, la fatigue s'abattit sur elle, imparable... effrayante!

Elle bascula à plusieurs reprises dans l'inconscience, alors que des images étranges se présentaient devant ses yeux mi-clos... Elle s'imagine poignardée, victime d'une attaque préventive de la part de Nadine qui entend la délivrer d'éventuels tourments! Elle croit plusieurs fois ressentir *véritablement* la pointe s'enfoncer dans sa poitrine. L'illusion la tire de l'endormissement... Elle reprend alors le fil de la pièce où elle l'a laissé, la nuque glacée, sans esquisser le moindre geste de peur qu'une action aussi innocente que bâiller puisse être mal interprétée.

Nadine se tut juste avant d'aborder *l'Exode*, la dernière partie de la tragédie. Elle marcha encore un peu, tituba, se laissa choir devant l'entrée, trébuchant dans un sommeil de brute, la tête pendante, la main toujours serrée autour d'une flèche.

Ismène put changer de position et s'étirer ; elle était terrorisée à l'idée que le craquement de ses articulations interrompît la nuit de la démente.

Une gardienne aliénée..., songea-t-elle en détaillant la femme endormie. *Me voici à nouveau prisonnière... et cette fois, c'est moi qui ai choisi et la cellule, et sa geôlière !*

Elle fut assaillie par une cascade d'images dont la netteté se précisait à mesure que venait l'assoupissement. Plusieurs épisodes dansaient dans son esprit. Elle se vit parler à la Première, elle eut aussi les images de sa réclusion, Claude, le rituel... Elle fuit sa cabane, elle retrouve Claude... elle fuit Claude, retrouve Nadine... fuit Nadine, retrouve Polynice, mais non, Polynice n'est plus là, c'est Hémon qu'elle voit, c'est lui qui est là ; et soudain sa bouche s'entrouvre, il sourit, il lui parle... *Ta nouvelle cabane te plaît ? Comment est ton hôtesse ? Vous vous entendez bien ? Ha ! ha ! ha ! Toi qui voulais de l'espace, être tranquille, c'est réussi, non ?*

Puis les images s'estompent... s'espacent... Jusqu'à ce qu'un hurlement déchire la nuit.

16

Méprise

Ismène se réveilla en sursaut, la poitrine meurtrie par de violents battements cardiaques. Son premier réflexe fut de se palper pour s'assurer que la folle n'avait pas mis sa menace à exécution. Indemne, le cerveau engourdi, elle n'eut la sensation de prendre pied dans la réalité que lorsqu'un second cri lui laboura les tympans.

Il lui fallut se frotter les yeux pour recevoir à plein la scène qui se jouait devant elle. C'était Nadine qui avait hurlé. Elle se tenait debout, au seuil de la cabane, au-dessus d'un corps inerte ; une de ses flèches s'élevait à la perpendiculaire de la poitrine.

— Je l'ai tuée ! Je l'ai tuée ! hurla-t-elle derechef. J'ai tué la Bête !

Ismène se redressa prudemment. Quand Nadine s'aperçut qu'elle était réveillée, elle s'écria de plus belle :

— Paula, tout est fini ! J'ai tué l'ogresse, j'ai tué Anne !

La fillette s'approcha de l'entrée. La faible lumière ne laissait distinguer qu'une masse de cheveux blancs, une luxuriance claire et hirsute... Quand elle fut à l'aplomb du corps, elle crut que le sol se dérobait sous ses pieds ; car il n'y avait pas là d'horrible Bête, de monstre sanguinaire écumant de rage ; il n'y avait pas non plus d'effroyable tête ou de griffes acérées... Non, il n'y avait là que Claude. L'ancien gisait à terre, à demi mort, les lèvres frémissantes.

— Claude ! hurla Ismène.

Se tournant vers Nadine, elle explosa :

— Ce n'est pas l'ogresse que tu as blessée, c'est Claude ! Tu entends ? Claude !

La folle souriait. Sa tête s'agitait de droite et de gauche, cependant que sa bouche laissait sourdre un grondement informe... « Non... non... non... c'est elle... non... »

La flèche était entrée dans le cœur d'un bon tiers. La cage thoracique s'élevait et s'abaissait en un mouvement presque indécelable. Le visage de l'ancien était livide, sa respiration n'était plus qu'un murmure sifflant. Il fixait un point vague au-delà du visage d'Ismène, au-delà du toit, de la cabane, de la nuit.

Elle l'appela plusieurs fois sans obtenir de réactions, puis se rua au-dehors du foyer pour obtenir de l'aide.

— Claude est blessé ! Venez ! Venez vite ! Claude est blessé !

Elle retourna ensuite dans l'abri et s'assit de façon à pouvoir lui tenir la main.

La folle, elle, se trouvait dans le fond de la cabane. Elle s'était caché les yeux avec les paumes des mains ; son insupportable péroraison n'avait pas diminué.

— Claude..., murmura Ismène tout près de son visage. Claude, tu m'entends ?

Après un moment, la main de l'ancien se referma. Il semblait vouloir communiquer par le truchement de cette pression.

— Claude ! susurra-t-elle.

Alors, en un ultime mouvement, comme ses yeux ne quittaient plus la voûte invisible, les bras de l'ancien s'élevèrent. Dès qu'Ismène approcha son autre main, elle sentit les doigts cartilagineux, tordus de vieillesse, se refermer. Il la tenait fermement par les poignets. Dans cette étrange posture, il écarta les mains, puis les rapprocha vivement, plusieurs fois. Ismène, tel un pantin, se laissa faire sans comprendre. Ses mains closes s'entrechoquaient paresseusement, les jointures se frappant l'une l'autre. Sous le coup d'un regain de force, il accéléra son geste jusqu'à ce que le cognement provoquât une sensation désagréable. Pour apaiser la douleur, elle finit par ouvrir les mains. Un claquement sec se répercuta aussitôt sur les parois de la cabane. Claude stoppa net dès qu'il entendit ce bruit. Il prit une dernière inspiration, exhala longuement ; et Ismène sentit la pince se desserrer.

Il y eut cette nuit-là une grande confusion. Certains crurent que le Suspend était attaqué et refusèrent de sortir de leur abri, d'autres crurent qu'un membre du clan avait à nouveau disparu, d'autres crurent encore que Gaspard venait de passer de vie à trépas.

Lorsque Romuald pénétra dans la cabane et qu'il contempla la dépouille mortelle, sa première réaction fut d'interroger Ismène d'une voix paniquée.

— Qu'est-ce qui s'est passé ? Qu'est-ce que tu as fait ?

— Moi ! s'étrangla Ismène. Mais je n'ai rien fait, c'est Nadine !

Comme le Premier la regardait avec circonspection, Ismène comprit avec horreur qu'on risquait de l'accuser injustement de l'homicide. Elle allait protester quand une petite voix gémit du fond de l'abri :

— Moi... C'est moi... C'est moi qui l'ai tuée ! J'ai tué la Bête ! Oui... C'est moi...

Romuald se rapprocha de Nadine.

— Nadine ? C'est toi qui as fait ça ?

La folle sourit, puis opina d'un ample mouvement de la tête.

— Mais pourquoi as-tu fait ça ? s'emporta-t-il. Nadine ! Pourquoi ? Qu'est-ce qui s'est passé, ici ?

— Elle n'a plus toute sa tête, dit Ismène. (Romuald se retourna et lui lança un regard dépité.) Elle s'est persuadée qu'Anne allait frapper au cours de la nuit. Elle s'est postée devant la porte pour faire le guet. Pour une raison que j'ignore, Claude a voulu nous rendre visite... Quand il a fait mine d'entrer dans la cabane, Nadine l'a agressé. Elle croyait que c'était l'ogresse... D'ailleurs, elle le pense toujours. Elle est sûre d'avoir débarrassé le Suspend de son ennemi juré !

Il se tourna vers la démente... et implora.

— Non... Nadine, non... Ce n'est pas vrai...

L'autre souriait ingénument.

— C'est moi !... Je l'ai tuée !... C'est moi...

Les épaules de Romuald s'affaissèrent. Il baissa la tête et se laissa choir près du cadavre. Il s'immobilisa dans cette position, le menton collé à la poitrine. Ismène eut l'impression qu'il allait se mettre à pleurer.

De mémoire, elle ne l'avait jamais vu dans cet état. Il faisait peine à voir.

— Qu'est-ce qu'on va devenir, à présent ? se lamenta-t-il. Qu'est-ce qu'on va devenir ?

Il répéta sa supplique plusieurs fois, d'un ton pitoyable et monocorde. Ismène eut envie de l'apaiser, chercha une parole réconfortante à lui adresser ; mais rien ne vint. Elle demeura là, silencieuse, à contempler les deux corps immobiles.

La nuit s'acheva ainsi, augmentée d'une rumeur colportée de cabane en cabane. Au petit matin, des informations contradictoires avaient fait plusieurs fois le tour du village. Avec le retour de la lumière, en une procession anxieuse, tous se rendirent chez Nadine... et obtinrent confirmation de l'incroyable nouvelle : l'ancien était mort. Bien mort !

On eut le plus grand mal à sortir Romuald de sa prostration.

— Romuald, l'appela Ismène, la vie continue... Il faut procéder au rituel. Nous en avons besoin... Aujourd'hui plus que tout autre jour ! Secoue-toi !

Le Premier réussit à se faire violence. Il se leva et se dirigea d'un pas traînant vers la cabane maîtresse où une foule hagarde l'attendait. Les faces allongées trahissaient le désespoir. Il se fraya un passage, tandis que tous détaillaient le moindre de ses gestes, la moindre expression de son visage. Il finit par rejoindre Louise qui l'attendait, plus pâle que jamais.

Au moment précis où il leva la tête pour entamer le rituel, la voix gaillarde d'Hémon déferla sur l'assemblée. Il se tenait en équilibre sur la rambarde jouxtant la cabane.

— Et maintenant, *Premier*? Que comptes-tu faire? Il faut réagir! Qui va descendre le corps dans la forêt? Certainement pas Gaspard! Alors?... Toi? Laisse-moi rire! (Il y eut un blanc, puis le garçon enchaîna sans attendre.) On ne peut pas le garder ici, pourtant... Tu le sais bien. Sais-tu au moins pourquoi il est mort? Et comment? As-tu trouvé le coupable? Et Polynice qui n'est pas rentré... Il est sans doute mort, lui aussi. Mais j'y pense... comment va-t-on manger? Qui nourrira le Suspend? Toi? Enfin, Romuald... *peux-tu garantir notre sécurité?*

Hémon tirait profit de la situation. En pressant Romuald d'autant de questions, il l'acculait à prendre des décisions urgentes, le poussait à la faute. La démarche était habile, car toutes ces interrogations paraissaient normales et justifiées. Le chasseur ne faisait qu'exposer le fruit d'une réflexion conséquente, il ne faisait qu'énoncer les conclusions auxquelles chacun ne manquerait pas d'aboutir d'ici peu ; il avait juste un temps d'avance... Et si le Premier ne réagissait pas vite, s'il affichait un trop grand manque de fermeté, s'il n'asseyait pas très vite la stabilité que tous espéraient, la détresse du clan s'en trouverait inévitablement accentuée. Quoique pris au dépourvu, Romuald devait repartir un mot sensé, une saillie, une consigne... contre-attaquer, vite!

Bon sang! se dit Ismène alors que toutes les têtes se tournaient vers le Premier. *Réponds! Ne le laisse pas saper ton autorité...*

— Claude a été victime d'un accident, finit par répondre Romuald. C'est...

— Tu es sûr que tu ne nous caches pas quelque chose ? le coupa Hémon.

— Pas du tout ! C'est une méprise, rien d'autre. Nadine a cru qu'on l'agressait, elle a frappé Claude avec la pointe d'une flèche. Elle pensait tuer l'ogresse... elle pensait bien faire.

— Nadine, une « méprise » ? Et tu comptes nous faire avaler cette fable ridicule ?

— C'est la vérité ! intervint Ismène. Depuis que Paula a disparu, Nadine n'est plus la même. Elle confond les personnes. Elle est devenue... malade... dans sa tête !

Depuis son perchoir, le garçon lui lança un œil torve et rétorqua :

— Pourquoi devrait-on te croire ? dit Hémon. Après tout, ç'aurait très bien pu être toi ! Qui nous dit que ce n'est pas toi qui as tué l'ancien ?

— Tu délires, Hémon ! Pourquoi j'aurais fait une chose pareille ?

Au moment où il allait répliquer, les têtes se tournèrent à l'unisson vers Nadine qui rejoignait l'assemblée avec un peu de retard. Se méprenant sur la nature des regards qu'on lui lançait, la folle crut qu'on entendait la féliciter pour son geste. Elle s'étira et lança d'une voix enjouée :

— C'est fini, tout est fini... J'ai tué la Bête ! C'est moi qui l'ai tuée ! Vous pouvez aller voir, elle est dans ma cabane !

Comprenant que ses accusations mensongères étaient dorénavant inutiles, Hémon se contenta de répliquer :

— Ce n'est pas l'ogresse que tu as tuée, c'est Claude.

Le visage de la folle s'affaissa.

— Non, non, bredouilla-t-elle. C'était elle, c'était...

— Penche-toi sur son visage ! aboya Hémon. Tu verras que c'est dans la poitrine de l'ancien que tu as planté ta flèche !

Son menton fut pris d'un tremblement qui s'accentuait à mesure qu'une plainte sourde s'échappait d'entre ses lèvres.

— *Claude ? Non... non... Claude... Oh ! non... non...*

Elle s'était plaqué les mains sur les oreilles comme si ses propres mots lui étaient devenus insoutenables.

Sur la plate-forme, les commentaires bruissaient. Les regards fusaient dans de multiples directions, se posant tantôt sur Hémon, tantôt sur Romuald. Chacun attendait la suite.

La Première murmura une parole à l'oreille de Romuald. Ce dernier l'observa, pareil à un enfant qu'on vient de surprendre au beau milieu d'un jeu, puis avisant le désarroi général qui se peignait sur les visages, il dit :

— Vous...

— Tu crois vraiment que c'est le moment de faire tes simagrées ? intervint Hémon. (Il sauta de la rambarde et se réceptionna sur la plate-forme avec souplesse.) L'ogresse attend, menaça-t-il. Il faut lui donner ce qu'elle attend ! Sans tarder !

Un murmure d'approbation s'éleva de la masse. D'abord timide, la clameur prit rapidement corps : « Oui ! C'est vrai ! » pouvait-on entendre. « Il a raison ! Il faut parer au plus pressé ! »

Hémon semblait au comble de la délectation. Il laissa les appels grandir, s'étaler jusqu'à la frontière de l'invective, puis, avec force théâtralité, leva les mains en signe d'apaisement.

— Calmez-vous! C'est moi qui vais descendre le corps de Claude... et tout de suite! Pendant ce temps, je vous demande de réfléchir à l'avenir... La vie du clan a été chamboulée. Nous avons besoin de nouvelles règles, d'un nouvel ordre...

Et d'un nouveau Premier, bien sûr! compléta Ismène.

— ...Je vous demande de méditer les... les conditions de... (Pas encore rompu à la harangue prolongée, il cherchait ses mots.) Les conditions de notre survie!

Désireux d'affirmer son empire sur les esprits, il mit tout de suite son discours à exécution. À son passage, alors qu'il se dirigeait d'un pas martial vers la cabane de Nadine, quelques mains maladroites lui expédièrent des tapes d'encouragement. Tel un héros impavide dont rien ne peut contrarier le chemin, le garçon recevait ces marques d'affection sans faire preuve d'aucune émotion particulière.

Le chasseur se trouvait engagé sur le couloir central, quand il fit soudain volte-face. Il parut réfléchir un moment, puis, après avoir ouvert et refermé la bouche par deux fois, il s'écria :

— Qui va descendre le corps de Claude?

Comme personne ne répondait, il répéta sa question d'où pointait à présent une menace indéfinissable.

— Qui?

Ismène reconnut la voix de Pauline :

— Hémon? murmura-t-elle.

— Parfaitement! reprit le garçon. Et qui va calmer la Bête? Qui vous protégera de l'ogresse?

— Hémon! répondit un concert de voix.

— Oui ! fit-il. Oui ! Et qui chasse, ici ? Qui vous nourrit ? Qui ?

Les acclamations enflèrent encore, puis le nom finit par rouler, pareil au grondement très grave qui précède la foudre : « Hémon !... Hémon !... Hémon !... »

Il reprit son chemin sans plus se retourner, porté par les vivats.

L'engouement retomba peu à peu. Très vite, un épais malaise s'empara de l'assemblée. Leur « champion » parti, les membres du clan se retrouvaient avec le Premier, avec la vieille figure d'autorité qu'ils avaient tous délaissée sans ménagement. Contrits, certains baissaient la tête, d'autres au contraire osaient le regarder, haussant les épaules comme pour dire : « Ne nous en veux pas... Il faut bien manger ! »

Alors que la tribu s'était déjà en partie dispersée, Louise appela :

— Revenez ! Nous n'avons pas terminé le rituel.

Ceux qui se trouvaient suffisamment loin firent mine de ne pas avoir entendu. Les autres rebroussèrent chemin, un peu à contrecœur, et se positionnèrent autour du couple. Louise darda un œil insistant sur Romuald. Ce dernier leva les mains au niveau de son front. Il allait effectuer la double batterie lorsqu'une voix vibrante figea son geste :

— Gaspard est mort !

17

Transition

Une pluie diluvienne arrosa la forêt, pendant les trois jours qui suivirent. L'abondance d'eau, d'ordinaire accueillie avec enthousiasme, n'eut pour tout effet que de cloîtrer les gens dans leurs abris respectifs. En outre, le Premier demeurait invisible. On en vint ainsi à délaisser tout à fait le rituel.

Pour autant, le temps exécrable semblait arriver à point nommé. On éprouvait le besoin de s'isoler, de se recroqueviller au sein d'un univers familier, délimité, de se réapproprier le cours des choses. Les événements s'étaient enchaînés. Le temps s'était accéléré. Et l'on peinait à reprendre haleine. Le sort s'acharnait. D'abord, il y avait eu la disparition de Paula, la « maladie » d'Eurydice, puis la folie de Nadine. Et maintenant Gaspard et Claude qui avaient trépassé... ainsi que Polynice, qu'on considérait, après avoir désespérément guetté son retour, comme perdu. On comptait désormais le garçon au nombre des victimes.

Déjà l'on murmurait que les dieux avaient formé le dessein de faire dévier le Suspend de sa course normale. Et au regard des incongruités et des drames qui s'étaient succédé, il y avait là une explication somme toute valable, à tout le moins plausible. Mais alors, combien de temps la punition céleste durerait-elle ? Et puis... qu'avait-on fait, d'abord ? Fallait-il expier une faute ?

Dans la cabane de Claude où elle s'était installée après qu'Hémon eut descendu la dépouille du vieil homme, Ismène devinait que l'ordre ancien était à jamais révolu. Les trombes d'eau pouvaient déferler sur le Suspend, asperger les toits, s'infiltrer entre les bardeaux vétustes, rien n'y ferait, rien ne pourrait laver le village, le débarrasser du mal qui le rongeait. La pluie n'offrait qu'un intermède, une pause avant les bouleversements qui couvaient.

Car Ismène avait beau retourner le problème en tous sens, envisager chaque scénario, la conclusion était inéluctable : Romuald, seul, n'avait plus la stature suffisante pour maintenir la cohésion du clan. Surtout, il n'était plus à même de s'opposer aux velléités d'Hémon, de réfréner ses futures élucubrations. Et si Louise, elle, semblait encore en mesure de contrer les arguties délirantes du chasseur, Ismène savait d'avance qu'il était capable de tout mettre en œuvre pour la faire taire.

Au juste, ces journées maussades n'étaient que l'annonce de l'avatar radical qu'allait connaître le village.

Au matin du quatrième jour, comme le temps se faisait plus clément, un attroupement modeste se fit entendre sur la plate-forme maîtresse. Ismène dut se rendre sur le couloir central, au-delà de la cabane à l'échelle, pour identifier les individus présents ; il n'y avait là que la première génération. Hésitants, mus par un vieux tropisme, tous s'étaient massés aux abords de la cabane centrale dès que le temps l'avait permis. Là, ils s'entre-regardaient, se demandant si la cérémonie aurait lieu ; se demandant même si c'était une bonne idée de se trouver ici ; se demandant au fond ce qui allait se produire, aujourd'hui... demain...

Un cliquetis attira l'attention : Romuald s'était décidé à venir. Voûté, marchant à pas feutrés, le Premier avançait à la manière d'un animal en déroute. Sa tête se tordait en des spasmes qu'on ne connaissait qu'aux mésanges posées sur les plus hautes branches du Suspend. Il gagna l'attroupement et entreprit dès lors de scruter chaque recoin du village. Il semblait à cran. Le moindre craquètement l'irritait. Ismène, pour la première fois, lui trouva des tics faciaux : partant de ses lèvres, une vilaine crampe provoquait un clignement de l'œil. Il demeura silencieux un moment, la face convulsée, jusqu'à ce que quelqu'un répondît à la question qu'il n'osait poser...

— Hémon n'est pas là, dit Séraphine. Je crois qu'il est à la débuche.

— Ah..., répondit-il en tentant de masquer son soulagement. Et... depuis quand ne l'as-tu pas vu ?

— Depuis plusieurs jours, répondit-elle. Il m'a annoncé, comme ça, qu'il emménageait dans la cabane de Gaspard. Il dit qu'elle lui « revient de droit ». Ah ! il se croit tout permis, il croit que...

— Bon ! Bon ! Ça va ! coupa Romuald.

— Louise n'est pas avec toi ? demanda Lise.

— Non, elle ne se sent pas bien. Elle pense qu'elle est enceinte.

D'aucuns hochèrent la tête.

— Vous, dit Pauline après un moment. Moi aussi je suis enceinte.

Elle souleva le pan de son vêtement qui lui recouvrait le ventre, et révéla une rondeur prononcée.

— Tu es déjà bien mûre! commenta Séraphine. C'est un bébé de l'hiver, ça... Pourquoi n'as-tu rien dit?

— C'est que... je n'étais pas sûre. Puis avec tout ce qui s'est passé...

Ismène dévisagea sa mère avec étonnement. Elle allait donc avoir un frère ou une sœur — si la grossesse se passait bien et allait jusqu'à son terme. Curieusement, la nouvelle l'effleurait à peine. Elle ne se sentait pas émue. Une question, cependant, prit forme d'une manière inopinée, et elle fut amusée de s'entendre penser :

Et ce bébé-là, est-ce qu'il me ressemblera? Est-ce qu'il aura mes cheveux? ma peau?

— Est-ce que..., s'enquit maladroitement Arsène. Je veux dire, est-ce qu'on fait toujours...

— Oui, oui! répondit Romuald. Venez autour de moi.

Laïos arriva au moment où le petit groupe formait un cercle. Son œil gauche était cerclé de noir. Il boitait.

— Vous ne pouvez pas rester ici, dit-il d'une voix blanche.

— Que me chantes-tu là, Laïos? lança le Premier. Tu ferais bien de rejoindre le cercle au lieu de faire le malin.

— Non ! protesta-t-il. J'ai pas le droit... et vous non plus, d'ailleurs !

— Le « droit » ? grogna Séraphine. Mais enfin, à quoi joues-tu, Laïos ?

— Je ne joue pas ! Je vous explique simplement que vous devez partir ! C'est tout.

— Mais enfin, pourquoi ? demanda Séraphine. Tu veux qu'on aille ailleurs ? C'est vrai qu'il y a tellement de place, ici !

Laïos lui expédia un regard glacial.

— Peu importe où vous allez, fit-il en haussant les épaules. Vous ne pouvez plus vous réunir ici. (Il écarta les mains pour désigner son proche environnement.) Cet endroit est... confisqué.

— Confisqué ? répéta Romuald dont les tics s'étaient accentués. Et par qui ? Par toi, peut-être ?

— Non... par le roi.

Quelque part dans le lointain, deux arbres grincèrent.

— Laïos, tenta de parlementer Romuald, tu ne t'imagines tout de même pas que...

— Je ne veux pas entendre tes histoires, Romuald ! La plate-forme est à nous, à présent. Le roi donnera bientôt un discours, ici même. D'ailleurs... vous pourrez y assister.

— C'est trop d'honneur ! railla Séraphine.

Le garçon haussa à nouveau les épaules.

— Partez, dit-il d'un ton las. Croyez-moi : vous ne voulez pas qu'il se mette en colère...

— C'est lui qui t'a fait ça ? s'enquit Pauline en désignant son œil noir.

— Oui... enfin, non ! Ça fait partie de la classe...

Mais qu'est-ce qu'il peut bien leur apprendre ? s'interrogea Ismène. *Il doit les battre, les terroriser. À coup sûr, son enseignement est un prétexte pour se constituer une armée de petits soldats loyaux !*

— Écoute, essaya encore Romuald, tu n'es pas forcé de...

— Ça suffit ! s'impatienta Laïos. Je ne veux plus rien entendre ! Soit vous vous dispersez, soit je vais de ce pas dire à Hémon que vous refusez de vider la place. Et alors... vous aurez affaire à lui *directement*.

Tous les regards convergèrent vers le Premier. Ce dernier se raidit et annonça après avoir dégluti :

— Bon, inutile d'envenimer les choses, nous n'avons pas besoin de ça en ce moment. Nous finissons le rituel et nous partons.

Le garçon secoua la tête.

— Non. Vous ne pouvez plus faire ça non plus. Le roi l'a proscrit. Il dit que ça ne sert à rien.

— Mais enfin, Laïos ! se récria le Premier.

— Bon sang ! hurla Laïos. Tu ne comprends toujours pas ! C'est fini tout ça ! *Fini !* (Il balaya l'assistance d'un œil rageur.) Allez ! Fichez le camp !

Obéissant, l'attroupement se dispersa. Romuald allait partir lorsqu'il dit à Laïos d'un ton hésitant :

— J'aimerais bien parler à Hémon. Tu... tu sais où je peux le trouver ?

— Quelque part... là-haut, répondit Laïos en désignant les houppiers d'un geste vague. Mais ne t'inquiète pas : il désire te voir, lui aussi. Il viendra te trouver quand il jugera le moment opportun.

Les sourcils du Premier s'élevèrent loin sur son front. La barre broussailleuse qui avait fait trembler tant de monde semblait la limite haute du plus apeuré des regards.

— Qu'est-ce qu'il me veut ? fit-il d'une voix trop aiguë.

— Tu verras bien..., rétorqua Laïos.

Au cours de l'après-midi, un soleil torride entreprit d'assécher la chênaie. La terre, les arbres et tous les végétaux exsudaient leur trop-plein d'eau, produisant une brume fantomatique.

Allongée sur le lit de l'ancien, Ismène songeait à Polynice. Elle imaginait ses derniers instants. Combien de temps avait-il couru ? Avait-il fait face à l'ogresse ? Avait-il souffert, lui aussi ? Elle le voit, pantelant.

Il souffre.

Elle souffre avec lui. Elle devine la crispation des muscles... des lèvres... Ces lèvres qu'elle a goûtées...

Ces lèvres dures... irrésistibles...

Elle sentait les délices de la sieste la gagner lorsqu'une série de coups frappés l'attirèrent à l'extérieur. Équipés de leurs outils, Arsène et Octave martelaient les planches contiguës à l'entrée de la cabane, estimant la santé du bois en fonction du son qu'il produisait. Quand la musique convenait, les deux hommes se penchaient tour à tour sur la section susceptible d'être ôtée, puis, après s'être assurés que nul parasite n'avait élu domicile au cœur de la matière, ils arrachaient le rectangle avec soin.

— Qu'est-ce que vous faites ? demanda-t-elle. Vous ne trouvez pas que cette partie du Suspend est assez « aérée » comme ça ?

— On en prend un peu partout, tu sais. Ce n'est pas contre toi, dit Arsène.

Ismène croisa les bras.

— Je vais finir par passer à travers le plancher, si ça continue. Je peux savoir ce que vous voulez réparer ?

— On ne répare pas, répliqua Octave. On construit.

— Vous construisez quoi ?

Il s'interrompit pour lui répondre, mais ne la regarda pas.

— Une sorte... d'estrade. C'est un peu spécial. C'est une demande d'Hémon.

— Hémon, tiens ! Vous l'avez vu ?

— Non, il s'est adressé à nous par le biais de Louisa.

— Et qu'est-ce qu'il veut faire de ça ? Pas du théâtre, j'imagine ! Et combien de lattes faudra-t-il arracher pour fabriquer cette « estrade » ?

— Hé ! un joli paquet ! grimaça Arsène.

— C'est incroyable ! s'énerva Ismène. Hémon vous donne un ordre, par personne interposée, et vous obéissez ?

— Que veux-tu que nous fassions ? Qu'on refuse ? Tu sais très bien ce qui pourrait arriver... Tu l'as vu agir. En plus, Louisa a précisé que si on tardait à se mettre au travail, le roi nous priverait de nourriture.

L'autre hochait la tête en guise d'assentiment.

— Enfin, il n'a pas le droit ! vociféra Ismène. Et puis d'abord ne l'appelez pas comme ça ! Le clan n'a pas de « roi » ! Qu'en pense Romuald ?

— Pfft ! fit Octave. Il reste enfermé dans sa cabane. En vérité, le vent est en train de tourner... et on n'a pas le choix. Il faut s'adapter.

— Alors vous allez laisser Hémon vous imposer ses volontés ? Ses délires ? Il y a assez d'hommes forts pour lui imposer le respect, tout de même ! Pourquoi ne pas réunir toute la première génération et aller le trouver ? Je suis certaine qu'il serait contraint de faire profil bas.

— Je ne sais pas..., bredouilla Octave.

— Allons ! *L'union fait la force*, insista Ismène.

Les deux hommes se lançaient des regards dubitatifs. Ismène sentait que ses arguments faisaient leur chemin lorsqu'une voix aigrelette leur fit tourner la tête.

— Un problème ? demanda Phinée en toisant les deux hommes.

— Non, non ! lui répondit son père. Tout va bien...

Il émanait du garçon une morgue nouvelle, un air de dédain qu'Ismène ne lui connaissait pas.

— Phinée, qu'est-ce que c'est que cette histoire d'estrade ? demanda-t-elle.

Le garçon lui lança un regard mauvais, puis répondit d'une voix fielleuse :

— Le bois ? C'est pas pour construire une estrade.

— Beh ! quoi alors ?

— Un trône.

Un peu plus tard, elle croisa Borée près de la cuisine. Le garçon, allant à l'encontre des règles les plus élémentaires du clan, avait fait main basse sur un carré de viande séchée.

— Tu as demandé la permission à Séraphine ? le réprimanda Ismène. Si tout le monde se sert comme toi, il n'y aura bientôt plus rien à manger.

— Tu sais, il y a eu beaucoup de morts, fit-il avec arrogance. Du coup, il y a moins de bouches à nourrir. Et puis... j'ai l'autorisation d'Hémon. Si c'est nécessaire, il ira nous chercher du gibier.

Ismène secoua la tête.

— Et s'il lui arrive malheur ? S'il est attaqué par Anne ? Comment mangeras-tu, gros malin ?

— Peuh ! Pour ça, pas de soucis ! Hémon est protégé des dieux. Il est spécial !

— Eh bien ! Voilà autre chose... C'est ça qu'il vous apprend ? À l'idolâtrer ?

— Oui, entre autres..., dit-il en mastiquant. En haut du gros chêne, il a installé une planche sur laquelle deux enfants, au maximum, peuvent tenir en équilibre. On s'y entraîne beaucoup. On se bat. Il nous apprend à lancer. Il nous apprend aussi comment tuer des animaux... Il est vraiment très fort ! Et puis, il nous parle des dieux... des avions...

— Des avions ? Qu'est-ce qu'il vous raconte ?

Les pupilles du garçon luisaient d'un regain d'intérêt.

— Tu te rappelles ce que disait Louise à ce sujet ?

— Elle répétait ce que lui avait dit Claude, que dans ces avions il y a des personnes.

— Nt ! Nt ! Pas des personnes ordinaires, corrigea Borée en levant l'index. Des *dieux* ! Hémon nous a tout expliqué : Zeus et les autres ont besoin de se déplacer ; alors ils utilisent ce moyen. Et la fumée blanche qu'on aperçoit, tu sais ce que c'est ? C'est tellement évident quand on y pense... Les dieux ont froid ! Ils font du feu ! Tout s'explique !

La fillette leva le nez et fouilla vainement le ciel. Une intuition craintive lui interdisait de se moquer des allégations de son frère. Car au fond... cette hypothèse en valait bien une autre !

— Et d'où lui vient tout ce savoir, d'après toi ?

— Je te l'ai dit, Hémon voit et comprend plus de choses que la plupart d'entre nous...

Il se rembrunit, et, tournant la tête dans plusieurs directions pour s'assurer qu'on ne les épiait pas, il ajouta à voix basse :

— ...Et puis, de toi à moi, Ismène... Est-ce qu'on a le choix ? Il faut bien manger.

Oui, nous avons besoin de nourriture, admit Ismène. *La seule vraie question est : quel en sera le prix ?*

— T'a-t-il informé de *ses* intentions ?

— Pas dans le détail, marmonna Borée, mais je peux d'ores et déjà t'annoncer qu'il va y avoir du changement. Beaucoup de changement ! Il a commencé à recevoir quelques personnes choisies. Tout à l'heure, c'était le tour de Nadine.

— Nadine ? Mais pourquoi ? Elle est... (Elle se tapota la tempe droite avec son index.) Enfin qu'est-ce qu'il lui voulait ?

— Je sais pas tout, moi ! Tu m'en poses des questions... Tu es trop curieuse, si tu veux savoir ! Je ne sais même pas si j'ai le droit de parler avec toi. Je ne voudrais pas...

Être roué de coups ? compléta Ismène.

— Enfin tu comprends..., fit-il en se retournant.

Il partait déjà à grandes enjambées quand, semblant se remémorer un détail d'importance, il fit volte-face.

— Au fait, j'ai un doute... tu as bien subi les épreuves, toi aussi ? Tu fais bien partie du Clan suspendu ?

— Évidemment, répondit Ismène. Comme tous les enfants de la seconde génération. Pourquoi me poses-tu cette question ?

Elle accueillit sa réponse sibylline comme il tournait les talons :

— Ismène, ma sœur Ismène... je te le répète, il va y avoir du changement... et puis n'oublie pas ce que dit le garde : *Le danger inspire beaucoup d'hésitation.* Je n'invente rien, c'est dans la pièce !

*

Le lendemain matin, Antigone, la face longue, se présenta devant Ismène. Elle ne souriait pas. Une coupure zébrait son épaule gauche. Ismène allait l'interroger sur les causes de cette mine battue quand la fillette lança d'une voix caverneuse, comme si les mots lui encombraient la bouche :

— Le roi veut te voir.

18

Le roi

Elle pénétra dans la cabane aux lettres au moment où un large nuage ombrait les frondaisons. Au centre de l'abri plongé dans une pénombre étouffante, Hémon avait pris place sur son « trône », un cube grossier aux jonctions inégales, fabriqué à partir des planches arrachées ici ou là. Le bois, prélevé au petit bonheur, ne s'était pas coloré uniformément en vieillissant ; ainsi la boîte sur laquelle reposaient les fesses royales offrait un aspect loufoque et bigarré.

Il se tenait en une posture inflexible, les mains sur les cuisses. Une peau de renard trop lâche lui ceignait la tête. Son podium d'apparat était entouré par deux « gardes », Étéocle et Créon, chacun tenant à la verticale une lance de bon calibre à la pointe affilée. Immobiles, le regard pétrifié, les deux garçons semblaient fixer un nœud précis, quoique invisible à tout autre qu'eux.

Hémon bougea légèrement, et près de sa cuisse, un rehaut métallique attira l'attention d'Ismène. Posé sur le cube, à côté de son nouveau propriétaire, le couteau de Gaspard dardait une lueur terne.

— Si elle est insolente, dit-il à ses gardes sans les regarder, je vous autorise à la piquer. Mais uniquement dans les cuisses ou dans les fesses! Plus haut, vous risqueriez de l'abîmer.

Ismène sentit qu'un liquide glacé inondait le haut de sa poitrine. La voix posée du garçon tranchait tant avec la menace qu'elle contenait... l'effet était effroyable.

Elle eut l'image fugace d'une saynète déjà vécue, un groupe d'enfants massés autour d'un garçon autocratique, souverain de pacotille. Si peu s'était écoulé depuis ces amusements qu'on s'était empressé de juger innocents. Comme on s'était trompé! Les jeux, au vrai, n'avaient constitué qu'une épure, une répétition malsaine dont on avait sous-estimé la gravité.

Elle envisagea les bâtons aiguisés. Si, pour quelque raison, l'un des garçons décidait de la châtier, il avait le pouvoir de lui infliger des blessures profondes qu'elle devinait extrêmement douloureuses. L'idée de la pointe ligneuse s'enfonçant dans le muscle de sa cuisse lui provoqua un frisson.

— Tu as froid? s'enquit Hémon avec une fausse sollicitude. Il fait de plus en plus chaud, pourtant.

— Non... ça va, répondit-elle.

— Ismène, je t'ai fait venir pour une raison précise : je veux connaître ta version des faits à propos de la nuit où Claude a été tué.

— Que veux-tu savoir, au juste?

— Je veux savoir ce qu'a dit et fait Nadine.

Elle déglutit.

— Lorsque je suis rentrée dans la cabane, ce soir-là, Nadine était occupée à fabriquer des flèches. Elle était agitée. Au fil de la soirée, elle n'a cessé de me confondre avec Paula.

— Qu'a-t-elle dit ?

— Eh bien, elle a d'abord prétendu que je lui rappelais Paul, et...

— Pourquoi ? Est-ce qu'elle... *voyait* Paul ?

Ismène se donna le temps de comprendre la question.

— Si elle le voyait ? Je... Je ne comprends pas, Hémon. Comment aurait-elle pu voir un mort ?

Lorsqu'il entendit son nom, Hémon eut un hoquet d'indignation.

— Garde, cracha-t-il, si elle me manque encore une fois de respect, si elle ne m'appelle pas par mon titre, je t'ordonne de la frapper !

Se tournant vers Étéocle, il ajouta comme s'il parlait à un sot :

— Tu as bien compris, hein ? Tu lui plantes ton bâton.

Sans cesser de fixer la paroi opposée, Étéocle hocha la tête. De fines gouttes de sueur glissaient vers la naissance de son cou.

Ismène ressentit une nouvelle décharge glacée. Sa gorge se serrait.

— Reprenons, dit Hémon. Nadine a-t-elle *vu* Paul ?

— Je ne sais pas, fit-elle. Je crois plutôt qu'elle croyait le voir... lui et Paula.

— Quelle différence cela fait-il ? s'emporta le garçon. Réfléchis ! Si Nadine était la seule à accéder à une réalité, disons... différente, il est logique que tu n'aies rien vu, toi !

— Une réalité différente ? Qu'est-ce que ça signifie ?

— Que s'est-il produit ensuite ? éluda-t-il.

— Je me suis allongée. Nadine est devenue très agitée. Elle disait que l'ogresse risquait de m'enlever, mais qu'elle tenterait de la tuer, ou qu'elle me tuerait moi, en dernier recours !

— Nous y voilà ! s'écria Hémon. Nadine savait qu'Anne passerait à l'attaque !

— Quoi ? Mais... non, elle délirait, c'est tout !

— Tais-toi ! explosa-t-il.

Elle baissa la tête en signe de soumission.

Montre-toi docile, songea-t-elle. *Ne le regarde pas dans les yeux. Ne réponds pas... ne le contrarie pas...*

— Nadine *savait* ! reprit-il. Tu as compris pourquoi ?

Le menton toujours rentré, la fillette se contenta de secouer la tête.

— ... Parce qu'elle a un don. Nadine peut voir des choses qui nous échappent. On a cru qu'elle était folle, mais j'ai beaucoup réfléchi ; et je suis parvenu à la seule conclusion possible : Nadine est une devineresse ! Grâce à son pouvoir, elle peut contempler les mondes passés et futurs, ainsi que les êtres qui les peuplent. Mais avec un peu d'aide, elle pourra bientôt augmenter la portée de son talent... Elle connaîtra alors le destin de la tribu. Elle sera capable de prédire l'avenir avec exactitude.

— Prédire l'avenir ? murmura Ismène en relevant la tête. Tu veux dire... comme Tirésias ?

— Exactement ! s'enflamma Hémon. Comme Tirésias, comme l'aveugle !

Créon se tortillait sur place. Hémon lui lança un regard exaspéré.

— Qu'est-ce que c'est? Tu as encore besoin d'aller aux latrines?

Créon opina du chef.

— C'est pas vrai..., soupira Hémon en levant les yeux. Bon, je n'ai plus besoin de toi, Ismène. Tu peux partir.

Elle s'était redressée, mais une force invisible semblait à présent exercer une pression sur ses épaules. Elle hésita, prit une grande inspiration et dit du ton le plus révérencieux :

— Ô roi, j'ai une question...

— Oui? répondit Hémon d'un timbre affecté.

— Que va-t-il arriver, maintenant? Je veux dire, que veux-tu faire? Tu sais que les gens ont pour habitude d'obéir au Premier, je pensais qu'on pourrait...

— Ah! ne me parle plus de Romuald! C'est une branche morte! Sans sève! Un cerf qui a perdu ses bois! Vraiment, il était grand temps que je prenne les choses en main.

— Oui, oui... je comprends, dit-elle, conciliante. Mais je ne sais pas s'il est sage d'interdire le rituel... Il me semble que le clan en a besoin.

— Nous avons surtout besoin de manger! Et de nous défendre! Et puis de toute façon, même si je le désirais, je ne pourrais guère tolérer la cérémonie : le claquement incommode les dieux. C'est un équilibre fragile, tu comprends. Si l'on ne fait pas ce que nous dicte le ciel, nous tombons en disgrâce! Il est clair que nous faisions fausse route, jusque-là. Le moment est venu de prendre une nouvelle direction. Une nouvelle ère débute. Sois confiante... Au début, ce sera un peu difficile, c'est sûr, surtout pour la première génération, mais ils n'auront pas le choix : ils devront s'habituer au nouveau règne. Et... au nouveau couple royal...

Elle eut la désagréable sensation qu'il détaillait sa poitrine avec gourmandise.

Je lui plais, déduisit la fillette. *Il a essayé de me tuer, mais je lui plais toujours... c'est évident ! Maintenant, il va exiger que je devienne sa reine ; et cette fois... je n'aurai pas le choix... je serai contrainte d'accepter... ce sera ça ou subir je ne sais quelle brimade...*

— Un nouveau... « couple » ? bredouilla-t-elle. Que veux-tu dire ?

Sa face fut coupée par un rictus dégoûtant.

— Tu le sauras bientôt. J'ai décidé d'organiser une grande réunion pour expliquer mes intentions.

— Le Premier est au courant ?

— Fffft ! Ismène ! siffla-t-il. Tu le fais exprès ou quoi ? Il n'y a plus de Premier ! Enfonce-toi ça dans la cervelle... ou je t'enfoncerai autre chose ! (Puis, comme surpris par sa propre saillie, il explosa d'un rire de gorge.) Ha ! ha ! Je t'enfoncerai « autre chose » ! Ha ! (Il avisa les deux gardes.) Mais riez, bande d'imbéciles ! Riez donc !

Créon ouvrit la bouche et se força à émettre un gloussement suraigu. Étéocle le singea, produisant un bruit saccadé de la poitrine.

Ismène sortit à reculons, à mesure que l'esclaffement s'intensifiait. À l'extérieur, les cris d'hystérie se mêlaient au chant de la forêt... et l'on eût pensé qu'une meute répugnante d'animaux hybrides avait élu domicile au sein d'un antre reculé.

Le discours eut lieu en fin de matinée, sur la plate-forme maîtresse. L'ensemble du Suspend se tenait là. Tous les enfants s'étaient agglutinés derrière ou à côté du trône, pour l'heure vide, qu'on avait transporté là pour l'occasion. Nombre d'entre eux présentaient des stigmates de couleur plus ou moins sombre, certains avaient des ecchymoses, d'autres des éraflures, d'autres encore exhibaient un derme boursouflé, attestant la violence d'un coup qu'ils avaient reçu à quelque endroit du corps. On les eût dits prêts à entreprendre une cérémonie inédite, un culte de souffrance où les gestes d'usage ne seraient plus effectués que par des gamins affligés à la chair contuse.

Antigone, en particulier, attira l'attention d'Ismène. Sur son épaule, la blessure avait pris une vilaine teinte et son front s'ornait à présent d'une bosse aussi grosse qu'un œuf de pigeon. Tous ces signes de mauvais traitements, pourtant, n'étaient rien comparés à sa mine transfigurée : maussade et résignée, il apparaissait que sa coutumière jovialité s'était évaporée. C'était la blessure la moins visible... mais à n'en pas douter la plus profonde.

Quelques instants auparavant, au moyen d'appels tonitruants lancés aux quatre coins du Suspend, plusieurs petits messagers avaient eu mission de rameuter le clan au centre du village ; et lorsqu'elle avait entendu la voix perçante de Louisa, Ismène avait eu plus volontiers le sentiment de recevoir une injonction qu'une invitation. « Le roi va donner son discours sur la plate-forme maîtresse », avait-elle prononcé d'une voix n'admettant aucune réplique.

À présent, l'ambiance était exécrable. On chuchotait, on s'interrogeait.

Envisageant Créon, Théophile demanda :

— Qui t'a fait ce bleu ?

Le garçon, pour toute réponse, se contenta de secouer la tête. Il semblait dire : « Non, non... ce n'est pas important ! »

— Où est Hémon ? questionna encore Théophile. Créon ?... Je te parle !... Créon !

Le menton entraînant les épaules, c'était tout le haut de son corps qui dodelinait. Le garçon figurait un gigantesque refus. Lui et tous les autres paraissaient frappés d'interdit.

Ils n'ont pas le droit de parler... il les a menacés, conclut Ismène ; et elle pouvait mesurer, à l'aune de ce silence obstiné, la violence du châtiment qui leur avait été promis en cas de manquement.

Il y eut une pause d'hésitation, puis, retrouvant les us de la promiscuité, la première génération se mit à interpeller sans ambages cette assemblée juvénile qu'elle se souvenait soudain être de son sang. De simples rejetons, en somme. Calmes, ils les appelèrent tout d'abord par leurs prénoms, puis, très vite, née du mutisme qu'on prit pour une avanie, la colère timbra les voix... jusqu'à ce qu'une aigre cacophonie abreuvât cette partie de la chênaie.

Ismène, qui se tenait un peu à l'écart, se trouva soudain prise à partie.

— Et toi ! éructa Lise. Qu'est-ce que tu fais là ? Comment se fait-il que tu ne sois pas avec eux ?

— Mais... je l'ignore ! Je n'étais pas au courant ! se défendit-elle.

Tout à coup, l'idée d'avoir été exclue de ce groupe d'enfants à la mine renfrognée lui apparut terrifiante. Car elle appartenait à la deuxième génération, elle aussi ; et Hémon, pour une raison qu'elle ignorait, n'avait pas jugé souhaitable de l'inclure dans cette célébration aux airs de pantomime.

Que me réserve-t-il ? se demanda Ismène. *Il veut me punir... ou simplement me faire peur ? Son pouvoir est encore fragile, et il craint que je ne puisse le saper de l'intérieur... Ou alors... Il veut jouir du spectacle que j'offrirai lorsqu'il annoncera que je suis désormais sa reine !*

Il y eut d'autres éclats de voix, puis la voix d'Hémon tomba comme une averse de grêle.

— Silence !

Toutes les têtes basculèrent en un mouvement uniforme. Perché au-dessus d'eux, Hémon les fixait durement. Quand il jugea disposer de suffisamment d'audience, il sauta de branche en branche, puis se laissa glisser jusqu'à la plate-forme avec une rapidité impressionnante. Impassible, il marcha ensuite jusqu'à son trône, et s'assit avec une pompe qu'on aurait, en d'autres temps, jugée risible. Il y eut pour tout préambule un bruissement de jeunes feuilles, puis, d'une voix posée ne souffrant aucune interruption, il parla :

— *Citoyens, les dieux, après avoir bouleversé notre patrie par une longue tempête, lui ont enfin rendu le calme. Je vous ai convoqués entre tous et priés de venir, car je sais que vous avez toujours respecté le trône...*

» *Le trône demeure, rassurez-vous, mais je dois vous tenir informés des changements qui vont affecter le clan à compter de ce jour. Vous le savez, l'ancien, Gaspard et Polynice nous ont été ravis par la main* d'Hadès. D'autre part, le Premier n'est plus à même d'assurer notre sécurité ni d'organiser efficacement la vie du clan. Ainsi, j'ai décidé que Romuald était démis de sa fonction. À partir d'aujourd'hui, c'est moi qui dirigerai le Suspend. Vous me témoignerez les mêmes égards qu'à lui, le même respect aussi, à une petite différence près, vous ne m'appellerez pas "Premier" mais "roi".

» De plus, j'ai décidé de donner priorité absolue aux activités liées à la chasse. Je formerai moi-même les futurs pourvoyeurs de gibier afin que le clan n'ait plus jamais à redouter la pénurie. J'autorise la pratique des anciens rites, mais pas sur la plate-forme centrale qui sera réservée à l'entraînement et aux jeux. Ceux qui le souhaitent pourront s'adonner aux vieilles cérémonies... mais dans leurs cabanes... et en silence !

» D'autre part, toute personne désirant demeurer au sein du Suspend devra justifier sa présence par une activité utile. Et comme il est inadmissible de nourrir des nuisibles, j'ajoute que tous les faibles et tous les malades seront systématiquement bannis. Pour preuve de bonne santé et de vaillance, chaque homme et chaque femme de la première génération devra subir les épreuves d'initiation... *tous devront devenir membres du Clan suspendu pour rester parmi nous !*

Il semblait qu'on avait asséné un coup sur le crâne de chaque personne constituant l'auditoire de cette harangue insensée. Certains parvenaient à se jeter des regards farouches, d'autres gardaient les yeux baissés.

— Mais au fait ! reprit Hémon comme si un détail lui revenait. Je ne vous ai pas présenté ma reine !

Ismène sentit son cœur s'accélérer. Elle ferma les yeux et entendit :

— Viens ! Viens, Antigone ! appela-t-il.

Ismène crut avoir mal compris, mais lorsqu'elle rouvrit les yeux, ce fut pour voir Antigone, la lèvre tremblante, qui se tenait au côté de son frère.

— Antigone et moi formons le nouveau couple royal, annonça-t-il. Vous lui devez le même respect qu'à moi, ça va de soi.

Près de la rambarde, Octave chuchotait des paroles incompréhensibles.

— Qu'est-ce que tu dis, Octave ? l'interrogea Hémon d'une voix agacée.

Comme les gens s'écartaient, un vide se forma autour de l'intéressé. Il se racla la gorge et marmonna :

— C'est juste que... Antigone...

— Parle plus fort, je ne comprends pas ! gronda Hémon.

— Antigone... c'est ta sœur..., dit-il un ton au-dessus. Et Claude nous a toujours bien précisé qu'entre frère et sœur, normalement... Enfin, il faut éviter de... tu comprends ?

Tout se passa très vite. Hémon se tourna vers Créon et lui donna une instruction à voix basse. Le garçon partit vers le fond de l'abri, et revint avec une sagaie. Il y eut un mouvement de reflux désordonné quand Hémon se leva et se saisit de l'arme, mais avant que quiconque ait pu décamper, il tendit son bras en arrière et expédia la lance avec une force prodigieuse. Octave eut à peine le temps de faire un bond de côté ; la pointe se figea à l'endroit même où il se trouvait un instant plus tôt.

— Conteste encore une de mes décisions, cracha Hémon, et je peux te garantir que la prochaine fois ton pied restera rivé au plancher !

Il n'y avait plus un bruit ; on osait à peine respirer.

— Une chose encore, fit Hémon. Nous avons trop longtemps délaissé notre rapport avec les dieux. D'ailleurs, il est évident qu'une bonne partie des malheurs qui accablent la tribu est la conséquence directe de notre attitude irrespectueuse. Anne, Zeus, Hadès et les autres grondent de l'insouciance avec laquelle nous les considérons. Cela est intolérable et doit changer. Ainsi, j'ai décidé, pour le bien du clan, qu'un tribut serait versé régulièrement à Anne pour garantir notre sécurité. Certains l'ignorent, mais cet échange existe déjà ; simplement... nous n'allons pas assez loin. Nous ne sommes pas assez généreux. Et j'entends bien offrir à l'ogresse tout ce qui permettra au Suspend de vivre en paix ! Je dis bien, *tout*...

» Je sais qu'on a raconté beaucoup d'histoires sur la prétendue "maladie" de Nadine. Certains ont même affirmé qu'elle était folle... (Il rit doucement.) Il s'agit d'une méprise. Oh, bien compréhensible, je le reconnais, car en réalité, Nadine a hérité d'un don, un don que lui a accordé Athéna... Nadine est une devineresse ! (Un murmure d'incompréhension traversa l'assemblée.) Oui, oui... Ce qu'on a pris pour de la fantaisie n'était en fait rien d'autre qu'une somme de visions, une capacité à voir et entendre des événements qui se sont produits ou qui se produiront bientôt. Et il est de notre devoir d'aider Nadine à exploiter son talent au mieux !

Il s'interrompit, fouillant l'attroupement. Lorsqu'il avisa la démente lovée contre un pilier de la rambarde, il ordonna à Phinée d'aller la chercher. Celui-ci s'exécuta ; il s'approcha de Nadine, la soutint par les épaules pour l'aider à se redresser, puis la guida jusqu'au pied du trône.

— La voilà ! fit Hémon avec solennité. Regardez-la bien ! Grâce à elle, bientôt, l'avenir du clan n'aurait plus aucun secret pour nous.

La folle lançait des regards à la dérobade sans comprendre ce qu'on attendait d'elle.

— Il lui reste une dernière étape à franchir, reprit Hémon, un dernier geste à accomplir, courageux, pour égaler Tirésias dans sa science divinatoire ; pour parvenir à nous livrer des augures infaillibles...

Ismène crispa ses mâchoires. Elle désirait se boucher les oreilles, disparaître, se soustraire à cette logorrhée aux tournures fourbes et abjectes.

— ...pour s'ouvrir aux mondes cachés ; pour sonder les ténèbres ; pour accéder à la pleine connaissance de ce qui nous est caché... Nadine doit devenir aveugle. *Elle doit se crever les yeux.*

19

Cabale

Ismène ne put fermer l'œil de la nuit. Chaque fois qu'elle sentait une vague de fatigue l'envelopper, elle repensait au discours d'Hémon ; elle pouvait entendre sa voix comme s'il était présent. Piégée parmi les images et les sons, elle était condamnée à revivre la scène indéfiniment, et ce souvenir obsédant l'empêchait de basculer dans l'inconscience, se substituait à l'engourdissement.

Au plus noir de son insomnie, un mouvement feutré, au-dehors, la mit en alerte. On venait. On tentait de dissimuler ses pas... Aiguillonnée par la peur, elle roula jusqu'à l'extrémité de la cabane et ramena ses genoux sous son menton, seule posture défensive que son instinct avait su lui souffler. Elle se raidit, puis elle entendit la voix de Romuald :

— Ismène, chuchotait-il, c'est moi, c'est Romuald. N'aie pas peur...

— Elle doit dormir... (Elle reconnut la voix étouffée de Théophile.) Il ne faut pas qu'on lui fasse peur... elle risquerait d'alerter tout le Suspend.

— Je suis réveillée, dit-elle en s'approchant de l'entrée. Qu'est-ce que vous faites là, au beau milieu de la nuit ?

— Il faut qu'on te parle, murmura Romuald en entrant, Théophile et Arsène à sa suite. Tu ne dormais pas ?

— Impossible... Je suis trop tracassée ! Toute cette histoire est vraiment...

— Je sais. C'est pour ça que nous sommes venus.

La pénombre interdisait de détailler l'expression de leurs visages.

— Nous avons réfléchi..., reprit Romuald. Il faut que tu parles à Hémon, que tu essayes de le faire changer d'avis, de le raisonner.

— Le raisonner ? s'étrangla Ismène. Mais enfin, c'est une plaisanterie ? Vous l'avez entendu comme moi : il est persuadé d'agir pour le bien du clan, il est en train de s'inventer un monde, notre monde ! Je ne vois pas de quelle manière je pourrais l'influencer.

— Allons ! fit Théophile. Ce n'est un secret pour personne : Hémon s'est entiché de toi. Et depuis longtemps ! Tu dois bien pouvoir trouver le moyen de... de faire ce qu'il faut pour l'amadouer... le séduire.

Elle demeura interdite. Ainsi, cette délégation nocturne était venue lui demander de s'offrir au tyran.

— C'est impossible, bredouilla-t-elle. Je ne pourrais pas...

— Oh ! s'agaça Romuald, tu peux bien faire ça pour le clan, non ? Le clan est plus important que toi, tu sais ! Parfois, il faut savoir se sacrifier.

— Et qu'attendez-vous de moi, au juste ? Je vous rappelle qu'il s'est déjà choisi une reine... Je ne vois pas ce que je pourrais faire de plus.

Arsène intervint :

— Avant que tout ça ne dégénère, j'ai souvent entendu Étéocle rapporter les paroles d'Hémon. Tu lui plais. C'est évident. C'est toi qu'il veut. Il n'a choisi sa sœur que par dépit.

— Je vous rappelle qu'il a quand même essayé de m'empoisonner. Même si, alors, vous n'avez pas voulu me croire.

— Nous nous sommes trompés, c'est vrai ! Cela dit, il a aussi essayé de t'embrasser ! J'ai même cru comprendre qu'il t'avait proposé de devenir... sa reine ?

— Oui, enfin, c'était avant. C'était un jeu.

— Eh bien nous ne jouons plus ! tonna Romuald. Tu dois aller le trouver et lui dire que tu acceptes de devenir sa reine, mais sous certaines conditions. Exige de lui qu'il renonce à ses plans concernant les épreuves, concernant Nadine... au moins qu'il les reporte. (Il s'adressait aussi aux deux autres qui grognaient en guise d'assentiment.) Ça nous donnerait le temps de nous organiser...

— Ça ne marchera pas ! s'entêta Ismène. Il ne m'a même pas estimée digne de paraître dans son espèce de cour, au côté des autres enfants. Vous ne comprenez pas ? Il m'a exclue ! Et qui sait ce qu'il me réserve...

— Oh... c'est le jeu de la séduction, pondéra Romuald avec malice. (Ismène pouvait presque l'entendre sourire.) On se plaît... on ne se plaît plus... Tout le monde a connu ça dans le clan. Si tu avais observé une scène de parade amoureuse, tu comprendrais que c'est un comportement naturel chez les animaux. Souvent, le mâle doit user de certains stratagèmes pour arriver à ses fins ; il essuie des refus, des ruades... il est même contraint de prendre sa femelle de force, parfois ! Cela arrive lorsqu'elle lui résiste trop longtemps. Tous les chasseurs savent ça ! conclut-il d'une voix blasée.

— Qu'est-ce que tu en sais, toi ? siffla Ismène. Depuis quand n'es-tu pas descendu ?

— Je le sais, c'est tout ! gronda Romuald. Et puis ne change pas de sujet ! De toute façon, j'ai retourné le problème dans tous les sens... il n'y a pas d'autres solutions.

— Comment ! On pourrait... l'affronter ? suggéra Ismène.

— L'affronter ! Tu crois que je n'y ai pas pensé ? Hémon est devenu très fort et très adroit. Il serait bien capable de tuer quiconque s'opposerait à ses projets. Nous avons eu assez de morts comme ça, tu ne crois pas ? Et puis sa garde le défendrait sûrement... Non, il faut qu'on le prenne par surprise... j'ai ma petite idée, mais j'ai besoin d'un peu de temps. C'est pour ça que tu dois agir dès demain. En fait, tu n'as pas le choix, Ismène.

Un peu gêné, il ajouta :

— Tu ne voudrais pas qu'il apprenne que... que tu as manigancé quelque chose contre lui, n'est-ce pas ? Que tu as... comploté ?

Elle mit un instant à digérer la menace.

— Romuald... tu n'irais quand même pas lui raconter que...

— Je ferai tout ce qui est nécessaire ! s'emporta-t-il. De toute manière, tu l'as dit toi-même : il t'a exclue de son entourage. Si tu ne fais pas très vite allégeance, tu risques d'être soupçonnée...

— Je ne serai « soupçonnée » que si l'on me dénonce, oui ! Si l'on colporte des ragots ! C'est ce que vous avez l'intention de faire ? Me calomnier ?

Pendant un instant on ne dit plus rien, comme si l'odieux stratagème avait provoqué l'écœurement.

Se servir d'elle. C'était donc cela la brillante idée ! Après avoir ignoré ses mises en garde, après l'avoir soupçonnée puis enfermée, on venait lui soumettre une manigance bancale, un pacte qu'on entendait lui faire accepter par des manœuvres d'intimidation.

Incapable de regagner son prestige et son autorité par lui-même, Romuald était résolu à l'utiliser sans le moindre scrupule, arguant au passage de l'avenir et du bien-être du clan, forcément plus important que les menues récriminations d'une fille de treize ans. L'intérêt général avait bon dos. C'était pire que tout ce qu'Ismène avait pu imaginer. Jusqu'où la veulerie du Premier les conduirait-elle ? Oserait-il vraiment la dénoncer sous des prétextes fallacieux ?

Je n'ai guère le choix, se dit-elle. *Non seulement Hémon me traite en paria, mais en plus, Romuald est prêt à enflammer son imagination avec des conspirations saugrenues. Mieux vaut prendre le cerf par les bois !*

Elle délibéra un instant, puis soupira :

— C'est d'accord, Romuald, je ferai ce que tu attends de moi. J'irai lui parler, je ferai... mon possible. Mais qu'une chose soit bien claire : Hémon est très intelligent, s'il flaire la supercherie et qu'il choisit de me punir, vos noms seront les premiers à sortir de ma bouche. Il n'est pas question que je sois seule à me sacrifier !

Il y eut un silence si puissant que, l'espace d'un instant, Ismène crut contempler leurs trois faces bourrelées de remords précoces.

Enfin, ils repartirent comme ils étaient venus ; tels des spectres ligués et frondeurs se mouvant à la queue leu leu.

De nouveau allongée, le sommeil finit par la cueillir. Elle sombra d'un coup, emportant dans son rêve un entrelacs de conjectures.

L'amadouer ? se répétait-elle. Le séduire ? S'ils s'imaginent que les choses sont aussi simples... Encore faut-il qu'il accepte... Et s'il accepte, que se passera-t-il ? Il exigera de m'embrasser, bien sûr ! Et après ça... Je ne sais même pas si je serai encore capable de le regarder en face...

Le lendemain matin, Ismène se rendit à la cabane centrale. Exception faite du bouleversement notable qui agitait le clan, la fillette put constater que les personnes qui se rouvaient là continuaient d'effectuer les gestes du quotidien. Par l'intermédiaire de petites habitudes, de manies dans certains cas — l'endroit où l'on aimait se placer pour manger, la pose que l'on aimait prendre pour interroger son voisin — on se raccrochait aux actions familières. Chaque mot, chaque mouvement constituait une ébauche routinière à laquelle on s'agrippait âprement.

Hémon n'était pas là ; et comme une conséquence immédiate de cette absence, il semblait que la frontière artificielle séparant les deux générations se fût, un temps, estompée.

Du moment que Séraphine lui eut remis une soupe dans laquelle surnageaient des morceaux de venaison,

Ismène prit place aux côtés d'Antigone. Cette dernière, le nez dans son écuelle, ne tourna même pas la tête lorsque l'épaule d'Ismène la frôla. On pouvait penser qu'elle tentait de disparaître dans son bol, de se soustraire à son environnement par le seul moyen dont elle disposait.

Du côté opposé, adossé au trône, Phinée dardait sur elles des petits yeux de fouine. Selon toute vraisemblance, le roi aurait droit à un rapport détaillé de ce qui se serait produit en son absence... Copiant Antigone, Ismène porta le récipient à sa bouche, de sorte que nul ne pût voir ses lèvres remuer lorsqu'elle chuchota :

— Où est Hémon ?

— Parti préparer la « cérémonie »... J'en ai des frissons rien que d'y penser.

— Comment te sens-tu ?

Elle haussa les épaules. Ismène jeta un regard à Phinée par-dessus son bol. Le garçon les observait en fronçant les sourcils.

— Comment veux-tu que ça aille ? murmura-t-elle.

— Il t'a battue ? Il t'a fait mal ? (Elle se tut un instant.) Est-ce qu'il t'a déjà... tu sais ?

Antigone se mit à pleurer doucement. Le fond de son écuelle amplifiait ses reniflements.

— Il m'a prise de force..., gémit-elle. Il m'a fait très mal.

— Je... je suis désolée, dit Ismène.

Laissant retomber ses mains, Antigone explosa :

— Désolée de quoi ? Si tu avais accepté sa proposition dès le départ, nous n'en serions pas là ! S'il avait eu ce qu'il désirait, il ne se serait pas autant monté la tête, c'est évident !

L'accusation était dénuée de sens, injuste, cependant, pour une raison qu'elle ne pouvait s'expliquer, Ismène se sentait en partie responsable du calvaire qu'endurait la « reine ». Elle répondit au moment où Phinée se levait :

— Antigone, se justifia-t-elle, je ne pouvais pas prévoir ce qui allait se passer ! Mets-toi à ma place ! Tu n'aurais pas agi autrement...

— Et toi, est-ce que tu t'es mise à ma place ? Hein ?

— Je suis navrée, sincèrement... mais je te rappelle qu'il a tout de même essayé de me tuer ! Tu n'as pas oublié ?

Phinée les apostropha :

— Qu'est-ce qui se passe, ici ? Pourquoi la reine pleure-t-elle ? Qu'est-ce que tu lui as dit, Ismène ?

— Nous parlions, c'est tout, expliqua Ismène. Antigone... pardon, *la reine* ne se sent pas très bien.

Le garçon les toisa un instant, puis annonça d'un ton coupant :

— Je ferais mieux d'aller prévenir le roi.

Se levant à son tour, Ismène croisa le regard insistant de Romuald. Ce dernier hochait nerveusement la tête. Il semblait lui crier : « Qu'attends-tu ? Vas-y ! Vas-y ! »

Elle fit un pas en avant et dit d'une voix qu'elle espérait ferme :

— Je t'accompagne. Je dois m'entretenir avec le roi.

Un trouble parut sur le visage de Phinée. Il hésita un moment puis lança avec dédain :

— Viens, je vais t'annoncer.

Alors qu'un faisceau de regards pantois lui brûlait les omoplates, elle trotta, à la suite de Phinée, jusqu'à ce qui avait été la cabane de Gaspard encore peu de temps auparavant. Le garçon lui fit signe d'attendre près de l'entrée et pénétra dans l'abri. Dès qu'il en fut ressorti, Ismène entendit la grosse voix d'Hémon :

— Entre ! ordonna-t-il.

Elle obéit. À l'intérieur, seul, Hémon était occupé à effiler une badine grosse comme le doigt. Il appliquait régulièrement la partie charnue de son pouce sur l'extrémité pour en évaluer le piquant. Non loin d'un fagot de petit bois, le sol était jonché d'amadou et de margotin. Il se dégageait de la cabane une impression de désordre neuf, de fatras généré par son nouveau propriétaire, comme si ce dernier entendait y imprimer sa marque.

— Je t'écoute, fit-il d'un air pressé.

Elle n'avait guère eu le temps de peaufiner les détails de son exposé. Elle improvisa :

— Voilà... j'ai repensé aux événements récents, et...

— Oui ? s'impatienta-t-il.

— Je pense que... que je peux t'aider.

Il la fixait avec intensité.

— De quoi parles-tu ? Je n'ai pas besoin d'aide.

— Tu ne le sais pas, continua-t-elle, mais le clan se divise déjà... Les gens ont peur.

— Que m'importe ! Ça me plaît qu'ils aient peur. Tu crois que ce n'est pas effrayant d'être en bas ? L'ogresse aux trousses ?

— Il n'empêche : tu as besoin d'eux.

— Et eux ont besoin de moi !... Tu m'échauffes les oreilles, Ismène ! Explique-toi et vite !

— Est-ce que... ta proposition tient toujours ? balbutia-t-elle en levant des yeux soumis.

La bouche du garçon se tordit.

— Voyons, voyons... ma « proposition » ? (Il faisait semblant de ne pas comprendre.) Mais à quoi fais-tu allusion, Ismène ?

— Tu le sais bien, dit-elle en haussant les épaules. Le trône... le couple royal...

— Enfin, tu n'étais pas là lorsque j'ai présenté Antigone ?

— Si, bien sûr. Mais nous savons tous les deux qu'Antigone n'est pas ton premier choix.

— Eh bien elle l'est, maintenant ! explosa-t-il.

Elle courba l'échine comme la voix du garçon se faisait menaçante.

— À quoi rime ton attitude ridicule ? reprit-il en agitant l'index. Tu t'imagines que je vais bouleverser l'ordre royal et l'équilibre du clan pour toi ? Tu rêves, Ismène. Mieux... tu m'insultes ! Et tu prétends m'aider ! Mais de quelle façon, au juste ? J'aimerais comprendre... Me prendrais-tu pour un idiot ? (Le ton continuait de monter.) Sache que j'ai l'intention de punir les irrespectueux... *ainsi que les traîtres !*... Ismène, il y a quelque chose que tu ne me dis pas ? Que tu me caches ?...

La dernière question du garçon eut pour effet d'activer un signal d'alarme dans l'esprit de la fillette. Pourquoi lui parlait-il subitement de traîtrise, de dissimulation ? Romuald avait-il déjà fait circuler des propos ignominieux la concernant ? Lui avait-on rapporté des paroles qui l'incriminaient ?

Non, songea-t-elle. *Il n'aurait pas eu le temps... À moins que...* Elle venait de comprendre. *Ce n'est pas de moi qu'il parle... mais de Romuald ! Il est au courant de sa pauvre machination ! Il attend simplement de voir dans quel camp je me positionne.*

— Tu ne veux plus de moi comme épouse ? continua-t-elle. Je t'ai froissé ? Très bien, je comprends. Pourtant, tu dois savoir que Romuald est venu me trouver hier soir. Il m'a demandé de négocier avec toi : il veut que je te séduise.

— Je suis déjà au courant ! cracha-t-il. Laïos les a suivis. Il m'a tout raconté... Et ils ne perdent rien pour attendre, crois-moi ! Si la cérémonie n'était pas aussi importante, je me serais déjà occupé d'eux ! Mais... ce n'est que partie remise, murmura-t-il d'une voix presque sensuelle. (Il marqua une pause.) Pourquoi me dire tout ça, d'abord ? Tu espères des faveurs ? Si c'est le cas, tu te trompes lourdement !

— Non, pas du tout. Écoute, j'ai bien examiné la situation... et j'ai une offre à te faire. (Il l'invita à poursuivre d'un coup de menton.) Romuald est venu me trouver, c'est vrai. Mais c'est parce qu'il est inquiet. Et ça, tu peux le comprendre. Il ne conteste pas vraiment ton autorité. En réalité, il s'accroche à l'ordre ancien, à ces petites choses dont tu le prives ou que tu lui imposes. Comme l'avenir est incertain, lui et les autres ont peur ! Oh ! bien sûr, tu peux les châtier, faire un exemple, mais une chose est certaine : après eux... d'autres se rebelleront...

— Qui ? hurla-t-il. Des noms !

— Mais... (Elle prit une grande inspiration. Il était sur le point de mordre à l'hameçon.) Ô roi, tout sujet s'il est maintenu dans un état de crainte est un traître en puissance. Si tu veux la paix, il te faudra la maintenir, l'entretenir. Sinon, ton pouvoir ne sera jamais accepté. Il sera toujours subi.

— Et alors ? Je trouverai ceux qui menacent le trône !

— Si tu cherches, sois persuadé que tu finiras *toujours* par trouver ! Tu trouveras les ferments d'un complot dans chaque foyer ! Oui, tu trouveras les félons qui se dissimulent ici ou là ! Tu les trouveras. Puis tu les puniras. Jusqu'au dernier. Mais ainsi... personne ne t'aimera. Jamais. Or, souviens-toi : « *S'il manque à la loi juste de la patrie auguste, méprisons ce vainqueur, et, si grand qu'il puisse être, bannissons ce vil maître du foyer et du cœur !* »

— Je n'ai pas besoin de leur amour..., fit-il avec dédain. La crainte me suffit.

Le nœud fragile qu'elle tentait de passer autour de sa conscience se desserrait. Elle allait le perdre. Elle observa la pointe qu'il était en train d'affûter, l'instrument qui allait autoriser les prophéties, et l'idée s'imposa à elle :

— Et qu'en pensent... les *dieux* ? (Il se raidit.) Crois-tu qu'un aimé du Ciel, un élu, puisse demeurer ailleurs que dans le cœur des hommes ? Crois-tu qu'*ils* l'apprécient, qu'*ils* le tolèrent ?

Puis, d'un air de confidence, elle ajouta :

— Sais-tu ce qu'on murmure ?

— Quoi ? demanda-t-il d'une voix plus faible.

— On dit qu'à agir seul, tu es en train d'attirer l'ire céleste et qu'à terme, tu tomberas en disgrâce. *Une cité n'est plus une cité quand elle est la propriété d'un homme seul !* Voilà ce qu'on ne cesse de déclamer.

— Mais je ne suis pas seul! se récria-t-il. Il y a mes gardes... Il y a Antigone... Il y a...

Il se tut et commença d'arpenter le foyer d'un pas sec. Ismène poussa l'avantage :

— Si tu annonçais, disons, que tu me prenais comme seconde épouse, ou comme maîtresse, Romuald pourrait croire que son plan a réussi, que je t'ai convaincu de m'écouter... que tu n'es plus vraiment seul.

— Tu te moques, Ismène! Si on fait ça, son plan a vraiment réussi!

— Sans doute. Mais que se passera-t-il s'il pense que je t'ai dupé? Que j'œuvre pour lui? Il se confiera; et ainsi, je serai au courant de tous ses projets... projets que je pourrai te répéter... Plus encore, s'il est persuadé d'avoir remporté la partie, s'il fait bonne figure, le clan calquera sa conduite sur la sienne. Les gens s'exécuteront de bonne grâce, te témoigneront leur affection. Ainsi, les dieux...

— Et pourquoi ferais-tu tout ça pour moi? se méfia-t-il.

— Hémon, je ne suis pas sotte, j'ai bien vu que tu ne me comptais pas parmi tes fidèles. J'ignore ce que tu as en tête, mais je n'ai aucune envie de subir ta vengeance. Je veux la paix. Pour faire simple, disons que ma démarche est intéressée : ton pouvoir contre ma sécurité.

— Hum...

D'un pas leste à présent, il balayait les copeaux de bouleau qui maculaient le plancher. Le dessus de ses pieds avait pris une teinte poussiéreuse.

— C'est sûr que je ne peux pas être partout..., murmura-t-il.

Lorsqu'il eut suffisamment pesé le pour et le contre, il décréta :

— Bon, j'accepte ta proposition. Tu me rapporteras leurs moindres faits et gestes. (Puis se campant bien en face d'elle.) Mais prends bien garde, Ismène... si j'apprends que tu m'as menti, je te couperai la langue dans le sens de la longueur, comme les vipères. Tu as bien compris ?

Pour tout assentiment, une infime vibration secoua la tête d'Ismène.

— Nous sommes d'accord..., se délecta-t-il. Maintenant, laisse-moi.

Elle fit un pas en arrière avant d'ajouter :

— Tu sais, tu pourrais envoyer une marque d'apaisement, faire montre de clémence... reporter la cérémonie, par exemple. Oh, de quelques jours seulement...

Il la fixa sans colère.

— Ismène, nous avons déjà trop attendu. Le sort de Nadine est marqué d'un sceau trop puissant, trop élevé... Le tien aussi, du reste, s'amusa-t-il. Car j'espère que tu joueras ton rôle d'amante avec conviction !

20

Barbarie

De retour sur la plate-forme centrale, Ismène, de la tête, se contenta d'expédier un signe équivoque à Romuald qui s'engagea séance tenante dans un mystérieux conciliabule avec Arsène et Louise.

Elle allait s'asseoir auprès d'Antigone pour lui faire part de sa récente « promotion » lorsque les pas d'Hémon, accompagné d'Étéocle et de Laïos, firent vibrer le sol. Les trois garçons s'avancèrent avec une pompe outrancière, puis se plantèrent près du grand chêne. Hémon, la pointe affûtée dans sa main droite, balayait l'assemblée du regard.

— Où est-elle? demanda-t-il calmement.

— Elle vient de partir, répondit Phinée. Tu veux que j'aille la chercher?

Il le fusilla du regard.

— Évidemment!

Phinée décampa tel un écureuil. En cet instant, en ce lieu, les visages allongés témoignaient d'une réalité, d'un drame imminent auquel il n'était plus permis d'échapper. Et l'absence de bruit, à peine entachée par un tapement de pied royal, permit à tout le monde d'entendre la voix de Nadine alors qu'elle se trouvait encore à deux passerelles de là.

— Où m'emmènes-tu, Phinée ? demandait-elle sans énergie.

— Viens..., se contentait-il de répondre.

Hémon se dirigea vers eux pour les accueillir. Avec une bienveillance malsaine, il prit délicatement la main de Nadine, juste après avoir congédié Phinée d'un geste brusque, aux antipodes de son apparente sollicitude. Le roi, comme s'il introduisait une personne de haut rang à son entourage, donnait des marques d'égard et de prévenance à l'endroit de la folle. Celle-ci, guère habituée à se voir traiter de la sorte, souriait timidement. Elle ne saisissait pas les fins de cette sotie abominable.

— Qu'est-ce qui se passe ? s'enquit-elle. On joue *Antigone* ? C'est ça ? Mais... où est Claude ? On ne peut tout de même pas commencer sans lui !

Tout en souriant, Hémon eut un clignement des yeux. Il pencha sa tête sur le côté et lui répondit avec une extrême affabilité :

— Bientôt. Tu le verras très bientôt...

Se tournant vers le reste du clan, il annonça :

— Le voilà, notre avenir ! Notre chance !... Regardez-la bien et admirez son courage... son sacrifice !

Le préambule provoqua l'émoi au sein de l'attroupement. Lise se dandinait avec frénésie ; Louise avait posé ses mains sur son ventre comme pour protéger son bébé de l'horreur qui allait se produire d'un instant à l'autre ; Octave avait baissé les yeux et ne cessait de lisser les poils de son vêtement dans le sens contraire ; Ismène aperçut aussi sa mère plus tremblante qu'une feuille. Les enfants n'étaient pas en reste : Louisa, entre autres, semblait contenir des larmes trop grosses pour ses petits yeux, tandis que Laïos, le visage exsangue, s'agitant en de savantes contorsions, souffrait les spasmes de la diarrhée.

— Tu sais ce que nous attendons de toi ? interrogea Hémon en lui remettant la badine pointue.

Nadine hocha la tête. Hémon recula avec componction. Et tous attendirent.

Après un laps de temps que le roi dut estimer excessif, cependant, rien ne s'était produit : la folle demeurait coite, plus idiote et stupéfaite que cette poule faisane qu'on avait un jour tenté d'apprivoiser et qui avait provoqué l'hilarité générale.

— Nadine ? fit Hémon. Tu... tu sais ce que tu dois faire ?

La démente sourit derechef, puis laissa tomber la badine sans se départir de sa bonne humeur.

— Bon..., soupira Hémon, j'aurais préféré que tu y arrives toute seule, ç'aurait été tellement plus beau... Mais je crois que je vais être obligé de t'aider.

D'un pas énergique, qui fit claquer l'étui de son couteau contre sa cuisse, il vint se placer à sa gauche, récupérant au passage la badine qui gisait à terre. Là, avec mille prévenances, il la fit s'agenouiller et lui bascula la tête en arrière.

— Il vaudrait mieux que tu gardes les yeux ouverts..., marmonna-t-il. Je ne sais pas s'il est prudent que je te transperce aussi les paupières.

Louise, les traits tirés, fit à ce moment une nouvelle tentative.

— Hémon, je t'en prie, tu n'es pas obligé de faire ça... tu ne peux pas...

Comme si une escarbille venait de l'atteindre au creux du dos, Hémon se redressa et fonça sur l'impertinente qui avait osé le défier. Il tira la lame de sa gaine et appliqua le métal contre la gorge de Louise... qui semblait soudain manquer d'air.

— Si je t'entends encore une seule fois, menaça-t-il, *une seule*, je te coupe la langue! (Puis, d'un ton posé, il interrogea sa mère sans la regarder.) Séraphine, tu m'as déjà vu tailler une biche, n'est-ce pas? Tu veux expliquer à Louise ce qu'il se passe lorsqu'on enlève la langue?

Séraphine secouait la tête, provoquant des vaguelettes dans son double menton. Hémon lui jeta un regard amusé tandis qu'il retournait se positionner près de Nadine.

— Bien, fit-il, reprenons...

Il se plaça derrière Nadine dont la tête basculée en arrière reposait à présent sur les cuisses royales à demi pliées. La main gauche d'Hémon courait le long des épaules de la folle, cherchant une prise. Après plusieurs hésitations, et redoutant sans doute les convulsions que la douleur ne manquerait pas de provoquer, il finit par solliciter l'assistance de Borée et d'Étéocle.

— Romuald, on ne peut pas laisser faire ça, supplia Lise. Fais quelque chose!

Hémon la foudroya du regard.

— Il ne fera rien, siffla-t-il. Parce que s'il s'interpose, je l'éviscère comme du gibier!

Il soupira bruyamment, puis reporta son attention sur la pauvresse encore docile.

— Tenez-la ! ordonna-t-il.

On pouvait croire que Borée s'était offert à la morsure d'un vent glacé tant il frissonnait. Étéocle, lui, était livide ; il avait détourné la tête.

— Ah, j'ai juste un doute sur les paupières..., bougonna Hémon, contrarié. Tant pis.

— Qu'est-ce que j'ai ? demanda alors Nadine. Romuald ? Qu'est-ce qui se passe ? (Elle commençait à tourner la tête en tous sens.) Pourquoi tu me tiens, Borée ?... Borée ?

— Reste tranquille, Nadine ! répliqua sèchement Hémon.

Elle commençait à se débattre. Hémon écarta les jambes et se servit de ses cuisses comme d'un étau. Il intima :

— Empêchez-la de gigoter, vous deux !

Ce fut très rapide. Ismène vit le bras droit d'Hémon se lever et s'abattre deux fois. Lorsque la pointe creva les globes oculaires, il y eut un petit bruit mou, humide, comme si les yeux suçotaient la badine. Puis il y eut un hurlement monstrueux. Dans son souvenir, Ismène n'avait jamais entendu quelqu'un produire un cri aussi puissant. Nadine, que ses bourreaux ne retenaient plus, avait plaqué ses mains sur ses orbites avec l'intention désespérée de protéger ses organes meurtris. Du sang et de l'humeur séreuse s'insinuaient entre ses doigts. Elle tentait vainement d'échapper à la douleur. Ses jambes s'agitaient de façon anarchique. Son bassin se cambrait en des angles impossibles.

Pauline et Phinée vomirent de conserve un flot de bile verdâtre. Louise, au bord de la syncope, se laissa tomber dans les bras de Romuald qui la retint à peine.

Laïos quant à lui ne put endiguer plus longtemps l'eau grumeleuse qui s'écoula depuis son anus, maculant ses cuisses glabres et ses mollets d'une traînée marron, tel un jus de feuilles pourries.

Très vite, l'odeur du sang et des relents de toute nature devint insupportable. Ismène pivota pour s'agripper au garde-corps et rendre à son tour un liquide acide qui lui râpa la gorge. Abasourdie, nauséeuse, elle ne se retourna plus. Les informations s'insinuaient en elle comme au travers d'un filtre de mousse qu'elle se serait enfoncé au creux des oreilles... Il y eut des bruits de gorges malmenées, des bruits de liquide giclant sur les planches, des bruits de chocs, de glissades ; il y eut des coups assenés sur le plancher, des hoquets de dégoût, des pleurs, des gémissements. Puis la voix d'Hémon domina le tumulte :

— Laïos, quand tu auras fini de te faire dessus, tu iras me chercher de l'eau ! Je ne tiens pas à ce que ses blessures s'infectent...

En direction du couchant, Ismène aperçut un oiseau au plumage doré s'agiter dans la cime d'un vieux frêne. Elle mobilisa toute l'attention qu'elle pouvait, toutes ses forces mentales, tout son être sur cet animal dont elle ignorait le nom ; et rien ne comptait plus que l'oiseau.

Longtemps après que la passerelle centrale fut devenue silencieuse, elle l'observait encore ; car rien ne comptait plus que l'oiseau.

L'oiseau au plumage doré.

*

En quittant la place, Ismène crut s'évader d'un théâtre effroyable, réceptacle d'une scène unique et grand-guignolesque. Elle se dirigea vers son abri et prit le plus grand soin de ne parler à personne, de ne croiser aucun regard. Elle aurait été tout bonnement incapable d'articuler un mot. Ses entrailles se soulevèrent encore lorsqu'elle sentit le contact visqueux des fluides qui avaient éclaboussé les premières planches de la coursive. Elle parvint, au prix d'une respiration réduite au strict minimum, à contenir le reflux qui lui titillait à nouveau le fond de la trachée.

Elle progressait à tâtons, dans un état de cécité artificiel que lui imposait le souvenir des images trop récentes. Ses mains glissaient le long des câbles tendus entre les couloirs. Elle bifurquait au gré des intersections, seulement guidée par sa connaissance parfaite du Suspend que tant de pérégrinations nocturnes avaient forgée.

Lorsqu'elle se retrouva seule dans la cabane de l'ancien, elle fut prise de tremblements irrépressibles. D'abord mesurées, les vibrations se muèrent à un rythme échevelé en véritable crise de nerfs. Une frénésie sans borne avait entrepris de secouer son corps, de contracter ses muscles. Selon un mécanisme de défense qu'elle ignorait, les soubresauts s'évertuaient à éloigner la rémanence d'images insoutenables accrochées à sa cervelle, extirper les échos plaintifs, expulser les odeurs, les sensations. Son esprit violé faisait diversion. Il se purgeait.

Très vite, ses oripeaux lui répugnèrent, et il fallut qu'elle se dévêtît... en toute hâte ! Elle ne supportait plus rien, pas même le plus petit frottement contre sa peau. Nue, choquée, elle se sentait terrassée par une rage sans nom qui ne cessait de croître. Une furie incroyable ordonnait à ses bras des mouvements insensés. Elle heurta les cloisons, projeta contre le sol les quelques objets qui se trouvaient là, dont un tabouret à trois pieds qu'elle s'acharna à démembrer. Dans la foulée, elle renversa aussi le brasero, arracha les pelisses qu'elle avait suspendues à des crochets… et se mordit au sang pour étouffer ses hurlements. À l'acmé de cette catharsis, elle se déchaîna sur son lit, dernier meuble qu'elle avait jusque-là épargné. Elle s'accroupit, et, après qu'elle eut glissé les doigts sous le cadre de bois, se cassant sans y prêter la moindre attention l'ongle de l'index, elle se déplia, aidée par une force que cet accès de fureur prodigieux décuplait. La couche se retrouva sens dessus dessous. L'amas végétal, jusqu'alors contenu dans ce cadre rafistolé, se déversa aux quatre coins de la pièce, rejoignant ainsi la cendre et les bûchettes calcinées qui jonchaient le plancher.

Elle haletait, crachait. Mais il lui semblait que son ire était à peine consumée. Elle cherchait déjà un autre élément du décor à projeter le plus loin possible, un autre assemblage à désosser méticuleusement… quand son regard accrocha la surface d'un objet inhabituel.

En déplaçant le lit, elle venait malgré elle de mettre au jour un carnet dont la présence lui avait jusqu'alors échappé. C'était un ensemble de feuilles reliées que son propriétaire avait choisi de dissimuler ici. La poitrine et les épaules toujours agitées par une respiration chaotique, elle se laissa tomber sans grâce et se saisit du carnet. Ses mains, toutefois, ne cessaient de répercuter d'amples tremblements : l'analyse du document se révélait impossible. Attendant de recouvrer son calme, elle posa l'objet au sol, et le détailla sans le manipuler plus avant.

Il s'agissait d'une sorte de cahier sur la couverture duquel on avait tracé des lettres en écriture cursive, à l'encre bleu pâle, pour partie effacée ; les coins étaient racornis, les tranches granuleuses, et Ismène qui maîtrisait à peine les rudiments de la lecture déchiffra à grand-peine l'unique mot qui ornait la surface cartonnée : *JOURNAL*.

Lorsqu'elle se fut rhabillée et qu'elle se jugea suffisamment calme, elle alla chercher Louise, la seule personne dans le Suspend apte à décrypter le document.

— Où as-tu trouvé ça ? demanda Louise. Et qu'est-ce qui s'est passé ici ? Tu t'es battue ?

— C'était sous le lit. Je l'ai trouvé en... en déplaçant des choses.

Le regard de Louise courut d'un bout à l'autre de la pièce ravagée.

— En les « déplaçant »..., répéta-t-elle incrédule.

— Qu'est-ce que c'est, exactement ? Tu peux le lire ? demanda la fillette.

Louise feuilleta les premières pages.

— On dirait un journal personnel. Je ne savais pas que Claude en avait un... il n'en a jamais parlé.

— Qu'est-ce que ça raconte ?

Louise revint à la première page, et ses yeux se rétrécirent sous le coup d'une intense concentration.

— Ça fait tellement longtemps que je n'ai pas pratiqué..., se plaignit-elle. En tout cas, c'est bien l'écriture de Claude : je reconnais la façon qu'il avait de former certaines majuscules.

Lentement, à voix haute, elle commença la lecture, et Ismène eut la curieuse impression que Louise venait de régresser au stade de l'enfance, tant son débit était haché. Avec beaucoup d'hésitation, revenant régulièrement sur des groupes de syllabes qu'elle avait mal prononcés, elle vint à bout de la première ligne. Puis, au fil des signes, les hésitations diminuèrent. La lectrice, butant de moins en moins, atteignit un rythme, quoique lent, qui permettait de comprendre sans trop de peine le contenu du carnet.

Au terme de la première page, Ismène commença de ressentir les premiers effets de cette écoute laborieuse : le timbre monocorde et ânonnant de Louise provoquait un genre d'envoûtement. Quand cette dernière tourna la première feuille, le bruissement du papier sortit un instant la fillette de son engourdissement. Louise se racla la gorge, se massa l'intérieur des yeux, puis, la curiosité supplantant la fatigue, la lecture reprit.

Dès les premiers mots, la magie opéra ; et il suffisait d'un peu d'imagination pour deviner la voix de l'ancien, pour l'entendre raconter son histoire...

21

Claude

Hier, j'ai brûlé la dernière allumette. Il me reste encore quelques bougies, mais il est clair que je vais devoir me servir de la pierre à feu, maintenant. Je montrerai aux enfants comment on allume et on entretient un foyer. J'ai raclé du bois mort pour nous faire de l'amadou. Pour le reste, Jean affirme qu'il a vu des nids de termites. Ça fera un très bon combustible.

Séraphine est venue pleurer dans mes bras, tout à l'heure. Ça m'a fendu le cœur. Elle est vraiment mignonne, cette gamine. Je crois que ses parents lui manquent, même si elle ne peut pas l'exprimer clairement. Pour lui changer les idées, je lui ai appris à faire une soupe d'angélique (c'est Jill qui les avait cueillies). Il paraît que c'est bon contre la grippe. En même temps, la grippe... ici... c'est bien le dernier endroit au monde où l'on viendrait chercher un virus ! Ou alors ce serait un genre de génération spontanée. Un phénomène unique. Non, je n'y crois pas. En revanche, il va falloir que je prenne des mesures draconiennes en ce qui concerne l'hygiène. J'ai peur que les petites plaies s'infectent. On serait bien en veine.

J'ai passé les trois derniers jours à graver un alphabet complet et un ensemble de phonèmes sur les parois de la dernière cabane au sud-ouest. J'ai des courbatures dans l'épaule droite. C'est fou comme on est poursuivi par les normes et les interdits : j'avais l'impression d'être un délinquant s'appliquant à dégrader du matériel. Pourtant, c'est pour eux que je le fais, pour les enfants. Je leur apprendrai tout ce que je sais. J'ai été instituteur une bonne partie de ma vie, que diable ! Le savoir doit passer, n'importe où ! Et puis... on ne va pas rester là, les bras croisés, en attendant qu'il daigne nous laisser partir... Le problème avec les fous, c'est que leurs réactions sont, par nature, imprévisibles.

Je me suis engueulé avec Jean. Il pousse sa chance, il joue les têtes brûlées. Il ne devrait pas descendre autant. Il devrait prendre le strict minimum, faire le tour de ses collets, capturer ce qu'il peut, et revenir très vite. Au lieu de ça, il parade... il veut qu'on parte, il affirme qu'il n'y a plus de danger. Les enfants l'ont entendu, et maintenant ils veulent partir, aussi. Jill est de son côté.
Je suis fatigué.

J'ai commencé la classe. C'était vraiment laborieux. Sans cahiers, sans crayons... sans rien ! Enfin, ça m'a donné un sérieux coup de jeune. Je me suis revu, frais émoulu de l'Institut, quand la retraite n'était encore qu'un mirage. Ça n'était pas désagréable. Le savoir, rien que le savoir. Et plus de directeur, plus d'administration, de rectorat ou de parents indignés pour venir me casser les pieds. Ils sont avides de connaissances. C'est normal : ce sont des enfants. J'ai juste un doute avec la petite Victoire. Elle a peut-être des problèmes de vue. Pourtant, lorsque je lui demande de me décrire des formes elle y arrive parfaitement. Elle me fait penser à cette petite que j'avais eue en classe, il y a longtemps. Je ne m'étais pas aperçu tout de suite qu'elle avait besoin d'aide. On verra.

Jean a déniché un coin truffé d'amarantes. Si mes souvenirs sont bons, c'est une mine de calcium.

En fin de matinée, il y a eu des coups de feu. Le plus effrayant, c'était tous ces petits yeux qui soudain se sont tournés vers moi, guettant une explication. Et qu'est-ce que je peux bien leur dire? Qu'il y a un cinglé, en bas? Un fêlé qui veut notre peau? Pourtant, il faudra que je leur dise la vérité... ou plutôt, *une* vérité. Disons, assez d'informations pour que la vie reste supportable. C'est déjà pas mal, non? De toute façon, on est foutus. Oui, foutus! Qui viendra nous trouver ici, à présent? Personne. Et si quelqu'un s'aventurait dans les parages, il lui réglerait son compte!

Combien de temps est-ce qu'on devra rester perchés là? L'hiver approche... Bon Dieu, ça fait déjà six mois! Six mois! Je suis perclus de rhumatismes, avec toute cette humidité.

Pour exercer leur mémoire, j'ai décidé de leur faire jouer *Antigone* de Sophocle. C'est un peu difficile pour eux, mais je n'ai pas le choix : à part le cahier sur lequel je suis en train d'écrire, c'est le seul livre dont je dispose ici. Au moins, ça leur apprend un tas de mots et de concepts savants. Je leur ai parlé de mythologie, des dieux, de l'État. C'est incroyable comme les enfants sont réceptifs, j'ai l'impression d'avoir en face de moi des petites cervelles plus malléables que de la pâte à sel. Ils me posent toutes sortes de questions, ils sont insatiables. La plupart du temps, je peux répondre, mais certaines fois je dois mentir. J'ai un peu honte, mais je suis victime de la situation.

J'ai rêvé de ma rencontre avec Samson. C'était précis, étonnamment. Plusieurs scènes mélangées, mais bien nettes. Nous nous trouvions au bord du lac de Japouis, le loueur de pédalos avait fait tout un foin parce que le fils d'un vacancier avait bousillé une des pédales de l'embarcation, et que quelqu'un allait devoir payer, que c'était toujours pareil avec les mômes, que plus personne ne respecte plus rien, blabla. Ce qui m'avait choqué, à l'époque, c'est que le père du gamin s'en était immédiatement remis à la justice... c'était complètement disproportionné. Les gendarmes, un procès, tout ça... Bref, le loueur voulait que le père fiche une paire de claques à ses marmots, et le père des marmots, lui, voulait attaquer le propriétaire en justice.

Je crois que c'est là que j'ai parlé avec Samson pour la première fois. Il avait du ventre, et je me rappelle que les poils sur sa poitrine — c'était en juillet — avaient encore un peu de roux. Mais on voyait bien que ça ne durerait pas. J'ai estimé qu'on avait à peu près le même âge. On a parlé de l'événement, des conneries que font les gamins à cet âge, de l'été qui passait comme nos années; puis très vite, on a embrayé sur la société, qu'on trouvait malade tous les deux, les valeurs qui partaient à vau-l'eau. Oui, deux vieux cons occupés à se plaindre et à refaire le monde, à évoquer le bon-vieux-temps (parce que hier, c'est *toujours* le bon-vieux-temps. Surtout quand on commence à se déplumer et à scruter les poils blancs qui pullulent dans son caleçon). Voilà ce que c'était, notre première rencontre. Avant la fin de la semaine, il me parlait de son projet, des gens qu'il avait rencontrés, de ce que ça nous coûterait, des risques que ça représentait. Vraiment, tout ça, c'était complètement... fou!

J'ai trop écrit. Je n'ai plus l'habitude. Mon poignet me fait mal.

Jill est morte. Enfin... elle est partie, j'ai entendu une rafale, et j'en ai déduit qu'il l'avait tuée. Heureusement, on avait remonté l'échelle. Il ne nous trouvera pas. J'aimerais croire qu'il l'a manquée, qu'elle s'est échappée et qu'elle viendra avec des secours. Oui, c'est possible! Il faut garder espoir.

Jill est morte. C'est sûr maintenant.

Quand même, on n'a pas massacré les soixante-huitards qui se sont exilés loin de la métropole, que je sache! Alors?... On n'a certainement pas mérité ce « traitement de faveur »...

La petite Louise est surdouée. Je pensais qu'elle était simplement rapide, au début, mais non, c'est différent. Je lui ai donné le rôle du chœur à jouer, et elle a ingurgité son texte en une semaine. Elle a une mémoire prodigieuse ! Dorénavant, elle aide les autres à retenir leurs répliques, elle souffle quand ils ont un trou de mémoire... Encore un peu et elle connaîtra la pièce par cœur ! Elle ressemble à une élève que j'ai comptée dans mes rangs quand j'enseignais à Ruimot (Nadège, si mes souvenirs sont bons). Pour elle, tout s'est précipité au cours préparatoire : deux puis trois classes de sautées, bac à quatorze ans, khâgne, la totale quoi ! Brillante. C'est rare dans une carrière. Louise est de cette trempe-là.

En revanche, j'avais vu juste en ce qui concerne Victoire. Elle est lente. C'est en tout cas ce que j'aurais dit à ses parents pour ne pas les blesser ; pour ne pas parler de gros problèmes de concentration et... d'intelligence. Les autres se moquent d'elle. J'essaie de les raisonner, mais les enfants sont cruels, ici ou ailleurs.

Séraphine a jeté mon livre au feu ! *Antigone* ! Le seul exemplaire ! J'étais furieux, j'ai failli lui donner une fessée ! Mais bon, ça n'aurait servi à rien... elle pleurait, elle pleurait... J'ai bien vu qu'elle était navrée. Quand je lui ai demandé ce qui lui était passé par la tête, elle m'a répondu sans malice qu'elle voulait faire un feu plus fort, qu'elle ne savait pas que c'était important. C'était une connerie de môme, quoi.

Je cache mon journal sous mon lit, maintenant.

Il fait chaud. Ce sera bientôt l'été. Ça fera un an... Je ne pensais pas en arriver là. Je commence à croire qu'on va devoir rester ici. Pour toujours. J'ai peur. Je crois surtout que je m'en veux. J'ai l'impression d'avoir été pris à mon propre piège. Personne n'a envie de se faire canarder, c'est certain, mais pour le reste ? La vie au grand air, dans les arbres, c'est pas lui qui l'a inventée, non ?

Non. C'est nous.

Les enfants me posent de plus en plus de questions : il va falloir que je me débrouille. Pour l'instant je m'en tire avec des pirouettes.

Hier, j'ai surpris Pauline alors qu'elle avait un pied sur l'échelle. À quelques minutes près, elle descendait. Oh ! ce n'était pas méchant, juste de l'inconscience. Elle m'a dit qu'elle s'ennuyait et qu'elle voulait retrouver Jean, qu'elle en avait assez de rester coincée ici. Qui pourrait lui en vouloir ? Il va falloir que je trouve une façon de les dissuader de recommencer.

Jean a tué un sanglier, une bête énorme. Même si l'échelle est en acier, on a eu peur que le poids arrache les fixations. On ne peut pas se le permettre, c'est notre seul lien avec la forêt. On l'a attaché par les jarrets, et à l'aide des garçons, on l'a hissé dans la cabane. Ensuite, on l'a accroché, la tête en bas, et Jean a fait ce qu'il sait faire : il l'a saigné à la carotide, puis après lui avoir enlevé toutes les glandes à musc, il l'a écorché avec son couteau. Le petit Gaspard était là, il n'a pas bronché. Dans d'autres circonstances, j'aurais préféré qu'il n'assiste pas à ce spectacle, mais là... Jean aura bientôt besoin d'aide. Il faut qu'il apprenne.

Jean est malade, il est fiévreux. Il dit qu'il « fait le palu », qu'il l'a ramené d'Afrique, il y a longtemps.

J'ai montré à Séraphine comment récupérer de l'eau par phénomène de condensation. Avec un sac étanche, on entoure les branches bien fournies, et en transpirant l'arbre fait le reste du travail pour nous. (Je soupçonne les racines de pomper l'eau dans une nappe phréatique.) En plus de la rosée et des filtres à base de sable, ça peut être utile.

Il pleut depuis cinq jours. J'ai mal partout. Jean va un peu mieux, c'est la seule bonne nouvelle. J'espère que j'aurai assez d'encre... écrire me fait du bien.

Tout a changé dans mon esprit. Au début, j'avais peur de tomber malade, de succomber à une simple égratignure. Maintenant, c'est le contraire, plus je me rends compte que la vie est parfaitement possible ici, et plus l'avenir me paraît effrayant.
Nous avons retrouvé spontanément les gestes de nos plus lointains ancêtres... et nous nous en portons très bien !
Je ne sais pas pourquoi, mais j'ai repensé à ce type qui avait massacré tous ces étudiants sur une île, à Oslo, au début du siècle. Il s'appelait Anders Breivik. Un beau blond, beaux yeux clairs. Le bon Dieu sans confession, tout ça... Je me suis dit que ce serait une bonne histoire à raconter aux enfants. Enfin, une « bonne histoire », disons une comparaison intéressante qui leur permettrait de mettre un nom sur la chose qui les menace. Identifier sa peur, c'est déjà la vaincre un peu. Mais dans le cas présent, je ne peux pas leur narrer une vérité qu'il ne saisirait pas, de toute manière. Non, il

me faut en faire un conte emblématique, une fable qui les empêche de s'aventurer dans les sentiers.

Je dois leur sauver la vie.

Ça sonne tellement dramatique quand je me relis : « leur sauver la vie »...

C'est fait. Je les ai réunis et je leur ai parlé d'une personne très méchante qui nous en veut, et qui s'appelle *Anders Breivik*... Les voir s'approprier le nom de ce cinglé m'a conforté dans mon choix. J'ai vraiment senti que pour la première fois il pouvait mettre le doigt sur leur angoisse. Je pouvais les entendre marmonner : An... ders... Brei... vik...

An... Dersbreivik...

Romuald m'a demandé si c'était une personne vraiment méchante. Ah! les mômes... Je ne peux pas décrire ce qu'il y avait dans ce « vraiment »... Le récit a cristallisé tous ses doutes, tous ses fantasmes. Pour enfoncer le clou, je lui ai rétorqué que oui, cette personne était *vraiment* méchante, puis je me suis aventuré dans des parallèles hasardeux : je leur ai parlé du Petit Poucet, de Barbe bleue... J'espère qu'ils ne vont pas tout mélanger.

J'ai très bonne conscience. Excellente.

Alors pourquoi, FOUTRE, est-ce que je ressens le besoin de l'écrire !?

Hein ? MERDE, MERDE ET MERDE ! TROIS FOIS MERDE !...

On prétend que les enfants ont besoin d'avoir peur, que les contes et légendes sont édifiants, que ces récits participent à leur construction mentale. Eh bien mes petits à moi, on peut dire qu'ils sont servis ! Ils n'ont plus qu'un nom à la bouche : *An-ders-Brei-vik*. C'est devenu leur nouveau monstre, leur « ogresse », dit Louise. Je ne m'en mêle pas. Surtout pas.

Il y a une branche qui me fait peur, près du grand chêne. On n'a pas le matériel nécessaire pour scier une section aussi grosse.

Jean sombre dans la dépression. On ne communique presque plus.

Je passe plus de temps à apprendre aux enfants à distinguer les bons champignons des mauvais qu'à leur apprendre à lire. Enfin, nécessité fait loi.

Ils martyrisent la petite Victoire. Elle ne proteste pas. Je crois qu'elle est atteinte de débilité mentale.

On n'avait pas le droit d'imposer ça à des enfants. Je m'en veux. S'il y avait un miroir, ici, je crois que je l'aurais fracassé, que je n'aurais pas supporté de contempler mon reflet. Je n'ai plus envie de dire *nous*, de me chercher des motifs, des excuses. À présent, je dis : « je ».

Je suis un salaud irresponsable.

J'ai dit.

Le temps passe. C'est effrayant.

J'ai cru, au début – vraiment cru –, qu'on nous trouverait, que quelqu'un nous viendrait en aide. Mais non.

Je commence à me projeter. Loin, très loin. Je suis...

J'ai longtemps cherché le mot qui me manquait il y a quelques semaines. Ce mot, c'était « résigné ». Je suis résigné, voilà.

Il est temps de prendre les choses en main.

Jean m'inquiète. Il ne sort plus que rarement.

Ça n'allait plus. Je sentais l'ennui, le désœuvrement... Je sentais l'oisiveté nous menacer. Leur apprendre les clés de la survie au grand air, en milieu hostile, ne suffisait pas. C'est incroyable, d'ailleurs, que je n'y aie pas songé plus tôt. Nous manquions de repères, le temps passait sans marqueurs stables. Nous avions besoin d'une... pratique. Oui, il fallait domestiquer les jours, les dominer, les contraindre à recevoir notre œuvre, si rudimentaire fût-elle. Sinon, quoi ? Nous devenons des bêtes, bien sûr. Seules les bêtes peuvent souffrir que les lunes se succèdent sans sourciller.

Pour tout dire, c'est le petit Romuald qui m'a mis la puce à l'oreille. Je l'observais depuis un moment se livrer à un jeu. Enfin, un « jeu »... C'est ce qu'il semblait. J'aurais pu écrire, d'afféterie, de... maniaquerie. Car tous les soirs, avant de se coucher, je le voyais tourner autour de son lit. Deux fois, trois fois. Il paraissait chercher un objet. Quand je lui ai demandé ce qu'il avait perdu, il m'a répondu qu'il vérifiait qu'aucune araignée n'avait élu domicile près de son matelas. Parce qu'il s'était fait piquer une fois et qu'il n'avait pas envie que cela recommence.

Puis, j'ai compris. L'araignée n'était qu'un prétexte. Ce dont il avait besoin, c'était de reproduire une action qui l'apaisait. Des gestes familiers, un ensemble de mouvements qu'il maîtrisait parfaitement. Et qu'il entendait reproduire *ad nauseam*.

Tout simplement : il avait besoin d'un rituel.

Alors, j'ai créé ce qui n'existait pas. Et les enfants ont adhéré complètement !

J'ai commencé par le langage. (Il faut bien dire qu'ils avaient tendance à s'exprimer n'importe comment, à se couper la parole à tout bout de champ !) J'ai donc exigé qu'ils fassent précéder leurs interventions orales d'une petite marque de respect pour autrui, d'une sorte d'incipit responsable. Pas grand-chose, juste de quoi réfléchir un peu. Au début, je voulais qu'ils disent : « Vous tous, mes frères et mes sœurs... » (Après tout, c'est ce qu'ils sont : les membres d'une fratrie suspendue à plus de dix mètres de hauteur.) Mais c'était trop long, trop compliqué. On en a reparlé, et nous avons décidé, ensemble, qu'il fallait raccourcir la formule. À présent, nous disons « vous », avant de discourir. Tout simplement.

Ensuite, j'ai décidé de hiérarchiser un peu tout ça. Chaque enfant s'est vu assigner une tâche précise. À la tête de cette « pyramide », je leur ai expliqué qu'il fallait désigner un responsable, une figure d'autorité à laquelle ils se plieraient. Même de mauvaise grâce ; ce fut la partie la plus délicate. Accepter d'obéir, subir une décision pour le plus grand bien de la communauté... C'était un peu fort. Enfin... (Je n'allais tout de même pas leur parler d'Hannah Arendt !) Dès que j'ai évoqué ce sujet, tous ont voulu que je devienne leur « chef ». Ça leur semblait évident. Ils me font confiance. J'ai décliné l'offre évidemment. Je leur ai expliqué que je ne serais qu'un garant extérieur, une sorte d'auxiliaire moral... Un peu comme Tirésias dans *Antigone*. Et ils ont fini par comprendre, par accepter. (En fait, je crois que pour eux toute cette organisation sociale se pare d'atours ludiques.) C'est égal.

Nous avons donc désigné Romuald comme « Premier enfant ».

Moi, à la fin, je me sentais un peu dans la peau de Jean-Baptiste Willermoz...

Louise est éblouissante. Aujourd'hui, je lui ai expliqué ce qu'est un néologisme, un mot forgé. On a joué à inventer des sons rigolos. Puis, alors qu'on parlait des cabanes, des passerelles suspendues, elle m'a proposé le mot « suspend ». J'ai trouvé que ça sonnait vraiment bien.

Le « Suspend ».

Ils molestent Victoire. Elle est devenue leur souffre-douleur. Il faut que je m'en mêle.

L'été est là. Jean ne l'a pas supporté. Il s'est tailladé les veines, jusqu'à se vider de son sang.

Les enfants n'ont rien vu.

Cette nuit, j'ai fait la seule chose qui était en mon pouvoir. J'ai jeté le corps de Jean... Allez hop ! par-dessus bord. Comme un paquet de linge sale... C'était tellement dégueulasse ! Mon Dieu... J'ai tellement honte ! Comment peut-on traiter un être humain de pareille façon ? C'est sa faute, à *lui*, évidemment. Mais ça ne fait rien à l'affaire : je sens que je vais battre ma coulpe. Longtemps.

Je suis descendu, dans le plus grand silence. J'étais terrorisé, mais je pense que secrètement j'aurais aimé qu'il me trouve, qu'il m'en colle une entre les deux yeux... Pour le coup, tout était réglé.

J'ai traîné le corps de Jean sur plusieurs centaines de mètres. J'ai creusé comme je pouvais. Et je l'ai enterré. À la diable.

Ça paraît incroyable, mais... je sentais qu'il était là. Je suis prêt à parier qu'il m'a regardé faire pendant toute la durée de l'« enterrement », qu'il a consenti à mon simulacre d'inhumation, comme une trêve. Et je serais prêt à parier que si j'avais fait le moindre pas vers la forêt, s'il avait, l'espace d'une seconde, cru que je voulais m'échapper, il m'aurait logé une balle entre les omoplates. C'était une espèce d'accord tacite : *achève ta besogne et dépêche-toi de regagner ton perchoir!*

Alors je suis revenu écrire ces lignes.

Le quotidien continue de trouver ses règles et son rythme. J'ai inventé une cérémonie matinale. Les enfants tapent dans leurs mains et crient. C'est une sorte d'exhortation morale. Tout ce petit monde se trouve soudé, fédéré... dès le petit matin!

Parfait.

Ils me demandent où est passé Jean. Je mens.

À force de déambuler à demi nus et d'inventer des jeux, ils commencent à découvrir leur sexualité. Dans un espace si confiné, il n'y a rien d'étonnant. Pour l'instant, ils sont jeunes, c'est sans gravité. Mais quand ces demoiselles seront réglées, que se passera-t-il? J'anticipe sans doute un peu trop. Tout de même... Quand ils seront en âge de procréer... nous aurons un problème!

Cet après-midi, Victoire est venue me trouver. Elle était en sang, ils se sont acharnés. N'y tenant plus je les ai réunis dans la cabane aux lettres (c'est comme ça qu'on l'appelle maintenant) et je leur ai parlé de la tolérance, du respect, de l'importance de ne pas se battre, du vivre ensemble. C'était un peu vague, et je cherchais une illustration marquante. Alors, j'ai repensé (pourquoi?) aux attentats du onze septembre, et aux tours jumelles qui se sont effondrées. Cela m'a semblé un symbole puissant.

Pour être bien clair, je leur ai expliqué, en choisissant les détails opportuns, s'entend, comment les bâtiments se sont effondrés, ce qui pouvait arriver quand on se dispute trop souvent, quand ce qui nous sépare supplante ce qui nous unit. C'était encore un peu confus, alors je me suis servi de mes bras pour figurer les deux tours, et je leur ai expliqué comment les Twin Towers se sont effondrées...

Instinctivement, ils m'ont singé. Ils ont levé leurs petits bras avant de prononcer, dans un anglais cocasse : « *Les-twin-taou-wers...* »

J'espère que ce sera efficace et qu'ils lui foutront la paix !

Les enfants se réunissent. Ils échangent, parlent de leurs souvenirs.

Je leur ai défendu de marcher sous la grosse branche : elle menace de tomber.

Je devrais tout leur raconter, maintenant... Ils sont assez grands, je suppose.

22

Sacrifice

— La suite est illisible, annonça Louise.

Un monceau d'interrogations pesait dans l'esprit d'Ismène. Il y avait là tant d'informations nouvelles, tant de contradictions. Le carnet venait de la jeter dans un chaos mental qui n'avait d'égal que la cabane ravagée dans laquelle elle se trouvait.

Louise partageait son désarroi. Ses yeux restaient rivés au plancher, elle tordait les dernières feuilles du carnet.

— Je n'y comprends rien, dit enfin Ismène. Alors, Anne Dersbrevik, l'ogresse, tout ça... c'est une invention ?

— Eh bien, d'après ce qui est écrit, oui..., bredouilla Louise. Enfin, pas complètement. Je pense qu'il a voulu se servir de cette... « personne » pour nous protéger.

— Nous protéger ? Mais de qui ?

— Je l'ignore, Ismène. Sans doute, de ce « cinglé » dont il parle. (Elle fit une grimace.) Il y a des mots que je ne comprends pas.

— En tout cas, il t'aimait beaucoup.

— Oui, oui... je... (Son regard s'embuait.) Je l'aimais beaucoup, moi aussi. Il me manque.

— Crois-tu qu'on devrait en parler aux autres ? interrogea Ismène. À Hémon ?

— Pas pour l'instant. Si Claude a choisi d'inventer toute cette histoire, c'est qu'il avait une bonne raison. Je pense qu'il vaut mieux respecter son choix, le temps de tirer cette affaire au clair, du moins. (De la paume, elle se frappa doucement le front.) Ce qui est fou, c'est que j'avais complètement oublié Jill et Jean... Je ne conserve d'eux que des images floues. J'ai l'impression d'avoir... des silhouettes dans la tête.

— Et ce... Samson dont il parle ? Tu l'as connu ?

— Non. Jamais rencontré.

— En tout cas, tu avais vu juste sur un point : vous venez bien d'ailleurs ! C'est évident.

— Oui, soupira Louise. Mais d'où ?

Elle se releva, puis désigna l'abri d'un ample geste de la main.

— Il faut que tu ranges ce bazar et que tu remettes ce carnet où tu l'as trouvé, c'est important.

— Louise, demanda Ismène d'une petite voix, qu'est-il *réellement* arrivé à Victoire ?

— C'est comme l'a écrit Claude... Victoire était lente. Gentille, mais lente. Il fallait lui répéter les choses plusieurs fois, la surveiller, vérifier qu'elle s'acquittait bien des tâches qu'on lui confiait. Avec elle, Claude a déployé des trésors de prévenances. Il la protégeait. Et je pense que c'est précisément ce qui lui a causé du tort. Les autres sont devenus jaloux. Alors ils ont commencé à la tracasser, à l'asticoter. Au début, ce n'était pas méchant, mais très vite le jeu a dégénéré. Et je me souviens que Claude nous disputait souvent. Il faut dire qu'elle était pénible, parfois ! Elle ne comprenait rien à rien ! Elle a manqué mettre le feu à une cabane, tu sais ! Tu imagines les dégâts que ça aurait causés ? C'était involontaire, bien sûr, mais Victoire devenait un poids, une menace permanente... Et en grandissant, les choses ne se sont pas arrangées. Elle devenait trop imprévisible.

» Après l'accident de Claude, il n'y avait plus personne pour la défendre. C'est comme ça que c'est arrivé. D'abord, il y a eu une nouvelle série d'attaques. Nous étions terrorisés. Puis, un soir, alors que Gaspard nous parlait de la chasse et de la façon dont certains animaux sont rassasiés après avoir obtenu ce qu'ils désirent, l'idée est née. Anne nous persécutait... il fallait lui donner quelque chose, *quelqu'un*. Ce faisant, on allait réussir à l'éloigner un bon moment, voire définitivement ! C'est ce qu'on voulait croire, en tout cas. On a réussi à se persuader qu'en lui offrant une victime, elle nous oublierait.

— Alors... vous l'avez sacrifiée ?

— Oui, répondit Louise sans la regarder. On lui a raconté que Gaspard voulait l'emmener à la chasse. Un après-midi, ensemble, ils sont descendus. Gaspard l'a attachée à un arbre. Il lui a expliqué que c'était un nouveau jeu. Elle s'est laissé faire... elle lui faisait confiance. Ensuite, il a regagné le Suspend. Nous avons remonté l'échelle. Et nous avons attendu.

» Victoire a commencé par nous appeler, mais voyant que personne ne lui répondait, elle a pris peur ! Elle s'est mise à pleurer. Nulle part, dans le Suspend, on ne pouvait échapper aux lamentations, c'était horrible. Certains se bouchaient les oreilles, d'autres faisaient du bruit, n'importe quel bruit, tout pour couvrir la plainte. On était pressé d'en finir. Pour la première fois, on souhaitait que l'ogresse rapplique... vite ! Qu'elle emporte sa proie, qu'elle nous fiche la paix. Qu'on passe à autre chose.

» Quand, le soir venu, on l'a *enfin* entendue hurler, on s'est tous sentis soulagés. Anne l'avait trouvée. C'était fini. Du moins, c'était ce qu'on croyait...

— Parce que les attaques n'ont pas cessé, n'est-ce pas ?

Louise secoua la tête.

— Non... Anne a continué de venir rôder « à nos pieds »... On pouvait la sentir, l'entendre... C'était un peu comme si on avait aiguisé son appétit. Plus les jours passaient et plus nous comprenions notre erreur. Notre petit manège n'avait pas eu l'effet escompté. Au contraire, la Bête semblait exiger de nouvelles victimes ! On pensait calmer ses ardeurs, nous n'avions fait que les attiser.

— C'est terrible...

— Ne nous juge pas trop sévèrement, Ismène, répliqua Louise. Tu n'as pas connu le même sort que nous ! En comparaison, la deuxième génération a été protégée !

— Oh ! mais je ne vous juge pas, fit Ismène. Ce qui a dû être terrible, c'est de vivre avec le remords. D'avoir fait tout ça... pour rien !

Louise lui jeta un regard noir puis donna un coup de pied dans un bout de bois qui gisait là avant de cracher :

— Vraiment, tu devrais remettre un peu d'ordre !

Les épreuves eurent lieu le lendemain. À l'appel de Borée, qu'Hémon avait promu héraut pour l'occasion, tout le clan se massa sur la plate-forme centrale. L'ambiance était délétère et les discussions réduites au strict minimum. Au milieu de la presse, Ismène capta de rares commentaires : « Qu'est-ce qu'il nous réserve encore ? Un mauvais tour ? Et à qui s'en prendra-t-il, cette fois ? » La cérémonie barbare était dans tous les esprits. On avait peur.

Hémon parut peu après, provoquant un mouvement de reflux indélibéré. Il semblait qu'une aura néfaste entourait le garçon, qu'un périmètre de sécurité tenait le roi et ses sujets à distance raisonnable. En l'observant bien, Ismène eut l'intuition qu'il avait changé ; il paraissait plus dur, si cela était possible, plus marqué. Plus... vieux ?

Elle fut un instant fondée à croire que la mutilation avait eu un impact sur le garçon. La cruauté avait-elle pu masquer une once de sensibilité ? Contre toute attente, le garçon était-il enclin au repentir ? Après tout, les expériences extrêmes avaient cette étrange faculté de révéler des pans insoupçonnés de la personnalité d'un individu... Mais une voix dans sa tête coupa court aux tergiversations :

Il est fatigué, voilà tout ! Et plus déterminé que jamais ! Voilà ce que tu remarques. Il n'y a pas de pitié dans ces yeux-là... que de la résolution !

En écho à ses réflexions, Hémon s'ébroua et annonça d'un ton neutre la façon dont les épreuves se tiendraient. Fendant la foule pour se rapprocher du bord de la plateforme, il désigna une large branche dont l'extrémité pendait bien au-delà du garde-corps, bien au-delà même de la limite matérialisée par le camouflage végétal en contrebas. Çà et là, quelques ramifications ponctuaient la tige qui s'inclinait doucement à mesure qu'elle s'éloignait. On y accédait en prenant appui sur la rambarde, après avoir escaladé un bras de diamètre plus petit. Aucune prise ne venait aider le grimpeur dans cette sorte d'escalier végétal. Le fait même d'accéder au support sur lequel on déterminerait l'appartenance clanique constituait déjà l'épreuve éliminatoire et périlleuse de cet odieux concours.

— C'est simple, lança Hémon, chacun doit se rendre au bout de la branche puis revenir. Peu importe comment. (Il dévisagea Romuald.) Il me semble approprié de commencer par toi, Romuald. Qu'en penses-tu ?

Celui-ci haussa les épaules, puis, sans mot dire, se hissa jusqu'à la jonction qui séparait la branche du tronc. Il adopta une position voûtée, écartant légèrement les pieds de façon à épouser les rondeurs de la tige. Quand le bout de ses doigts entra en contact avec la surface, il s'élança, sans hâte. Parvenu à la moitié de la branche, il interpella Hémon :

— Jusqu'où faut-il aller ?

— Jusqu'à ce que je te dise d'arrêter ! aboya Hémon.

La reptation reprit. Et à présent qu'il entamait la seconde moitié de sa course, la section commençait de ployer. Sous le poids de l'impétrant, les tiges bourgeonnantes qui attestaient l'imminence de la saison chaude vibraient au gré du trajet. Inquiet, Romuald ralentit. Son hésitation était visible et il ne cessait d'estimer la distance qui le séparait de l'arbre depuis lequel s'élançait son plancher.

— Alors... on a peur ? se moqua Hémon.

Un craquement se répercuta soudain sur toute la longueur de la branche.

— Ho! ho! lança Hémon. J'ai l'impression que tu devrais t'activer!

— C'est de la folie, Hémon! La branche ne me soutiendra pas si je continue!

— À qui parles-tu d'une manière aussi irrévérencieuse?

Il attendit, mais Romuald ne pipait mot. On le sentait sur le point de rebrousser chemin.

— Tu vois ce bourrelet devant toi? demanda Hémon.

Romuald chercha un instant puis explosa :

— Quoi! Ça?

Il désignait une bosse creuse autour de laquelle l'écorce avait pris une teinte claire. Le nœud se trouvait à deux bons pas de sa position.

— Oui, acquiesça Hémon. Je veux que tu ailles toucher cette partie de la branche avant de revenir. Ça t'apprendra à me manquer de respect!... Ai-je besoin de te rappeler ce qui se passera si tu ne m'obéis pas?

Romuald souffla plusieurs fois, puis, se courbant jusqu'à saisir complètement la tige dont il pouvait à peu de chose près faire le tour avec ses doigts, tant elle devenait mince, fit glisser ses pieds au long de la surface, très lentement. Après qu'un nouveau craquement eut retenti, il s'allongea doucement, et lorsque sa poitrine entra au contact de la surface, il étendit les bras et effleura la bosse.

— Voilà..., gémit-il.

Sans modifier sa posture, il recula, rampa à la façon d'un lézard apathique. Des bruits de fractures étouffés accompagnèrent encore sa glissade hésitante, tandis que tous les spectateurs de ce défi absurde, paralysés par une peur empathique, l'observaient rallier son point de départ.

— Ce n'était pas si compliqué! se gaussa Hémon sitôt que Romuald les eut rejoints.

Celui-ci tentait de faire bonne figure, mais sa peau crayeuse trahissait une extrême tension nerveuse.

— Roi, prit-il soin de commencer. Pardon, mais... c'est de la folie!

Hémon secoua la tête en faisant la moue.

— Pfft! trouillard! cracha-t-il. Tu voulais du rituel? Te voilà servi! Sache que tu fais dorénavant partie du Clan suspendu! Tu devrais être content, non? Tu peux taper dans tes mains, si tu veux... ou dire une formule...

Romuald le dévisageait, totalement incrédule. Il allait rétorquer quand la main de Laïos se posa sur son épaule.

— Bravo, souffla-t-il.

— Laisse-moi! rugit Romuald en le repoussant violemment.

— Hé! hé! fit Hémon. On est à cran, à ce que je vois... Bon, à qui le tour?

Séraphine s'approcha de lui. Elle désirait lui parler en aparté :

— Je t'en prie! Quelqu'un va finir par se tuer, c'est trop risqué! C'est...

— Séraphine! dit-il très fort pour couper court au chuchotement. Ma mère...

Cette dernière le regarda d'un œil terne, innocent. Son corps semblait un peu plus lourd, en cette journée. Ses bras pendaient de part et d'autre de ses hanches. Ses mamelles grosses et galbées semblaient sur le point de jaillir de la pelisse bicolore qui lui couvrait la poitrine. Confectionnée à partir d'un tendon, une attache retenait l'explosion de ses formes replètes.

Hémon sourit, puis, désignant la branche, dit avec amabilité :

— Je t'en prie.

Elle blêmit.

— C'est dangereux..., parvint-elle à articuler.

— Bien sûr ! Quel intérêt, sinon ?

Comme elle ne se décidait pas à grimper, Hémon lança :

— Tu préfères t'exclure ? Tu ne veux plus faire partie du Suspend ?

— Ça ! du Suspend, pour sûr ! Mais... de ton clan, eh bien...

— Eh bien c'est la même chose, maintenant ! Prends ta décision, et vite ! Ou tu montes par la rambarde, ou tu descends par l'échelle !

Elle baissa les yeux, puis, avec une extrême lenteur, se résigna à escalader la barrière. Ses gestes étaient maladroits. Elle mit un temps infini à choisir une prise susceptible de la retenir. Ses mains tâtaient les anfractuosités végétales, et lorsqu'un renflement semblait lui convenir, elle esquissait une action pour se hisser, sans la réaliser jusqu'à son terme. Après une série de sautillements avortés, il devenait clair qu'elle entendait démontrer son incapacité à se soumettre à l'épreuve ; elle espérait, en faisant étalage de sa gaucherie, que le roi — son fils ! — l'en dispenserait.

— Nous n'avons pas toute la journée ! la tança Hémon. Vas-tu te décider ?

Se retenant par une main, elle fit pivoter son buste afin de lui expédier un regard implorant. Hémon demeurait impassible, le visage aussi inexpressif que n'importe quel prédateur régi par l'instinct de tuer.

— Allons! insista-t-il. Je m'impatiente!

Séraphine se retourna, et après avoir répété son action une bonne dizaine de fois, finit par se hisser sur la partie de l'arbre qui allait décider de son destin. Dès qu'elle se tint debout, elle embrassa le tronc de ses deux bras flasques. Elle n'avait réussi qu'à tourner la tête en direction de la forêt, et contemplait avec effarement le chemin qui lui restait à parcourir pour s'acquitter du test.

— Bon! Séraphine! s'impatienta Hémon. Ce n'est quand même pas sorcier! Tu peux t'asseoir si tu veux...

Suivant le conseil, elle s'adossa au tronc, puis se laissa glisser jusqu'à ce que ses fesses entrent en contact avec l'écorce. Elle avait entrouvert la bouche, et marmonnait des paroles incompréhensibles; les dents, les lèvres, la langue, chaque partie de cet orifice malmené retenait un babillage nerveux. Assise à califourchon, elle progressait en deux temps : elle faisait d'abord glisser ses mains en avant, puis, au prix d'une forte contraction du ventre et des épaules, ramenait le bas de son corps vers ses doigts qui empoignaient la tige. Au plus ouvert de l'angle formé par ses bras et son buste, Ismène remarqua qu'un ru de sueur coulait le long de ses aisselles. Elle s'apprêtait à renouveler son geste quand un nouveau craquement retentit, plus fort que les précédents. Séraphine se figea, poussa un geignement. La section, telle une sourde plainte, ne cessait de gronder, d'avertir... Quelqu'un dit :

— La branche! Elle est en train de casser!

Il y eut un cri unanime d'effroi, cri que Séraphine fut la seule à ne pas grossir, muselée par l'angoisse de la chute, les cuisses rivées à la tige, tremblotant sous le coup d'un effort inhabituel. Depuis la pointe de ses pieds, un liquide jaune pâle commençait de dégoutter.

— Reviens, Séraphine ! lança Théophile. Reviens tout de suite !

Mais elle ne bougeait plus.

On s'attendait qu'Hémon protestât, qu'il intimât à sa mère de ne pas rebrousser chemin ; mais il n'en fit rien. Son regard détaillait les ramifications supérieures comme s'il se désintéressait de son sort.

— Séraphine ! hurlaient à présent plusieurs voix. Reviens !

La branche se fendit à sa base, et la chair blanche du chêne fut soudain mise à nu. Des escarbilles crues voletaient aux pieds du groupe terrorisé. On pouvait penser que la foudre frappait les ramées. Lorsque la tige se détacha un peu plus de son support, l'inclinaison entraîna Séraphine qui cette fois ne put retenir un cri d'horreur. Appliquant ses paumes au-devant d'elle, elle s'efforçait de contrarier le glissement.

Aussi promptement qu'un brocard, Hémon sauta sur le garde-corps, se hissa sur une branche qui se trouvait juste au-dessus, et vint se positionner à l'aplomb de Séraphine. Se retenant à l'épaisse tige par la seule force de ses jambes repliées, il se laissa ensuite tomber à la renverse, jusqu'à ce que ses mains viennent effleurer les cheveux de la postulante.

— Attrape mes mains ! ordonna-t-il.

Mais Séraphine, qui grâce à sa prise contrariait le mouvement naturel de son corps, refusait d'obéir. Elle ne semblait même pas comprendre d'où venait cette voix si proche et si familière qui lui dictait un acte désespéré.

— Séraphine! reprit Hémon. Fais ce que je te dis! Lève tes mains!

Elle finit par se soumettre à l'ordre donné, et dès qu'elle leva les bras, Hémon la saisit par les poignets.

— Mets-toi debout! fit-il. Prends appui tant que tu peux!

— Non... non..., protesta Séraphine.

Mais comme Hémon tirait, elle n'eut d'autre choix que de se redresser. Quand elle fut à peu près debout, un ultime bruit de fissure, plus aigu, monta vers la cime du vieux chêne... Puis la branche cassa, quitta tout à fait son socle avant de piquer vers le sol selon une trajectoire lourde et inélégante. Séraphine fit une chute très courte qui fut accompagnée par des hurlements. À présent, seul Hémon la retenait; ses jugulaires gonflées s'escrimaient à faire refluer le sang accumulé à la tête.

— Hémon! hurla Séraphine. Hémon! Ne me lâche pas! Je t'en supplie! Hémon!

— Tais-toi! Je ne vais pas te lâcher. Je vais te faire balancer. Quand le mouvement sera assez ample, tu attraperas la branche avec tes pieds. Tu as compris?

— Non! Ne me balance pas! supplia-t-elle. Je t'en prie, Hémon! Ne me laisse pas! Ne me laisse pas!

Après quelques mouvements du buste, les pieds de Séraphine touchèrent l'écorce une première fois.

— Mais enroule tes jambes, bon sang! cria Hémon.

Il renouvela son mouvement de balancier, et cette fois, Séraphine commanda à ses pieds de la retenir.

Hémon lui donna ensuite une série d'instructions précises qui lui permirent de se hausser sur le perchoir improvisé à grand renfort de cris et d'ahanements. Il la mena encore jusqu'au tronc et, descendant le premier, guida ses pieds jusqu'à la plate-forme.

Il ne s'était pas écoulé plus de trois trilles de merle lorsqu'ils se retrouvèrent parmi les autres. Complètement hébétée, Séraphine se tenait là, les paumes tournées vers l'arrière, les épaules basses, le regard vague, des relents de peur et de pissat accrochés à ses vêtements. Hémon, lui, avait la face pivoine. Sa poitrine se soulevait et s'abaissait en saccades rapprochées. Le souffle encore court, il décréta :

— Il faudra recommencer. Ça ne compte pas !

On ne protesta même pas. On venait d'éviter un drame, pourtant les esprits encore choqués se tournaient d'ores et déjà vers l'avenir et les épreuves sadiques qu'il recelait. Ismène pouvait en quelque manière entendre la voix unanime qui s'élevait au-dessus des visages accablés : « Alors, on n'en a pas fini... »

— Merci..., finit par dire Séraphine.

Hémon haussa les épaules.

— Inutile de me remercier. Je veux respecter les règles, c'est tout. Que m'apporterait une chute idiote autant qu'inutile ? Rien. Strictement rien.

Séraphine hocha la tête, et répéta :

— Quand même, merci...

Il s'adressa à la cantonade :

— Je suis exigeant, mais juste. Et je saurai vous protéger !

On entendit quelques bruits indistincts, puis la petite voix d'Étéocle perça le murmure :

— Vive le roi...

— Oui, reprirent maladroitement les voix entremêlées. Vive le roi ! Vive le roi !

Et très vite, on se précipita auprès d'Hémon pour le féliciter.

Un peu en retrait, Ismène n'avait pas desserré les dents. Abasourdie, elle assistait à la scène impromptue. Car il y avait dans le dénouement de ce drame quelque chose de plus choquant que le drame lui-même : il y avait l'incroyable reconnaissance témoignée à l'égard du seul responsable de toute cette folie ; il y avait l'affection, *l'authentique* affection, offerte à son instigateur ; il y avait l'amour paradoxal d'une victime pour son bourreau ; il y avait la victoire de la violence et de la méchanceté qui se gorgeaient des fragrances nauséabondes qu'elles avaient fait répandre.

Ismène voulut crier : *Êtes-vous tous aveugles ? Allez-vous le porter au pinacle ? N'entrez pas dans cet univers déséquilibré ! Fuyez, plutôt ! Subir passe encore... mais cautionner ? Encourager ? Et quel sera notre sort après ça ? La seule chose que l'on puisse souhaiter, c'est que ses bouffées délirantes finissent un jour par l'étouffer ! Pour de bon...*

Les pupilles d'Ismène durent darder trop de colère... Hémon, délaissant la foule qui l'encensait, s'approcha d'elle. Il ouvrit la bouche, s'apprêtant à parler, mais au lieu de cela, se ravisa ; ses lèvres se refermèrent. Après avoir passé une main derrière la nuque d'Ismène, de sorte qu'elle ne pût se dérober, il approcha son visage et l'embrassa. Le geste avait été si imprévisible qu'Ismène ne se débattit même pas. Elle demeura inerte, la bouche obstinément close. Par ses narines dilatées, le garçon encore hors d'haleine répandait un souffle chaud sur son visage. Dans son cou, elle pouvait sentir sa main calleuse. Les yeux grands ouverts, tous deux s'entre-regardaient. Hémon contemplait le visage de la soumission ; Ismène celui du vice.

Alors qu'un murmure d'incompréhension commençait à circonscrire l'étreinte, elle sentit sa tête et son ventre saisis de tourments distincts. Et tandis que son esprit rebelle s'indignait du comportement abusif du souverain, un picotement, contre toute attente, naissait quelque part au creux de son ventre... Ismène comprit qu'elle était sur le point de succomber à une sensation insupportable, une sensation... délicieuse... Oui, contre cette bouche, si dure, si suave, elle était à la fois révulsée et séduite. Ce ne fut pas l'abandon aux délices qui lui ferma les paupières, mais un sentiment honteux de culpabilité. Mieux valait ne pas voir, ne pas détailler l'atroce envie qui brûlait, plus bas !

Quand il se détacha enfin, Hémon ne prononça pas un mot. Il ne se vanta point.

Le malaise s'étira encore un peu, puis, tel le brusque réveil survenant au terme d'un cauchemar, une série de claquements résonnèrent à l'autre bout du Suspend. Dans un fatras métallique, on entendit une voix s'écrier :

— L'oracle ! L'oracle va parler !

23

Fuir

Ce serait une nuit claire, une nuit d'étoiles. Une nuit de lumière argentée. Le crépuscule se gonflait d'indices familiers, retenait les ondes et les lueurs blafardes qui perceraient bientôt le couvert. Le regard d'Ismène obliquait au-delà d'une ligne suprême de feuilles entortillées. Le vent du soir caressait son visage, et comme la chaleur se dérobait, les senteurs de la forêt, si puissantes, montaient en bouquets moites. Elle aurait pu rester là, pour toujours, indifférente aux nuisibles qui ne cessaient d'emplir l'air de leurs bourdonnements aigus. Là, sur un rempart de fortune, sur cet îlot haut perché qu'elle s'était approprié ; c'était là qu'elle voulait demeurer, figée à prendre racine, là qu'elle tenterait d'ordonner le fouillis sauvage qui avait annexé son cerveau.

Elle aurait dû courir avec le reste de la tribu, gagner la cabane pour entendre la prophétie, mais une main l'avait retenue, l'avait guidée jusqu'ici. Depuis lors, son attention tourbillonnait autour d'un foisonnement d'images obsédantes.

Elle repensait au carnet de Claude et aux révélations qui s'y trouvaient. Elle avait gobé ces informations comme un mets trop gros. Lieux, noms, situations, ses méninges commençaient seulement à digérer tout cela. Elle réussissait à se remémorer avec une étonnante précision les mots qu'avait prononcés Louise en se livrant à l'exercice de lecture. Elle se rappelait même les petites hésitations de sa voix, les erreurs. Ainsi pouvait-elle fragmenter les phrases, disséquer le récit aux allures de « confession » jusqu'à le rendre cohérent.

Des zones d'ombre demeuraient, néanmoins. À commencer par Anne... Qui était-elle vraiment? Un homme? Une femme... une *déesse*? Et s'il s'agissait bel et bien d'une personne, avait-elle vieilli depuis toutes ces années? Allait-elle mourir un jour? Tomber malade? Claude avait forgé son identité, son histoire; pourtant, il n'avait fait qu'apposer un nom sur un danger qui existait avant eux. Il s'était servi de la menace, de la peur, les avait amplifiées jusqu'à ce qu'elles aient valeur de protection et deviennent indissociables de leur instinct de survie. Le vieil homme avait agi en pédagogue, en instituteur. Et à l'exception de quelques « accidents », il fallait reconnaître que le procédé avait fonctionné! L'ogresse, Anne Dersbrevik, ou quel que soit son nom, avait gardé le clan. L'objet le plus terrifiant de la conscience tribale était, en fin de compte, ce qui leur avait permis de rester en vie.

C'est par le biais de ce trajet mental tortueux qu'Ismène, à sa plus grande surprise, aboutit au paradoxe suivant : *L'ogresse nous a protégés!*

Restait à savoir de qui ou de quoi.

Aussi, le passage du journal ayant trait au rituel, à la façon dont Claude l'avait proprement inventé, faisait écho. Son séjour passé auprès du vieil homme l'avait sensibilisée à la pratique. Mais il y avait plus que cela. Le récit de l'ancien à propos de cet aspect de la vie du Suspend l'avait touchée ; la voix de l'instituteur était entrée en résonance avec ses croyances, ses convictions. L'invention de ce qui était devenu leurs us et coutumes lui paraissait tout à la fois intelligente, subtile... et absolument nécessaire ! Il y avait eu de la part de Claude une intuition géniale.

Hémon se trompait gravement. Il sous-estimait l'importance de la tradition, pour récente et artificielle qu'elle fût. La tribu manquait de cohésion, c'était l'évidence. Les liens qu'Ismène avait toujours crus solides se relâchaient.

Le plus drôle était qu'elle avait grandi au milieu de ces actes codifiés sans jamais les comprendre ou y accorder la moindre importance. *Comme on comprend la soif quand l'eau vient à manquer !* se répétait-elle. Aujourd'hui, alors que les mœurs anciennes étaient bannies de l'espace commun, claquemurées dans le réduit des foyers, atrophiées, muselées, Ismène pouvait sentir le néant qui ne tarderait pas à engloutir le clan tout entier.

Puis il y avait tous ces gens qu'elle n'avait pas connus : Jill, Jean et ce Samson dont le rôle dans la vie de Claude demeurait mystérieux ; puis il y avait tous ceux qu'elle avait connus... et qui avaient aujourd'hui disparu. Elle avait beau s'évertuer au détachement, à la résignation, tenter de faire sienne la part sombre de leur devise, se « libérer » de tout et de tous, rien n'y faisait : Paula, Eurydice, Polynice et les autres lui manquaient.

La tête commençait à lui tourner. Elle ferma les yeux comme un carrousel fantomatique entamait une sarabande irréelle au-dessus des houppiers presque imbibés de nuit.

Une voix la fit sursauter.

— Ismène, il faut que je te parle !

— Pauline ? interrogea Ismène alors que sa mère prenait pied sur la passerelle. Que me veux-tu ?

Cette dernière avançait les yeux rivés au couloir, enjambant les espaces sournois qui jalonnaient le passage. Elle accéda à la plate-forme au terme d'un petit saut, puis vint se placer à côté d'Ismène. Elle lui saisit le bras pour l'entraîner à l'intérieur.

— Viens ! Nous n'avons pas beaucoup de temps !

Pauline s'arrêta dès le seuil franchi. Ismène, elle, recula, puis croisa les bras sur sa poitrine. Elle éprouvait une indicible défiance, le besoin de se tenir au-delà d'une marge.

— Je t'écoute, dit-elle.

— Tu es en danger, annonça Pauline.

— En danger ?

— Oui, c'est en rapport avec la prédiction de l'oracle.

— Nadine ? Elle... elle a dit des choses qui me concernent ?

— Pas exactement. En fait, elle a eu une vision au sujet de l'avenir d'Hémon.

— C'est... sérieux ?

— Très sérieux, Ismène ! J'étais présente. Nadine se remet peu à peu de ses blessures, mais elle délivre déjà ses visions !... Lorsque Hémon l'a interrogée sur son destin, elle lui a répondu qu'il aurait un fils et que celui-ci causerait sa perte. Elle a ajouté que même s'il tentait de tuer cet enfant qu'il ne connaît pas encore, il périrait par le courroux divin. « Ton sang causera ta perte », a-t-elle prédit. Tu aurais dû voir la tête d'Hémon, il était pétrifié. Il est très affecté par l'annonce. Il a immédiatement ordonné qu'on enferme la reine.

— Pourquoi veut-il séquestrer Antigone ? Que craint-il ? Qu'elle s'envole ?

— Tu ne crois pas si bien dire. Sa méfiance est en train de devenir maladive. Il s'est convaincu qu'une main invisible va tenter de ravir Antigone, qu'un dieu intercédera en sa faveur... Voilà pourquoi il la désire sous constante surveillance. Puis surtout... il a peur qu'elle soit *déjà* enceinte. Et il ne prendra aucun risque : au premier signe de grossesse, il la tuera ! Il n'attendra même pas de connaître le sexe du bébé... La mère et son fruit périront ensemble !

— Mais c'est horrible... Absolument horrible ! Il faut aider Antigone... il faut...

— Il ne faut rien du tout ! Tu sais très bien que nous sommes impuissants. Le sort de cette pauvre petite est scellé. C'est très triste, mais c'est ainsi... En plus, ça ne prend pas toutes les fois, tu sais. Certaines fois la graine se plante dans le ventre, d'autres fois non.

— En quoi tout cela me concerne-t-il ? C'est vraiment triste, mais je ne suis pas la reine, non ?

— C'est que... Hémon a décidé de t'enfermer, toi aussi. Phinée est venu me le répéter.

— C'est stupide ! protesta-t-elle. Je ne représente aucune menace ! Pourquoi ferait-il ça ?

Pauline leva les mains en signe d'impuissance.

— Il veut sans doute disposer d'un second « ventre », ou continuer de parader en attendant de connaître l'état d'Antigone. Il est évident qu'il a jeté sur toi son dévolu...

Ismène repensa au baiser et réprima un frisson. Alors Hémon avait décidé de la cloîtrer, de disposer d'elle comme bon lui semblait! Et elle devinait aisément les raisons de cette séquestration :

Il veut que nous « tombions »... Il veut disposer d'une reine de rechange... Et si par malheur je deviens grosse, il me supprimera! Sans pitié! Il a renoncé à toute progéniture, mais pas aux plaisirs qui précèdent.

— En fait, reprit Pauline, Romuald a une idée : il veut convaincre Nadine de changer sa prophétie. Elle pourrait forger une prédiction qui jettera le doute dans l'esprit d'Hémon... Mais pour l'heure, l'oracle est retombé dans un état inconscient. Et il est hors de question de lui soumettre notre plan tant qu'elle n'aura pas recouvré ses esprits.

Nadine? Ses « esprits »? songea Ismène. *Autant espérer qu'un hérisson apprenne à faire des cabrioles...*

— Pourquoi me confier tout cela? se méfia-t-elle. Pourquoi... m'aider?

— Nous avons besoin de toi, Ismène. La situation ne pourra durer ainsi éternellement, et le moment venu, nous aurons besoin de toutes les personnes disposées à nous aider.

— Disposées à faire quoi?

— Mais... à renverser le roi, bien sûr! Ce petit tyran doit tomber. Et tu restes notre meilleure alliée.

Le plus important, c'est qu'Hémon continue de te faire confiance...

— Confiance ? Il me fait tellement confiance qu'il a décidé de m'isoler ! se moqua Ismène. J'ignore pour quelle raison, mais je lui fais peur.

— Non, non... ce n'est pas de toi qu'il a peur, Ismène... C'est de la prophétie ! Et puis, de l'intérieur, tu pourrais nous être utile.

— Et s'il me tombe dessus ? s'énerva Ismène. Si je porte son enfant ? Qu'arrivera-t-il ? Vous y avez pensé ? Crois-tu que je pourrai dissimuler ma condition très longtemps ?

Pauline fit un pas en avant, puis chuchota :

— Séraphine dit qu'il existe des herbes... des préparations que l'on peut absorber et qui empêchent la graine de... tu sais...

Ismène leva la main pour l'interrompre. Tout dans ce discours calculé lui répugnait, elle sentait la nausée monter du fond de sa gorge. Une fois encore, elle avait la détestable impression de n'être qu'un jouet, une poupée de bois tendre que l'on agite ici ou là, une bête docile à qui l'on commande. Il était clair que la première génération avait arrêté sa décision, qu'elle allait devenir un instrument entre leurs mains revanchardes, un simple outil dont on se servirait le moment opportun, voire, que l'on sacrifierait...

— Je suis navrée, fit Pauline. Je crains que nous n'ayons pas le choix.

— Navrée ? Pas autant que moi, je peux te l'assurer. Je commence à en avoir plus qu'assez que l'on se serve de moi !

Puis, plus bas :

— Je pensais que tu allais m'aider... Ce que je peux être idiote ! À tes yeux, je reste un poids, c'est évident. Une bizarrerie que l'on regarde de travers.

— Ne dis pas ça, Ismène, protesta Pauline.

— Et pourquoi pas ! s'emporta-t-elle en se rapprochant. Tu crois que je n'ai pas capté les regards suspicieux que me lance Octave ?

— Ah ! ne sois pas trop dure avec ton père. Il faut le comprendre : il n'a jamais pu se projeter en toi, il ne se reconnaît pas. Et c'est une chose importante pour les hommes, crois-moi !

— Eh ! est-ce ma faute, à moi ?

— Non, bien sûr... (Elle médita un instant.) Tu sais, j'ai toujours pensé qu'il y avait quelque chose de... spécial en toi. Quelque chose que je ne pouvais pas saisir, une ombre qui n'a cessé de nous intriguer.

Ismène ne put retenir un souffle agacé.

— C'est très intéressant, mais je doute que cette « ombre » me soit utile en ce moment !

Pauline ouvrit la bouche. Elle voulut parler, cependant Ismène eut un nouveau geste de la main. Plus sec, cette fois.

— Laisse-moi ! dit-elle.

— Vraiment, lança-t-elle juste avant de sortir, je suis désolée que cela se passe de cette façon... Sincèrement désolée.

Ismène suivit le bruit décroissant des pas de Pauline, jusqu'à ce que le crépuscule l'avale tout à plein. Elle fit le tour de son abri, et à mesure qu'elle touchait les parois tantôt douces, tantôt rugueuses, la décision s'imposait à elle. Par réflexe, elle rassembla quelques affaires, tel un trousseau improvisé, mais, à y bien penser, rien ne méritait de l'accompagner. Elle trouvait source de gêne et d'encombrement dans le plus petit objet que son regard embrassait. S'asseyant sur le bord de son lit, elle se demanda de combien de temps elle disposait encore, puis, après avoir caressé la couverture du plat de la main, se leva, considéra le foyer vétuste, fit un dernier tour, et sortit.

Dehors, les sons lugubres se déployaient ; la faune s'enhardissait à mesure que le jour fuyait, emportant à toutes jambes les ultimes lueurs rassurantes. Il faudrait encore que les yeux s'accoutument à ce nouvel éclairage, que les pupilles se dilatent à outrance, accueillent l'éclat lunaire le plus falot, le plus insignifiant. La voûte étoilée saurait la guider, elle n'en doutait pas.

Il n'était pas question de parler à Louise : Ismène savait sa motivation bien trop fragile. Elle doutait que sa belle assurance résistât aux arguments de la raison. Il n'était pas non plus question de s'adresser à Romuald qui mettrait tout en œuvre pour contrecarrer ses plans ; elle lui était bien trop précieuse... bien trop utile !

Elle se plaça successivement aux quatre coins de la plate-forme hors d'usage, appréciant la perspective obscure que chaque station lui offrait. Puis, lorsqu'elle jugea que le temps était venu, elle s'engagea sur la coursive et rejoignit l'artère principale. Un peu partout, les mains expertes avivaient le margotin. On conjurait l'obscurité. On convoquait les ombres. Naissait une vague rumeur, quelque plainte, quelque part ; naissait le tabou aussi, plus feutré. Elle tourna la tête de gauche, puis de droite, et, finalement, prit le chemin de la cabane à l'échelle.

Elle regretterait de ne pas s'être échinée davantage à sauver Antigone ; mais battre sa coulpe ne ferait rien à l'affaire, elle le savait. Et comme Pauline l'avait suggéré, le sort de cette pauvre petite était « scellé ». En vérité, il n'y avait rien à faire ; et s'offrir en pâture ne contrarierait pas la marche prophétique... D'ailleurs, peu importait que Nadine eût déliré, que son oracle fût le fruit d'une imagination malade ou fantasque : dès l'instant qu'Hémon avait accordé son crédit aux visions divinatoires, le cours de sa vie avait dévié. Pour de bon.

À présent, ses paumes glissaient au long des câbles froids. Elle avançait mécaniquement. Un peu plus loin, on s'agitait en prévision d'une soirée baroque au cours de laquelle le roi confierait son projet d'avenir à ses sujets atterrés. Bien sûr, il leur soumettrait sa propre interprétation des paroles de la devineresse, les inéluctables décisions qui en découlaient... Il serait convaincant ; il serait secoué par une énergie sincère ; il serait effrayant.

Elle tourna à droite, et emprunta le couloir qui menait à l'échelle, un des plus petits du Suspend.

C'était évident maintenant : accepter de demeurer enfermée, sous constante surveillance, offerte au bon vouloir d'un satrape illuminé lui était tout bonnement impossible. Chaque parcelle de son être s'opposait par avance à cette éventualité. De la claustration, elle avait connu les affres que seule sa relation avec l'ancien avait su atténuer. Mais dans le cas présent... gestes, jeux, rites de substitution, rien n'y ferait, rien ne l'aiderait ; elle en était persuadée. Plus encore, pouvait-on vivre dans un état de peur permanent, dans la hantise de voir son ventre pousser, gonfler, s'arrondir jusqu'à ce qu'on vous assassine sitôt la chose découverte ? Et ces fameuses herbes dont lui avait parlé Pauline, étaient-elles vraiment efficaces ? C'était douteux, car, de tout temps, les naissances s'étaient succédé sans qu'aucune potion réfrénât jamais leur rythme. On cherchait à la rassurer. Rien de plus. On lui mentait. Encore.

Elle pénétra dans la cabane. La trappe était close, l'assemblage métallique soigneusement enroulé sur le côté. Elle s'approcha du trou, souleva le panneau qui l'obturait, puis jeta les filins et les marches qui s'y rattachaient. Le tout fila en un frottement aigu, agrémenté du bruit mat que provoquaient les barreaux en cognant le cadre de l'écoutille. L'échelle la soutiendrait ; c'était léger mais solide. C'est tout ce qu'elle savait... et tout ce qui l'intéressait ! Quand le dispositif se fut entièrement dévidé, Ismène se pencha au-dessus du rectangle ouvert. On devinait à peine les frondaisons à l'aplomb du chemin.

Elle aurait sans doute mal aux pieds. Sa peau ne connaissait que le contact du bois.

Il y a bien l'escalade, mais est-ce que ça compte ?

Aurait-elle dû s'enrubanner les pieds avec ces chausses de fortune grâce auxquelles on se prémunissait contre les pinçons de l'hiver ? Dans tous les cas, c'était trop tard. Et puis, les chasseurs n'avaient pas l'air de souffrir outre mesure : ils ne se plaignaient jamais. Elle s'y ferait !

Elle glissa une jambe à travers l'orifice et posa le pied droit sur le premier degré de l'échelle. C'était froid. Elle tremblait.

Évidemment, il restait une menace plus grande encore qu'Hémon et sa folie. *La* menace... l'ogresse... Anne... Était-il malin d'aller se fourrer de la sorte dans la gueule de la Bête ? Combien de temps pourrait-elle survivre, en bas ? Pourrait-elle poser un pied sur le sentier sans qu'immédiatement le monstre la flaire, l'attaque ? N'était-il pas déjà en embuscade ? Une petite voix dans l'esprit d'Ismène parvenait tout juste à dompter l'angoisse :

Allons ! Le carnet de Claude t'a fourni des informations précieuses : tu en sais plus que les autres... plus que les chasseurs même ! Souviens-toi, c'est écrit, de la main de l'ancien... Anne est une invention... un épouvantail.. c'est écrit !

Oui, c'était écrit. Mais il y avait le danger bien réel que cette supercherie cachait ; il y avait les morts — tous ces morts ! — ; il y avait le danger. Ça aussi, c'était écrit !

Il se peut aussi que l'ogresse ait vieilli, qu'elle soit diminuée... C'est possible...

Oui, c'était possible.

Elle posa son autre pied sur l'échelle. C'était la première fois qu'elle se tenait ainsi, que le bas de son corps dépassait la frontière basse du clan. Ses mains étaient encore plaquées sur le plancher.

Comme elle hésitait, sa mémoire, telle une chiquenaude d'encouragement, lui imposa le visage d'Hémon. Elle se revoyait après que la branche eut cassé, tout près de Séraphine haletante et du roi que le clan acclamait. Elle le sentait encore s'approcher d'elle, lui saisir la nuque, poser ses lèvres contre les siennes... et elle comprit que sa fuite était impérative. Non parce qu'elle était en danger et qu'Hémon n'éprouverait aucun scrupule à percer les ventres qui menaceraient son trône, mais parce qu'elle sentait grandir en elle un péril autrement plus lâche et plus insidieux, comme un ennemi intérieur, comme un écueil immonde, comme... Hémon et ses baisers délicieux ! Une force incontrôlable dans son ventre risquait de nourrir du désir envers cet être sanguinaire. Et cela, c'était proprement révoltant ! Elle n'était pas certaine de résister aux charmes de ce roitelet cruel qui pourrait tout à fait se résoudre à la supprimer... après l'avoir ensemencée !

Son corps avouait un vice coupable. Mieux valait affronter l'ogresse que ces passions abjectes.

Lorsqu'elle jugea avoir recouvré son empire, elle attrapa les câbles que son corps mettait en tension.

Enfin, lentement, elle commença de s'enfoncer dans la nuit.

24

Les sentiers

La descente se révéla laborieuse. Sous ses jambes, le bas de l'échelle ne cessait de se cabrer vers l'avant ; les barreaux, en se dérobant, rendaient la manœuvre périlleuse. Ismène franchit quelques degrés et sentit le bas de son corps s'engouffrer au travers du camouflage végétal. Guère aidée par l'obscurité, elle se griffa le haut des cuisses au contact des rameaux entassés qu'on avait disposés là. Le vêtement qu'elle avait sur le dos accrocha ensuite les branchages, et elle dut à plusieurs reprises lâcher une main pour se dégager des doigts ligneux qui semblaient vouloir la retenir ici. Elle connut un moment de panique lorsque ses cheveux se prirent à leur tour dans les tiges torses et poisseuses. Elle dut se résoudre à abandonner quelques mèches au ventre de ce filtre vorace, et passa outre à l'ultime ligne qui masquait le Suspend avec l'impression de s'extraire d'un tamis gigantesque.

La seconde partie de sa course fut encore plus difficile. Comme personne ne se trouvait en bas pour retenir le dispositif, les filins ballottaient au gré de ses mouvements maladroits. Ses pieds cherchaient les degrés, tâtaient, manquaient la surface, passaient au travers des câbles ; et ce faisant, les secousses imposaient un balancement toujours plus ample. Elle devait s'arrêter fréquemment pour que l'échelle daignât s'immobiliser à la verticale. Elle tentait de se maîtriser, de se concentrer sur les sensations nouvelles que son corps percevait. Les sons semblaient différents — jeu de l'imagination ? —, l'air aussi semblait différent... plus chargé, plus lourd. C'était à la fois familier et nouveau. C'était excitant... et terrifiant ! Elle fut bientôt en nage, et ses mains, que la crispation avait fatiguées prématurément, se mirent à glisser sur les barreaux. Elle avait beau frotter ses paumes contre sa pelisse, rien n'y faisait, son derme se recouvrait sans délai d'une couche de sueur. La peur commençait à la submerger. À quelle hauteur se trouvait-elle ? Quelle distance devrait-elle encore parcourir ? Son esprit s'embrouillait, délivrait des informations fantasques. Elle se figurait à présent que, par le truchement de ses échelons lisses, l'assemblage était déterminé à se défaire d'elle, à faire tomber cette piètre chasseresse qui pesait de toute sa masse. Ou alors... c'était un dieu qui l'avait jugée trop inexpérimentée... qui avait fait le choix de la punir pour son excès de confiance, d'orgueil... Avait-elle, dans sa fuite, refusé de se soumettre au destin qui était le sien ? Elle ne savait plus.

Elle allait lâcher prise lorsque ses orteils touchèrent le sol. Avec une lenteur infinie, elle prit pied sur ce territoire inconnu, détaillant chaque sensation que lui communiquait le bas de son corps. C'était stable, dur, mais pas autant que le plancher du Suspend. Elle se baissa et caressa les éléments qui jonchaient les abords du chemin : il y avait de la mousse, de la terre, de menus cailloux et, près du large tronc, un amas de plantes et de feuillages dont la nuit ne laissait distinguer l'espèce.

Elle patienta jusqu'à ce que ses yeux s'accoutument à son environnement, écoutant les sons timides que les frondaisons émettaient. Elle fit un pas de côté et sentit qu'elle se trouvait sur un sol égal, nivelé. Elle était sur le sentier. La plante de ses pieds lui expédiait des petits signaux de douleurs, quoique supportables, comme des fragments de terre sèche ou de minéraux s'incrustaient dans sa peau trop peu garnie de corne. Encore un moment, puis la forêt s'offrit dans une lumière pudique. Dans la futaie, au milieu du néant, les ondes de lune et d'étoiles révélaient un paysage incertain ; breuils, bordées de genêts, tiges et corymbes de toute taille, le décor spectral semblait prendre vie. Les sous-bois gagnaient en profondeur, se chargeaient d'ombres méfiantes.

Ismène devait maintenant réfléchir et prendre les bonnes décisions. Une pulsion lui dictait de se mettre en marche vers la rivière, de se rapprocher d'une source d'eau. Car avec l'eau commençait la vie. Et de là...

De là, nous verrons bien ! délibéra-t-elle.

Un mouvement sur le côté la surprit. Elle ne comprit ce qui se passait que lorsque les reflets métalliques furent déjà hauts. On remontait l'échelle. Elle manqua se précipiter pour retenir le dernier barreau, geste absurde : elle se trouvait exactement où elle voulait, et il n'était pas question pour elle de revenir sur sa décision. Pas pour l'instant, en tout cas...

C'est sans doute Pauline qui m'a suivie... Elle aura cru bon de remonter l'échelle, de protéger le clan.

Protéger le clan de l'ogresse qui se trouvait peut-être là... en ce moment...

La tête encore inclinée, elle déglutit à grand-peine, suivant l'éclat terne de l'échelle qui se rétractait. Il y eut un bruissement quand la queue du dispositif accrocha la végétation qui bordait l'ouverture faite à l'épais camouflage.

Ismène, ensuite, eut beau chercher, elle ne vit rien ; pas une lueur, pas un mouvement : la protection était aussi efficace qu'on pouvait l'espérer, et il eût été bien impossible à un promeneur ignorant de découvrir l'existence du village accroché loin au-dessus de sa tête !

Elle sentait son cœur émettre de puissants battements. Elle hésitait à présent sur la direction à prendre. Les indications qu'avaient données les garçons à l'occasion de leurs récits de chasse semblaient bien loin. Gaspard avait souvent parlé du chemin qui mène à la rivière, c'était... vers le nord, lui avait-il expliqué.

Le nord ? Elle tourna sur elle-même deux fois, chercha la lune, espérant une sorte d'indication géographique, mais elle dut se résoudre à accepter la terrible réalité : rien ni personne ne lui fournirait ici assistance.

À main droite, le chemin lui parut plus clair. Elle y vit un signe et s'y engagea à pas mesurés, pupilles bées. De part et d'autre, la forêt débarrassée de toute pollution lumineuse s'arrachait à la boue. Ses yeux avalaient le plus petit rehaut, se gorgeaient de l'onde la plus fragile. En réalité, son regard n'avait jamais porté aussi loin. C'était une expérience troublante ; et des paroles qu'elle avait entendues lui revenaient avec acuité : « Il ne fait jamais complètement noir ! Dans le camp, les feux nous empêchent de contempler le lointain, mais par une belle nuit, par une belle lune, les hommes ont une vue aussi développée que celle des chouettes ! » C'était vrai. Elle avançait sur un axe radieux, bordé de ramées munificentes, et lorsque d'un pas souple elle écrasait une brindille, elle croyait interrompre une musique nocturne. À l'exception de petits cris farouches ou de faibles hululements qu'elle n'avait jamais distingués d'aussi près, elle était, heureusement, cernée par des sons qu'elle connaissait.

Au fil des années, nous nous sommes enfermés dans un cocon au-delà duquel les animaux ne s'aventurent plus, se parla-t-elle. *Il faut venir ici pour redécouvrir une partie de la faune...*

Le chemin suivait une courbe et la conduisit devant un arbre tombé au milieu de la route. Elle tâta la souche, et sa main rencontra une chose visqueuse qui se déroba, effrayée par cette intrusion. Elle longea le tronc et entra suffisamment loin dans les fourrés pour remarquer qu'un autre chemin, plus petit, serpentait là. Elle enjamba la lisière d'un taillis et se campa sur la sente qu'elle estima orientée vers un point identique.

Un peu plus loin, au cœur des frondaisons, une masse attira son attention. Il y avait là une sorte de boule qui refusait de révéler ses contours, une sorte... de dôme. Intriguée, Ismène se rapprocha, cependant qu'une intuition lui piquait les cervicales. Elle ralentit, se rapprocha encore un peu, et contempla enfin le monticule qui s'offrait pleinement.

La butte... c'est la butte de terre ! Je me trouve sur le territoire de l'ogresse !

Elle rebroussait déjà chemin, se répétant pour se calmer qu'il ne s'agissait que d'une invention... quand tout à coup, elle aperçut deux billes rouges qui luisaient dans la nuit. Elle se figea. Ça se tenait là, dans le couvert qu'elle venait de franchir. Ça la fixait. Les deux points disparurent très brièvement, puis furent à nouveau visibles... comme le clignement d'une paire d'yeux injectés de sang. Ismène fit un pas en arrière. La chose poussa un effroyable râle. C'était elle... c'était la Bête ! Froissement et brindilles écrasées lui indiquaient que la chose se mettait en mouvement : elle sortait des fourrés pour se jeter sur elle ! Ismène fit demi-tour et, animée par une force impérieuse, se mit à courir aussi vite qu'elle le put. Le paysage disparut. Il n'y avait plus aucun détail, plus rien. Rien que la peur. Derrière elle, par-dessus les battements cardiaques qui lui labouraient les tempes, elle pouvait entendre la cavalcade monstrueuse ; c'était proche. Très proche... elle perçoit déjà les effluves nauséabonds. Elle croit que la peau de ses pieds se déchire, des bouts pointus se fichent dans la chair. Sa foulée devient anarchique. Un virage, elle sent l'herbe qui borde le chemin, elle dévie de sa trajectoire. Guidée par ses sens les plus primitifs, elle se risque dans la nuit sans autre but que d'échapper à la capture. Survivre. Elle réussit à se replacer sur le milieu de la route, lorsqu'elle sent qu'on lui frôle le dos. Elle fait tout son possible pour accélérer, mais elle ne commande plus à ses jambes ! Son cœur va bientôt se décrocher de sa poitrine, sortir par sa bouche pour continuer de battre furieusement, ici ! sur le chemin ! L'aiguillon de la terreur, même, devient inefficace ! Sous peu, tout sera fini... *Rrrtoaaaaa ! Rrrtoaaaa !*

La chose pousse à présent des cris rauques, bientôt l'assaut final. *Rrrtoaaaaa!* C'est tout près, presque un murmure bestial susurré à son oreille... Ismène ferme les yeux. Une branche basse lui érafle les mollets, puis elle reçoit un coup formidable sur le front...

Elle eut l'impression que sa tête éclatait. Ses jambes continuèrent de la porter, tel un faisan fraîchement étêté, puis elle s'écroula.

Quelques images flottaient encore quand elle reçut l'haleine putride au creux de la nuque.

25

L'antre

Ce fut la douleur qui la réveilla. Ismène avait l'impression qu'on lui enfonçait des épingles à l'intérieur du crâne. Elle avait un mauvais goût dans la bouche, et chaque tentative qu'elle faisait pour ouvrir les yeux se soldait par un étourdissement qui la replongeait dans un état d'abrutissement profond.

Lorsque le lancinement fut à peu près supportable, elle entrouvrit les paupières et s'assit prudemment. Elle reposait sur une claie, légèrement surélevée, encadrée par des supports triangulaires ; la couche était faite d'un tressage de branches souples recouvert d'une peau qu'on avait grattée et tannée. Au pied du lit, une boîte percée de trous inégaux diffusait une lumière faible ainsi qu'une odeur caractéristique de graisse brûlée. Peu à peu, le lumignon lui révélait son environnement : elle se trouvait dans une grotte minuscule, aux parois concaves creusées à même la terre. Au-delà de ce mobilier rudimentaire, la cavité était obstruée par une autre claie apposée à la verticale contre les côtés de l'ouverture. Au pied du lit, près des traverses, un ensemble de pierres empilées et grosses comme le poing figurait un petit cairn. Lorsqu'elle approcha sa main, elle constata que la roche dégageait de la chaleur et en déduisit qu'on avait porté ces pierres au rouge dans un bon feu pour ensuite les disposer ici en guise de chauffage. Dire qu'il faisait bon eût été exagéré, mais le système avait porté la température du lieu à suffisance.

En se palpant la tête, elle constata qu'une méchante bosse avait poussé au milieu de son front. Lorsqu'elle toucha l'appendice pour en déterminer les contours, un tiraillement aigu se répercuta à travers ses orbites, la laissant pantelante, au bord du malaise. Elle tenta, au milieu des brumes, de rassembler ses derniers souvenirs.

Elle avait couru pour échapper à cette chose... on l'avait frappée... puis on l'avait transportée ici. Est-ce qu'elle se trouvait en ce moment dans la tanière de l'ogresse ? C'était grotesque, pourtant, l'ogresse n'existait pas !... Non... Et d'abord, pourquoi était-elle encore en vie ? Elle était blessée, mais vivante, *bien vivante*, la douleur était là pour le lui rappeler !

Pourquoi l'ogresse se serait-elle donné toute cette peine ? se demanda-t-elle. *Ça n'a aucun sens ! Elle aurait dû me tuer avant de m'amener dans son antre !*

Ismène ne comprenait plus rien. Elle se leva, doucement, et ses cheveux entrèrent en contact avec le haut de la « pièce ». L'endroit était si confiné qu'on ne s'y tenait debout qu'à demi voûté. Elle esquissa un pas vers l'avant et sentit que la plante de ses pieds avait été enduite d'une substance pâteuse puis recouverte d'un large morceau de tissu noué au moyen d'une lanière de cuir. Tout cela devenait de plus en plus étrange... Non content de l'avoir allongée, on l'avait aussi soignée.

Elle s'était mise en quête d'un récipient d'eau quand un bruit derrière le panneau attira son attention. On venait. Ismène sentit son pouls s'accélérer. Elle crut que son cœur avait migré jusqu'au sommet de son corps tant les cognements lui vrillaient le crâne. Prise au piège, elle recula, jusqu'à s'adosser à la paroi terreuse.

Le tressage ajouré bouchant la caverne filtrait, par endroits, l'éclat d'un lumignon qui se rapprochait. Près du seuil, sur le sol granuleux, Ismène suivit les ombres se déplacer de gauche à droite, s'étirer... puis se figer. Elle manquait d'air, de grosses gouttes lui coulaient dans le dos. Elle vit quatre doigts se poser sur le côté de la claie. Puis la claie pivota.

Il fallut quelques instants à Ismène pour refouler les images fantasmatiques. D'un revers de la main, elle essuya la sueur qui depuis les sourcils lui baignait les yeux, et détailla l'être qui venait d'entrer.

C'était une étrange créature. Elle tenait une torche qui éclairait son vêtement, noué à la taille, d'où sortaient de petites épaules ; elle avait une mâchoire étroite, encadrée de longs cheveux clairs, et derrière un masque crasseux, la peau de son visage était très pâle. Loin d'évoquer un monstre de conte, tout dans cet être indiquait qu'il s'agissait d'une personne... d'une *femme*!

La « créature », ensuite, pénétra dans la grotte, mais de côté, la tête inclinée... Elle était agitée par un geste répétitif : sa main se levait brusquement, touchait ses cheveux, puis redescendait au niveau de son menton. Le spasme suivait un cycle très court qu'elle reproduisit une bonne dizaine de fois en s'enfonçant dans la cavité. Lorsqu'elle se trouva tout près d'Ismène, elle se redressa et modifia son geste; sa main touchait alternativement son front, puis le front d'Ismène. Cette dernière laissa échapper un cri lorsque les doigts lui effleurèrent la peau. Elle était terrorisée, mais redoutait par-dessus tout que la gesticulation lui provoquât d'autres souffrances en écrasant sa blessure. Se dominant peu à peu, elle observa qu'il s'agissait bien d'une femme, une adulte dont la poitrine opulente distendait la pelisse. De façon curieuse, la femme n'osait lui lancer que des regards fugaces. Ses orbites, comme deux billes claires, roulaient au-dessus de son nez, tandis que sa tête demeurait immobile. Elle sentait fort, elle sentait l'adulte, et l'aisselle de son bras en mouvement abritait une forêt de poils noirs et suintants.

Une contraction plus vive que les autres atteignit sa boursouflure.

— Aïe! gémit Ismène.
— Aïe! fit la femme d'une voix aiguë.
— Ça fait mal! ajouta Ismène, décontenancée.
— Mal... mal... mal..., répéta la femme. Ça fait mal!
— Tu... Tu comprends ce que je dis? balbutia Ismène.
— Oui, rétorqua sèchement la femme.

Par paliers, Ismène sentait les muscles de son dos se détendre. Alors qu'une forme élémentaire de communication s'instaurait, elle eut le pressentiment que cette femme ne lui voulait aucun mal, que cette pantomime étrange n'était qu'un mécanisme de défense.

— Je m'appelle Ismène..., murmura-t-elle. Et toi?
— Père dit que je m'appelle Mikaya.
— Mikaya...

Puis, levant les yeux, elle demanda :

— C'est quoi cet endroit, Mikaya ? Tu vis ici ?
— Oui.
— C'est toi qui m'as amenée ici ?
— Non.

Elle répondait avec une sorte d'économie dans la voix, sans attendre, sans même se donner la peine de réfléchir.

— Alors, c'est... c'est ton père qui m'a transportée ?
— Père. Oui.

Il y avait dans son empressement un gage de sincérité qui apaisait Ismène. Elle éprouva cependant le besoin de demander :

— Tu... tu ne vas pas me faire de mal, Mikaya ?

Interrompant son geste compulsif, la femme fixa Ismène et lui dit :

— Mal ? Non... *Pas moi.*
— Comment ça ? s'alarma Ismène. Quelqu'un d'autre veut me faire du mal ici ?
— Mal... mal... mal...

Ismène sentit sa bosse lui expédier de nouveaux signaux douloureux.

— Mikaya ? demanda-t-elle. Mikaya ?...

La femme avait repris son geste obsessionnel et semblait ne plus lui accorder d'attention.

— Mikaya ? interrogea-t-elle encore. Mikaya !

Le ton trop dur provoqua un mouvement de peur chez la femme, qui recula tout en levant les mains au-dessus de sa tête comme pour se protéger.

Elle est terrorisée, constata Ismène. *Au moins autant que moi...*

Elle s'approcha et lui prit doucement le bras.

— Calme-toi, Mikaya. Je ne voulais pas te faire peur.

— Peur !

Décidément, le comportement de cette femme était des plus étrange. Ismène avait l'impression de s'adresser à une enfant prisonnière d'un corps adulte. Il faudrait user de tact et de patience pour obtenir des renseignements cohérents.

— Mikaya, reprit-elle calmement. Où sommes-nous ? Dans une caverne ?

— Terre... sous la terre.

— Nous sommes *sous* la terre ? Et... il y a quelqu'un d'autre ? Il y a ton père, c'est ça ?

— Père dit que je m'appelle Mikaya.

Ismène soupira.

— Mikaya, où est ton père ? Où est-il ?

— Parti. Il va revenir.

— Quand ?

Mikaya secoua la tête en signe d'ignorance.

— Il est parti loin ? demanda Ismène.

Mikaya secoua la tête derechef.

— Je sais pas. Il y a les autres.

— Quels autres ? s'enquit Ismène.

— Les autres. Là-bas.

Elle reculait vers la sortie.

— Comment ça, *les autres* ? demanda Ismène.

De la même façon qu'elle était entrée, Mikaya quitta la niche terreuse, et la lumière baissa d'un coup.

— Là-bas ! lança-t-elle en partant vers la droite.

À l'idée de rester seule, Ismène éprouva une bouffée d'angoisse. Elle se faufila à l'extérieur et marqua un arrêt sitôt la porte franchie. De part et d'autre partaient deux boyaux, étroits et voûtés, creusés à même la terre, tel un terrier dans lequel deux personnes de petite taille ne se seraient croisées qu'avec force difficultés. Les parois étaient inégales et le sol rocailleux s'enfonçait dans d'insondables ténèbres. Depuis l'intérieur, la lumière de la lanterne bavait de chaque côté du seuil, révélant une coudée de terrain, guère plus. Sur la droite, à une dizaine de pas, Mikaya s'était arrêtée ; la portion de galerie qui les séparait était à présent plongée dans l'obscurité la plus totale. La femme patientait, attendant qu'Ismène la rejoignît. Elle avait levé sa torche à hauteur du menton, et Ismène l'observa de nouveau effectuer ses mouvements compulsifs.

— Là-bas, radota-t-elle avant de se remettre en marche.

Ismène hésita un instant, mais la perspective de perdre Mikaya de vue était trop effrayante. Sans plus attendre, elle se lança à ses trousses, tentant de combler le retard qu'elle accusait déjà. Elle trottait aussi vite que le terrain accidenté le lui permettait, l'échine courbée, la démarche malhabile, les mains frôlant les parois. Et très vite, sa tête fut de nouveau le réceptacle de maux violents.

— Pas si vite, Mikaya ! cria-t-elle. Attends-moi !

Mais la femme ne ralentissait nullement la cadence. Tout juste daignait-elle faire une courte halte au hasard des coudes formés par le chemin, de sorte que l'éclat de sa torche continuât d'attirer Ismène qui progressait à marche forcée, remarquant, alors que Mikaya les éclairait brièvement, plusieurs ouvertures qui perçaient les parois ; les bouches indiquaient le départ de nouvelles galeries ou encore l'existence de nombreux renfoncements. Ce lieu improbable dans lequel elle se déplaçait à la manière d'un rongeur dévoilait ses entrailles labyrinthiques.

Après une série de bifurcations qui la conduisirent au cœur d'un passage plus resserré, Ismène commença de ressentir une gêne, une sensation d'étouffement... Une masse invisible lui comprimait la poitrine. Elle crut bientôt que le corridor se refermait sur elle, que les côtés se rapprochaient, qu'ils allaient la retenir, la bloquer, la comprimer jusqu'à lui faire éclater les os. Elle dut ralentir pour se calmer, et à mesure que Mikaya la distançait, que l'éclat de sa torche faiblissait, Ismène pouvait sentir la peur archaïque du noir et de l'abandon bouillonner au creux de son nombril.

— Mikaya! hurla-t-elle à s'en brûler la gorge.

Elle était à deux doigts de s'arrêter. Elle voulait s'asseoir, se mettre en boule, pleurer. Ses nerfs allaient lâcher. Seule une impulsion forcenée la poussait à poser un pied devant l'autre ; une nappe de sueur toujours plus épaisse lui poissait les omoplates.

Alors que le boyau amorçait une légère déclivité, Ismène perçut la caresse d'un souffle contre sa peau. Le vent... Le déplacement d'air était presque indécelable, mais n'en trahissait pas moins la proximité d'un point d'accès vers le monde extérieur, le monde *du dessus*!

Si je peux sentir l'air, c'est que je suis proche de la surface, pensa Ismène.

Un peu plus loin, la brise gagnait en force, avant de se transformer au bout d'une vingtaine de pas en véritable courant d'air, en haleine souterraine chargée de senteurs venues du dehors. Ismène perçut bientôt le hululement typique d'une bourrasque sifflant dans un pertuis. Ragaillardie par cette musique, par le souffle frais qui soulevait ses cheveux, elle augmenta son allure, et, tandis que le chemin continuait à monter, la chaude lumière du jour apparut enfin. Elle se mit à courir, insensible aux arêtes qui lui égratignaient les épaules. La clarté, violente et crue, la contraignit à plisser les paupières, à regarder devant elle à travers le filtre de ses mains placées en coupe ; et dans sa précipitation, elle passa d'un aveuglement à un autre... Mais que cette cécité-là lui semblait douce !

Lorsqu'elle eut atteint le point lumineux le plus intense, cependant, elle déchanta très vite... car à cet endroit, nul chemin ne conduisait à l'air libre, nulle faille ne permettait de s'échapper des galeries oppressantes. En réalité, Ismène se trouvait à l'aplomb d'une large cheminée criblée de racines chétives, d'une ouverture grossière aussi large que le bras tendu. L'orifice supérieur de ce conduit vertical se situait loin au-dessus de sa tête. Et c'était par là que s'engouffraient l'air et le jour qu'elle avait espéré.

Elle était en train d'envisager les conditions d'une escalade vertigineuse, lorsque Mikaya surgit à côté d'elle.

— Faut pas rester là ! dit-elle en la tirant par le bras.

Elles se tenaient à présent dans une zone ombragée, protégée du contact direct des rayons du soleil.

— Est-ce qu'on peut sortir par là-haut, Mikaya ?

— Faut pas rester là ! s'entêta-t-elle.

Ismène se massa les tempes. Les conséquences de sa course échevelée commençaient à se faire sentir.

— Pourquoi il ne faut pas rester là ? s'agaça-t-elle.

— C'est dangereux ! dit Mikaya.

— Mais...

— Dangereux. *Le jour...*

S'animant de nouveau, Mikaya s'enfonça dans la galerie. La poursuite reprit.

Elle s'imagina, au début, que le sang bourdonnant à ses oreilles altérait sa perception des sons. Les battements de son cœur semblaient un martèlement répétitif, pour ainsi dire mécanique. Chemin faisant, tandis que l'étroit couloir suivait un dénivelé progressif, des éclats se mélangèrent aux cognements... des éclats de voix ! Cette fois, l'illusion n'était plus permise : on distinguait, au fin fond de ce dédale, la plainte née de quelque labeur harassant.

— Il y a quelqu'un, ici ? demanda Ismène en rejoignant Mikaya qui s'était arrêtée à une bifurcation.

La femme se livra encore à quelques simagrées.

— Oui. Il y a les autres, répondit-elle.

Cette fois, Mikaya prit Ismène par la main et l'entraîna dans un corridor. Elles progressèrent ainsi, l'une devant l'autre, se rapprochant à chaque pas des cris qu'on croyait de souffrance. L'extrémité du boyau se prolongeait par une mince corniche. En large ouverture, l'avancée surplombait une nouvelle grotte d'où jaillissait de la lumière venue du dessous. Depuis la galerie, on ne pouvait rien voir, et il fallut qu'Ismène se positionnât au bord de la saillie pour comprendre l'origine des bruits qu'elle avait perçus quelques instants plus tôt.

26

Les taupes

Ismène se trouvait en haut d'une crypte monumentale reliée à plusieurs tunnels, tel un collecteur géant que des baliveaux ébranchés renforçaient de toute part, en biais, endiguant une implosion. Il faisait un peu plus froid, plus humide aussi. Au creux de cette fosse, faiblement éclairés par quelques feux disposés çà et là, une vingtaine d'individus, hommes, femmes et enfants, s'affairaient près des parois. Depuis son point d'observation, Ismène crut surprendre l'activité d'une société d'insectes rigoureusement organisée : les hommes tenaient dans leurs mains des outils, qui des manches couronnés de pointes épaisses, qui de simples bâtons effilés, grâce auxquels ils pratiquaient un forage horizontal, creusant les flancs de la caverne. Au fur et à mesure de l'excavation, les plus jeunes récoltaient la matière accumulée au sol dans des sortes de sacs. Une fois pleins, les sacs étaient acheminés vers un autre lieu que les enfants rejoignaient par une galerie attenante. Les travaux s'effectuaient sans causerie, tout juste ponctués par les grognements d'effort, le raclement des pointes et le roulement des pierres délogées de leur gangue terreuse. Il apparaissait, dans ce fourmillement, que chacun avait reçu une fonction et une tâche précises dont il s'acquittait sans piper mot.

Entraînant Ismène à sa suite, Mikaya descendit un chemin qui faisait le tour du dôme évidé. Pour faire saillir l'étroit passage, on avait érodé la paroi jusqu'à ce qu'un encaissement en spirale se dessine sur toute sa longueur. La tranchée, ainsi, faisait communiquer les réseaux supérieurs et inférieurs. Ismène progressait lentement, une main effleurant la surface, jetant de rapides coups d'œil au groupe d'individus toujours à pied d'œuvre. Au cours de leur descente, le son de la crypte se modifiait : les coups s'espaçaient, se raréfiaient... l'activité perdait en force. Au bout d'un moment, les bruits s'arrêtèrent pour de bon. Ismène constata que plus personne ne bougeait ; tous les observaient. Alors qu'elles amorçaient la dernière partie de la spirale, quelqu'un murmura : « C'est elle... Elle n'est pas très pâle ! » Ismène voulait disparaître, rebrousser chemin. Avait-elle commis une grossière erreur en suivant Mikaya jusqu'ici ? Car si la plupart des visages trahissaient l'étonnement, certaines œillades lui semblaient aussi piquantes que les ronces.

Tais-toi ! se dit-elle. Courbe l'échine, ne réponds que si l'on te pose une question.

Conduite jusqu'au centre de la grotte, Ismène nota que près de la moitié des femmes étaient enceintes. D'aucunes s'étaient drapées dans des peaux amples et chaudes ; les vêtements laissaient entrevoir leurs seins et leurs ventres renflés. De même qu'Ismène, tous avaient les pieds enveloppés dans un morceau de jute que ceignait une lanière de cuir. Ils avaient les cheveux courts, les ongles noirs ; certains hommes avaient de la barbe, et Ismène fut frappée par la blancheur cadavérique de leur peau où s'étaient incrustées des croûtes de poussière et de saleté.

Le temps sembla se figer un instant, puis un homme s'approcha de Mikaya pour lui arracher la torche des mains.

— Mikaya, bon sang ! Il y a trop de graisse là-dessus ! Tu veux nous asphyxier ?

Il avait une tête de plus que les autres. Ses grosses dents suivaient un alignement inharmonieux et semblaient sur le point de jaillir de sa bouche. Il avait levé son bras qu'il avait massif et bosselé dans l'intention d'expédier un coup à Mikaya. Cette dernière, en prévision, s'était reculée, se plaçant juste à côté d'Ismène qui crut un instant que la main calleuse allait s'abattre sans distinction. L'homme retint son geste, toutefois, laissant échapper un long soupir exaspéré. Il fixa Ismène, et les mots claquèrent comme des gifles.

— Toi ! Qu'est-ce que tu faisais là-haut ? Tu t'es perdue ?

Ismène voulut répondre, mais la voix terrible l'avait tétanisée. Tout juste réussit-elle à ouvrir la bouche et à opiner d'un tremblement de la tête. Quelqu'un toussa, puis l'homme inclina le buste vers l'avant, levant légèrement la tête. Lorsque Ismène vit que ses narines frémissaient, elle comprit qu'il était en train... de la renifler !

— C'est quoi cette odeur ? D'où tu viens ?

— Du Suspend, parvint à articuler Ismène.

L'homme jeta un coup d'œil à un individu plus jeune qui se trouvait un peu en retrait. Celui-ci secoua la tête. L'homme se tourna de nouveau vers Ismène.

— Le *Suspend* ? marmonna-t-il. C'est quoi ça... un terrier ? C'est loin d'ici ?

— Non, dit Ismène. C'est là-haut... dans les arbres.

Un bruissement de commentaires monta dans la caverne. La réponse qu'elle venait de fournir avait suscité l'étonnement... ou la crainte ? Elle ne savait dire.

— Donc tu sais grimper ? demanda l'homme.

— Grimper ? balbutia Ismène sans être certaine d'avoir saisi. Eh bien, oui...

Un nouveau murmure parcourut l'assemblée. Un murmure d'approbation, cette fois.

— Tu grimpes pour te protéger ? s'enquit l'homme.

Ismène fronça les sourcils. Elle commençait à comprendre...

Ces gens sont comme nous, ils se protègent... Voilà pourquoi ils vivent terrés ici !

— Oui, répondit Ismène un peu rassurée. Nous vivons dans des abris.

— Vous êtes nombreux ?

— Comme vous, à peu près, dit-elle en désignant l'assemblée.

— Pourquoi tu es partie ?

— J'étais en danger. Quelqu'un voulait me faire du mal.

— Qu'est-ce que tu lui as fait ?

— Mais rien du tout ! C'est... c'est compliqué.

— Alors, tu as fui ?

— Oui. Je ne savais pas trop où aller. J'avais dans l'idée de me rendre près de la rivière.

— La rivière ? s'étonna l'homme. Et qu'est-ce que tu aurais fait là-bas ?

— Je ne sais pas trop, je comptais m'installer, profiter de l'eau, du poisson. En plus, l'été viendra très vite. Bientôt il fera beau, chaud... il y aura du soleil !

L'homme se recula brusquement. Un cri d'horreur avait résonné dans la caverne. Ismène baissa la tête, sa bosse la martyrisait de plus belle.

— Mais tu n'aurais pas eu le temps de creuser un abri si vite ! s'alarma-t-il. Tu comptais t'abriter dans une grotte, c'est ça ? Il y en a près de la rivière.

— Oui..., marmonna-t-elle. Pourquoi pas... Même si une grotte ne me paraît pas une protection très efficace.

— Qu'est-ce que tu racontes ? Une grotte convient tout à fait ! Certains d'entre nous y ont déjà passé des journées entières parce qu'ils s'étaient fait surprendre par l'aube !

— Par... *l'aube* ?

L'individu plus jeune qui se tenait derrière s'avança. Ismène remarqua qu'il lui manquait deux phalanges à la main droite. Il avait de grands yeux noirs, le pourtour de ses iris était constellé de taches marron.

— Pourquoi ta peau est-elle aussi foncée ? s'enquit-il d'un ton acerbe.

— Ma peau ? s'étonna Ismène en se touchant la joue. Qu'est-ce qu'elle a ma peau ?

— Elle n'est pas très pâle ! siffla le garçon. Ce lieu dont tu parles, ce... *Suspend*. (Il avait prononcé ce dernier mot avec une pointe de dédain.) Êtes-vous réellement protégés des rayons du soleil ?

Ismène fit la moue. Le dialogue devenait absurde.

— Bah ! si nous entrons dans nos abris, nous sommes à l'ombre, bien sûr ! répondit-elle sans comprendre où le garçon voulait en venir.

— Hum... Comment t'appelles-tu?
— Ismène... Et toi?
— Nahoum.
— Et moi, je m'appelle Amos, dit l'homme aux grandes dents.

Un enfant moins timoré que les autres se détacha du groupe. Les jambes pliées, prêt à décamper au moindre signe de danger, il s'approcha d'Ismène jusqu'à pouvoir la humer telle une viande de provenance douteuse.

— Il ne faut pas leur en vouloir, dit Amos. Ils ne te connaissent pas.
— Ce n'est rien, fit Ismène.

Désignant ensuite la paroi près de laquelle tous s'affairaient avant d'être interrompus, elle demanda :

— Qu'est-ce que vous êtes en train de faire ?
— Ça ne se voit pas ? cracha Nahoum. Nous creusons !
— Nous agrandissons le terrier, ajouta Amos. Nous aurons bientôt besoin de plus de place. (Il venait de désigner une femme dont les rondeurs annonçaient un accouchement imminent.) Les hommes creusent, les femmes nous aident et les enfants transportent la terre vers l'extérieur. La nuit venue, bien sûr.
— Ça doit faire beaucoup de terre, remarqua Ismène.
— Et comment ! fit Amos. Au fil des années, nous avons sorti une quantité incroyable de matière. Au début, ça faisait un simple tas, mais maintenant il s'agit plutôt d'un terril... une petite montagne ! On peut l'admirer les nuits de pleine lune.

La butte ! comprit soudain Ismène. C'est d'ici que provient la terre qui a formé la butte ! Ce que nous pensions être le repaire de l'ogresse était en fait le produit d'une excavation gigantesque !

— Donc, vous creusez le jour… et vous sortez la nuit, résuma Ismène.

— Évidemment ! Qui serait assez fou pour sortir en plein jour ? J'imagine que vous procédez de la même façon, que vous effectuez vos travaux la nuit…

Ismène sentit qu'elle devait choisir ses mots avec le plus grand soin. Comment réagiraient-ils s'ils apprenaient que son clan, là-haut, profitait du soleil en toute insouciance ? Que la venue de l'été offrait une occasion de réjouissances ? Ne risquaient-ils pas de mettre sa parole en doute ? L'organisation de ce peuple était régie par une crainte indicible : ils s'étaient enterrés là telles des taupes pour échapper à un adversaire sournois. Or cette situation, Ismène ne la connaissait que trop bien ! Elle comprenait. Après tout, Anne Dersbrevik ou le soleil brûlant… quelle que fût la nature du danger, seules les répercussions qui en découlaient avaient de l'importance. Son instinct lui hurlait de mentir.

— Oui, la nuit, bien sûr…

Nahoum la pointa du doigt.

— Tu n'as pas l'air très convaincue… Moi je dis qu'il faut l'enfermer avec l'autre, en bas.

Tout à coup, le cerveau d'Ismène se mit à déverser des images folles : elle voyait Polynice, égaré, les armes à la main, errant sur les sentiers, trouvant l'entrée du terrier avant d'être jeté dans les entrailles de cette fourmilière inimaginable.

Si cet endroit n'est ni un repaire ni une nécropole engloutie, c'est peut-être un lieu où l'on séquestre les chasseurs égarés !

Se pourrait-il que Polynice se trouve ici ? Se pourrait-il qu'il soit... vivant ?

Nahoum se livrait à une sorte d'examen. Il ne lui accordait manifestement aucune confiance. Surtout, ses œillades suspicieuses lui semblaient familières : elle croyait y déceler les feux de la paranoïa, les germes d'une corruption mentale irrémédiable... Il fallait réagir vite, faire preuve de bonne foi ! Elle repensa à la façon dont Mikaya l'avait mise en garde lorsqu'elles étaient passées près de la cheminée, et eut soudain une idée.

— Pourquoi laissez-vous la lumière pénétrer à l'intérieur de vos galeries ? improvisa-t-elle. Mikaya m'a fait passer près du conduit... C'est dangereux ! *Très* dangereux !

Un temps ébranlé, Nahoum répliqua :

— Et comment veux-tu que nous respirions, petite idiote ! Le conduit dont tu parles est indispensable à notre survie. Il crée un courant d'air entre le point d'entrée et une seconde cheminée, plus petite, située à l'autre extrémité du réseau... Mais tu ne te trompes pas : il est *réellement* dangereux... (Sa bouche eut un rictus.) Nous l'appelons le puits des supplices. C'est à cet endroit que sont placés ceux qui ont commis une faute. Nous organisons un châtiment spécial au moment de l'année où les nuits sont les plus courtes. Lorsque le jour se lève, nous attachons le fautif à un billot, puis nous attendons que le soleil vienne... À cette période, il monte très haut. Lorsque, vers le milieu du jour, les rayons atteignent le supplicié, ils lui infligent des brûlures très douloureuses ! Ça ne dure pas, heureusement. Personne n'en réchapperait. Mais les cloques ont le mérite de faire passer le goût de la désobéissance, crois-moi ! D'ailleurs, tu devras apprendre à respecter les règles, toi aussi !

Étrangement, Ismène subodorait que ce discours comminatoire avait valeur pédagogique, que Nahoum, ou celui qui prenait les décisions, avait envisagé de l'intégrer au sein du clan. Pourquoi se donner la peine de détailler un châtiment auquel elle ne serait jamais exposée, sinon ? Pourquoi, même, l'avoir recueillie ? Pour en avoir le cœur net, elle demanda :

— Pourquoi m'avez-vous soignée ?

— C'est Père qui t'a soignée, répondit Amos. C'est lui qui t'a trouvée, aussi.

— Où est-il en ce moment, ton père ?

— Pas très loin. C'est le seul d'entre nous qui peut s'aventurer dehors après la nuit. Mais il ne devrait plus tarder, maintenant.

— Est-ce que vous recueillez souvent des gens ?

— Non, c'est assez rare.

— Mais... c'est arrivé récemment, n'est-ce pas ?

Amos réfléchit un instant, puis il fit oui de la tête.

— Cette personne que vous avez recueillie, demanda Ismène. Pourquoi est-elle enfermée ?

— Père a pris cette décision, c'est à lui que tu devras poser la question. Mais si tu veux mon avis, il a agi de cette manière parce qu'il avait une bonne raison... parce qu'il se méfiait...

— Ce visiteur, à quoi ressemble-t-il ?

— Je ne sais pas, c'est Mikaya qui est chargée de lui apporter de l'eau et de la nourriture.

Nahoum claqua dans ses mains.

— Bon, ça suffit, dit-il. On s'est assez reposés comme ça. Les galeries ne vont pas se percer par l'action du Saint-Esprit ! Allez, au travail !

Il fit ensuite un geste qui signifiait : « Ne restez pas dans nos pattes ! » Et très vite, la crypte reprit son activité ordinaire. Plus personne n'accordait d'importance aux deux intruses.

Alors que Mikaya commençait à la tirer par le bras, Ismène constata que les visages de certains enfants présentaient des traits similaires : ils avaient la nuque large, le visage rond, exempt de saillie. Leurs yeux trop éloignés semblaient cousus dans des paupières obliques et tombantes. Tous souriaient béatement, révélant une lippe pendante qui leur conférait un air tout à la fois amusé et perdu. Les particularités faciales, cependant, ne semblaient guère constituer une quelconque forme de dispense, car ils effectuaient les mêmes tâches que les autres enfants, ni plus ni moins.

Alors qu'ils ramassaient des déblais à l'aide de larges plaques d'écorce, l'un d'entre eux s'arrêta de manière subite, puis, comme si un dard venait de le piquer, il se précipita à toutes jambes vers un tunnel, les mains plaquées contre le ventre. Intriguée, Ismène esquissa un pas dans la même direction.

— Faut pas aller par là ! prévint une petite voix.

Ismène se tourna vers l'enfant qui venait de parler. C'était une fille dont les pommettes saillantes émergeaient d'un glacis de poussière. Elle avait un corps tout en longueur ; une tête étroite soutenue par un cou démesuré.

— Je m'appelle Bethsabée, dit-elle.

— Bonjour, Bethsabée, répondit Ismène qui se balançait d'un pied sur l'autre. Dis-moi pourquoi il ne faut pas aller là-bas.

— Les galeries se sont effondrées, expliqua l'enfant. C'est à cause du terril... Au début, ça allait, mais avec le temps il est devenu bien trop lourd ! Il y a quelques années, toute une partie du réseau s'est écroulée. Il y avait des gens dedans. Ils sont tous morts. Maintenant on sait qu'il ne faut pas s'aventurer dans cette zone. D'ailleurs on ne creuse plus dans cette direction.

— Mais *eux*, fit Ismène en désignant les enfants aux paupières tombantes. Ils y vont pourtant...

— Oh ! eux... c'est pas pareil. Ça compte pas.

— Pourquoi ? s'étonna Ismène en rapprochant ses genoux.

— Ils sont un peu... (Elle fit tourner son index près de sa tempe.) Tu comprends ?

Ismène hocha lentement la tête.

— Qu'est-ce qui leur est arrivé ?

— Rien. Ils sont nés comme ça.

— Ah...

Amos les interrompit.

— Bethsabée ! fit-il d'une voix cinglante. Qu'est-ce que tu fabriques ?

L'enfant se raidit. Elle s'apprêtait à tourner les talons lorsque, lançant un dernier coup d'œil à Ismène, elle demanda :

— Comment tu t'appelles déjà ?

— Ismène, répondit Ismène en se tortillant.

Bethsabée sourit, puis lança :

— Mikaya ? Je crois que tu ferais bien de montrer à Ismène où se trouve la fosse d'aisances...

27

Père

Ismène venait à peine de regagner l'espace qu'on lui avait attribué qu'un garçon arriva. Sa peau présentait des signes de dépigmentation au niveau du cou et des bras. Il faisait tout son possible pour ne pas avoir à regarder Ismène dans les yeux.

— Père veut te voir, se contenta-t-il d'annoncer. Suis-moi !

Ils sortirent, et Ismène fut à nouveau conduite à travers les circonvolutions du dédale. Elle talonnait ce guide-ci avec un peu plus de facilité, néanmoins. Le garçon avançait avec moins d'empressement que Mikaya. Un moment, elle crut reconnaître un des couloirs qu'elle avait déjà empruntés, mais après une succession de virages, elle dut admettre que seule, elle aurait été incapable de retrouver son chemin. Elle éprouvait la détestable sensation de devoir remettre son sort entre les mains d'un parfait inconnu.

Quelques instants plus tôt, Mikaya lui avait montré le bon usage des latrines. Pour ce faire, la femme s'était soulagée, devant Ismène et sans vergogne aucune, d'un jet puissant qui avait filé dans un trou creusé à l'angle d'un renfoncement, non loin de la crypte. Mikaya avait ensuite expédié plusieurs poignées de terre dans le trou... avant d'exiger qu'Ismène se soulageât devant elle et reproduisît ses gestes. N'y tenant plus, Ismène avait fait... avec l'angoisse de glisser dans la fosse d'où montaient, de façon étonnante, des émanations tout à fait supportables.

Mikaya avait ensuite guidé Ismène jusqu'à une sorte d'alcôve, afin qu'elle pût manger et s'abreuver à grands traits d'une eau fraîche et limpide. Dans des niches horizontales, on avait aligné différents récipients qui contenaient les réserves du clan. Les « taupes », comme les appelait intérieurement Ismène, observaient un régime alimentaire qui différait quelque peu de celui du Suspend : s'ils se nourrissaient bien de fruits, de plantes et de champignons dont elle connaissait, à quelques exceptions près, le nom et l'habitat, elle fut étonnée de ne découvrir que de rares et maigres portions de viande. Il y avait pourtant bien un foyer surplombé par une cheminée, mais nul abattis ne pendait aux parois de la cuisine souterraine. Lorsqu'elle s'en ouvrit auprès de Mikaya, cette dernière lui expliqua avec moult digressions irrationnelles que le terrier ne consommait de la viande qu'exceptionnellement. Elle lui avait, en remplacement, proposé de piocher des vers et des fourmis dans diverses jattes. Ismène avait décliné l'offre, sans masquer son dégoût au moment où Mikaya avait porté à sa bouche, avec gourmandise, des larves blanchâtres qui grouillaient à la surface d'un des récipients.

Ils marchèrent encore un peu, puis après un dernier virage, le garçon fit entrer Ismène à l'intérieur d'une pièce à laquelle on accédait par une étroite ouverture latérale. L'endroit était spacieux. Dans le fond, assis sur une malle ornée de motifs délicats et confectionnée dans un bois dont Ismène ignorait l'essence, un homme était assis, assez vieux. Il se tenait bien droit, les mains posées sur ses genoux. Son crâne glabre reflétait le scintillement d'une torche fichée dans la paroi. Deux grandes rides creusaient sa face, depuis la base de son nez jusqu'aux commissures de ses lèvres charnues. La peau de ses joues semblait vouloir recouvrir sa bouche. Il avait le bassin et le haut des cuisses ceints d'une fourrure grattée ; son torse était nu.

— Merci, Isée, annonça-t-il d'une voix chevrotante. Maintenant, laisse-nous, je te prie.

Le garçon se glissa dans l'ouverture, emportant avec lui un surcroît de lumière. Ismène sentit sa gorge s'assécher. Dans une pénombre mordorée, les yeux renfoncés de l'homme la scrutaient, comme s'il hésitait sur la façon la plus efficace de commencer son interrogatoire. Elle s'attendait à être pressée de questions fielleuses ; il allait exiger de connaître, sans tarder, la raison de sa présence aux abords du terrier. Après un instant, toutefois, l'homme parla, avec calme, d'un ton affable :

— J'imagine que tu dois te sentir un peu perdue...

Ismène déglutit puis opina d'un léger mouvement de la tête.

— C'est un endroit pas banal, hein ? reprit-il.

Ismène hocha la tête derechef.

— On t'a enlevé la langue ? dit-il avec un rire gras.

Comme elle ne parlait toujours pas, il lança plus durement :

— Eh bien ?

— Non, balbutia-t-elle.

— Bien..., dit l'homme, satisfait. Tu te trouves dans un terrier géant, un ensemble de galeries que nous avons creusé de nos mains. Le couloir le plus ancien aura bientôt trente ans.

— Pourquoi vivez-vous comme ça ? interrogea Ismène.

— Mais parce que nous n'avons pas le choix ! C'était la seule façon de survivre... de lui échapper.

— D'échapper à qui ?

— Au tueur, pardi ! À celui qui rôde là-haut...

Ismène baissa les yeux comme la voix de Claude lui susurrait : *Il y a un cinglé, en bas... un fêlé qui veut notre peau !* Est-ce que l'homme était en train de parler de la même personne ? Les habitants des tunnels et les membres du Suspend avaient-ils un adversaire commun ?

— Ce tueur, demanda Ismène, vous le connaissez ?

— Bien sûr ! cracha l'homme. C'est un petit nazillon, un illuminé de première. Autour du cou, il s'est passé un gros médaillon sur lequel est inscrit le nombre quatre-vingt-huit. Tu parles d'un pendentif ! Le huit, c'est pour la huitième de l'alphabet, pour le H... quatre-vingt-huit, ça signifie HH : *Heil ! Hitler !*

— Qu'est-ce que ça veut dire ?

L'homme fit un geste de la main comme s'il chassait une mouche.

— Oh ! ce serait trop long à t'expliquer...

— Pourquoi m'avez-vous amenée ici ?

— Tu préférais que je te laisse là-haut ? Avec lui ? Tu devrais plutôt me remercier !

— Merci, bredouilla Ismène. C'est que...

— Bon, bon... oublions cela ! Tu dois sûrement te demander qui je suis, pas vrai ? Tu peux m'appeler Père, comme les autres. Quant à toi, il faut que je te trouve un nom... (Il réfléchit un instant.) Tu pourrais t'appeler, voyons... Kétura ! Oui, ça me semble convenir.

— Mais... j'ai déjà un nom, protesta timidement Ismène.

— Oh, ton passé ne m'intéresse pas, jeune fille. Et pour vivre ici, il te faudra accepter quelques changements !

Ismène ne répondit rien. Il y avait chez l'homme une sorte d'assurance et d'exaltation qui faisait peur. La prudence soufflait de ne pas le contrarier.

— Pourquoi avez-vous peur du jour ? osa-t-elle demander. Le soleil n'a jamais fait de mal à personne...

L'homme lança un regard inquiet vers l'entrée de la pièce.

— En fait, dit-il plus bas, c'est le seul moyen efficace que j'ai trouvé pour nous protéger. Il m'a fallu trouver une histoire pour les empêcher de sortir, tu saisis ?

— Mais pourquoi ? Qu'est-ce qui se passe, à la fin ? demanda Ismène, un ton au-dessus.

L'homme s'empourpra légèrement, puis s'apaisa, comme s'il avait jugé légitime la curiosité d'Ismène.

— Eh bien... c'est une vieille histoire, une très vieille histoire... à l'époque, on ne m'appelait pas encore Père.

— Comment vous appelait-on ?

L'homme se gratta la joue.

— Samson... C'est ainsi que l'on m'appelait.

Ismène sentit un petit picotement au creux de sa nuque tandis que des bribes du journal de Claude lui revenaient : *J'ai rêvé de ma première rencontre avec Samson...*

— Bien, reprit l'homme. Assieds-toi et ne m'interromps pas !

Il fit glisser sa main sur la surface de son crâne et souffla une grande quantité d'air. Il déglutit, puis fixant Ismène, il dit :

— Ce n'est pas comme ça que ça devait se passer...

28

Genèse

Ça ne devait être qu'une expérience éducative. Un retour à la nature dans le genre de celui qu'avaient fait les soixante-huitards, en moins crasseux, quand même... C'était dans l'air du temps : l'écologie, les bobos, tout ça... On peut dire que l'expérience a viré au cauchemar... ça oui !

C'est David qui m'a donné l'idée. On venait de le licencier pour faute grave. Il était parti sans tambour ni trompette. Il n'avait plus rien. Comme un malheur n'arrive jamais seul, sa maman (une vieille dame fortunée) décède des suites d'un infarctus. Il était chamboulé. Je ne peux pas vraiment dire que nous étions intimes, on se voyait de temps à autre comme de vieux camarades d'école peuvent le faire, voilà tout. Ça a suffi pourtant.

— Samson, me dit-il un jour, j'ai décidé de me lancer dans une affaire avec l'argent de l'héritage.

Je lui réponds :

— C'est bien. Qu'est-ce que tu veux faire ?

— Est-ce que tu as déjà entendu parler de l'accrobranche ?

— Tu veux parler de ces parcs où les gamins se baladent dans des arbres avec un équipement d'escalade ?

— Oh ! mais pas seulement... ça va beaucoup plus loin. Les propriétaires de ces parcs sont passés à la vitesse supérieure : ils proposent aux familles, écoute bien, de passer des week-ends complets dans des cabanes construites à plus de dix mètres de hauteur... tous les citadins en mal de nature s'y précipitent ! C'est la nouvelle mode, retour aux sources et tout le toutim !

Et pendant que David m'exposait les détails techniques et que Katia, sa femme enceinte jusqu'aux yeux, me servait à boire, le plan s'échafaudait dans mon esprit.

Finalement, son projet ne s'est jamais concrétisé. David avait amassé, cependant, une somme d'informations colossale concernant les normes de construction, les matériaux. On savait à peu près tout... Il ne restait plus qu'à s'y mettre.

Dans le même temps, j'avais commencé à rassembler autour de moi une poignée d'individus. J'éprouvais le besoin de fédérer des gens à ma cause. C'était facile : nous avions la sensation grandissante de ne plus rien pouvoir faire nulle part. On se sentait pris en otage par le pays, et à chaque élection, les dirigeants semblaient se refiler un bâton répressif avec lequel ils nous matraquaient. C'était vieux comme le monde, en fait : trop de surveillance, plus assez de liberté, des valeurs dévoyées, le règne de l'argent. Le fond de tout bon révolté, quoi ! Sauf que nous, nous avons décidé de ne pas nous laisser faire. Nous avons décidé de passer à l'action.

On comptait dans nos rangs d'anciens membres du Parti (de sacrés oiseaux!) qui connaissaient tout ou presque sur l'art de gripper le système, gêner les réunions officielles, se faire entendre. Quand même, qui pouvait imaginer que ça finirait en attentat?... C'est Boris, le responsable. (J'ai toujours pensé que ça n'était pas son nom, mais je n'allais pas lui demander ses papiers, n'est-ce pas?) Enfin... lors d'une de nos réunions, celui qu'on appelait Boris s'est ouvert franchement à nous, nous expliquant que si on voulait être respecté, il fallait se radicaliser, faire un grand coup d'éclat, qu'il n'y avait que de cette façon-là qu'on pouvait avoir voix au chapitre. Nous lui avons tous dit que c'était une mauvaise idée et que nous n'étions pas d'accord. Le ton a monté, il s'est montré agressif, et finalement nous l'avons exclu.

C'est à peu près à ce moment que nous avons décidé de construire le *Village libre*. Le concept en était à la fois pompeux et simple : « régression émancipatrice ». On voulait pouvoir se retirer du monde quand bon nous semblait, retrouver un mode de vie essentiel, proche de la nature. Pour autant nous ne voulions pas de simples vacances, ça non ! Il n'était pas question de jouer les Robinson Crusoé de carnaval. Nous voulions un changement radical ! S'installer dans un endroit retiré, à l'abri des curieux et des journalistes qui ne manqueraient pas de venir nous braquer leurs foutues caméras sous le nez, ne semblait pas assez ambitieux. Il fallait aller plus loin. C'est comme ça que l'idée de s'installer dans les arbres s'est peu à peu imposée. Nous avons décidé de construire un lieu secret, haut perché, dans lequel nous pourrions nous retrouver, même vivre si l'avenir nous le permettait. La proposition a été accueillie avec beaucoup d'enthousiasme. Chloé et d'autres mères en particulier voyaient d'un très bon œil la possibilité de proposer à leurs mômes autre chose qu'une vie de consommation effrénée, de journées passées devant des consoles de jeux ou des émissions débilitantes ! Je crois qu'elles étaient encore plus chaudes que les hommes.

Le groupe était constitué d'individus de tous horizons, avec un solide bagage intellectuel, tout de même. Il y avait un ingénieur chargé de projets pour le ministère des Transports ; Marc, un médecin du sport ; des sœurs qui tenaient un magasin de chaussures ; Claude, un ancien instituteur ; puis des familles qui comme nous en avaient assez et voulaient franchir le pas.

Le choix du site aurait dû être un problème, mais Marc a tenu à nous présenter un de ses amis, qui semblait intéressé par notre aventure. (C'est la dernière personne à avoir intégré le groupe. Après cela, il a été décidé que d'autres recrues risquaient de mettre le projet en péril.) Le type s'appelait Luc et il avait travaillé une bonne partie de sa vie dans une centrale, suffisamment en tout cas pour pouvoir nous narrer les décisions absurdes qui se prenaient là-bas. « Un jour, ça pétera ! avait-il coutume de répéter. Les gens pensent qu'ils sont en sécurité, mais quand les vieux réacteurs se mettront à fuir, je vous le dis, plus personne ne dormira sur ses deux oreilles ! » C'est sur ses conseils que nous avons choisi le site : une forêt composée pour une bonne part de chênes sessiles, au beau milieu d'un terrain militaire désaffecté. Il y avait encore les panneaux *DÉFENSE D'ENTRER* accrochés tout autour de la zone. Le coup de génie de Marc, ç'a été de faire courir le bruit que dans cette région les militaires avaient procédé à des essais chimiques. L'info était fantasque, mais quand même assez plausible pour que quelque part un général redoute la venue d'activistes curieux. L'affaire, qui n'en était pas une, a donc été étouffée, et pendant que nous nous tenions les côtes, une équipe de troufions a été chargée de vérifier que les quatre-vingt-dix hectares de forêt étaient soigneusement entourés de barbelés, tandis que d'autres troufions accrochaient de nouveaux panonceaux qui disaient : ZONE MILITAIRE — ESSAIS EN COURS. Ça devenait du secret-défense, plus personne ne poserait de questions.

On a trouvé une faille dans le périmètre qui bouclait le site, un point d'entrée, et par là, nous avons acheminé tout ce dont nous avions besoin. La construction a pu débuter.

Trouver de l'argent n'a pas été difficile, de la main-d'œuvre non plus. Chacun contribuait à hauteur de ses moyens, de ses possibilités et de ses capacités physiques. Résultat, nous avons achevé la construction en deux mois !

Le chantier n'a connu qu'un événement notable : l'accouchement de Katia. Nous avons dû l'emmener en urgence à la clinique. Je me souviens qu'elle était assez inquiète pour la santé de son bébé. Elle redoutait une maladie orpheline, prétendait qu'il y avait une branche pourrie dans son arbre généalogique, un mauvais gène qui se baladait. Quoi qu'il en soit, le petit Arsène est né après neuf heures de travail. C'était un beau poupon, braillard, qui semblait avoir tout ce qu'il faut là où il faut. La veille de sa sortie, un médecin est tout de même venu voir Katia pour lui poser des questions au sujet de ses antécédents. Il a pratiqué une batterie de tests sur le nouveau-né, et a expliqué à la maman que les prélèvements partaient dans un laboratoire spécialisé dans la détection des maladies génétiques. Ses derniers mots ont été : « Pas de nouvelles, bonnes nouvelles ! » Ce qu'ils ont trouvé ou pas, on ne l'a jamais su. Et je crois que là où elle est Katia s'en moque comme d'une guigne !

Vers la fin de l'été, alors que la construction atteignait son terme, nous avons été rappelés à l'ordre d'une drôle de façon. Certains d'entre nous avaient pris l'habitude de rentrer chez eux après plusieurs journées passées à bâtir le Village. Oh, la plupart du temps, ils se contentaient de donner le change à leur entourage... certaines fois, ils avaient pour mission de nous rapporter le matériel et les vivres qui nous faisaient défaut. C'est arrivé qu'on fasse rentrer un peu d'alcool, même si nous avions décidé qu'en dernier lieu, la bibine ne monterait pas.

C'est au cours d'une de ces escapades citadines que Gabrielle a vu la tête de Boris sur le petit écran. Les journalistes racontaient l'histoire de ce « dangereux personnage » qui avait tenté de faire sauter le palais de justice et qui se revendiquait du Groupe libre... Le *Groupe libre*, c'était nous. Un titre ronflant qui collait bien avec ce qu'on voulait hurler à la face du monde. À partir de ce moment, il devenait clair que notre temps était compté : Boris allait parler, c'était évident. Même s'il ne connaissait pas l'existence du Village libre, il connaissait nos noms. Ce n'était plus qu'une question de jours, ou d'heures, dans le pire des cas. Il fallait couper toutes les connexions.

Heureusement, nous étions prêts. Les cabanes étaient achevées, et sous elles, on avait déployé une couche de branchages sur laquelle s'amasseraient les feuilles mortes. Le camouflage semblait un luxe, car les mises en garde sur les clôtures constituaient une défense suffisante, mais on a préféré être prudents, éviter qu'un ornithologue ou un randonneur en mal de sensations fortes tombe sur notre installation. En plus, on avait installé dans le Village différents systèmes de filtrage qui devaient nous permettre de demeurer en quasi-autarcie, buvant ce que le ciel daignerait nous offrir ! Jean, un chasseur, nous enseignait des techniques de piégeage... On s'était également entraînés à reconnaître les baies comestibles. On ne savait pas tout, mais on en savait suffisamment pour décider que le moment de se jeter à l'eau était venu.

En vérité, je pense que beaucoup d'entre nous se doutaient que ça ne durerait pas, qu'on ne pourrait pas demeurer cachés éternellement. On ne le disait pas, ç'aurait été un manque cruel d'ambition, alors on faisait semblant... Et je crois que dans une certaine mesure, le fait de se projeter là-haut un temps limité nous donnait plus de force. Ça nous aidait à concrétiser l'aventure.

La veille de l'emménagement, nous avons décidé de faire la fête, d'organiser un énorme feu de camp. Certains parents avaient pas mal hésité à envoyer leurs enfants chez des proches, mais c'était faire courir un risque à tout le groupe. Surtout, il nous semblait indispensable que les gamins vivent et s'imprègnent de cette expérience. C'était aussi pour eux qu'on faisait tout ça, pour qu'ils créent un nouveau monde, qu'ils puissent revenir un beau jour annoncer à des sociologues médusés : « Regardez, c'est possible, nous l'avons fait ! Et nous nous portons très bien ! Faites comme nous ! »

On s'était déjà débarrassés de nos voitures, et pour faire le dernier trajet, j'ai dégoté une camionnette dans le fond d'un hangar qui appartenait à une vieille tante gâteuse. Plus de papiers, plus d'assurance ; c'était un véhicule fantôme qu'on a abandonné à bonne distance de la forêt... avant d'y mettre le feu.

Pour notre repas inaugural, comme le jour déclinait, on a sorti nos téléphones portables et on les a fracassés à grands coups de talons. Voilà, c'était le début de l'aventure. On venait de couper notre seul lien avec la civilisation.

Pour alimenter le foyer, les enfants sont partis chercher du bois. On a fait deux groupes : Claude est parti avec les plus petits, Jean et moi avons emmené les ados pour leur montrer comment poser des collets.

C'est à ce moment que les premiers coups de feu ont retenti.

Plusieurs semaines auparavant, alors que nous coupions soigneusement tous les liens qui pouvaient permettre de remonter jusqu'à nous, Éliane nous a confié qu'elle entretenait depuis quelques mois une relation avec un ancien détenu. Même sa sœur n'était pas au courant, et je me souviens qu'elles se sont sacrément pris le bec. En soi, ça n'était pas très important, il suffisait de lui écrire une lettre bien tournée, et le type irait voir ailleurs. Sauf qu'Éliane, bavarde comme une pie, n'avait pas pu s'empêcher de lui faire part de notre projet... Et bien sûr, la curiosité du type avait été piquée. Après avoir bombardé de questions cette pauvre Éliane, il a décidé de s'installer avec nous. Nous étions coincés, et finalement, j'ai dû accepter de le rencontrer.

Il s'appelait Patrick Atzen. Une brute épaisse. Un désaxé qui avait purgé une peine de six ans pour braquage « avec acte de barbarie » ! Vraiment pas le candidat idéal. Mais le plus intéressant restait à venir... Luc a réussi à dénicher des informations supplémentaires : il s'avérait que ce monsieur fricotait avec des officines d'extrême droite. Des petits loubards au crâne rasé prêts à en découdre avec des « gauchistes » de notre espèce... On s'est carrément demandé si nous n'avions pas été infiltrés. Dans tous les cas, il était impensable de le faire participer au projet. Je lui ai moi-même annoncé qu'on ne voulait plus entendre parler de lui. Il s'est rebiffé. Il nous a menacés. Et si Jean n'avait pas été à mes côtés, je pense que ce jour-là l'entrevue aurait très mal fini.

L'histoire semblait réglée, à un détail près... Éliane était amoureuse. Ils ont continué de se fréquenter en cachette. J'imagine qu'il a obtenu des confidences sur l'oreiller ou qu'il a placé un mouchard dans son sac. Dans tous les cas, il avait retrouvé notre trace. Et il était armé jusqu'aux dents.

Dès que j'ai entendu les premières rafales, j'ai compris ce qui se passait. J'ai demandé à Jean d'aller prévenir Claude, et ordonné aux enfants de ne pas bouger. J'ai pris la direction du camp en suivant une large courbe. Je ne tenais pas à me faire canarder. Je marchais courbé et j'entendais régulièrement des coups de feu suivis de grands cris. Je pouvais suivre la progression du tueur à l'oreille. Quand je me suis approché du camp, j'ai compris qu'il fonçait en plein vers l'endroit où j'avais demandé aux enfants de m'attendre. Je ne me suis pas attardé. De toute façon il n'y avait rien à faire. Il avait tué tous ceux qui n'avaient pas réussi à s'enfuir. En plus des tirs de mitraillette, chaque personne avait pris une balle dans la tête. Du travail méticuleux.

Le soir venait. Il y avait une odeur de métal dans l'air et j'étais essoufflé comme si je venais de courir un marathon. J'ai rebroussé chemin, mais c'était trop tard. J'ai entendu les premières rafales suivies des détonations isolées qui faisaient taire les voix une à une.

Après ça, il y a eu un grand silence. Le tueur venait d'accomplir la première partie de son plan… Parce que, après avoir décimé le plus gros du groupe, il avait l'intention de débusquer tous ceux qui avaient réussi à ficher le camp pour les assassiner. La chasse pouvait commencer, quoi. Et crois-moi, quatre-vingt-dix hectares de réserve ça paraît très petit quand on vous traque avec des armes de guerre !

À un moment, il est passé tout près de moi. Je ne sais pas par quel miracle il ne m'a pas vu, mais là, aplati comme une tortue, emmitouflé dans un manteau de fougères, j'ai aperçu sa sale trogne. C'était bien lui, c'était Atzen. Un énorme médaillon en forme de quatre-vingt-huit sortait de sa chemise ouverte jusqu'au troisième bouton. Il avait l'air très concentré. Il scrutait les frondaisons, balançant la tête de droite puis de gauche. À une vingtaine de mètres de l'endroit où je m'étais allongé, la panique a soudain fait sortir une fille qui s'était cachée derrière une souche. C'était Maude, mais je ne l'ai reconnue qu'en me penchant sur son cadavre. Le reste, c'était digne du tir au ballon dans une baraque foraine. Il l'a cueillie d'une décharge dans le dos. Elle est tombée sans rien dire. Il s'est approché et lui a tiré une balle dans la nuque.

Dans le sang : c'est ainsi, avant même d'avoir débuté, que notre belle aventure prenait fin. Enfin, c'est ce que je croyais, alors...

La nuit a joué en notre faveur. Atzen avait allumé une lampe torche puissante, qui, si elle lui permettait de continuer sa chasse à l'homme, révélait du même coup sa position à plus de cent mètres. On a joué, comme ça, au chat et à la souris pendant un bon moment. Ensuite, il est retourné au camp. Quand j'ai entendu le crépitement du feu, j'ai compris qu'il s'était installé pour la nuit et que la traque reprendrait au matin.

Par chance, quatre jeunes avaient réussi à échapper au premier assaut. Deux filles et deux garçons. Au fil de la nuit et des chuchotements, nous nous sommes peu à peu retrouvés, les uns indiquant où s'étaient cachés les autres. Et nous avons trouvé refuge dans une grotte, non loin de ce qui est devenu aujourd'hui la cheminée d'aération. Au beau milieu de la nuit, comme plus personne ne répondait à nos appels émis en sourdine, j'ai décidé de tenter une sortie. J'avais dans l'idée de sortir du bois et de foncer droit devant !

Il y avait, cependant, un obstacle de taille : la seule brèche que nous avions pu percer dans l'enceinte militaire se situait à un endroit où la forêt forme un repli. C'était d'ailleurs exactement pour ça qu'on l'avait choisi. Et à mains nues, il était hors de question d'escalader ou de découper les barbelés flambant neufs. Il nous fallait impérativement sortir par où nous étions entrés ! Seulement, pour accéder à cette partie de la chênaie, il fallait passer devant le bivouac...

Au cours de la nuit, d'autres se sont fait descendre. Ils avaient sans doute eu la même idée que moi, mais Atzen les attendait. Ce salopard avait dû étudier le terrain et comprendre que nous étions obligés de passer par là.

J'ai voulu m'approcher, voir ce qui se passait, et c'est là que ma jambe s'est enfoncée dans un trou. En fait, les militaires avaient creusé à cet endroit une cavité pour leurs opérations, une cachette à partir de laquelle ils pouvaient s'entraîner à faire la guerre, j'imagine. Ça n'était pas très grand, mais en nous serrant bien, nous pouvions tous tenir. Surtout, l'entrée était quasiment indécelable ! On y accédait en se tortillant comme des vers, et une fois le point d'accès masqué avec un peu de végétation, il devenait impossible de nous trouver... à moins, bien sûr, comme je l'avais fait, de mettre le pied dessus par le plus grand des hasards.

Donc, nous nous sommes installés dans ce qui allait devenir l'antichambre de notre terrier. Nous n'avons pas creusé tout de suite. J'avais espoir qu'il se lasse, qu'il finisse par partir... Mais non, il semblait prendre racine. Je ne sais pas s'il a procédé à un comptage macabre ou s'il possédait une liste à partir de laquelle il a pu déterminer que certains membres manquaient à l'appel. Toujours est-il qu'il ne semblait pas du tout décidé à lever le camp. Il voulait déloger jusqu'au dernier d'entre nous.

Le lendemain, nous avons organisé une expédition pour rejoindre le cours d'eau qui traverse la chênaie. Nous avons bu, puis nous sommes rentrés. Les enfants commençaient à se plaindre de la faim, bien sûr. Un peu plus tard dans la journée, une odeur insupportable nous a indiqué qu'Atzen faisait brûler les corps. Le vent plaquait des relents de chair calcinée. C'était... dégueulasse !

Les enfants ont tenu une journée de plus, puis, à bout de forces, ils se sont résolus à manger la seule nourriture que leur offrait l'environnement... Ils ont hésité, au début. Après... dès qu'on a pu faire du feu, ils se sont mis à mâcher les limaces bouillies comme de gros chewing-gums. (« Les limaces ? C'est jamais que des escargots sans coquille ! » répétait Jean à qui voulait l'entendre.)

Trois jours plus tard, Atzen n'était toujours pas parti. Il fallait s'organiser. C'est là que j'ai eu l'idée.

Plusieurs années auparavant, j'avais fait un voyage au Vietnam. Entre Vinh et Hué, dans le centre du pays, un guide m'avait fait visiter le village de Vinh-Moc, un des hauts lieux de la résistance viet-cong. Pour survivre aux bombardements américains et permettre l'infiltration, les Viets avaient, à cet endroit, creusé un vaste réseau souterrain. En fait, Vinh-Moc était une ville engloutie dans laquelle on trouvait encore un mess, des toilettes, une nursery, une salle de classe... même une infirmerie ! Le tout était relié par des boyaux minuscules. Quand j'ai compris qu'on risquait de rester coincés un bon moment, j'ai pris la décision qui s'imposait : il nous fallait plus de place... alors on a commencé de creuser. Après tout, si les Viets l'avaient fait, nous le pouvions aussi... Et j'avais vu juste. Trente ans plus tard, on continue de forer de nouvelles galeries, de créer toujours plus d'espace.

Par moments, on entendait encore des tirs, et on comprenait qu'Atzen avait frappé. On était à la fois contents à l'idée de ne pas être seuls, mais on était aussi accablés par les cris de souffrance. Les coups de feu agissaient comme des coups de fouet... et nous creusions avec encore plus d'ardeur !

C'est comme ça que les jours sont devenus des semaines, des mois... puis des années !

Un jour, peu après le massacre, j'ai réussi à m'introduire dans le campement qu'avait établi Atzen. C'était risqué, mais nous avions besoin de faire du feu, de découper des aliments. Il nous fallait du matériel que seul Atzen possédait. J'ai vraiment hésité... parce que si, en lui subtilisant une partie de son équipement, nous augmentions nos chances de survie, nous lui apportions aussi la certitude que nous étions bien là, cachés quelque part ! Il valait peut-être mieux tabler sur son découragement ; il pouvait se lasser, finir par partir... Mais le cas échéant ? Une telle occasion ne se représenterait pas avant longtemps ! En définitive, j'ai pris tout ce que je pouvais. Et notre vie est devenue tout de suite plus facile.

Lorsqu'il s'est rendu compte de ma petite incursion dans son camp, Atzen est entré dans une rage folle. On a entendu des tirs et des hurlements. (C'est à partir de ce moment qu'il s'est mis à arpenter les sentiers.) Dorénavant, il nous cherchait, il savait que nous n'étions pas très loin. Parfois, il se rapprochait de l'entrée de la grotte. Nous pouvions l'entendre murmurer : « Je sais que vous êtes là... Je finirai bien par vous trouver... »

La vie s'est organisée, peu à peu ; la nuit surtout. Cueillette, chasse : l'obscurité rythmait nos activités. Au milieu du deuxième mois, Marin, un petit blond, n'a plus supporté l'enfermement. (Avoir perdu ses parents l'avait déjà sérieusement perturbé.)

— Je vais aller lui parler, a-t-il lancé un matin. Je vais le convaincre de nous laisser partir.

— C'est de la folie ! lui a répondu une des filles. Il va te tuer comme les autres.

Je voulais ajouter : « S'il ne te torture pas avant pour te faire avouer l'endroit où tu te cachais... », mais je n'ai rien dit.

Les autres l'ont convaincu de ne rien faire, cependant je sentais bien que ça ne durerait pas, qu'il allait craquer et tous nous mettre en danger.

C'est à partir de cet instant que la *voix* a commencé à me parler.

J'ai d'abord cru que les enfants chuchotaient entre eux, mais ce n'était pas ça. J'ai mis un peu de temps à donner du sens à ce qui n'était qu'un murmure incompréhensible, puis une nuit, alors que tout le monde dormait, les mots ont soudain pris du sens.

Tu ne vas pas le laisser tout gâcher... Il parlera, c'est évident. Tu sais ce que tu dois faire...

C'était vrai, je le savais : il me fallait protéger les autres. Je ne pouvais constamment le tenir à l'œil.

J'ai réveillé Marin, et je lui ai demandé de me suivre. Nous sommes sortis, et je lui ai expliqué que j'étais d'accord avec lui, que négocier avec Atzen me semblait une bonne idée, mais qu'avant tout je voulais lui remettre un objet qui allait l'aider. Il m'a suivi jusqu'à la grotte où nous avions trouvé refuge la nuit du massacre. Il marchait devant moi. J'avais ma main dans le dos, et dans ma main, je tenais le couteau de chasse cranté que j'avais volé à Atzen. Lorsque Marin s'est retourné, je lui ai enfoncé la lame dans la gorge. Il a entouré la garde de ses mains, et pendant que le sang coulait sur nos doigts, il a commencé à pousser un cri strident. J'ai eu peur qu'il donne l'alerte... aussi j'ai commencé à faire un mouvement de scie pour le faire taire. Quand j'ai retiré la lame, il y a eu un bruit de succion, puis il est tombé.

J'ai caché le corps. J'ai expliqué aux autres qu'il s'était entêté et que le tueur l'avait probablement capturé avant de le tuer. Ça a fait un bon exemple : ils se sont attelés à la besogne en redoublant d'effort.

Après ça, la voix n'a plus cessé de me parler. Elle m'expliquait que l'expérience n'était pas terminée, qu'il fallait persévérer. Je n'ai pas immédiatement saisi ce que ça signifiait, puis par une magnifique nuit de pleine lune, tout s'est éclairci : nous avions voulu, dans une certaine mesure, proposer un nouveau modèle ? Créer une nouvelle « forme » d'humanité ? C'était encore faisable. Il suffisait pour cela d'engendrer une nouvelle race. Une génération pure qui aurait grandi loin des vicissitudes du monde moderne.

J'avais le projet, toutefois je n'avais aucune méthode. J'ai patienté... et très vite, la voix m'a expliqué comment procéder.

Il faut sacrifier le fils... dans la grotte..., m'a-t-elle chuchoté un matin.

C'était limpide.

Prétendant avoir trouvé un moyen de gagner la route, j'ai dit à Dimitri, un petit brun dégingandé, de m'accompagner en toute discrétion. C'était un gentil garçon, mais je sentais qu'il portait en lui les miasmes de la ville...

— On n'emmène pas les filles ? m'a-t-il demandé tout excité.

— Si, si ! Mais avant il faut être sûr, tu comprends ?

Il s'est laissé guider jusqu'à la grotte comme un agneau docile. J'avais empilé quelques pierres de façon à figurer un autel grossier. Ça l'a un peu intrigué, mais avant qu'il ait eu le temps d'ouvrir la bouche, je lui ai asséné un bon coup sur le côté du crâne. Quand je l'ai pris dans mes bras, j'ai senti que son cœur battait encore. Tant mieux. La suite n'aurait pas eu autant de sens, sinon. J'ai posé sa tête sur ma table sacrificielle. Une goutte d'humidité est tombée sur sa pommette. J'ai attrapé ses cheveux avec ma main gauche, et de l'autre, j'ai appliqué la lame contre sa gorge offerte, tel Abraham. Évidemment, j'attendais que la voix retienne mon geste, qu'elle me dise à l'ultime moment : *Samson, ne fais pas ça... Tu as prouvé ta foi...* Mais non. Rien... rien que le silence.

C'est alors que j'ai compris. Si la voix se taisait, c'était parce qu'elle ne voulait pas que je m'arrête, elle *voulait* que j'exécute le commandement jusqu'au bout. J'ai repensé au Livre, et tout est devenu clair : Isaac aurait dû être offert en holocauste ! C'était de là que venaient tous nos maux ! En réalité, Abraham avait manqué de courage. Moi, en revanche, j'avais compris que pour sauver l'humanité il fallait tout recommencer.

Ma main n'a pas tremblé. Je lui ai tranché la gorge d'un mouvement rectiligne. La pierre a bu tout son sang. Il ne s'est même pas réveillé, le petit ange.

Après ça, il n'y avait plus de temps à perdre : je me suis empressé de regagner la cachette. Il fallait passer à la suite...

Les petites pestes n'ont pas voulu se laisser faire... elles se débattaient. J'avais beau leur expliquer qu'elles allaient engendrer la nouvelle humanité, rien ne pouvait leur faire entendre raison ! À contrecœur, j'ai dû me résoudre à la violence. Je les ai prises de force. Je les ai ensemencées jusqu'à ce qu'elles soient grosses toutes les deux. (Elles étaient jeunes et très fertiles : ça n'a pas pris longtemps.) Nous avons continué le forage pendant toute la durée de la grossesse. Les bébés sont venus à terme ; elles ont allaité ; et dès le retour de couches, je les ai de nouveau engrossées. Lorsqu'il y a eu assez d'enfants pour m'aider à creuser, j'ai tué les deux mères. Elles n'étaient pas assez pures. Je n'avais pas le choix.

Mes enfants ont grandi ici. Et dès que mes filles ont été en âge de procréer, je les ai fécondées à leur tour.

Naturellement, cela ne va pas sans créer certains problèmes... Tu as pu le constater par toi-même : d'aucuns sont atteints de tares. C'est ce qui arrive quand les sangs sont trop proches. Ce sont de bons petits, quoiqu'un peu simplets, et je les fais participer au percement des tunnels. En grandissant, néanmoins, ils développent des maladies, ils deviennent trop encombrants... Alors, je les libère de leurs corps.

29

La geôle

— J'imagine qu'il y a un tas de mots que tu ne comprends pas, conclut Samson. Quoi qu'il en soit, c'est notre histoire.

Ismène restait interdite, décontenancée par la débauche d'informations qu'elle venait de recevoir en bloc. Il y avait par-dessus tout quelque chose d'effrayant chez cet homme qui venait de justifier l'assassinat de plusieurs enfants avec un calme sidérant.

Au milieu de cet imbroglio, une chose devenait évidente : les deux clans avaient un ennemi commun ; Samson et Claude avaient dû protéger leurs tribus respectives. Dans son récit, pourtant, l'homme n'avait à aucun moment mentionné le fait que certains membres du Groupe libre avaient réussi à gagner le Suspend. Est-ce qu'il l'ignorait ? Et pourquoi ne lui avait-il jusqu'alors posé aucune question la concernant ? Connaissait-il son histoire, à elle ? Elle choisit d'en avoir le cœur net.

— Pourquoi n'avoir jamais tenté de rejoindre Claude ?

— Tu ne comprends pas, s'énerva-t-il. C'était chacun pour soi ! Le but premier était de survivre, rien d'autre. Nous aurions pris des risques considérables en tentant de déplacer des groupes d'enfants. Mais surtout... j'ai compris que nous n'aurions pas pu nous entendre avec Claude. J'avais l'intuition qu'il n'aurait jamais toléré mon comportement. C'est que j'étais passé à la vitesse supérieure, l'avenir était en marche... et je n'aurais accepté aucun frein! Non, en réalité il valait mieux que chacun demeure de son côté.

— Cette fable à propos du soleil était-elle nécessaire? La vérité suffisait, non?

Samson haussa les épaules.

— Il fallait que je les protège d'Atzen. Cette idée en valait bien une autre... Et dans tous les cas, mon histoire s'est révélée très efficace. Aujourd'hui, j'avoue même avoir été un peu dépassé par l'imagination des plus grands : ils se sont inventé des règles de conduite que je n'avais pas prévues. Leur croyance a évolué de façon autonome, elle s'est ramifiée. À ce sujet, je tiens à te mettre en garde, s'il te venait l'idée de leur répéter ce que je viens de te dire ou de leur avouer où et comment tu as grandi, sois assurée qu'ils ne te croiront pas... et que les plus sadiques t'arracheront probablement la langue pour ton impudence! Pour l'instant, tu dois ton salut à ta peau claire et au fait que tu es arrivée ici la nuit. S'ils te suspectent d'être une créature diurne, je ne réponds plus de rien.

Ismène eut un haut-le-cœur. Elle dut contrôler sa respiration pour ne pas vomir.

— Une dernière chose, reprit Samson. Es-tu nubile?

— Nubile?

— As-tu déjà eu tes premières règles? (Il lorgna du côté de sa poitrine.) Tes seins ont l'air formés...

Ismène se crispa. Les signaux du danger venaient de s'embraser.

— Je ne sais pas, mentit-elle.

— C'est sans importance. Chéba me tiendra informé... Bon, maintenant Isée va te raccompagner. Dès que tu te sentiras un peu mieux, tu participeras au percement des galeries. C'est la condition *sine qua non* pour rester ici... et pour te faire accepter, cela va sans dire... (Il se leva.) Tu as compris, Kétura ?

Hagarde, Ismène hocha la tête. L'étrange nom dont il l'avait affublée ne provoquait encore aucune résonance. Elle avait l'impression que Samson s'adressait à quelqu'un d'autre.

Kétura... Ismène... peu importe ! songea-t-elle. *Il a l'intention de m'engrosser comme les autres. Et quand je lui aurai donné assez d'enfants, il me supprimera... Parce qu'à ses yeux je ne suis pas « pure » ! Dès que la voix le lui ordonnera, il me tranchera la gorge !*

Elle remâchait l'horrible vérité alors qu'Isée la ramenait à son abri. En chemin, elle exigea d'être conduite aux latrines les plus proches où elle régurgita une bouillie inconsistante.

Ismène retrouva sa « cellule » avec un certain soulagement. La claustration ajoutée à la nausée qui semblait lui noyauter les intestins la plongeait dans un état d'abattement. Elle s'allongea et replia ses jambes contre son ventre. Elle ferma les yeux, mais le sommeil ne vint pas tout de suite. Elle se répétait les mots de Samson, tentait d'établir un lien entre ses révélations et le récit de Claude... Un à un, les éléments s'imbriquaient. Elle parvenait au gré de ses souvenirs à combler les lacunes des deux récits. Et la démence de Samson semblait fournir une explication satisfaisante aux dernières zones sombres.

Ainsi, il existait un autre lieu... Un autre monde. Un monde assez vicié pour que Claude, Samson et les autres choisissent de s'en détourner. Ils avaient décidé de vivre ici, loin de tout. Ismène spéculait sur la nature du danger qui les avait fait fuir, mais son esprit semblait buter sur une frontière impalpable. Son imagination atrophiée ne réussissait à lui proposer que des images usées. Elle tenta encore de se figurer un monstre nouveau, armé d'un « bâton répressif », puis elle sentit des picotements dans les yeux. La nuit... le jour... Son corps lui signifiait une fatigue colossale; c'était tout ce qu'elle pouvait savoir avec certitude.

Elle se perdit dans des rêves lumineux et colorés. Des songes où le chant des passereaux, le bruissement des foyards, le pépiement des oisillons, la voix de Louise et la caresse d'un vent rare, chargé de résine, la torturaient de leur absence. Puis elle entendit des sons, des voix; on rit; on lui dit des paroles. Puis elle est sur les sentiers. L'ogresse la pourchasse. Elle court. Un orage menace d'éclater. Anne se rapproche, lui griffe l'épaule. Ismène ralentit, se cabre et chute. Lorsqu'elle se retourne, elle voit l'ogresse. Un objet brille autour de son cou. Elle porte un médaillon... en forme de quatre-vingt-huit... la Bête est armée d'un couteau dont la lame accroche les premiers éclats du ciel... la foudre... De son autre main, elle lui attrape les cheveux, et Ismène sent que la lame pénètre dans sa tête, dans son front... encore, et encore... et encore...

Elle se réveilla en sursaut. Accroupie, Mikaya se tenait à côté d'elle. Elle avait repris son geste compulsif, tapotant le front d'Ismène.

— Arrête, Mikaya ! dit-elle en la repoussant mollement.

La femme recula.

— Mal... mal... tu dormais... mal !

— J'ai fait un mauvais rêve, soupira Ismène.

Elle fixa la femme aux manies horripilantes. *Voilà donc à quoi les enfants « ratés » de Samson peuvent ressembler*, pensa-t-elle. Ses yeux croûteux contemplaient les effets de la consanguinité. Samson, toutefois, avait décidé de la garder en vie... Il ne l'avait pas encore « libérée de son corps »... En la détaillant, Ismène échouait à retrouver la lippe pendante et les traits caractéristiques qu'affichaient les autres enfants du terrier. Mikaya paraissait différente, atteinte d'une autre tare. De plus, elle avait quitté le stade de l'enfance — sa pilosité en témoignait —, mais pas complètement atteint celui de l'adulte.

— Quel âge as-tu, Mikaya ? interrogea Ismène en s'étirant.

La maniaque la regarda du coin de l'œil.

— Père dit que je m'appelle Mikaya.

Ismène soupira.

— Et moi, il dit que je m'appelle Kétura...

Près de l'entrée, la femme avait déposé une outre remplie d'eau ainsi qu'un panier tressé. Il contenait des fruits blets dans lesquels une engeance terne et grouillante avait élu domicile.

— C'est pour moi ? s'inquiéta Ismène en portant la main à sa bouche.

Mikaya secoua la tête.

— Mal... mal... Non! C'est pas pour toi.

Son ventre émit un long gargouillis. La faim le disputait à l'écœurement.

— C'est pas pour toi! répéta Mikaya. C'est pour... (Elle désigna le sol de l'index et agita le bras.)

— Tu dois apporter cette nourriture à la personne qui est enfermée?

Mikaya opina d'un vif mouvement de la tête.

— Emmène-moi! ordonna Ismène.

La femme se figea.

— Mal... mal...

On lui a sans doute donné des instructions précises, songea Ismène. *Elle ne sait pas si elle a le droit de me conduire là-bas...*

— Écoute, Mikaya, c'est très important que je voie cette personne... Je ne dirai rien aux autres... Amos et Nahoum n'en sauront rien! Si tu m'aides, je jouerai avec toi, et puis je te raconterai une très belle histoire! L'histoire d'*Antigone*, une tragédie. Tu connais la tragédie?

Mikaya lui jeta un regard intrigué.

— Bon, dit Ismène, voilà ce que je te propose. Tu vas faire comme si je n'étais pas là. Pars devant et je te suivrai. Comme ça, tu pourras toujours dire que je t'ai suivie... que tu ne savais même pas que j'étais derrière toi! Qu'en penses...

Elle n'eut pas le temps de finir sa phrase. Mikaya s'était élancée à travers le labyrinthe. Sous le coup d'un regain d'enthousiasme, elle marchait encore plus vite que la première fois, empruntant des tunnels qui semblaient plonger toujours plus loin dans les entrailles de la forêt. Le cœur au bord des lèvres, Ismène avait les plus grandes difficultés à maintenir un écart raisonnable, et sa posture (dos voûté, tête relevée) n'était pas pour dissiper son malaise. Encore un dernier virage, Mikaya ralentit. Elles approchaient.

Ismène parcourut la dernière portion du souterrain habitée par une étrange sensation. Elle espérait trouver Polynice, voulait croire qu'on l'avait capturé, qu'il était bien vivant ; mais cette espérance, en retour, nourrissait une crainte épaisse... celle de s'être trompée du tout au tout, de trouver un inconnu, et de se sentir, au final, encore plus seule au tréfonds de cette fourmilière.

Mikaya s'était arrêtée. Elle se tenait devant une claie semblable à celle qui fermait la cellule d'Ismène. Une lueur famélique coulait sur le seuil. Ismène acheva sa course au comble de l'excitation. Sa respiration sifflante se répercutait contre les parois. L'air était lourd, et elle estima avoir atteint le point le plus bas du terrier. Elle allait faire un dernier pas pour se porter au côté de Mikaya lorsqu'elle entendit une voix en provenance de la cellule... Une voix qu'elle reconnut immédiatement : « Qu'est-ce que tu me veux ? Pourquoi tu ne me laisses pas partir ? »

Ismène se précipita.

— Paula !

— Ismène ? fit Paula en se levant doucement. Ismène, c'est toi... C'EST BIEN TOI ?

Elle avait les jambes entravées au moyen d'une corde reliée à un épieu fiché dans le mur.

— Ismène, aide-moi à sortir d'ici ! Aide-moi, je t'en supplie !

La petite fille était amaigrie. Elle n'avait pas perdu son hâle naturel et Ismène comprit la suspicion que la couleur de sa peau avait pu engendrer.

— Ouvre! dit-elle à Mikaya qui s'exécuta.

Ismène pénétra à l'intérieur, aussitôt assaillie par une odeur de déjections qui la prit à la gorge. Surmontant son dégoût, elle étreignit la petite prisonnière.

— Je veux sortir... emmène-moi, Ismène! Emmène-moi!

— Je ne peux pas, la calma Ismène. Pas encore... Si je te libérais maintenant, je pense qu'ils te feraient du mal.

— Je veux partir! Je veux retourner au Suspend!

— Chhhut... Bientôt, murmura Ismène. Calme-toi... (Elle lui passa la main dans les cheveux.) C'est pour bientôt.

Mikaya s'affairait autour d'un brasero consenti à la prisonnière.

— Paula, est-ce qu'il y a d'autres personnes que toi, ici?

Dans ses bras, la petite fille secoua la tête.

— Est-ce que tu te souviens comment tu es arrivée ici? demanda Ismène.

Paula releva la tête. Elle avait les mêmes yeux de jais que sa mère.

Les yeux... Ismène devait-elle lui confier que Nadine avait été atrocement mutilée? Qu'elle était devenue folle à lier, et qu'elle délivrait des prophéties troublantes? Sans doute pas : la pauvre petite souffrait un lot d'angoisse bien assez grand.

— Tout ce que je sais, répondit Paula, c'est que je me suis endormie un soir dans mon lit, et quand je me suis réveillée, j'étais là. J'avais un goût bizarre dans la bouche. Un goût de plantes à rêves... Au début, j'ai cru qu'Anne m'avait capturée, mais maintenant je ne sais plus... (Elle désigna Mikaya.) Je n'ai vu qu'elle. Et elle refuse de me parler ! Je ne sais pas ce qu'on me veut... ce que je fais là...

Ismène décrivit le terrier et narra sa rencontre avec Samson, sans toutefois lui répéter l'incroyable histoire du Groupe libre. Très vite, Paula voulut prendre des nouvelles des membres du clan. Elle pressa Ismène de questions. Cette dernière, avec tact, délivra le minimum d'informations, redoutant les effets dévastateurs que la vérité nue pouvait provoquer.

Au rebours de l'effet escompté, ses hésitations finirent par mettre la petite en alerte.

— Qu'est-ce qui se passe, Ismène ? Je sens bien que tu me caches des choses ! Qu'est-il arrivé à Nadine ? et à Claude ?

Ismène déglutit. Fallait-il mentir effrontément ? Ne risquait-elle pas d'aggraver la situation mentale de la petite captive ?

— Il y a eu un... accident, balbutia Ismène. Claude est... enfin, il est mort.

— L'ogresse ? murmura Paula.

Ismène secoua la tête.

— En fait, il y a eu une... méprise. Nadine a cru être attaquée. C'est... c'est elle qui a tué Claude... Mais sans le vouloir ! s'empressa-t-elle de préciser.

— Nadine ? Tuer Claude ? Impossible.

— Je suis désolée, Paula. C'est ainsi... C'est...

— Impossible, je te dis !

— J'y étais, Paula. J'ai tout vu. Claude a voulu entrer dans la cabane... en pleine nuit ! Ta mère ne s'y attendait pas... Elle a imaginé que nous étions victimes d'une attaque.

La petite fille s'obstinait à secouer la tête.

— Non, non et non ! Elle ne peut pas avoir tué l'ancien. Elle ne peut pas avoir eu peur de lui...

Tout est possible lorsque l'on a perdu l'esprit, voulut rétorquer Ismène ; mais Paula avait besoin de temps pour accepter l'horrible réalité. Il fallait laisser à son jeune cerveau le soin d'opérer les déductions nécessaires.

— Et pourquoi ce serait impossible ? interrogea doucement Ismène.

— Parce que ça n'était pas la première fois qu'il venait la retrouver au milieu de la nuit ! Elle était habituée à ses visites régulières, voilà pourquoi !

— Comment ça « régulières » ? Qu'est-ce qu'ils fabriquaient tous les deux ?

Paula se tordit les mains.

— Eh bien... c'est délicat... Nadine m'a fait promettre de ne pas en parler... En même temps, si l'ancien est mort, j'imagine que ça ne compte plus...

Ismène lui caressa l'épaule pour l'inciter à poursuivre.

— ...Il venait parfois. Avec Nadine, ils se mettaient sous la couverture, et après, ils faisaient... Tu sais... Ils *bougeaient*. La première fois, j'ai pensé qu'il lui faisait du mal parce qu'elle poussait des petits cris ; mais quand je lui en ai parlé, elle m'a dit que ce n'était pas dangereux et que surtout il ne fallait pas que j'en parle... que je comprendrais en grandissant.

Les images se succédaient dans l'esprit d'Ismène. Elle revoyait Claude, arpentant les couloirs avec souplesse. Son comportement jadis suspicieux venait de trouver une explication aussi plausible qu'évidente : Nadine et lui étaient « tombés » !

— Ça durait depuis longtemps ?
— Je ne sais pas... parfois je dormais...

Mikaya commençait à montrer des signes d'impatience.

— Ismène, s'inquiéta Paula, qu'est-ce qui va m'arriver, maintenant ? Combien de temps je vais devoir rester ici ?
— Dès que l'occasion se présentera, je parlerai à Samson. Je pense que s'il t'a mise en ce lieu, c'est... (*Pour t'engrosser comme une hase !* souffla une voix.) Pour te protéger.
— Mais je ne suis pas méchante, fit valoir la petite. Et puis je peux travailler ! Il faut lui dire que je peux travailler !
— Je le ferai, promit Ismène. Je le ferai... À présent, écoute-moi attentivement : si on te le demande, tu dois prétendre que tu habites dans une grotte... et aussi que tu as peur du soleil. Très peur ! Tu comprends ?
— Peur du soleil ? C'est idiot ! Pourquoi aurais-je...
— Ne discute pas, Paula ! Dis aussi que tu as une maladie de peau... une maladie qui la rend foncée.
— D'accord..., consentit Paula.
— Bon. Maintenant, il faut que nous partions. La situation pourrait s'envenimer si on nous surprenait ensemble.

Paula serra les poings et croisa les bras. Elle faisait son possible pour contenir son indignation, non moins

que ses larmes. Ignorant les trépignements de Mikaya, Ismène se redressa, leva ses deux mains, et murmura :
— *Letwyn Taouher*, Paula.
Le rituel était si incongru en ce lieu, si familier et nostalgique, que la petite recluse ne put retenir son chagrin plus longtemps. Elle décroisa les bras, leva à son tour ses deux mains, et comme la morve dévalait son menton crasseux, elle articula :
— *Letwyn Taouher*, Ismène...

30

Supplice

Assez vite, Nahoum vint annoncer à Ismène que le moment de se mettre au travail était venu, qu'elle s'était assez reposée. Il la conduisit vers le chantier, lui remit ses outils et lui ordonna de creuser.

La technique d'excavation était sommaire : les épieux servaient à déblayer la matière que les enfants transportaient vers la sortie. Régulier, l'avancement était quelquefois ralenti par des racines qui venaient puiser leurs ressources au plus profond de la forêt, ou encore par des blocs de roche enkystés dans le sous-sol. Dans ce dernier cas, les taupes tentaient d'évaluer la taille de l'obstacle : s'il était suffisamment petit, elles l'extrayaient en dégageant son pourtour ; s'il était trop volumineux, elles le contournaient, infléchissant la galerie d'autant de virages que cela s'avérait nécessaire.

Les couloirs n'étaient jamais étayés. Lorsque, par de menues fuites, les prémices d'un éboulement se faisaient sentir, Nahoum, après avoir ordonné le recul, se contentait d'envoyer un des enfants ratés en éclaireur. À l'endroit où la terre commençait à couler, la petite taupe avait pour instruction de sonder le plafond à l'aide d'un bâton pointu. S'il survivait, on continuait. S'il périssait englouti, on creusait ailleurs.

Ismène constata que les jeunes atteints de tares congénitales formaient un groupe séparé. On les tolérait dans l'entourage des enfants valides, mais on ne les laissait guère jouer ensemble. La cohabitation restait limitée. Ils dormaient dans un lieu à part, mangeaient à part, et l'on expliqua à Ismène que les nuits de pleine lune ils n'étaient jamais autorisés à quitter le terrier de peur que, inconscients du danger, ils se perdent dans la forêt. Ismène, qui plus est, découvrit qu'ils faisaient montre d'une grande précocité sexuelle. À maintes occasions, sous des regards goguenards, elle vit des garçons, l'œil brillant et la bouche baveuse, se hâter d'aller retrouver une fille partie se soulager dans un des boyaux du terril ; dans l'intimité des couloirs, ils se livraient à des actes dont les grognements lointains ne laissaient de provoquer l'hilarité générale.

Ismène se sentait exténuée. Par le truchement de crampes douloureuses, les muscles de ses bras et de son dos protestaient contre la sollicitation excessive et inhabituelle dont ils étaient victimes. De plus, privée des repères lumineux qui avaient depuis toujours réglé ses cycles de sommeil et de repos, elle évoluait dans des sortes de limbes. Et quand, n'y tenant plus, bâillant à s'en décrocher la mâchoire, elle se rendait en secret au puits des supplices, c'était pour y voir glisser les nuages du plein jour ! Son organisme se détraquait.

En plus du chemin menant au conduit d'aération, Ismène maîtrisait à présent quelques itinéraires qui lui permettaient de se rendre sur le chantier, à la cuisine, ou encore à sa cellule individuelle creusée à flanc de galerie, cellule qu'on semblait lui jalouser de plus en plus... Elle avait en revanche encore besoin de Mikaya pour rendre visite à Paula qui dépérissait telle une idole chtonienne oubliée. Ismène redoutait par-dessus tout de s'aventurer au hasard des couloirs abandonnés et de se retrouver prise au piège dans un éboulement. Car nul sauveur ici ne viendrait lui porter secours s'il prenait à la terre l'envie capricieuse de reboucher les canaux mal forés... pas même les enfants ratés qui se fichaient éperdument du sort des autres habitants du terrier.

Lorsqu'elle perdit une dent, Chéba, qui la tenait à l'œil sur les instructions de Samson, la mit en garde :

— Si tu t'obstines à ne pas manger, tes dents vont se déchausser une à une. Après, ce sera tes cheveux et tes ongles.

Ismène dut se contraindre à ingurgiter la nourriture qu'on lui proposait, ne portant à sa bouche que les rares larves qui avaient arrêté de se tortiller.

— Mange-les vivantes, elles sont encore plus riches ! lui conseillait Chéba.

La femme chargée de sa surveillance avait les cheveux roux, bouclés. Ses épaules étaient constellées de taches de rousseur. Elle partageait avec certains membres du terrier une ressemblance qui donnait le sentiment de vivre au milieu d'une fratrie blafarde. Il fallut qu'elle lui expliquât à nouveau les raisons de ces similitudes.

— C'est ce qu'on appelle un « air de famille ». Tu comprends, nous sommes tous frères et sœurs...

— Quand même... c'est bizarre, répondit Ismène.

— Ça n'a rien d'extraordinaire, Kétura. Parfois, c'est une simple coïncidence. Regarde-toi par exemple...

— Comment ça ?

— On pourrait très bien être sœurs, toi et moi ! Ta peau... tes cheveux... Sans parler de ton visage. Tu ressembles comme deux gouttes d'eau à la petite Bethsabée ! Tu vois bien que ça n'a rien d'anormal...

Ismène eut un reflux qui lui tordit le ventre.

— Encore la nausée ? demanda Chéba.

Ismène hocha la tête.

— Ça ne me quitte plus...

— Ça passera. Et tes règles ? Toujours pas ?

Ismène secoua la tête.

— Non...

— C'est curieux. J'étais sûre que tu étais formée et déjà bien réglée. Avec ta poitrine... C'est que Père attend tes règles.

— Mes règles ?

Chéba haussa les épaules.

— Ne joue pas les nigaudes ! Si tu bénéficies d'un régime de faveur, c'est uniquement parce qu'il désire t'engrosser. Or ça ne peut se faire qu'à un moment précis. Ah... il y a encore quelques années, il t'aurait fécondée tous les soirs ! Mais à présent, il se fatigue vite. Il doit s'économiser. C'est pourquoi tu dois me prévenir dès que tu vois du sang... pour que l'on commence à compter les jours !

Ainsi, le fait de pouvoir se nicher comme un insecte dans son alvéole individuel représentait bien un privilège... un luxe accordé à une future génitrice ! Ismène avait eu le nez creux.

— Et n'essaie pas de me berner..., l'avertit Chéba. Ces choses-là ne passent pas inaperçues, ici !

Le lendemain, alors qu'on reliait deux galeries entre elles, la petite Bethsabée vint lui annoncer la nouvelle.
— La personne qui est retenue en bas, tu sais... eh bien c'est une fille ! Et Nahoum a décidé de la mettre à l'épreuve.
— Qu'est-ce qu'il veut lui faire ? s'alarma Ismène.
— Il dit qu'elle a la peau trop brune, qu'elle n'est pas comme nous. Pour en avoir la certitude, il va lui faire subir le supplice du puits.
— Ah... (Ismène faillit lâcher un soupir de soulagement.) La pauvre...
— Oui, elle risque de beaucoup souffrir. En tout cas, c'est ce qu'on peut lui souhaiter de mieux.
— Ce n'est pas bien de souhaiter du mal aux gens, Bethsabée !
— Du mal ? Mais non, au contraire... Si elle souffre, c'est qu'elle est comme nous ! Et Nahoum sera bien obligé d'accepter une paire de bras supplémentaire. Par contre, si sa peau ne brûle pas...
Ismène venait de comprendre le piège terrible dans lequel Paula était tombée.
— Si elle ne brûle pas ?
Bethsabée se rapprocha d'Ismène et vérifia qu'aucune oreille indiscrète n'épiait leur échange.
— Nahoum lui écrasera la tête avec une grosse pierre.
— Mais c'est horrible !
— Bah ! si c'est un monstre, tu sais...
— Et Père est au courant ? Il laisse faire ?

Bethsabée fit non de la tête et se rapprocha encore.

— Père l'ignore, murmura-t-elle. Mais Nahoum l'a déjà fait. Il déguise son exécution en accident. Il place le corps dans une galerie instable, puis il provoque un éboulement.

— Et personne ne proteste ?

— Figure-toi que le dernier à l'avoir menacé de tout répéter a été victime...

— Laisse-moi deviner... d'un « accident » ?

— Oui ! On l'a retrouvé dans un couloir, le visage bleu et de la terre plein la bouche... Nahoum s'est contenté de déclarer : « Voilà ce qui arrive quand on est trop bavard... » Ça a suffi, crois-moi !

Ismène réfléchit un instant.

— Quand doit avoir lieu le supplice ?

— Demain. (Elle prit une mine sombre.) Il paraît qu'il va faire très beau... Beaucoup de soleil...

Le lendemain, dès l'aube, on fit venir Paula pour l'attacher à l'énorme billot que trois hommes avaient déplacé à grand-peine. Ismène assista à la préparation du supplice tapie dans l'ombre d'un corridor adjacent, de peur que Paula la reconnût et les condamnât toutes les deux sans autre forme de procès. La petite fille se débattait dans ses sangles et roulait des yeux terrorisés, découvrant ce peuple brutal qui, sans lui fournir un mot d'explication, l'avait assujettie à l'aplomb d'une cheminée. Elle pouvait à peine supporter la clarté du jour naissant. « Qu'est-ce que vous me voulez ? pleurait-elle. Pourquoi vous me traitez comme ça ? » Mais Nahoum, qui présidait la cérémonie, semblait décidé à ne lui fournir aucune explication.

Sitôt que ce dernier eut ordonné la dispersion, Ismène saisit la main de Mikaya.

— Montre-moi où se trouve la graisse avec laquelle on allume les torches, vite !

Après quelques grognements de protestation, la maniaque accepta de conduire Ismène, au pas de charge, dans un réduit saturé d'une odeur qui lui chavira l'estomac. Elle repéra un récipient qu'elle emplit d'une substance qui poissait les doigts, puis elle ordonna à Mikaya de la ramener au puits.

L'endroit était désert, les premiers rayons avaient fini par disperser les plus curieux. Paula s'était assise sur le billot, résignée, dépassée par les événements, ne comprenant guère le sens du châtiment qu'on désirait lui faire subir.

Ismène sortit de l'ombre et alla s'agenouiller à côté d'elle. Elle tenait le pot de graisse dans sa main.

— Ismène ! s'écria Paula. Regarde comme ils m'ont attachée ! J'ai fait comme tu m'as dit, pourtant ! Je leur ai dit que j'avais peur du soleil… que j'étais malade… Mais ils n'ont rien voulu savoir !

— Je sais, répondit Ismène. Je sais…

— J'ai peur ! Pourquoi font-ils ça ?

Ismène déglutit.

— Pour s'assurer que ta peau est sensible, répondit-elle en observant la façon dont le corps de Paula était exposé aux « morsures » solaires.

Il y avait les épaules. Une partie du cou. Les bras. Le reste était heureusement protégé par une tunique. La main en coupe, Ismène récupéra une grosse noix de graisse qu'elle étala sur toutes les zones susceptibles d'être examinées.

— C'est quoi? s'enquit Paula. Ça sent pas bon!

Ismène agissait aussi vite que possible, sans dire un mot. Elle se leva ensuite et arracha la torche des mains de Mikaya qui se tassa contre la paroi, croyant avoir mal agi. Elle retourna ensuite se placer à côté de Paula et lui tira les cheveux en avant. Cette dernière, plus perplexe que jamais, tentait de percer le sens de ces manigances.

— Je suis désolée..., dit enfin Ismène en approchant la flamme du bras de la petite fille.

Il y eut un petit crépitement, timide, puis les langues paresseuses partirent à l'assaut du derme, lentement, comme se dégageait la puanteur du suif. Paula poussa un premier cri. Puis un second, très long.

Lorsque les flammèches commencèrent à lui lécher la nuque, le hurlement devint insupportable.

31

Bain de lune

Au cours des jours suivants, l'atmosphère du terrier se modifia insensiblement. Les couloirs et le chantier se chargeaient d'électricité, comme un ciel trop lourd à l'approche de l'orage. Les coups d'épieux se faisaient plus vifs, les sourires et les mots de réconfort plus fréquents. Il apparaissait que les taupes se préparaient à un événement exceptionnel et joyeux. L'étrangeté de la situation se trouvait renforcée par l'attitude de la gent tarée qui, à l'inverse du reste de la tribu, s'abîmait dans des bouderies indécrottables et multipliait les actes malveillants.

À l'occasion du déblaiement d'un rocher, Ismène faillit avoir le pied écrasé lorsqu'on retira intentionnellement une butée qui empêchait l'obstacle de rouler. Se plaquant contre la paroi, elle n'eut que le temps d'apercevoir une gamine aux yeux plissés et à la bouche mauvaise qui filait en direction des boyaux instables — assurée de n'être pas poursuivie là-bas — et d'entendre le craquement d'un pet dédaigneux dont elle gratifia les travailleurs, juste avant de déguerpir. Perplexe, Ismène s'ouvrit de ces façons hostiles auprès de Chéba.

— C'est parce que la pleine lune approche, lui expliqua la femme. Ils sentent que nous allons sortir et pas eux. Ça les met en rogne... Méfie-toi, ils sont méchants. Ils sont capables de te faire du mal.

— Pourtant, ils ont l'air si gentils, s'étonna Ismène. Lorsqu'ils sourient, on les croirait inoffensifs.

— Ne t'y laisse pas prendre, ils sont aussi sournois qu'un essaim de frelons ! As-tu remarqué que Nahoum n'a plus toute sa main ?

— Oui, répondit Ismène. Il lui manque des phalanges.

— Eh bien ce sont eux qui les lui ont coupées ! La veille d'une sortie, il a voulu se montrer gentil, les réconforter. Alors qu'il caressait la tête d'une des filles, la petite teigne lui a attrapé la main et lui a croqué deux doigts... comme ça ! Clac ! (Elle avait fait claquer ses dents tout près du visage d'Ismène.) Tu es prévenue.

Les blessures de Paula se cicatrisaient. Elle refusait, toutefois, de pardonner à Ismène, d'admettre que son geste avait eu pour unique objectif de la protéger. Sourde à toute justification, la petite s'était convaincue qu'Ismène et les habitants du terrier s'étaient ligués contre elle pour la mutiler avec sadisme. En représailles, elle avait voulu révéler les liens qui l'unissaient à Ismène ainsi que leur origine véritable. Cette dernière avait dû la menacer d'un châtiment encore plus atroce si jamais elle refusait de tenir sa langue. La petite, partant, s'était repliée sur elle-même, ne communiquant plus qu'avec les enfants ratés qu'elle estimait, comme elle, mis au ban de ce clan barbare, et qui lui proposaient de prendre part à des « distractions » dont Ismène devinait sans mal la teneur lubrique.

— Fais attention, lui dit-elle un jour. Ils peuvent t'attirer dans des sections qui risquent de s'effondrer.

— Laisse-moi ! protesta Paula. Et puis... qu'est-ce que ça peut bien te faire de toute façon ? Eux, au moins, ils ne me feront pas de mal !

Ismène n'en était pas si sûre... mais la petite ne voulait guère entendre raison. Il faudrait qu'un peu de temps passe pour cela. Elle lui caressa la joue.

— Sois prudente...
— Pfft ! La barbe ! fit Paula en se dégageant.

Enfin ce fut la grande nuit. Bethsabée vint chercher Ismène pour la conduire vers l'extérieur. En chemin, elle fut frappée par l'affluence inhabituelle qui saturait la galerie principale. Les membres du terrier avançaient à la file indienne, chacun pressant son voisin de devant quand la marche se faisait trop molle. À l'approche de l'antichambre, les dernières intersections lui offrirent un spectacle saisissant : les petits ratés, en embuscade, scrutaient les valides qui progressaient vers la forêt. D'aucuns grimaçaient, grognaient, crachaient... Ils recevaient sans broncher les coups de pied que les taupes leur expédiaient pour les dissuader de se joindre au cortège.

Alors qu'un souffle frais commençait à se faire sentir, Ismène aperçut Paula encadrée par deux enfants à la face fendue d'un méchant rictus ; la petite toisait Ismène. Elle avait les bras croisés et, dans la clarté falote qui lui balayait le visage par intermittence, ses yeux rutilaient de rancœur. Avant qu'Ismène n'eût le temps d'esquisser le moindre mouvement pour l'inviter à se joindre au groupe, Paula fut tirée en arrière, happée par les enfants qu'on privait de cette escapade nocturne, et qui se réjouissaient à n'en pas douter de pouvoir la compter dans leur rang. Docile et outragée, la petite fille n'opposait aucune résistance. Elle consentait au ravissement avec une provocation consternante.

Au bout du couloir, la lumière de la nuit s'engouffrait dans l'orifice par lequel on accédait au sentier. Colonne de fourmis enthousiastes, quoique disciplinées, les membres de la tribu sortaient, un à un, s'aidant des quelques degrés qu'on avait creusés pour faciliter l'accès au-dehors, après avoir enfoncé leurs torches dans des sortes d'interstices qui piquetaient l'antichambre telle une joue vérolée. Elle se mit à craindre qu'en vertu d'un principe idiot, on pût lui interdire de rejoindre la surface, qu'on s'aperçût soudain de sa présence indésirable pour lui intimer : « Pas toi ! Tu dois rester là ! » Elle ne l'aurait pas supporté.

Contre toute angoisse, son tour arriva. Ismène engagea son buste dans l'ouverture au summum d'une excitation indicible. Comme les autres, elle se hissa au travers du sas... puis ses mains sentirent le contact de la terre, de l'herbe. Enfin ses yeux cueillirent le couvert argenté tandis qu'une humidité délicieuse s'insinuait dans chaque pore de sa peau. Le trou, à sa suite, continuait de vider son contenu.

Elle se trouvait dans une clairière modeste qui profitait de l'éclairage d'une lune replète et si basse qu'on l'eût dite prête à tomber. Le lieu était ceint de bouleaux, de chênes, et l'on devinait la présence de fruitiers qui ne dévoilaient pas leurs genres. Le groupe s'était étalé un peu partout, et pour l'instant, tous semblaient plongés dans une fascination léthargique ; ils s'entre-regardaient, s'étonnaient de se trouver enfin ici. Nulle cérémonie n'accompagnait le clan échappé du sous-sol. Et Ismène eut assez vite le sentiment de prendre part à une réunion fortuite dont on ne savait prendre ni la valeur ni la mesure ; une réunion sans codes, amoindrie parce que aucun rite ne venait lui imposer ses marques d'exception.

À droite, le terril se dressait de toute sa masse. La pointe montait haut dans la pénombre radieuse ; les pentes accrochaient des tiges et des arbustes qui s'étaient incrustés dans ses vallons artificiels. Des enfants jouaient à escalader le dôme tandis que des adultes, piétinant à sa base, glosaient sur la nature du sol, les bruits nouveaux de la forêt, la texture de l'air, les senteurs annonciatrices de l'été ou le scintillement des étoiles, au ciel pur, qui promettait des lendemains... effrayants !

Au bout d'un moment, un mouvement progressif entraîna le groupe autour de la butte en une marche spontanée. Très vite, la circumambulation draina tous les individus présents. Il y eut quelques chuchotements au début, mais au terme du second tour, plus personne ne parlait. L'activité requérait le silence. Ismène, qui par mimétisme s'était jointe à la ronde, trouva là une coutume qu'elle n'aurait jamais soupçonnée, une coutume... inespérée ! Au cœur de la spirale perpétuelle s'esquissaient des mœurs magiques dont elle commençait à goûter les effets bénéfiques. Jambes, tête, imagination... au fil des boucles, ce marcher sans but provoquait un charme délicieux.

Lorsque les pieds devinrent douloureux, le mouvement cessa comme il avait commencé : sans concertation aucune. D'aucuns s'assirent. D'autres s'allongèrent.

Une poignée d'hommes moins fatigués que les autres, Amos en tête, se portèrent à la lisière de la trouée. Ils se campèrent au pied d'un chêne de moyenne section. Intriguée, Ismène marcha dans leur direction. Amos s'était équipé d'un curieux appareillage. Il avait attaché des sortes de tiges en métal à ses chevilles. L'équipement était muni de sangles et lui recouvrait la plante des pieds. Il prit ensuite un morceau de corde qu'il passa autour de l'arbre, puis, devant le regard ébahi d'Ismène... il partit à l'assaut du tronc! Le dessous des « chaussures » était garni de pointes qui luisaient à chaque coup de pied. C'étaient ces sortes de griffes qui rendaient l'ascension possible, et Amos grimpait à la verticale tel un écureuil alenti. Elle demanda des éclaircissements à un garçon qui avait une barbe drue, et parlait sans quitter des yeux la progression.

— Ce qu'il a aux pieds, ça s'appelle des griffes de bûcheron. C'est Père qui nous a appris à nous en servir. Amos s'entraîne. Bientôt, il ira récolter du miel.

— C'est impressionnant! dit Ismène. Chez moi aussi nous grimpons, mais pas comme ça... pas d'aussi bas. Et vous faites ça souvent?

— Chaque lune.

Amos avait dépassé le premier tiers du chêne lorsque Ismène eut soudain une intuition désagréable.

— Et... Père, il peut encore monter?

— Bien sûr! Oh, il met plus de temps, c'est sûr, mais il est encore capable.

— Et avec ces griffes, on peut escalader n'importe quel arbre?

— Si le tronc est assez large, oui.

Ismène baissa la tête ; la nausée la reprenait. Elle fit quelques pas pour se mettre à l'écart, pensant vomir à nouveau. C'est à ce moment qu'elle entendit les craquements. Elle scruta l'endroit d'où était venu le bruit, tandis que la réalité de la situation lui revenait de manière brutale. Dans son empressement à s'extraire du terrier, elle avait pratiquement oublié le danger qui n'avait jamais cessé de menacer les sentiers... Atzen ! Il se tenait là, quelque part, tout près de ses futures victimes. C'était lui qui avait provoqué les craquements. Il les épiait, repérait les proies les plus faibles. Comment Samson pouvait-il laisser son clan exposé de la sorte ? *Il peut attaquer d'un instant à l'autre !* pensa-t-elle. La distraction nocturne lui apparaissait plus dangereuse que jamais.

Elle balaya la clairière et repéra Samson, seul, adossé à une souche, non loin du point d'accès. Elle fonça vers lui.

— C'est de la folie ! chuchota-t-elle lorsqu'elle fut assez proche. Atzen est là ! Je l'ai entendu !

— Atzen ? s'étonna Samson. Non, non... Il doit dormir en ce moment. Il s'agit sans doute d'un chevreuil ou d'un renard. Ne t'inquiète pas. Profite de cette belle lune !

Ismène fronça les sourcils. Le calme du vieil homme était déconcertant, sans parler de ses justifications pour le moins insuffisantes.

— Je ne comprends pas... Nous savons tous les deux ce qui se passe ici ! Nous parlons bien d'un tueur acharné ? D'un dément prêt à tout pour nous exterminer ? (Elle désigna les taupes allongées.) Tout ça n'est pas un peu... risqué ?

— Aujourd'hui, c'est un vieux monsieur, tu sais... Aussi vieux que moi ! Même les tueurs ont besoin de repos.

— Quand même... depuis tout ce temps, il n'a jamais surpris vos activités de plein air ? C'est étonnant, non ?

— Nos sorties se font dans le plus grand silence et ne durent jamais longtemps ! Pourquoi nous trouverait-il ? Tu te poses trop de questions, Kétura. Va rejoindre les autres, tu vas finir par attirer l'attention sur nous.

Ismène obtempéra. La nuit lui semblait soudain froide et menaçante. Malgré ses efforts, elle finit par rendre un flot de bile qui lui laissa un goût infect dans la bouche. Elle demeura un moment immobile, à quatre pattes au-dessus d'une flaque qui reflétait un petit bout de ciel, attendant que les papillons noirs qui dansaient devant ses yeux daignent s'envoler.

La sortie touchait à sa fin. Amos enleva son matériel de grimpe, et les taupes, sur un signe de Samson, commencèrent à regagner le terrier dans le calme. Tous semblaient apaisés.

Ce fut à cet instant que Chéba s'approcha d'elle. La femme était anormalement volubile.

— Je viens de comprendre ! Je n'y avais pas pensé parce que d'habitude c'est nous qui déclenchons le processus... Voilà pourquoi je n'ai rien vu ! Nausée, seins gonflés, absence de règles : tous les signes étaient sous mes yeux, pourtant !

— Mais de quoi parles-tu ? se crispa Ismène.

Chéba lui posa une main sur le ventre.

— **Tu es enceinte !**

32

Répliques

— Qui est le père ? l'interrogea durement Samson depuis son coffre.
— Je l'ignore..., balbutia Ismène.
— Enfin, ne me prends pas pour un âne ! Il faut une graine pour ces choses-là ! Avec qui as-tu couché ?
— Mais personne, c'est la vérité !
Samson se passa la main sur le crâne.
— Peut-être que tu ne t'en souviens pas... Tu t'es forcément retrouvée au contact d'un homme, même à ton insu.
Ismène se frottait les bras.
— Eh bien... je me suis retrouvée seule, ici, quand je suis arrivée...
— Non, non, ça n'est pas ça ! Personne à part Mikaya n'était autorisé à te voir. C'est plus ancien. Allons, tâche de faire un effort... Quand t'es-tu retrouvée seule avec un homme pour la dernière fois ?
Quelque chose semblait bloquer le souvenir. Le fait était bien là, pourtant ; l'anecdote se tenait en embuscade dans un coin de son cerveau, prête à jeter bas les certitudes.

— Il y a bien cette fois où... mais non, c'est impossible ! marmonna-t-elle.

— Quoi ? Qui ? s'impatienta Samson.

— Une fois, dans le Suspend, j'ai été malade... très malade. On m'a placée à l'écart parce qu'on redoutait une contamination.

— Tu étais seule ?

— Non, j'étais avec l'ancien. J'étais avec Claude.

Samson parut accuser un coup vicieux, puis il éclata d'un rire gras.

— Ha ! ha ! le vieux singe ! Alors comme ça, il était encore vert ! Bon, voilà au moins un point de résolu : nous connaissons l'identité du père.

— Claude ? s'étrangla Ismène. Mais non ! C'est impossible ! Il n'aurait jamais...

— ...Jamais *quoi* ? Tu crois tout savoir, jeune fille ? Claude avait un passé chargé, je peux te l'assurer. Avant qu'il intègre le Groupe, j'ai mené ma petite enquête... et ce que j'ai trouvé n'était pas très reluisant. Je passe sur ses fréquentations de jeunesse — une bande de loubards qui se faisait appeler « les Aigles » et qui exigeait que chaque nouveau membre se fasse tatouer... Pour ta gouverne, sache qu'il a dû prendre une retraite, disons « anticipée », sous la pression du rectorat, parce que les parents d'une de ses élèves menaçaient de porter plainte pour attouchements. Il a toujours nié, évidemment. Il prétendait que la gamine fabulait et que les parents étaient cupides. Je l'ai cru, à l'époque... ou plutôt, je m'en moquais ! Nous avions un tas de casseroles accrochées au postérieur, si tu vois ce que je veux dire... En fait, ce que tu me dis ne m'étonne qu'à moitié. Il n'y a jamais de fumée sans feu !

Ismène secouait la tête avec force.

— Non, ce n'est pas lui, ce n'est pas possible...

— Ah... on croit connaître les gens... (Il claqua dans ses mains.) Peu importe, nous allons surveiller cette grossesse de près. La règle est la suivante : ceux qui naissent dans le terrier sont mes enfants. C'est moi qui décide de leur sort.

— Que va-t-il arriver ? fit Ismène d'une voix détimbrée.

Samson leva les bras au ciel et prit un air agacé, comme si elle n'avait pas encore saisi l'évidence :

— Tout dépend de ce que me dira la voix !

Près du puits, le temps était en train de changer : un vent furieux battait l'ouverture, des nuages volubiles et plus sombres que des vessies gorgées de fiel bouchaient le rond de ciel ; au couloir exposé, une pluie fine ébauchait un cercle imparfait.

Accompagnée de Mikaya, Ismène marchait, une main sur le ventre, l'autre sur la poitrine. Elle s'arrêta, s'assit plusieurs fois, et à deux reprises Mikaya dut revenir sur ses pas pour la relever comme elle grommelait, hagarde : « Non... non... Laisse-moi... »

Une fois sur sa couche, elle demeura assise un long moment avant de se confier.

— Tu as déjà embrassé un garçon, Mikaya ? s'enquit-elle.

Interpellée au milieu de son geste répétitif, la femme secoua la tête.

— Mal... mal...

— Moi, j'en ai embrassé deux : Polynice et Hémon.

— Hémon ? fit Mikaya en relevant la tête, intriguée.

— Oui, Hémon. C'est un garçon... qui me fait très peur... mais ses lèvres sont tellement... Ah, on ne devrait jamais s'éprendre de la folie. Car à trop l'étreindre...

— Mal... mal...

— Oui, c'est mal, tu as raison... Regarde-moi ! soupira-t-elle en se touchant le ventre. Je suis grosse. Père dit que c'est Claude le responsable.

Mikaya cessa son geste.

— Claude ?

— Oui, il s'appelait Claude. Il était très gentil. Père dit que c'est lui qui m'a engrossée.

— Père dit que je m'appelle Mikaya.

Ismène se massa les tempes.

— Claude nous a appris une très belle pièce : *Antigone*. C'est l'histoire d'une fille qui refuse d'obéir aux règles. Comme elle se rebelle, elle est condamnée à être enterrée vivante. C'est une tragédie. D'où je viens, nous la répétons tous les jours. Nous la connaissons par cœur. Et lorsqu'un enfant naît, on lui donne le plus souvent le nom d'un des personnages de la pièce.

— Mal...

Ismène s'éclaircit la gorge et se mit à réciter :

— *Non, je ne le méprise point...* C'est le personnage d'Ismène qui parle à cet endroit de la pièce, expliqua-t-elle à l'intention de Mikaya... *mais agir contre la volonté de mes concitoyens, j'en suis incapable.* Et là, Antigone lui répond : *Tu peux invoquer ces prétextes ; pour moi, je vais à l'instant recouvrir le cadavre d'un frère aimé.* Tu saisis ? Elle va contre les ordres du roi ! Ismène lui dit : *Ah ! malheureuse ; que je tremble pour toi !* Mais Antigone lui répond : *Non, ne crains pas pour moi ; songe à ta propre sûreté*. Puis Antigone s'emporte : *Grands dieux! parle; tu... tu...* (Ismène ferma doucement la bouche.) Je ne me souviens plus de la suite... (Elle sentait une boule au fond de sa gorge.) C'est horrible, je commence à oublier... je suis en train de tout oublier !

Elle se leva pour arpenter la pièce minuscule en se tirant les cheveux.

— Allons, ça va me revenir... ça va me revenir ! Que dit Antigone, déjà ? *Grands dieux! parle; tu... tu...*

— *...Tu me seras bien plus odieuse par ton silence et en ne proclamant pas à tous mes actions*, dit Mikaya en se levant.

Ismène s'était arrêtée. Elle fixait Mikaya, éberluée; la femme venait de compléter le fragment de la pièce qui lui manquait. Elle venait de lui donner l'exacte réplique ! Ismène entrouvrit les lèvres et récita :

— *Ton âme est bien ardente où il faudrait du sang-froid.*

— *Du moins j'ai conscience de plaire à ceux surtout que je dois satisfaire*, dit Mikaya.

— *Encore faut-il que tu réussisses; et c'est l'impossible que tu poursuis.*

— *Eh bien! quand je serai à bout de forces, alors je m'arrêterai.*

Ismène peinait à dire son texte. Elle avait le souffle court.

— Mikaya, comment se fait-il que tu connaisses *Antigone* ? Est-ce que Père vous a appris cette pièce ?

— Non. Pas Père.

Alors, Ismène comprit. Son bon sens, fonctionnant à plein, accolait les morceaux d'un fil rompu en plusieurs endroits.

— Mikaya ? murmura-t-elle. Mikaya, regarde-moi !

La femme leva les yeux.

— Père dit que je m'appelle Kétura. Mais ce n'est pas mon vrai nom. Mon vrai nom, c'est Ismène.

— Père dit que je m'appelle Mikaya...

Ismène lui saisit la main pour qu'elle interrompe son geste.

— Oui, mais ce n'est pas ton nom...

Mikaya s'était crispée. Ismène pouvait sentir son bras se raidir entre ses doigts.

— Ce n'est pas ton *vrai* nom, n'est-ce pas?

La femme secoua la tête.

— Comment t'appelait-on, avant?

Mikaya scrutait à présent l'entrée de la cellule.

— Calme-toi, tu ne crains rien, la rassura Ismène. Allons, dis-moi, comment t'appelait-on, avant... quand tu étais dans le Suspend avec les autres?

La bouche de la femme s'ouvrit à peine.

— Victoire, souffla-t-elle avant de s'arracher à la main d'Ismène pour reprendre son geste avec une frénésie accentuée.

Ismène eut la sensation qu'on lui enfonçait un tison glacé dans le crâne.

— Victoire, bien sûr..., souffla-t-elle. (Elle lui jeta un regard aigu.) Je connais ton histoire, Victoire! Je sais ce qu'on t'a fait! Je sais comme les autres ont été méchants avec toi!

— Mal... mal... ils m'ont fait mal!

— Oui, oui... et je sais qu'ils t'ont attachée à un arbre aussi, pour te punir! (Victoire hochait la tête. Le souvenir de l'épisode semblait encore vivace.) Et ensuite, quelqu'un est venu, c'est ça?

— Oui.

— Tu as eu très peur... tu pensais qu'Anne allait te capturer, tu pensais que l'ogresse allait te dévorer?
— Oui.
— Mais ce n'est pas l'ogresse qui est venue, n'est-ce pas?
Victoire secoua la tête.
— Pas l'ogresse. Mais j'ai eu peur. J'ai eu mal... mal...
— Non, reprit Ismène, ce n'était pas une femme... c'était un homme.
— Un homme. Oui.
— Et cet homme tu ne le connaissais pas.
Victoire fit encore non de la tête.
Atzen? se demanda Ismène. *Mais pourquoi...*
— ... Il t'a fait du mal? Tu t'es sauvée?
— Mal... mal... non, pas de mal. Il m'a recueillie.
Ismène se redressa.
— Il t'a recueillie? L'homme avec un gros médaillon?
— Non... Pas de médaillon, dit Victoire.
— Mais qui, alors? Qui s'est occupé de toi?
Victoire montra le sol de l'index.
— Père, murmura-t-elle. C'est Père qui m'a recueillie...
Samson? Mais qu'est-ce qu'il faisait là-bas, près du Suspend?
— ...il m'a emmenée dans la caverne. Là-haut.
— La caverne, mais...
Ismène eut un couinement de surprise. Un liquide glacé venait d'entrer en contact avec ses pieds; un filet d'eau coulait le long de la galerie.

33

Déluge

Ismène attrapa une torche et sortit de la cellule. Dans le couloir, l'eau s'écoulait selon un rythme paisible.

— Ça arrive souvent ? demanda-t-elle à Victoire qui se tenait derrière elle.

La femme haussa les épaules.

— Viens, dit Ismène en la poussant devant. La crypte... et sois prudente !

Victoire obéit. À mesure qu'elles descendaient, l'écoulement semblait augmenter. Ce qui n'était qu'un filet modeste devenait, au gré de l'inclinaison des galeries, un authentique ruisseau. Lorsqu'elles parvinrent au seuil du couloir en spirale, elles avaient de l'eau jusqu'aux chevilles.

La corniche semblait une cataracte. Depuis la haute ouverture, le liquide giclait en une colonne chargée de boue avant de s'écraser au cul de la fosse dans laquelle les taupes pataugeaient. Un serpent égaré frôla la peau d'Ismène juste avant de plonger vers la mare en contrebas.

À l'intérieur, la tension était palpable. Sur les ordres d'Amos, les enfants ratés ne cessaient d'aller et venir dans les couloirs jouxtant la fosse, afin de constater le niveau de l'eau dans les sections susceptibles d'être inondées. La voix de l'homme s'éleva jusqu'à elles.

— Ça monte trop vite ! cria-t-il à Nahoum. Beaucoup trop vite !

Elles dévalèrent le couloir et atteignirent le fond de la crypte à toute vitesse. Ici, l'eau montait jusqu'aux cuisses. Les jambes, lourdes, fendaient un bain visqueux.

— Qu'est-ce qui se passe ? demanda Ismène en se rapprochant d'Amos. Pourquoi l'eau s'accumule-t-elle ainsi ?

— Je ne sais pas encore. On tente d'évaluer la progression. La moitié des galeries sous ce niveau sont déjà inondées. Et ça continue...

— Ça n'est pas la première fois, j'imagine ? s'enquit-elle pour se rassurer.

— Non, mais ça n'a jamais pris cette ampleur !

— Est-ce que... c'est dangereux ? s'inquiéta Ismène.

Amos ne répondit pas. Un des enfants ratés venait rendre compte d'une nouvelle mission de reconnaissance. Trop empressé, l'éclaireur trébucha puis tomba lourdement, provoquant une grande gerbe devant lui. Ses semblables accueillirent la chute par des hoquets de rires stridents qui claquèrent contre les parois et se mêlèrent au bruit de la cascade.

Soudain, l'un d'eux eut l'idée de reproduire l'éclaboussure ; les mains en coupe, il récupéra un peu de liquide à la surface, puis, l'humeur plus badine que jamais, il l'expédia violemment au visage d'une fille qui se tenait à côté de lui. Cette dernière, gouailleuse, les cheveux dégoulinants de poussière et de crasse, répliqua aussitôt... Et avant qu'Amos n'eût eu le loisir de prononcer un mot d'interdiction, les enfants aux yeux plissés s'étaient jetés dans une gigantesque bataille où les munitions se faisaient giclées boueuses. On pouvait imaginer que des animaux aquatiques, la face coupée par des mimiques de plaisir et d'excitation, s'étaient lancés dans une joute hystérique, tonitruant dans un sabir primitif. Ils fouettaient l'écume argileuse, provoquaient des vagues toujours plus creuses. Les girandoles fusaient dans toutes les directions.

— Arrêtez ça! hurla Nahoum. Vous allez éteindre les torches!

Pensant que Nahoum les incitait à poursuivre, qu'il désirait se joindre à la distraction, les enfants décidèrent de l'asperger lui aussi. Très vite, sur fond d'invectives féroces et de fous rires survoltés, la fosse noyée se scinda en deux groupes distincts : d'un côté les enfants ratés au comble de la frénésie ; de l'autre les valides et leurs lumignons vulnérables.

Un jet malencontreux, ou adroit, finit par atteindre la torche d'Amos. La flamme disparut en un chuintement sinistre. Aiguillonné par la gravité de la situation, il ordonna la retraite :

— Reculez! Mais reculez! On ne les tient plus... Ils vont mouiller toutes les mèches!

Comprenant qu'ils prenaient l'avantage, les enfants concentraient leurs tirs en direction des fuyards. Ce fut rapidement la débandade. Apeurés, les valides se précipitaient dans le couloir pour échapper aux projections déferlant en trombe. L'étroite bande, cependant, sous l'action du courant qui laminait sa surface, se faisait aussi glissante qu'une planche graissée. En une file anarchique, qui poussant, qui tirant, qui plantant un bâton pour ne pas dévaler la distance chèrement acquise, les taupes s'ensauvaient. Toujours en bas, Ismène attendait son tour.

Les éclaboussures cessèrent un bref instant quand un garçon audacieux vint se placer au milieu de la lice. Il avait les oreilles complètement décollées, ses cheveux pendaient en boucles mouchetées de blanc et l'on devinait son crâne difforme par endroits. Agenouillé, l'eau à hauteur du menton, la peau de son visage carmin se comprimait en d'affreuses grimaces, se boursouflait sous l'effet d'une poussée incompréhensible... Pour finir, deux étrons grêles crevèrent la surface. L'enfant, d'abord étonné de sa production de matière, contempla les deux crottes avant de les récupérer pour les expédier avec force de l'autre côté de la crypte ! Chez les ratés, l'hilarité atteignit alors son paroxysme, et bientôt, le nez rasant l'écume, la tête congestionnée, chacun entreprit de mouler ses propres projectiles.

Adossée à un pertuis, Ismène repéra Paula. La petite fille refusait de prendre part aux ébats scatologiques. Elle ne semblait pas, toutefois, motivée pour rallier le bataillon en déroute.

— Paula ! la héla Ismène. Viens !

Entendant la voix d'Ismène, la petite arqua un sourcil mauvais.

— Mon nom est Rahab ! cracha-t-elle. Laisse-moi !
— C'est trop dangereux, ici ! Suis-nous !
— Laisse-moi, je te dis ! Je verrai bien...

Les excréments fusaient. Ismène renonça à parlementer et s'engagea sans plus tarder dans le couloir. Au prix d'efforts épuisants et de nombreuses glissades, elle finit par rattraper Victoire qui caracolait dans une spire proche de la corniche. Après qu'elles eurent atteint la partie haute, Ismène se pencha prudemment — le promontoire menaçait de se décrocher. La place se muait en cul-de-basse-fosse. L'agitation qui ridait la nappe en contrebas évoquait les latrines géantes de quelque monstre souterrain.

— Paula! cria-t-elle. Viens, tu peux encore monter!

Le piège se refermait. L'onde assaillait les ventres, les poitrines... recouvrirait bientôt bouches et mentons. Lorsqu'un pan de l'escalier s'effondra, Paula fut soudain prise de panique. Elle se mit à hurler en levant les bras vers la voûte.

— Ismène! hurla-t-elle. Pardon, Ismène... Aide-moi! Je veux sortir maintenant!

À ses côtés, ragaillardis par les cris d'horreur, les enfants à la lippe pendante exultaient de plus belle, levant les bras vers le ciel, implorant la bénédiction d'un dieu, et fou et rieur et sale. Impuissante, choquée, Ismène n'opposa pas de résistance lorsque Victoire la tira en arrière.

Elles cavalèrent de conserve jusqu'au puits des supplices. Samson et le reste des taupes se trouvaient là. Tous fixaient les colonnes d'eau tombant depuis la haute bouche; les parois disparaissaient derrière des cascades claires qui s'écrasaient à leurs pieds avec fracas. Une pluie diluvienne continuait de dessiner un cercle baroque au milieu duquel personne ne s'aventurait.

— Père, cria Amos. Qu'est-ce qui se passe?

Les rescapés scrutaient la réaction de Samson, attendaient une explication, un conseil, un ordre.

— Ce qui se passe? répondit-il calmement. Mais... c'est le Déluge, mes enfants... Voilà ce qui se passe!

— Pourquoi l'eau monte-t-elle comme ça? demanda Nahoum. Ça n'est jamais arrivé... Jamais en si peu de temps!

Samson parlait sans quitter l'orifice des yeux.

— Le rebord vertical qui empêche l'eau d'entrer est détruit...

Il désigna du doigt un large morceau de terre formant un quart de cercle qui flottait près de Chéba.

— Vous voyez : le haut de la cheminée n'y est plus. L'eau va continuer de monter. Les boyaux vont se remplir comme des outres !

— On ne peut rien faire ? demanda Ismène.

Samson dodelina de la tête. La situation semblait presque l'amuser.

— Oui, oui... Je vais aller voir ce que je peux faire, bien sûr... mais...

— Mais quoi ? s'agaça Ismène.

— Hé ! c'est que la voix ne m'a rien dit... Je n'ai rien entendu, rien du tout !

Il fit volte-face et se dirigea vers la sortie. Il s'était à peine engagé dans le corridor que dans son dos un benêt échappé surgit d'une galerie contiguë. L'enfant était nu, son sexe disproportionné trempait dans l'eau noire. Il avait les traits plissés par un sourire frondeur et, dans chaque main, il tenait un épieu... Il poussa d'abord une série de grognements, d'imprécations qu'on devinait peu amènes, puis, lorsqu'il fut assez galvanisé, au terme de ce qui paraissait un préambule haineux, il pointa les bâtons acérés vers la voûte, et grâce à ses muscles puissants... il entreprit de la défoncer ! Dès que Nahoum comprit ce que le garçon voulait provoquer, il cria, lui ordonna de s'arrêter, se précipita vers lui à grand-peine, freiné par la masse liquide. L'enfant, lui, résolu à se sacrifier, frappait à une vitesse incroyable, enfonçait son outil avec rage, s'acharnait, sautait même pour accompagner son geste ! Après une dizaine de coups, la matière commença de s'effriter. Au moment où Nahoum allait l'empoigner, la galerie s'effondra d'un bloc.

— On est coincés! hurla une voix. On ne peut plus sortir!

— Sortir? Et pour aller où? hurla à son tour Amos. Dehors? Réfléchis un peu!

Sa poitrine se soulevait rapidement.

— Bon, bon... nous allons creuser. C'est la meilleure chose à faire. Père aura besoin d'accéder au terrier. Il va revenir... Oui, oui, il faut creuser! dit-il pour se rassurer.

Il fallut encore museler quelques protestations, puis l'ensemble des taupes se mit à pied d'œuvre pour déblayer le boyau que la terre venait de combler.

Dorénavant contrainte, l'eau se propageait à flux grossi vers la crypte et les couloirs voisins. Ismène sentit que le courant glacé dépassait ses genoux pour venir glisser à mi-cuisse.

— Ça va beaucoup trop vite, nous n'aurons jamais assez de temps! fit-elle valoir à Amos.

— Alors active-toi! aboya-t-il.

— Il doit bien y avoir une autre sortie? Où est l'autre cheminée, celle qui permet à l'air de circuler?

— Sans doute inondée... Quand bien même on parviendrait à s'y rendre, on ne pourrait pas monter : le conduit monte à pic. Maintenant, tais-toi et creuse!

Ismène sentit ses cheveux se hérisser. Un spectre de mort humide l'enveloppait peu à peu. Amos se berçait d'illusions : même en concentrant leur action, ils seraient tôt submergés... bien avant de se frayer un chemin vers la sortie!

Bethsabée lui tira le bras.

— Moi je sais où se trouve le conduit..., murmura-t-elle.

Ismène eut un geste agacé de la main.

— Tu as entendu Amos, on ne peut...

— Amos ne sait pas tout..., coupa-t-elle en tirant Ismène encore plus près d'elle. Le conduit est étroit, c'est vrai, mais pas assez pour empêcher des petits gabarits de rejoindre la surface. (Elle posa un œil calculateur sur Ismène.) À mon avis, tu peux encore t'y faufiler.

— Tu es déjà passée par là ?

— Des tas de fois ! Amos l'ignore, mais les soirs de lune, c'est par ce passage que certains enfants sortent lorsqu'ils réussissent à échapper à la surveillance des plus grands. Ça grimpe à pic, c'est sûr, mais des racines solides percent les parois de toute part. Il n'y a qu'à s'en servir comme d'un escalier. C'est... un jeu !

— Tu saurais me conduire là-bas ?

— Oui, mais à une condition... (Elle fronça les sourcils.) Isée m'a rapporté une de tes entrevues avec Père... Il n'a pas tout compris, mais il prétend que tu as les mêmes pouvoirs que lui... que tu peux supporter la lumière. C'est vrai ?

— Tout ce qu'il y a de plus vrai.

Bethsabée hocha la tête.

— Alors une fois que nous serons dehors, tu devras me protéger. C'est d'accord ?

— D'accord... Mais Mikaya vient avec nous !

— Quoi ? s'étouffa Bethsabée. Impossible, elle ne passerait pas... elle va nous ralentir. Si on veut conserver une chance de passer, c'est toi et moi !

Ismène croisa les bras.

— Je ne pars pas sans elle. C'est à prendre ou à laisser !

— Bon, bon..., cracha Bethsabée entre ses dents. Très bien. Va la chercher et rejoins-moi près du couloir qui contourne la crypte. Prends une torche !

Ismène s'escrima à faire comprendre discrètement à Victoire qu'elle avait une solution pour gagner la surface. La femme, plus percluse de tics que jamais, refusait de bouger. En dernier recours, Ismène l'agrippa fermement par le bras et la traîna jusqu'à l'entrée du boyau.

— Nous allons sortir, Victoire, tu comprends ?

Victoire secouait la tête. La situation largement inhabituelle inhibait ses maigres capacités réactives. Ismène décida de forger un stratagème, de lui proposer un appât qu'elle espérait irrésistible.

— Victoire...

— Pourquoi l'appelles-tu Victoire ? s'étonna Bethsabée. Elle...

— Je sais parfaitement comment elle s'appelle ! siffla Ismène. Victoire, reprit-elle d'une voix douce, veux-tu revoir Claude ? Claude était gentil avec toi, tu te souviens ?

La maniaque lui lança un regard intrigué.

— Claude t'attend, poursuivit Ismène. Il est là-haut, sur le sentier ! Si tu me suis, je te conduirai jusqu'à lui.

— Claude ? marmonna Victoire.

Il n'en fallait pas plus. Toutes trois s'engagèrent dans le passage à demi inondé : Bethsabée en tête, Ismène au milieu et Victoire qui fermait la marche. Dans le couloir oppressant, l'espace raréfié amplifiait les clapotis, les respirations trop courtes et les claquements de dents. D'ores et déjà, l'eau recouvrait les hanches.

Pour comble de difficulté, la perspective de se retrouver privée d'éclairage accablait Ismène d'une terreur indescriptible. Pourrait-elle supporter de demeurer au beau milieu d'un souterrain aveugle que la pluie emplissait avec calme et minutie ? C'était douteux. Elle succomberait, plutôt, terrassée par une crise de nerfs.

Le terrain accusait un replat léger et progressif ; les genoux émergèrent de la surface. Le répit toutefois ne fut que de courte durée : après un ultime virage, le couloir plongeait. Complètement.

— Voilà, annonça Bethsabée, nous y sommes. Il faut traverser ce goulet. Le conduit est un peu plus loin.

— Loin comment ? s'enquit sèchement Ismène. Au cas où tu ne l'aurais pas remarqué, nous ne sommes pas des poissons !

— En temps normal, il faut marcher une vingtaine de pas. Ensuite le corridor tourne à gauche... puis vient la cheminée ! La nuit, on aperçoit les étoiles ; j'imagine qu'on verra le jour. Passe devant, tu me protégeras. Tu feras écran !

Les deux filles échangèrent leurs places. Ismène faisait maintenant face à la voûte engloutie. Elle grelottait. Sa salive semblait un fruit sec et râpeux. Dans sa petite main, le lumignon prenait vie, s'agitait en d'irrépressibles soubresauts.

C'est du pur suicide ! hurla une voix. *Il faut faire demi-tour !*

Elle se tourna vers Bethsabée et chevrota :

— Je ne peux pas... je...

Derrière Bethsabée, Victoire bouchait complètement le chemin.

417

— Claude! s'emporta-t-elle soudain. Je veux voir Claude! Claude!

La prescription avait glissé jusqu'à elle pour l'encourager... ou la menacer; c'était égal. Victoire empêchait de faire demi-tour.

— Tu as déjà joué à retenir ton souffle? demanda Bethsabée.

— Non...

— Tu prends une grande inspiration... et tu bloques! Aussi longtemps que possible!

— Et si je n'ai plus d'air? blêmit Ismène.

Le menton de Bethsabée tremblotait, elle était frigorifiée elle aussi.

— Claude! s'énervait Victoire. Allez! Allez!

Par paliers, Ismène s'immergea jusqu'aux seins, puis jusqu'à la gorge. Une myriade d'épines lui mordait la poitrine. Ses poumons s'étrécissaient. L'oxygène lui manquait déjà...

— Victoire! lança Ismène d'une voix que le froid faisait hoqueter. Après Bethsabée, ce sera toi, d'accord? Tu feras comme nous!

La femme grommelait, impatiente. L'environnement apparaissait avec acuité, délivrait ses dernières images... La torche était immergée aux trois quarts; la flamme surnageait; les bruits respiratoires se faisaient caverneux. Dans un instant, il n'y aurait plus de choix, plus de retour en arrière.

Et si le conduit est bouché? Et si la terre s'est désagrégée? Bethsabée m'empêchera de revenir en arrière! Et si...

Elle expulsa tout l'air de ses poumons, prit une inspiration qui reproduisait un brame désespéré, lâcha la torche, et plongea la tête dans l'eau glacée.

Elle regretta aussitôt de ne pas s'être dévêtue : sa tunique la ralentissait ; elle s'agitait plus qu'elle ne nageait véritablement, expédiant des coups de poing et de pied à l'aveugle. Dans l'abîme, cependant, le contact avec la paroi constituait une précieuse ligne de vie. La douleur corrigeait sa trajectoire. Très vite, ses pieds heurtèrent un obstacle mou : Bethsabée s'était déjà lancée à ses trousses, craignant d'émerger trop longtemps après elle, de ne pouvoir s'abriter à l'ombre de son giron. Après quelques brasses anarchiques, ses mains s'écrasèrent sur le coude indiquant la bifurcation. Elle approchait. À partir de cet endroit, le goulet s'affinait, interdisant de pleins gestes. Pour corser la progression, son bassin ne cessait de vouloir remonter tel un morceau d'écorce, et ce mouvement spontané accélérait la fatigue, consommait une part importante de son énergie... Elle ressentit les premières brûlures alors qu'une lueur pâle s'esquissait. Sa poitrine lui communiquait ses toutes premières plaintes. Elle changea de technique, se tractant, enfonçant ses ongles dans les parois amollies qui l'étranglaient à mesure que la lumière, elle, s'évasait. Quand ses doigts sentirent le bout du tunnel, l'asphyxie débuta. Chaque fibre de sa cage thoracique hurlait maintenant sa privation. Le jour se trouvait au-dessus d'elle et, selon les explications de Bethsabée, elle allait bientôt s'extraire du liquide, sentir les racines qui affleuraient... mais contre toute attente, la cheminée s'était emplie comme un tube. Les bouches d'aération communiquaient, en pendant, charriaient le même air, la même eau ! Dès lors, elle eut l'idée que ses poumons allaient exploser comme châtaigne en braise. Elle se tenait à la verticale, les bras tendus. Loin de faciliter son ascension, les tiges qui jaillissaient de partout ne cessaient d'accrocher son vêtement. Au rebours de l'aide promise, les racines sournoises se refermaient sur elle, se jouaient de ses ultimes réserves d'air. Son pied se coinça. Elle se cabra. Elle donna de violentes secousses. Mais le membre refusait de bouger. Elle leva la tête, aperçut le jour gris qui l'attendait, si proche. Elle venait d'épuiser ses suprêmes ressources...

Le choc la poussa d'un coup ! Bethsabée, plus menue, se frayait un chemin avec davantage de facilité... et la petite n'entendait pas s'éterniser dans le boyau ! L'envie de vivre avait agi à la manière d'un boutoir, la dégageant de son piège tout en l'expédiant sans ménagement vers la surface. Elle montait, des branches lui cinglaient les joues, la bouche, les coudes... puis, alors que l'étau de ses lèvres se desserrait ; alors qu'elle s'apprêtait à lever l'interdiction faite à ses poumons, qu'elle tendait vers la clémente noyade ; alors que ses yeux s'écarquillaient, se déchiraient en orbes douloureux, comme s'il eût été possible de respirer ainsi... sa tête jaillit hors de l'eau.

Elle fut presque aussitôt imitée par Bethsabée. Les deux filles se tenaient l'une contre l'autre, la respiration courte et sifflante.

— Il faut dégager le passage ! dit Ismène.

La crue les avait conduites à quelques coudées seulement de l'ouverture. Elles gravirent l'extrémité de la cheminée, avant de s'étaler sur le sol boueux. Elles se trouvaient en lisière d'un sous-bois, quelques branches élancées atténuaient l'averse. Ismène se mit à genoux, la tête à l'aplomb du gouffre. Le tube allait recracher Victoire d'un instant à l'autre... Sa face convulsée riderait bientôt la surface... D'un instant à l'autre...

Bethsabée se précipita sur elle, manquant la renverser.

— Aaah ! Kétura, protège-moi ! Le jour... le jour..., gémit-elle en l'embrassant de toutes ses forces.

— Calme-toi, tu ne crains rien du tout ! répondit Ismène.

Elle se pelotonnait avec rage.

— Non, tu ne comprends pas ! Je vais brûler ! Tu dois me protéger ! Maintenant !

Ismène la rejeta en arrière. Bethsabée atterrit lourdement sur le sol.

— Puisque je te dis que tu ne risques rien ! s'emporta Ismène. Toute cette histoire de lumière n'est qu'une fable ! Une *fable*, tu m'entends ! (Elle désigna le puits.) Le voilà le vrai danger !

Au sol, la petite s'était mise en boule. Elle endurait les affres d'une angoisse irrationnelle.

— Tu mens ! Je vais brûler ! Tu avais promis de m'aider ! Promis...

Ismène attendait le jaillissement... espérait la prise d'air tonitruante qui suivrait dès que Victoire aurait crevé le disque d'eau. Elle espérait...

Elle a dû hésiter avant de plonger, se rassura-t-elle. *Elle ne va plus tarder...*

Mais il était peu probable que la femme, si impatiente, eût tardé à s'élancer dans le goulet. Très peu probable...

Impossible...

De grosses bulles vinrent finalement bouillonner à la surface déserte... Victoire venait de vider ses poumons pour la dernière fois au plus étroit de la cheminée.

34

La grotte

Bethsabée hurla de plus belle lorsqu'un éclair blanchit la chênaie.

— Ah! Kétura, je vais prendre feu!

Quelques instants après, le tonnerre roula. Terrorisée, la petite se leva et se mit à courir droit devant elle.

— Bethsabée! l'appela Ismène. Reviens!

L'orage! Les consignes de sécurité élémentaires lui revenaient. Il lui semblait distinguer la voix de Romuald... il la prévenait : « L'orage arrive, il faut se mettre à l'abri! »

Elle rattrapa Bethsabée qui venait de trébucher. La petite l'enlaça. Ismène avisa une masse grise, à droite de leur position. Il y avait un mur rocheux... une ouverture sombre...

La grotte!

Elles s'élancèrent vers l'abri en clopinant. À l'orée du bois, séparée des premiers fourrés par une bande vierge, la paroi minérale se fendait d'une large ouverture juste au-dessus du sol. Elles accédèrent à la cavité en prenant appui sur un bourrelet de pierre qui faisait saillie tel un marchepied. À l'intérieur, il faisait sombre et froid. L'endroit, suffisamment large pour se tenir debout, ne laissait pas distinguer ses limites. Ismène eut l'impression d'être à l'entrée d'une bouche dont la gorge courait au plus intime de la roche.

Alors que Bethsabée se calmait, rassérénée par une pénombre familière, Ismène, tel un hibou, recouvrait ses pouvoirs nyctalopes ; elle fouillait l'antre... car elle croyait avoir aperçu quelque chose à l'autre bout de la grotte. Quelque chose ou... quelqu'un.

C'est sans doute un animal, se rassura-t-elle.

Elle demeurait immobile, cherchait un reflet. Venaient-elles de pénétrer dans une tanière ? Une *vraie* tanière ? Lorsqu'un nouveau trait zébra la forêt, la lumière éclaira brièvement une forme allongée. Un corps. Un corps vêtu... qui lui avait paru aussi raide qu'un morceau de bois. Elle attendit encore. La forme ne bougeait pas. Passant outre à la prudence, elle décida de s'approcher. À mi-course, le doute n'était plus possible : il s'agissait d'une personne, d'une personne obstinément rigide. Quelque chose clochait, pourtant...

Quand elle ne fut plus qu'à deux pas du corps, elle comprit. À terre se trouvait un homme, ou plutôt... ce qu'il *restait* d'un homme : des vêtements colorés, qu'Ismène n'avait jamais vus auparavant, recouvraient une enveloppe décharnée, ratatinée, d'où les os jaillissaient par endroits. Un mort. Un squelette au derme à peine préservé de l'action du temps et des charognards. Elle s'approcha encore. La dépouille évoquait une carcasse de chevreuil qu'on eût revêtue de tissu bariolé. Ses doigts figuraient cinq bâtonnets fragiles, orbites et orifices étaient vides de tout organe, de toute substance molle. Un peu de cheveux demeuraient à l'arrière du crâne. Sa poitrine était recouverte d'un vêtement fait de deux pans attachés à leurs extrémités par des petits boutons passés dans des ouvertures minuscules. Les deux premières attaches n'étaient pas engagées; posé sur les os saillants qui creusaient le vêtement telle une armature secrète, on distinguait un objet. Il y eut un nouvel éclat, puis l'image se colla sur sa rétine. Passé autour du cou, en équilibre sur le haut de sa cage thoracique, le cadavre portait un médaillon... *Un médaillon en forme de quatre-vingt-huit.*

Dans le temps où ses facultés s'actionnaient en claquements déductifs, tels des rouages, la lumière d'une torche colora progressivement le corps émacié, révélant les parties creuses.

— Il ne te dira pas grand-chose.

Ismène se retourna. Samson se tenait au-dessus d'elle, l'air amusé et satisfait.

— Atzen..., murmura-t-elle, interdite. C'est lui, n'est-ce pas ?

— C'est bien lui.

— Je ne comprends pas... je croyais qu'il était vivant, qu'il nous menaçait !

Samson se caressa le crâne.

— Oh, pour ça... il nous a menacés ! Tout ce que je t'ai raconté à son sujet était vrai. En revanche, j'ai omis de te préciser qu'il avait cessé de nous persécuter depuis longtemps. En réalité, Atzen est mort dès la première année, au cours de l'automne... Excès de confiance. Il s'est endormi ; j'étais là ; je l'ai tué. Je n'ai jamais pu me résoudre à l'enterrer. Je l'ai laissé pourrir ici, sa médaille de facho autour du cou.

— Mais alors... s'il est mort depuis tout ce temps... qui persécute nos deux clans ? Qui ?

Samson prit un air très grave. Les mots tombèrent comme s'il lâchait une évidence.

— Mais... moi ! Qui d'autre ?

Ismène écarquilla les yeux.

— Au début, reprit-il, j'avais l'intention de vous faire peur, de venir tirer quelques coups de feu près de vos cabanes, de prendre la place d'Atzen. Mais lorsque j'ai recueilli Mikaya, j'ai compris qu'il y avait mieux à faire...

— Mikaya ? Victoire ? C'est donc vous qui l'avez capturée ?

— *Capturée*, comme tu y vas ! s'indigna-t-il. Ce n'est pas moi qui l'ai attachée à un arbre, que je sache, c'est vous ! (Il secoua la tête d'un air atterré.) Passons... Quand elle s'est calmée, elle m'a tout raconté : vos croyances, cette histoire d'ogresse... J'ai vite compris qu'un bon déguisement et quelques grognements seraient bien plus efficaces que tout ce que je pouvais imaginer.

— Anne... L'ogresse... C'était vous ! Mais pourquoi ?

— Pour vous forcer à rester perchés là-haut, pardi ! Il vous fallait une bonne raison... un monstre ! Une bête effrayante ! C'est que je ne pouvais pas vous laisser quitter la forêt : l'affaire se serait ébruitée, la zone se serait transformée en camping pour journalistes en mal de scoop. Non, je devais vous empêcher de partir... pour poursuivre l'Œuvre !

— Pourquoi ne pas nous avoir tués, dans ce cas ? C'était plus simple que d'entretenir cette mascarade !

L'homme soupira.

— Ah, j'aurais préféré cette solution, crois-moi. Seulement... nous avons été rattrapés par les problèmes liés à la consanguinité. Tu as pu constater le résultat toi-même : lorsque les géniteurs sont trop proches, ils engendrent des débiles ! À force de féconder mes propres enfants, la race s'est appauvrie ! Les femmes du terrier accouchent d'enfants toujours plus handicapés. Ce n'est quand même pas avec une bande de dégénérés que je vais forger la nouvelle humanité !

— Alors, vous nous avez gardés...

— ...comme une réserve, compléta-t-il en faisant la moue. Une réserve de sang neuf dont je pourrais disposer quand bon me semble. Mikaya était un don du ciel, mais ça ne suffisait pas... En fait, le Village libre est devenu pour moi une sorte d'« investissement ».

— Un investissement ? Vous voulez parler... des enfants ?

— Bien sûr, les enfants !

— Qu'est-ce que vous comptiez faire de nous ?

— Mais ce que j'ai toujours fait ! Je monte. Je prends ce qui m'appartient. Je repars.

Ismène scrutait le sol. Elle tentait de comprendre.

— Monter ? Et comment ? La nuit, l'échelle est toujours levée...

Puis comme son cerveau tirait les conclusions évidentes, elle murmura :

— Les griffes !

— Oui, les griffes de bûcheron. Les *grimpettes* ! Bien entraîné, on escalade n'importe quel tronc... Pour autant, je baisse. Ma vieille carcasse n'a plus la force ni la souplesse. La dernière fois, avec la petite, il a même fallu que je redescende par l'échelle... Impossible de faire le chemin à l'envers ! Tu vois un peu !...

— Parce que... ce n'était pas la première fois ? s'enquit Ismène plus bas.

Il fronça les sourcils.

— Hum... je n'ai peut-être pas été suffisamment clair : quand je dis vouloir prendre ce qui m'appartient, ce n'est pas une image...

— Mais... nous ne vous appartenons pas, s'insurgea Ismène. Nous n'appartenons à personne. Nous sommes libres !

— Oh, libres, vous l'êtes... jusqu'à un certain point, du moins. Car je compte certains d'entre vous au nombre de ma progéniture ! Voilà vingt ans que je monte régulièrement pour engrosser les femmes de ton clan... La technique est assez simple : la nuit j'escalade, lorsque tout le monde dort, et je verse une bonne rasade de narcoleptique dans la marmite. C'est un produit que j'ai trouvé dans la pharmacie d'Atzen... Il était insomniaque, il avait de quoi assommer un régiment de soudards !

— Narcoleptique ? balbutia Ismène.

— C'est un produit qui fait dormir.

— Comme...

Comme des plantes à rêves..., murmura une voix.

— Une fois votre repas englouti, enchaîna-t-il, tout le monde s'écroule, et je n'ai plus qu'à revenir faire mon « devoir »... Mais je baisse, je te l'ai dit... La dernière fois, je n'ai pas eu la force de monter une seconde fois. Je n'ai pris que la petite.

— Paula ?... Rahab ?

— Oui. Je lui ai plaqué un chiffon imbibé de produit sur la bouche... Sa mère n'a même pas sourcillé. Une souche ! Évidemment, vous avez dû croire à une attaque de votre monstre, votre ogresse. Comment l'appelez-vous déjà ?

— Anne, souffla Ismène d'une voix blanche.

— C'est ça. Mais le plus dur reste l'accouplement... S'échiner sur des corps inertes... Les petites du terrier sont rebelles, c'est vrai, certaines mordent, d'autres griffent, mais au moins elles sont actives ! Il n'y a pas pire que besogner une femelle inconsciente. Je ne sais pas comment font les nécrophiles...

— Non, non..., fit Ismène en secouant la tête. Vous mentez, il s'agit encore d'une de vos fables !

— Une fable ? (Il la regardait d'un air sévère.) Laisse-moi te poser une question... Est-ce que tu ressembles à tes parents ?

Ismène sentit des picotements lui mordiller les oreilles et la nuque. Elle secoua la tête doucement.

— Le contraire m'aurait étonné..., se délecta-t-il. Tu sais, le viol n'est pas une science exacte. On n'est jamais certain d'avoir « semé », il faut que certaines conditions soient réunies. Avec toi, pourtant, aucun doute n'est possible. Tu es de mon sang, je le vois bien !

Elle vacillait. Ses jambes la soutenaient à peine.

— Si tu m'avais connu quand j'avais encore des cheveux... De beaux cheveux roux, comme les tiens ! Non, ce qui m'embêtait le plus c'est que tu sois déjà enceinte... Je...

Samson s'arrêta brusquement. Émettant un râle étouffé, il porta ses mains dans son dos comme s'il essayait de saisir un objet invisible. Son visage se crispait en grimaces douloureuses. Lorsqu'il pivota, Ismène put voir la sagaie qui s'était plantée entre ses omoplates. Il grogna, tituba, puis s'étala de toute sa masse sur le cadavre d'Atzen qui explosa sous le choc en une gerbe d'esquilles. Comme l'homme tentait de se relever, respirant encore, une silhouette se coula à l'intérieur de la caverne. Près du corps, la torche offrait à la scène un éclairage cru. La mise à mort ne souffrit aucune hésitation : la silhouette s'assit sur le dos de Samson puis lui fracassa l'arrière du crâne avec une grosse pierre, répétant son mouvement de pilon jusqu'à ne plus rosser qu'une bogue concave aux oreilles pissant le pourpre. Se levant ensuite, la forme élancée se tourna vers Ismène ; c'était une enveloppe sombre, écumante, amas de boue, de croûtes et de sang ; c'était la chose la plus laide qu'il lui avait été donné de contempler, un costume d'immondices, de fange ; c'était, en vérité, l'image qu'elle s'était souvent faite de l'ogresse ; c'était... Polynice.

Il fallut encore que le garçon s'exprime, que des sons passent au travers de ses lèvres aux commissures barbouillées pour qu'Ismène évacue définitivement les images fantasmatiques que son esprit malmené lui soumettait. Oui, c'était bien lui. Il empestait. Son vêtement suivait le rythme de sa respiration anarchique.

— Tu n'as rien ? demanda-t-il.
— Polynice ? Je pensais qu'Anne t'avait... Enfin... D'où viens-tu ? Qu'est-ce qui t'est arrivé ?

Le garçon tentait de se maîtriser ; ses épaules ployaient un peu plus à chaque expiration.

— Avec Gaspard, nous avons été attaqués, attaqués par un monstre horrible, une gueule sombre, affamée... J'ai tout de suite compris que c'était Anne et que nous allions mourir, là! comme ça! Gaspard m'a crié de me sauver. Il s'est placé devant moi pour me protéger... mais j'ai quand même eu le temps d'apercevoir le coup que la Bête lui portait. Après, j'ai couru. Droit devant moi. Jusqu'à ce que l'estomac me remonte dans la gorge. Mais tout en cavalant, je ne cessais de repenser à l'attaque. Les images défilaient... et un détail échappait à toute logique... Car ce n'était pas un coup de griffe que lui avait donné l'ogresse... non, c'était un coup de couteau! Mon imagination ne pouvait pas m'avoir joué un tel tour. Impossible. J'avais vu la lame crantée, la garde ovale... j'ai pensé : Depuis quand la Bête a-t-elle besoin d'une arme? Ça n'a pas de sens! J'ai patienté, puis je suis revenu sur mes pas. Gaspard n'était plus là.

— Pourquoi tu n'es pas retourné au Suspend? Nous te pensions perdu.

— C'est que je voulais confirmer mes soupçons. Avant de rentrer, je voulais essayer de retrouver sa trace. J'ai suivi plusieurs directions, d'abord sans résultat, puis au fil de mes recherches, j'ai repéré des traces... des traces qui n'étaient pas les nôtres. J'ai remonté la piste, et en embuscade, j'ai choisi d'attendre.

— Tu voulais l'affronter? Seul?

— Oui, mais c'était différent! Tu comprends, contre un monstre, j'étais impuissant. Mais contre un couteau, un chasseur, c'était une tout autre histoire : j'avais mes chances! Elle refusait de se montrer cependant... J'avais beau explorer chaque recoin de la forêt que les traces sillonnaient, rien ! Je faisais chou blanc. Jusqu'à cette nuit où je t'ai vue sur les sentiers...

— Moi ?

Le garçon hocha la tête.

— Je t'ai suivie, d'abord. Dès que je t'ai reconnue, je t'ai appelée. En vain. J'avais beau te crier de t'arrêter, rien n'y faisait : tu courais toujours plus vite. Tu as fini par t'assommer contre une branche. C'est là que je l'ai vu. (Il désigna Samson.) Il était recouvert d'un curieux accoutrement, un déguisement qui figurait un animal hybride, mélange de loup et de grand cerf. Quand il a abaissé son capuchon, j'ai vu son crâne lisse briller dans la nuit. Il s'est approché de toi, il t'a regardée un long moment, puis il t'a tirée par les pieds. J'étais derrière vous, à distance raisonnable... Aux abords de la butte, vous avez soudain disparu ! J'ai cru devenir fou ! J'ai retourné le moindre recoin de végétation, fouillé chaque grotte... Rien. Vous vous étiez volatilisés !

— Tu aurais pu retourner au Suspend, demander de l'aide.

Il baissa la tête.

— Sans doute... La vérité, c'est que ça me plaisait d'être ici, seul. J'ai chassé tout ce que je pouvais, je buvais la rosée ou... le sang des animaux.

Ismène eut une moue de dégoût que remarqua Polynice.

— C'est pas sale ! fit-il valoir en haussant les épaules.

— Tu l'as revu, après ça ? éluda Ismène en pointant l'index vers Samson.

— Oui, plusieurs fois. Mais c'était toujours la même scène impossible : il surgissait de nulle part, certaines fois avec son affublement de monstre factice, il

furetait dans la forêt, puis il disparaissait, comme ça !
C'était à s'arracher les cheveux de la tête. En fouillant
encore, j'ai trouvé cette caverne, le squelette... mais je
n'ai réellement compris de quoi il retournait qu'au
cours de la dernière pleine lune.

— Tu as vu la procession ?

— Et comment ! Tu étais là, toi aussi. Je vous ai vus
marcher autour de la butte. C'était vraiment bizarre.
En revanche, j'ai compris pourquoi le chauve m'avait
toujours faussé compagnie ; ce soir-là, vous vous êtes
tous faufilés à travers un trou minuscule, un trou que
je n'aurais jamais pu trouver par hasard... Et j'ai vite
compris qu'il y avait un genre de village enterré. Où
vivaient tous ceux que j'avais vus sinon ? Quand la
pluie a commencé de tomber, j'ai pris ma décision... il
fallait noyer toute cette vermine !

Ismène se frotta le menton.

— L'inondation. C'est toi qui l'as provoquée !
Comment t'y es-tu pris ?

— Facile : j'ai localisé une espèce de conduit d'où
montaient des voix de temps en temps. Son pourtour
était protégé par un rebord qui empêchait la pluie de
s'infiltrer. Il m'a suffi de détruire cette barrière et de
creuser de larges sillons pour drainer l'eau. Je ne sais
pas ce qu'il y avait en bas... mais le tout s'est rempli
comme une gorge desséchée ! Une chose m'échappe,
pourtant : pourquoi les autres ne sont-ils pas sortis avec
toi ? L'eau aurait dû les déloger, non ? Est-ce que mon
plan a échoué ?

— Oh, non..., murmura Ismène, ton plan a très
bien fonctionné. Mais il y a deux ou trois choses que
tu dois savoir...

Elle lui détailla les mœurs des taupes, leur phobie, ainsi que les révélations que lui avait faites Samson. Polynice, au fil du monologue, s'absorbait dans une sorte de méditation.

— Alors, Anne, l'ogresse... tout ça, c'était lui... C'est...

— Une invention, souffla Ismène. Elle n'a jamais vraiment existé.

Le garçon esquissait une bouderie.

— « Jamais existé »... tu en as de bonnes, toi ! Quand je marchais sur les chemins, je peux t'assurer que ma peur était bien réelle !

— Je sais... Nous avons tous eu peur. Mais c'est fini tout ça, nous n'avons plus rien à craindre : il n'y a plus d'ennemi !

— Plus d'ennemi..., répéta Polynice comme si la proposition était inconsistante.

Le garçon jeta un coup d'œil vers Bethsabée.

— Et elle, qu'est-ce que tu vas en faire ?

— Je ne sais pas... Elle peut venir.

— Et nous, s'enquit-il plus durement. Que va-t-on faire, maintenant, sans l'ogresse ?

Ismène le dévisagea.

— Comment ça, « sans l'ogresse » ? Tu ne comprends pas : nous sommes enfin libres, réellement libres ! Nous pouvons faire ce que nous voulons, aller où nous le désirons !

— Formidable ! maugréa Polynice. Et où irons-nous ? Tu as l'intention de quitter la forêt ? D'aller vers ce lieu dont le chauve parlait ? Une chose est claire dans tout ce que tu m'as raconté : si les anciens sont venus s'installer ici, c'est qu'ils avaient de bonnes raisons... Que se passera-t-il ensuite ?

Oui, que se passerait-il ? La question, quoique prématurée, se montrait sous un jour aigu. Ismène se sentait investie d'un pouvoir étrange ; elle possédait à présent un savoir crucial, susceptible de libérer le Suspend... ou de le déstabiliser tout à fait. Pouvait-on changer de vie sur une simple révélation ? Pouvait-on réapprendre le quotidien que d'innombrables saisons bercées par un rituel immuable avaient patiemment sculpté ?

— C'est curieux, ajouta Polynice, je suis à la fois soulagé et déboussolé. Nous pourrons chasser tranquillement, c'est sûr, mais j'ai l'impression qu'on m'a enlevé... quelque chose... Tu comprends ?

Ismène opina au ralenti. Elle comprenait parfaitement. Anne disparue, il restait un vide, une béance ! Elle entrevoyait le lien ambigu que sa communauté avait toujours entretenu avec son ennemi le plus farouche. Chaque geste, chaque décision avaient été conditionnés par la lutte invisible ; le clan s'était bâti contre un mur de superstitions... mais un mur tout de même ! Que se passerait-il lorsque la vérité jetterait bas les premiers pans ? Lorsque seules les fondations resteraient ? Un peuple pouvait-il survivre parmi les ruines de ses valeurs, se jucher sur des éboulis de croyances ?

— Regardez là-bas ! hurla soudain Bethsabée en désignant un point près du terril.

Ismène lorgna dans la direction indiquée. La pluie floutait les formes, les mouvements ; et elle dut se frotter vigoureusement les yeux avant d'admettre qu'elle n'était pas la dupe d'une hallucination.

35

Retour

On croyait apercevoir une harde s'ébattant ; mais ces animaux-là semblaient bien trop adroits... Il y avait là-bas un troupeau qui joutait, s'expédiait de pleines poignées de boue à la figure. Voulant échapper aux tirs qui se concentraient à son endroit, l'un d'eux se détacha du groupe et marcha en direction de la grotte. Lorsqu'il fut suffisamment proche, Ismène distingua des braillements puis un visage que fendait un sourire. Un sourire immuable et benêt...

Les enfants ratés ! Ils avaient réussi à s'en sortir ! Se pouvait-il que...

Ismène se précipita vers eux, taraudée par l'angoisse et l'espérance ; car un enfant, au loin, lui avait paru plus calme que les autres... un peu plus grand aussi. Le cri lui échappa dès qu'elle la reconnut :

— Paula !

La petite fille se jeta dans les bras d'Ismène. Autour du couple enlacé, les enfants couraient, se poussaient, chutaient sur ce sol détrempé qu'on leur avait si longtemps interdit de fouler.

— Venez vous mettre à l'abri ! lança Ismène en saisissant la main d'un des enfants.

Mais quand ils aperçurent l'entrée de la grotte, croyant sans doute à une manœuvre destinée à les enfermer à nouveau, ils s'échappèrent à toutes jambes vers la forêt en poussant de grands cris indignés.

— Laisse, dit Paula quand Ismène fit mine de se lancer à leurs trousses. Tu ne les rattraperas pas. Ils ne veulent plus être privés du jour.

Ismène scruta un instant les feuillages ruisselants. Ainsi, en une débandade fulgurante, les enfants ratés s'étaient évaporés dans la nature. C'était les seuls, avec Bethsabée, à avoir survécu au déluge ; c'était tout ce qui restait du grand projet de Samson... un groupe de mômes débiles et farceurs. Son unique descendance. Quelle ironie !

— Comment êtes-vous sortis ? demanda Ismène.

— Quand la crypte s'est retrouvée inondée, expliqua Paula, nous nous sommes réfugiés dans une des galeries du terril. Certains des boyaux abandonnés courent sur toute sa longueur. Comme nous avancions, acculés par la montée des eaux, j'ai compris que le couloir dans lequel nous étions affleurait à la surface. Il s'agissait d'une ancienne cheminée. J'avais tellement peur que je me suis mise à creuser... et tout de suite, ils se sont mis à creuser avec moi, comme des forcenés ! Par chance, une portion de la galerie s'est effondrée, bloquant la crue. Ça nous a donné le répit suffisant pour nous frayer un chemin vers la surface. (Elle prit une mine contrite.) Pardon, Ismène, si j'avais su, je t'aurais écoutée, je...

— Oublie ça.

Paula considéra Polynice avec étonnement. Elle jeta ensuite un regard vers le corps de Samson.

— Il est mort?

Ismène hocha la tête. La petite fille patienta un instant, puis demanda :

— Qu'est-ce qu'on fait maintenant? On rentre?

Ismène balaya la place d'un rapide coup d'œil.

— Oui, souffla-t-elle. On rentre.

— Et elle? fit Polynice en désignant Bethsabée.

Bethsabée se tassa contre la paroi.

— Pas question que je sorte d'ici! cria-t-elle. Si je sors, je vais brûler!

— Brûler..., bougonna Polynice. Avec toute cette pluie!

Ismène le fit taire d'un geste, puis s'approcha de la petite.

— Tu ne crains rien, tu sais. Aujourd'hui ta peau est blanche et la lumière te fait mal, c'est vrai, mais d'ici quelques jours, ça passera.

— Tu mens! hurla Bethsabée. Vous n'êtes pas comme nous. Vous avez une peau spéciale qui vous protège... Moi je suis trop sensible!

Ismène eut beau s'ingénier à la ramener au calme, rien n'y faisait : chaque argument rationnel était systématiquement réfuté. Les croyances et le conditionnement mental s'opposaient à toute explication logique.

— Bon, dit finalement Ismène, je n'insiste pas. Je reviendrai te voir plus tard... demain... le temps que tu t'habitues. (Elle désigna la torche.) Tâche de faire du feu. Fais sécher du bois, aussi, sinon...

— Je n'ai pas besoin de tes conseils! la coupa Bethsabée. Je sais très bien me débrouiller seule!

Ismène n'insista pas. Alors qu'ils rejoignaient un large sentier, la voix de Bethsabée, amplifiée par la cavité, résonna une dernière fois au loin :

— Je n'ai pas besoin de vous !

Comme si le ciel était un instant occupé à se constituer des réserves, la pluie cessa. La musique du printemps venait : sous le plafond acier, quelques merles défendaient âprement leur territoire ; plus haut, plus aigu, des mésanges radotaient.

Tous trois marchaient, Polynice en tête, Paula collée contre Ismène, craintive. La peur des sous-bois interdisait à la petite de profiter de ce paysage nouveau. Et pour une raison encore confuse, Ismène se refusait à la rassurer. Elle-même marchait encore étonnée de cette absence de menace, de cette liberté si chèrement acquise.

— Il s'est passé pas mal de choses pendant votre absence, maugréa Ismène comme ils approchaient d'un virage.

Elle leur expliqua comment le comportement d'Hémon avait évolué et la raison qui l'avait poussée à fuir le Suspend. Lorsqu'elle détailla les conditions dans lesquelles la mère de Paula avait perdu la vue, la petite eut une réaction mitigée. Ismène avait l'impression qu'elle ne saisissait pas la gravité de l'acte.

— Crevés ? interrogea-t-elle. Et c'est Hémon qui a fait ça ?

Ismène acquiesça.

— Qu'est-ce qu'elle lui a fait ?

— Rien du tout ! Ses histoires de dieux lui sont montées à la tête, voilà tout. Il est devenu fou... (Elle s'interrompit ; elle allait ajouter : « Et Nadine est aussi dérangée que lui ! ») J'espère que notre retour ne provoquera pas de réactions violentes.

— Ne t'inquiète pas, dit Polynice. Je connais Hémon : il fanfaronne, mais il suffit de lui rabattre le caquet. On verra s'il a le torse aussi bombé en ma présence...

— J'espère..., murmura Ismène que les propos du chasseur ne rassuraient qu'à moitié.

Ils trottèrent encore un peu puis Polynice annonça qu'ils approchaient. L'arrivée imminente eut pour effet de plonger Paula dans un état d'intense excitation. La petite s'animait à l'idée de regagner ses pénates, expédiant des œillades inquiètes tous azimuts.

Polynice se porta à la lisière du chemin et stoppa au pied d'un large tronc.

— On y est.

Pendant que le garçon ramassait la pierre avec laquelle il allait donner le signal, Ismène leva les yeux. Quelque chose avait changé... Le décor, à présent, lui apparaissait comme... un décor ! Le camouflage semblait désuet. Quelle volonté idiote et illusoire que de se retrancher derrière un écran aussi factice ! Pouvait-on véritablement ignorer que des personnes vivaient là ? Le dispositif pouvait-il triompher des regards neufs ? Le palier de branchages semblait si artificiel, si fragile...

Encore faudrait-il pénétrer dans la forêt..., se dit Ismène. Encore faudrait-il venir sur ce sentier-ci et pas un autre ! Encore faudrait-il effectuer une promenade curieuse ou nonchalante, muser, lever le nez, s'interroger sur la nature de ce couvert. Encore faudrait-il...

Les coups montèrent. Polynice attendit un peu, et comme rien ne se passait, il redonna le signal. Paula trépignait d'impatience.

— Mais qu'est-ce qu'ils font ?

— Ils ne nous attendent pas, expliqua calmement Polynice. Il n'y a pas de guet.

Le garçon renouvela l'appel, martelant le panneau avec plus de force, espaçant les coups. Tous trois se tordaient la nuque pour scruter le plancher végétal quand un bruit de frottement métallique leur parvint. Polynice écarta les bras pour les faire reculer. Les barreaux fusèrent le long du tronc, s'arrêtèrent tout près du sol et rebondirent comme s'ils allaient rebrousser chemin ; les câbles se dandinèrent encore un temps, puis Polynice posa son pied sur le premier degré et l'ensemble se bloqua.

Lorsque le chasseur posa sa main sur le câble, Paula implora de pouvoir monter la première. Il s'écarta pour la laisser passer.

— Garde toujours une main sur l'échelle, conseilla-t-il en l'aidant à franchir les premières marches.

Il pesait sur la base du dispositif pour le maintenir tendu et faciliter l'ascension de la petite qui grimpait, avec méthode, attentive aux conseils que le garçon lui prodiguait de temps à autre. Elle finit par disparaître dans les entrelacs du camouflage, et Ismène vécut les derniers mouvements de son élévation au rythme des vibrations qui se répercutaient dans les montants.

— À toi, dit Polynice sitôt que l'échelle eut retrouvé sa rigidité.

— Je préférerais que tu passes d'abord...

— Non, c'est très difficile de monter seul, quand l'échelle n'est pas en tension.

— Je l'ai déjà fait, pourtant !

— Ce n'est pas pareil, tu partais d'en haut... Ne t'inquiète pas, je te suis ! Je serai là-haut en un rien de temps !

Elle capitula, agrippa les câbles froids, puis s'élança. Elle s'éloignait du sol, s'arrachait au sentier, quittait un monde qui n'était pas le sien. Elle s'envolait vers son univers, son village, sa cabane. Et à mesure que les éléments du paysage rapetissaient, elle retrouvait un point de vue familier. Les bosquets reprenaient leur vraie taille. Entre deux arbres, l'espace retrouvait une juste proportion. La vue retrouvait l'angle, l'écrasante perspective. Haut perché, à la frontière, le regard dévalait selon la bonne inclinaison ; celle qu'on savait, celle qu'on avait toujours sue.

Comment son retour serait-il perçu ? Hémon allait-il se calmer... ou devenir fou de rage ? Polynice saurait-il le dompter comme il le prétendait ? À lui et aux autres, faudrait-il expliquer que l'ogresse n'était qu'une chimère ? Qu'ils ne risquaient plus rien ? Peut-être ne la croirait-on pas. Peut-être lui demanderait-on des preuves...

Et d'abord, songea-t-elle. Comment s'y prend-on pour prouver l'inexistence... de ce qui n'a jamais existé !

36

Les foudres

Elle entendit les voix comme elle approchait.
— Qui d'autre ?
(C'était la voix d'Hémon, plus haineuse que jamais.)
— Ismène et Polynice, répondit Paula.
— Pol..., s'étrangla Hémon.
Elle passait sa tête dans l'ouverture quand elle sentit qu'on la tirait par les cheveux. Elle crut d'abord qu'on tentait maladroitement de l'aider, mais quand la force de traction devint douloureuse, elle comprit qu'on la malmenait. Elle dut se ruer au travers de l'écoutille pour ne pas avoir le cuir chevelu arraché. À l'intérieur, elle trébucha, gémit, puis la main d'Hémon l'expédia avec rage contre la paroi.
— Remonte l'échelle ! ordonna-t-il à Étéocle.
— Mais... il reste...
Le couteau jaillit et Hémon appliqua le plat de la lame sur les lèvres d'Étéocle.
— Remonte l'échelle, articula Hémon, ou je te coupe le nez !
Les pommettes du garçon rosissaient à vue d'œil.
— Je peux pas ! C'est coincé !

Hémon roulait des yeux démentiels.

— Allez me chercher quelque chose à jeter ! une pierre ! une souche ! n'importe quoi... Vite !

— Polynice, attention ! hurla Ismène.

Hémon se jeta sur elle pour la rouer de coups.

— Empêchez-le de monter ! ordonna-t-il aux autres.

Tirant à nouveau Ismène par les cheveux, il siffla :

— Toi, tu viens avec moi !

Elle glissait. Des échardes se fichaient dans le haut de ses cuisses. Le Suspend défilait devant ses yeux à toute vitesse. Elle apercevait des formes, des visages, Louise, Laïos... Elle parvint à se mettre sur les genoux, et finit sa marche forcée en plaquant ses paumes contre la main d'Hémon qui la halait tel un rebut. Elle se retrouva dans la cabane aux lettres, haletante, le sang lui cinglant les oreilles, les tempes. La racine des cheveux lui cuisait.

— D'où viens-tu ? Pourquoi es-tu partie ? grogna Hémon.

— J'étais dans la forêt... je... j'avais peur...

Une gifle lui dévissa la tête.

— Tu mens ! Tu n'étais pas dans la forêt ! Je t'ai cherchée !

— Si ! Si ! Seulement, j'étais sous terre !

— Sous terre ? Tu te moques de moi ?

Il s'apprêtait à lui flanquer une nouvelle gifle. Ismène porta ses mains en avant.

— Non ! J'ai rencontré quelqu'un... Il m'a recueillie... Il vit dans un lieu souterrain... Il y a tout un peuple... C'est la vérité !

Le garçon la toisait avec méfiance.

— Je ne te crois pas !

— Il connaissait Claude ! continua Ismène. Ensemble, ils ont bâti le Suspend !

Le garçon fronça les sourcils. Se frottant le menton, il se mit à détailler Ismène d'un œil acerbe.

— Tu as changé ! Je le vois... je le sens... Tes mamelles sont plus grosses !

Ismène déglutit.

— C'est que... je suis enceinte...

Hémon se raidit.

— C'est Claude le père, expliqua-t-elle, c'est Claude qui...

Il fit un pas vers elle, passa les mains autour de son cou et commença de serrer.

— Pauvre idiote ! cracha-t-il. Ce n'est pas Claude le père... c'est moi ! Claude ne t'a jamais touchée ! Il était bien trop occupé avec Nadine !

Ismène hoqueta. La bouche ouverte, elle tentait d'aspirer l'air dont le garçon la privait.

— ...Quand tu étais inconsciente et que tout le monde t'évitait comme la peste, je suis venu te voir... Et je t'ai prise ! Encore et encore ! Je t'ai engrossée comme la femelle que tu es ! Pour t'apprendre ! Pour te donner une leçon !

L'étau se resserrait. L'effort bosselait les muscles du garçon. Il contractait les mâchoires, mâchait les mots.

— Je ne peux pas te laisser vivre ! Ce serait trop risqué, tu comprends ? Je suis en danger... à cause de toi ! Tu dois...

Sans le vouloir, Ismène avait lancé son tibia dans l'entrejambe du garçon ; il lâcha prise et roula sur le sol, paralysé par la douleur qui lui cisaillait le ventre. Ismène happa l'air à grandes goulées avant de se précipiter à l'extérieur de l'abri. Elle n'avait pas fait dix pas qu'Hémon se lançait à sa poursuite.

— Ismène, reviens ici! hurlait-il. Arrêtez-la! Ne la laissez pas partir!

Ismène courait, frôlait les corps médusés par ce déferlement subit de violence. Elle arrivait au bout du couloir et la peur de se retrouver coincée dans une coursive la fit bifurquer vers la cabane maîtresse. Elle monta sur les bardeaux et escalada les premières branches du vieux chêne.

— Où vas-tu comme ça? siffla Hémon qui déjà prenait appui sur la rambarde pour se lancer à sa poursuite.

Ismène grimpait, insensible aux sarments qui lui griffaient la peau. Plus elle se hissait et plus le tronc humide s'amenuisait. La végétation qui avait poussé depuis plusieurs semaines contrariait les prises. Le timbre fielleux d'Hémon lui semblait toujours plus rapproché.

— Jusqu'où crois-tu pouvoir monter? se gaussa-t-il.

La situation paraissait à présent l'amuser. Elle était à sa merci. Il paraissait se délecter de cette traque échevelée que les cris d'horreur en contrebas rendaient du plus bel effet. Ismène monta encore puis atteignit les ultimes rameaux trop frêles pour la soutenir plus avant. Hémon franchissait la distance qui le séparait d'elle, son couteau entre les dents. Il empruntait un chemin parallèle qui le conduisait patiemment près de sa proie.

Elle avait les mains coupées en de nombreux endroits. Comprimée par la peur et l'effort, sa poitrine ne se soulevait plus qu'en soubresauts laborieux. Elle était arrivée au bout. Il n'y avait plus rien à faire. Le drame allait se conclure ici.

Soudain, le paysage changea de couleur. On eût dit qu'une main invisible avait décidé de teindre la végétation. Le ciel se nuait. Le plafond se chargeait d'encre, et les nuages agglomérés en une unique bande de coton noirâtre s'effondraient comme s'ils eussent été soudain trop lourds ; la masse opaque semblait sur le point de recouvrir les houppiers. L'atmosphère aussi changeait. Les cheveux se hérissaient. Un picotement courait sur les bras d'Ismène, son duvet pointait vers le ciel en un taillis de flèches rousses.

Hémon vint se placer à côté d'elle. Les hautes tiges ployèrent sous son poids. De la pointe de son couteau, il désigna le ventre maternel, le réceptacle menaçant, l'offense faite au trône !

— Ce que tu as, là, est à moi ! gronda-t-il.

Ismène suivit le mouvement de la lame. Le garçon tendit l'épaule, leva doucement le bras et resta un instant le couteau brandi au-dessus de sa tête. L'arme allait s'abaisser, s'enfoncer en elle.

Tout à coup, la cime crépita. Il y eut un claquement et un éclair lacéra le ciel. Le visage du roi éclata d'une onde intense et pure ; autour de lui, la scène et ses accessoires brillèrent froidement. L'arc toucha la pointe du couteau puis la lumière disparut comme si l'excédent blanchâtre s'en retournait nicher au ventre du ciel. Le bras du garçon, noirci depuis la main jusqu'à l'épaule, demeura un instant levé, enfin l'enveloppe se détendit, ses muscles se décrispèrent et le membre retomba mollement le long de sa cuisse. Interloquée, Ismène contemplait le corps du tyran que les rameaux retenaient dans leur nasse ; une bourrasque leur fit lâcher prise.

Le corps sans vie d'Hémon se ramassa, bascula, puis chuta. Sa tête piqua vers les racines, bruissant, élaguant au passage la ramure, arrachant les feuilles ; son buste heurta la rambarde, retrouva un instant une posture verticale, vrilla, continua sa descente funeste, puis défonça le camouflage avant de toucher le sentier, pareil à des brassées de fruits pourris qui s'écrasent au sol.

En cet instant, un point jaune et brûlant perça la chape nuageuse.

37

Rituel

Les vantaux ne pivotaient plus qu'au prix de grincements moqueurs. De toute part, de toute sorte, les fibres s'asséchaient.

On se dévêtait ; les corps abandonnaient leurs secondes peaux, mue collective. Bientôt, la tribu foncerait d'un même hâle.

Les gestes perdaient en force, en précision. Les actions s'atrophiaient, aboutissaient sans excès, sans empressement. La démarche aussi se faisait plus économe, les siestes plus longues. Les suées d'effort venaient sans effort. Partout on chérissait l'ombre. La langueur annonçait l'été.

Ismène se tenait devant sa cabane. Elle était seule. Au-devant, sur les lattes, la lumière accusait les trous que la vermine, insensible au rythme imposé par la saison chaude, continuait à élargir.

Tout à l'heure, elle ordonnerait la réparation du couloir.

Le Suspend s'éveillait, d'aucuns s'étiraient devant leurs cabanes, le nez au ciel. À peine debout, les enfants s'élançaient à l'assaut des frondaisons. Comme de gros lézards, les petites silhouettes assaillaient les troncs, grimpaient puis disparaissaient dans l'épais couvert. Les cris de joie et les rires s'échappaient des houppiers. « Attention, voilà l'ogresse ! » entendit Ismène.

Anne... Ismène cherchait encore à comprendre la force qui lui avait cousu les lèvres.

— As-tu vu la Bête ? lui avait-on demandé peu après la mort d'Hémon.

— Oui, je l'ai vue..., avait-elle répondu comme les bouches béaient. C'était horrible... J'ai eu de la chance...

Elle avait hésité, incapable de savoir si elle faisait le bon choix. Fallait-il mentir ou au contraire tout raconter ? Et dans ce cas, serait-elle en mesure de fournir une histoire crédible ? Son aventure souterraine, son évasion... tout cela était-il seulement imaginable, plausible ? Elle se mettait à douter de son propre souvenir... sa mémoire ne lui jouait-elle pas une mauvaise pièce ? Un drame découpé en scènes toutes plus aberrantes les unes que les autres ? En face d'elle, les membres du clan s'étaient contentés d'opiner gravement. On avait hoché la tête, accueilli les maigres révélations sans les examiner, sans rien suspecter, sans chercher à comprendre. Au reste, voulait-on comprendre ? En définitive, l'envie de passer à autre chose, de retrouver les gestes de toujours s'était plaquée sur ses lèvres tel un doigt gigantesque.

Le récit de Paula, en revanche, alimentait des discussions toujours plus énigmatiques : il existait selon elle un autre peuple, un groupe d'enfants tantôt gentils tantôt dangereux qui déambulaient quelque part dans la forêt. Des êtres imprévisibles dont les hauts faits ne laissaient de provoquer des chuchotements.

— Tu mens ! avait grogné Créon à l'issue de son récit. Ça se peut pas ! L'ogresse a dû te faire boire une potion qui fait rêver...

Outrée, Paula avait alors exhibé ses brûlures.

— Et ça, c'est un rêve peut-être !

Étéocle s'était approché pour caresser le derme lésé.

— L'ogresse t'a fait cuire ?

— Non... En fait, c'est Ismène. J'étais attachée, il y avait une femme, aussi... ils avaient peur du soleil... On ne me parlait pas... alors Ismène m'a enduite de graisse, puis... Ah ! c'est compliqué... c'est...

— Tu vois bien que tu as rêvé ! l'avait interrompue Créon. Tout ça, c'est des inventions...

Ismène s'engagea sur la coursive maîtresse et se caressa le ventre. Depuis peu, elle sentait le bébé bouger. Ce n'avait été qu'un chatouillement au début, un spasme dont elle ignorait l'origine... avant que sa mère lui expliquât ce qui se passait en elle, ce qui l'attendait (sans oublier de détailler les souffrances qui accompagneraient l'expulsion du corps).

Elle n'avait parlé à personne de l'identité réelle du père. Tous se figuraient une relation avec Polynice, relation que le chasseur avait contestée d'un haussement d'épaules guère convaincant. « Ces deux-là se cachent ! sifflaient les commères. C'est évident ! »

Charmeurs et stratèges, des volatiles palabraient en divers endroits de la forêt. S'échappant en volutes effilochées depuis la cuisine, la fumée pastellait les cimes.

Ismène rejoignit le groupe qui patientait sur la plateforme centrale. Louise vint se placer à côté d'elle. Elle arborait un ventre déjà bien enflé. Son enfant naîtrait au cours de l'hiver.

— Comment te sens-tu, ce matin? demanda Louise.

Ismène considérait les membres présents.

— Je ne sais pas trop, murmura-t-elle. C'est encore bizarre... Je ne me sens toujours pas à ma place.

— Tu es à ta place, Ismène! Ne doute pas de cela. Nous te faisons confiance... nous avons besoin de toi! (Elle baissa les yeux.) Tant d'accidents, tant de morts... c'est à croire qu'on s'est acharné sur nous... Sais-tu ce que disent les enfants?

Ismène secoua la tête.

— ...que tu es une demi-déesse, que tu as triomphé de l'ogresse et sauvé Paula. Ils pensent que tu les protèges.

— Mais non... ce n'est pas ça, c'est...

— Bah... laisse-les croire! Il sera toujours temps de retoucher ton récit... Un jour.

On s'écarta pour laisser passer Nadine. La femme se déplaçait avec d'infinies précautions, aidée par Paula qui semblait se substituer à ses yeux chaque jour un peu plus.

Ismène fixa l'oracle. Depuis quelque temps elle hésitait, brûlant de lui rendre visite, de lui demander un conseil, un arbitrage, d'obtenir son opinion sur le sens d'un caprice saisonnier, d'un rêve; ou s'agissait-il d'autre chose... peut-être existait-il un motif moins noble, moins avouable... connaître son avenir, par exemple... Mais la perspective d'une révélation la paralysait. Elle avait acquis la certitude que la devineresse possédait le pouvoir de bouleverser les vies. Il valait mieux ne rien savoir, après tout. Oui, c'était mieux ainsi.

— Si c'est une fille, nous l'appellerons Claudine, fit Louise enjouée. Et toi ? Tu as réfléchi ?

— Pas encore, balbutia Ismène.

Les coursives vibraient du pas des retardataires. Le cercle se formait spontanément. Près de Séraphine, Romuald semblait chercher quelqu'un.

— Un problème ? interrogea Ismène.

— Non, non..., répondit Romuald. Je pensais que... mais non, tout le monde est là. Tu peux commencer.

Ismène hocha la tête. Elle eut un geste de la main et le babillage cessa. Tous les regards étaient tournés vers elle, à présent. Elle leva les bras, aussitôt imitée par chaque personne présente sur le cercle. À son signal, ils frappèrent dans leurs mains. Deux fois. Le claquement monta et les voix s'entremêlèrent : « Libres ! Nous sommes libres ! »

Tout le clan avait crié à l'unisson.

Table

1. Rituel 11
2. Mythes 21
3. Adieu 32
4. Jeux 41
5. *Letwyn Taouher* 53
6. Réminiscences 65
7. Premier sang 75
8. Tabous 99
9. Proposition 113
10. Châtiments 129
11. Isolement 145
12. Hiérarchie 168
13. Anniversaire 181
14. L'attaque 191
15. Déraison 209
16. Méprise 218
17. Transition 228
18. Le roi 240
19. Cabale 253
20. Barbarie 267

21. Claude	277
22. Sacrifice	292
23. Fuir	307
24. Les sentiers	320
25. L'antre	327
26. Les taupes	337
27. Père	348
28. Genèse	354
29. La geôle	373
30. Supplice	385
31. Bain de lune	393
32. Répliques	401
33. Déluge	408
34. La grotte	422
35. Retour	435
36. Les foudres	442
37. Rituel	448

Le Livre de Poche s'engage pour l'environnement en réduisant l'empreinte carbone de ses livres. Celle de cet exemplaire est de : **450 g éq. CO$_2$**
Rendez-vous sur
www.livredepoche-durable.fr

Composition réalisée par Belle Page

Achevé d'imprimer en septembre 2015 en France par
CPI BRODARD ET TAUPIN
La Flèche (Sarthe)
N° d'impression : 3013290
Dépôt légal 1re publication : octobre 2015
LIBRAIRIE GÉNÉRALE FRANÇAISE
31, rue de Fleurus – 75278 Paris Cedex 06

14/5559/3